EVERGREEN

EIN ALPHA-MILLIARDÄR-LIEBESROMAN

MICHELLE L.

HOT AND STEAMY ROMANCE

INHALT

Veröffentlicht in Deutschland:

Von: Michelle L.

© Copyright 2021

ISBN: 978-1-64808-870-4

 Erstellt mit Vellum

KLAPPENTEXT

Die schöne Dozentin Emory Grace, die an einem der renommiertesten privaten Colleges in Washington lehrt, liebt ihren Job, aber ihr Privatleben ist ein einziges Chaos. Ihr viel älterer Ehemann Ray, ein Harvard-Professor, ist ein kontrollierendes Monster, und Emory entschließt sich, ihn zu verlassen und die Scheidung einzureichen.

Der Frieden, den sie beim Unterrichten in Auburn findet, wird gestört, als ein Kollege auf einen mörderischen Amoklauf geht, bei dem er Lehrer und Studenten tötet, während Emory im Kreuzfeuer gefangen wird. Sie rettet eine Studentin, opfert dafür ihre eigene Sicherheit und wird schwer verwundet.

Bree, die Studentin, die sie gerettet hat, ist die Tochter des milliardenschweren Geschäftsmannes Luca Saffran, der zum Zeitpunkt des Massakers in einen Scheidungskrieg mit seiner Frau Clementine verwickelt ist. Als Luca Emory trifft und ihr für die Rettung seiner Tochter dankt, besteht zwischen ihnen sofort eine unbestreitbare Anziehung. Luca findet heraus, dass Emorys viel älterer Ehemann, Professor Ray Grace, sie misshandelt, und bietet ihr einen sicheren Zufluchtsort an. Aber Ray lässt Emory nicht kampflos gehen.

Werden Emorys körperliche und seelische Narben verhindern, dass sie jemals wieder einem Mann vertraut, auch wenn dieser Mann so verlockend und rätselhaft ist wie Luca Saffran? Und wird ihr gewalttätiger Ex-Mann jede Chance auf ein glückliches Leben vereiteln?

TEIL #1: LUCA

Emory Grace sah auf ihre Uhr. Die Abschlusszeremonie hatte bereits eine Stunde später als geplant begonnen, und jetzt, da ihr Ehemann Dr. Raymond Grace im Begriff war, seine Rede zu halten, würde es sicher weitere zwei oder drei Stunden dauern, bevor sie entkommen und nach Auburn zurückkehren konnte. Sie seufzte gereizt. Ray würde eine Stunde über sich selbst schwadronieren und sich dann endlich den Studenten zuwenden, die dann bereits ungeduldig und gelangweilt sein würden.

Emory blickte zu ihrer Freundin Joan, die Rays persönliche Assistentin war. Joan zwinkerte ihr zu und wusste genau, was sie dachte. Emory glaubte nicht, dass sie es ohne Joan durch die letzten fünf Jahre ihrer Ehe geschafft hätte. Joan war die einzige Person, vor der Ray Angst hatte. Sie war eine eindrucksvolle Frau Anfang 70, die sich weder Rays Arroganz noch seine Unhöflichkeit bieten ließ.

Allerdings hatte Ray auch noch nie Joan verprügelt, ihr in den Magen getreten und sie fast erwürgt.

Emory berührte ihre Kehle und erinnerte sich an den Abend vor ein paar Tagen, als sie ihm ruhig gesagt hatte, dass sie nicht an dieser Veranstaltung teilnehmen wollte. Er war einen Augenblick still gewesen und hatte sich dann so schnell bewegt, dass sie keine Zeit gehabt hatte, sich zu verteidigen. Er hatte sie an der Kehle gepackt und gegen die Wand geschleudert. Dann hatten seine dicken Finger ihr den Hals zugedrückt, bis sie Sterne sah.

„Warum musst du dich mir immer widersetzen?", hatte er geflüstert, bevor er sie losgelassen hatte. Sie war auf den Boden gefallen und hatte nach Luft geschnappt, aber das war nicht das Ende des Angriffs gewesen. Er hatte ihr langes dunkles Haar mit seiner Faust gepackt und sie zu ihrem Bett geschleppt. Emory hatte die Augen geschlossen, als er über ihr grunzte. Drei kurze Stöße später war er fertig gewesen Er hatte sich von ihr heruntergerollt und war eingeschlafen, während Emory gezittert und still geweint hatte.

Nie mehr, hatte sie in dieser Nacht beschlossen und wiederholte es jetzt vor sich selbst. *Nie mehr*. Als sie sicher war, dass er eingeschlafen war, war sie aufgestanden, um sich ein Glas Wasser zu holen und einen Plan zu machen. Einen Plan, um diesem Mann zu entgehen, den sie geheiratet hatte. Gott, wie hatte sie ihn jemals lieben können? Er war fast doppelt so alt wie sie mit ihren 28 gewesen, als sie sich kennenlernten, und er war ihr so erfahren, weise und charmant erschienen. Wie lange nach ihrer Hochzeit hatte er sich verändert? Sie erinnerte sich kaum, aber jetzt war es klar: Sie musste ihn verlassen. Sie wollte ihn verlassen. Der Gedanke an die nächsten 30 oder 40 Jahre mit diesem gewalttätigen, schwachen Mann ... Gott, das konnte sie nicht ertragen.

Also hatte sie alles akribisch geplant. Wenn sie endlich in der Lage war, nach Auburn zurückzukehren, zu dem College, das sie von ganzem Herzen liebte, würde sie in eines der Cottages auf dem Campus, die für das Lehrpersonal in Notzeiten zur Verfügung standen, einziehen. Sie hatte es mit dem Dekan geklärt, einem freundlichen Engländer namens Stephen Harris, der mit Ray aufs College gegangen war und ihn schon immer verachtet hatte – was er Emory aber nie gesagt hatte ... jedenfalls bis zu dem Tag, an dem sie ihm mitgeteilt hatte, dass sie Ray verlassen würde.

„Es ist offensichtlich geworden, dass wir nicht weiter zusammenleben können", hatte sie gesagt. Sie hatte ihm nicht zu viel erzählen wollen, aber Stephen hatte die Prellungen an ihrem Hals gesehen, und mit ihr einen wissenden Blick gewechselt.

Er hatte angeboten, ihr Geld zu leihen, aber sie hatte dankbar lächelnd abgelehnt. „Danke, Stephen, aber nein, mir geht es gut. Ich habe einiges gespart."

„Nun, du kannst hierbleiben, solange du möchtest", sagte er, „und wirklich, Em, was auch immer du brauchst, zögere nicht zu fragen. Wir stehen alle hinter dir."

Sie hatte sein Büro verlassen müssen, bevor sie in Tränen ausbrach. Aber jetzt war sie weit davon entfernt zu weinen. Sie war einfach nur aufgeregt, denn ihr Anwalt hatte die Scheidungspapiere vorbereitet, um sie Ray zu überbringen, sobald sie nach Auburn gegangen war. Die meisten ihrer Kleider, Bücher und Schallplatten waren im Kofferraum ihres alten Impala verborgen. Ray war zu sehr mit sich selbst beschäftigt, um zu bemerken, dass sie in dem Haus, das sie teilten, fehlten. Sie ließ praktisch alles andere zurück. Sie wollte keine Erinnerung an Ray. Ihren Hochzeitsring würde sie auf seinem Nachttisch zurücklassen – ein letztes „Fahr zur Hölle".

Sie war so sehr in ihre Tagträume versunken, dass sie überrascht aufsah, als die Leute klatschten. Ihr Blick wanderte zu Ray am Podium. Er sah, dass sie nicht applaudierte, und starrte sie wütend an. Emory grinste.

Ja, fahr zur Hölle, Raymond Grace, du wirst dich noch wundern.

Zwei Tage später ...

CLEMENTINE WICH SEINEM BLICK AUS. Luca Saffran, der seiner künftigen Ex-Frau in einer Anwaltskanzlei mit einem Stundensatz von 700 Dollar gegenübersaß, hatte während der Verhandlungen über die Abfindung versucht, ihr in die Augen zu sehen, aber Clem blickte ihn nicht an. Er konnte rote Flecken auf ihren Wangen erkennen. Ihre dunkelroten Haare waren in einem perfekten Chignon hochgesteckt, und ihre blauen Augen waren gerötet und tränennass. Sie hatte die Scheidung nicht gewollt, aber Luca hatte bereits seit längerem gewusst, dass es vorbei war. Clem wusste es ebenfalls in ihrem Herzen, war aber trotzdem untröstlich. Sie hatten es geschafft, zum Wohle ihrer 19-jährigen Tochter Bree friedlich miteinander umzugehen. Selbst das Treffen jetzt verlief reibungslos. Clem wollte nichts außer ihrem Treuhandfond und der Immobilie in Snoqualmie. Obwohl Luca ihr die Hälfte seines Vermögens in Höhe von sieben Milliarden Dollar geben wollte, was den Wert ihres Treuhandfonds weit überstieg.

„Ich will dein Geld nicht", sagte Clem leise, obwohl ihre Stimme zitterte. Schließlich traf ihr Blick Lucas dunkle Augen. „Ich will es einfach nicht, Luca."

Luca seufzte. „Wie wäre es mit einem Treuhandfond für Bree?"

Clem schüttelte den Kopf. „Zusätzlich zu all ihren anderen Treuhandfonds? Luca, hör auf."

Er starrte sie ein paar Momente an und sah dann zu den Anwälten. „Könnten Sie uns einen Moment allein lassen?"

ALS SIE ALLEIN WAREN, stand er auf, setzte sich neben Clem und nahm ihre Hände in seine. „Clem, es tut mir leid. Ich wollte dich niemals verletzen."

Sie sah ihn an, aber ihre blauen Augen waren kalt. „Warum hast du es dann getan, Luca? Warum die Scheidung?"

„Weil du niemals danach gefragt hättest, Clemmie. Nie. Und ich wusste mit meinem ganzen Herzen, dass du mehr brauchst als mich. Mehr als das Leben, das wir hatten."

Sie machte ein angewidertes Geräusch und zog ihre Hände weg. „Und du weißt, was ich brauche?"

„Wir sind nicht mehr verliebt. Du weißt es, und ich weiß es. Wir sind es schon lange nicht mehr. Wir wollen verschiedene Dinge. Du liebst es auszugehen, und ich hasse es. Du bist voller Ehrgeiz, und ich will nur ein ruhiges Leben. Wir passen nicht mehr zusammen. Clem?"

Er berührte ihre Wange, und eine Sekunde lang schmiegte sie sich an seine Hand. „Clem, das heißt nicht, dass ich dich nicht mehr liebe. Überhaupt nicht. Du wirst immer meine beste Freundin sein, aber wir sind nicht mehr ineinander verliebt. Und bitte denk nicht, dass das so ist, weil ich jemand anderen habe. Das tue ich nicht. Ich bin nicht daran interessiert, jemand anderen zu treffen. Aber du verdienst ein Märchen, Clemmie."

Sie zog sich von seiner Berührung zurück. „Denkst du etwa, ich kann nicht ohne einen Mann funktionieren?"

„Das ist nicht das, was ..."

„Zur Hölle mit dir, Luca", flüsterte sie, und ihre Tränen fielen über ihr Gesicht. „Du hast mein Herz gebrochen."

Jemand klopfte an die Tür und trat ein, ohne auf eine Antwort zu warten. Das geschockte Gesicht seines Anwalts, eines ansonsten unerschütterlichen Mannes, ließ Lucas Herz einen Schlag aussetzen.

„Sehen Sie sich die TV-Nachrichten an", sagte der Anwalt. „Jetzt sofort. An Brees College gibt es einen Amoklauf."

DIE SCHÜSSE HATTEN AUFGEHÖRT. Emory signalisierte ihrer Klasse, ruhig zu bleiben. „Haltet euch von den Fenstern fern. Ich werde den Ausgang überprüfen, um sicherzustellen, dass dort niemand ist. Dann verschwinden wir von hier." Ihre Stimme war fest – ein Wunder angesichts des schrecklichen Entsetzens, das sie empfand. Aber das war egal. Der Schock auf den Gesichtern ihrer Englisch-Studenten weckte in ihr den Drang, sie alle zu beschützen und zu trösten. *Babys, sie sind nur Babys, nicht einer von ihnen ist älter als 19.*

„Emory?" Einer der Jungen, Greg Sestino, stand auf. „Bitte lass mich mit dir kommen."

Emory lächelte ihn an, schüttelte aber den Kopf. „Vergiss es – aber danke für das Angebot. Haltet zusammen. Ich werde in ein paar Momenten zurück sein." Sie wusste es zu schätzen, dass ihre Schüler helfen wollten, aber sie würde sie sicher nicht in Gefahr bringen.

Als sie sich auf den stillen Flur schlich, lauschte sie angestrengt, um überhaupt etwas zu hören. Als die ersten Schüsse gefallen waren, hatte sie erst fünf Minuten unterrichtet. Einige Studenten waren nicht zum Unterricht erschienen, und jetzt, als sie sich schweigend durch die Korridore ihres geliebten Colleges bewegte, klopfte ihr

Herz schmerzhaft. *Bitte mach, dass es ihnen gut geht.* Was sie am meisten wissen wollte, war, wer zum Teufel der Schütze war und wie er eine Pistole hier eingeschmuggelt hatte. Auburn war stolz darauf, eine der sichersten Lehranstalten des Landes zu sein – knapp 50.000 Dollar Schulgeld pro Jahr von den Eltern zu verlangen sorgte dafür. Es gab Metalldetektoren an jeder Tür und einen Sicherheitsdienst, der rund um die Uhr im Einsatz war.

Emory umrundete die Ecke und atmete erleichtert auf. Ein Ausgang – ein gerader Weg, auf dem ihre Studenten entkommen konnten. Sie lief leise zurück zu ihrer Klasse und wies sie an, ihr zu folgen. „Seid so ruhig wie möglich, aber rennt verdammt nochmal los, wenn etwas passiert. Wenn ihr nach draußen kommt, müsst ihr weiterrennen, aber haltet dabei einen Zickzack-Kurs und duckt euch, bis ihr in Sicherheit sind."

Ihre Schüler grinsten sie an, als sie fluchte, und sie war dankbar, dass sie etwas von der Spannung abgebaut hatte. Sie führte sie durch den Korridor und beobachtete, wie sie in die Freiheit liefen. Greg war der Letzte. Er zögerte an der Tür.

„Was machst du da? Greg, lauf!" Emory wurde panisch, als er sich nicht bewegte. Er sah sie an.

„Du kommst nicht mit uns, oder?"

Emory schüttelte den Kopf. „Ich muss die anderen finden."

Greg sah unglücklich aus. „Emory ..."

„Geh." Sie schloss die Tür vor seinem grimmigen Gesicht und drehte sich um. *Atme durch und denk nach.* Es waren noch drei ihrer Studenten im Gebäude. Lee Shawn, Hailey Wells und Bree Saffran. Lee und Hailey waren in einer Beziehung. Wo auch immer sie sich aufhielten – sie waren zusammen. Bree war eine Einzelgängerin, beliebt, aber in sich gekehrt. *Weiß der Himmel, wo sie sein mag.*

Emory bewegte sich langsam durch die Korridore. Sie hatte ihre Sneakers abgestreift, so dass ihre Füße lautlos in Socken über den polierten Fußboden rutschten. Sie überprüfte jedes Klassenzimmer im ersten Stock und ging dann in den zweiten.

Sie war nicht bereit für das, was sie sah. Leichen. Ein leises Wimmern entwich ihr, als sie zwei ihrer Kollegen auf dem Boden inmitten von Blut sah. Sam Jensen, ihr Freund, der Französisch lehrte. „Oh nein, nein, nein ...", flüsterte Emory, als sie neben ihm auf die Knie sank. Eine Kugel war durch Sams Hals gedrungen. Er war verblutet, bevor jemand ihm helfen konnte. Tina Halsey lag ein paar Meter entfernt zusammengekrümmt auf dem Rücken. Emory würgte, als sie sah, dass die Hälfte von Tinas Kopf fehlte.

„Emory ..."

Sie drehte sich um und sah, wie Lee Shawn über den Boden kroch. Sie rannte zu ihm und stöhnte gequält. Lee war in die Brust geschossen worden, und er blutete aus dem Mund. Emory wusste, dass es hoffnungslos war. „Oh Gott, Lee ... Bitte, halte durch." Sie zog ihre Strickjacke aus und drückte sie an seine Brust. Da war Blut in seinem Mund, und er hustete noch mehr Blut auf sie beide.

„Emory ... Hailey ist tot. Er hat sie vor mir getötet, und er hat gelacht, Emory, er hat *gelacht* ..."

Beiden strömten Tränen über ihre Gesichter. „Wer war das, Lee?"

Lees Augen wurden glasig, und Emory wusste, dass er im Sterben lag. Sie würde diesen immer so fröhlichen, freundlichen Studenten vor sich sterben sehen, und sie fühlte sich hilflos. „Kannst du mir sagen, wer es war, Lee?"

Er schüttelte den Kopf, und einen Moment erstarrte Emory bei dem Gedanken an einen willkürlichen Schützen. *Oh Gott, nein ...*

„Ich kann es nicht glauben, ich ... Es war Mr. Azano. David Azano ... Emory ... ich habe Angst."

Emory fühlte sich, als wäre ihr mit einem Hammer auf die Brust geschlagen worden. *David Azano.* Er war Physikprofessor. Und er war ihr *Freund.* Sie setzte sich neben Lee und wickelte ihre Arme um ihn. Lee musste im Delirium sein. Es konnte einfach nicht David sein. David war der Clown im Pausenraums der Dozenten, der geborene Lehrer, der die Studenten und seinen Beruf liebte. Er war sowohl bei den Studenten als auch bei seinen Kollegen einer der beliebtesten Lehrer. *Nein. Auf keinen Fall.*

Lee erschauderte in ihren Armen. „Sag meinen Eltern, dass ich sie liebe. Versprichst du es?"

Sie konnte ihn nicht retten, aber zumindest das Versprechen

konnte sie ihm geben. „Versprochen. Oh Gott, Lee, bitte, versuche durchzuhalten. Einige Studenten haben es nach draußen geschafft. Sie werden die Polizei rufen."

Aber er schwieg und lag schwer und unbeweglich in ihren Armen. Sie wusste, dass er gestorben war. Ein Schluchzen brach aus ihr heraus, und sie bemühte sich, ruhig zu bleiben, und begrub ihr Gesicht in Lees kurzem dunklen Haar, als sie um den toten Jungen weinte.

Als ihr Schluchzen ein paar Augenblicke später zum Stillstand kam, hörte sie es. Einen Schrei. Den Schrei einer Frau. Das Adrenalin strömte durch ihren Körper, und sie legte Lee sanft auf den Boden und stand auf. Der Schrei hatte ihr bewusstgemacht, dass sie immer noch einen Job zu erledigen hatte. Wütend ging sie durch die blutverschmierten Flure und konzentrierte sich auf das, was jetzt wichtig war.

Bree Saffran brauchte ihre Hilfe.

DIE POLIZEI HIELT die Medien und die Angehörigen weit weg vom Schulgebäude in einer Lichtung jenseits der Grundstücksgrenzen zurück. Eine eilig einberufene Pressekonferenz fand statt, und als Luca und Clem eintrafen, machten sie sich auf den Weg zu der Gruppe von Menschen um den Polizeikapitän, der gerade sprach.

„Es gibt derzeit einen aktiven Schützen auf dem Grundstück, und wir arbeiten bereits an einem Rettungsszenario. Bitte haben Sie noch etwas Geduld. Ich verspreche Ihnen, dass wie Sie informieren, wenn wir wissen, ob Ihre Kinder, Freunde oder Kollegen in Sicherheit sind."

Luca bemerkte, dass er Clems Hand umklammerte, aber sie war so blass, dass er sie nicht fallen lassen und ihre Gefühle verletzten wollte. Im Moment brauchten sie einander. Er sah zu dem Dekan, Stephen Harris, der sich mit den Polizisten unterhielt. Er wirkte völlig entsetzt.

Ein Schrei ertönte, als eine Gruppe Jugendliche und Lehrer in die Lichtung strömten und hysterische Verwandte sich ihnen in die

Arme warfen. Luca und Clem stürmten vorwärts, aber bald wurde offensichtlich, dass Bree nicht unter ihnen war. Clem blickte Luca an, und er konnte die Panik in ihren Augen sehen.

„Nein ... nicht mein kleines Mädchen ...", flüsterte sie, und er zog sie an seine Brust.

„Wir wissen noch nichts", flüsterte er ihr zu. „Lass uns ruhig bleiben, bis wir es tun. Wenn sie ... gestorben wäre, würde ich es wissen. Du würdest es wissen."

Er fühlte, wie sie an seiner Brust nickte, und fragte sich, ob sie fühlen konnte, wie schwer sein Herz war. Über ihrem Kopf sah er, wie Greg Sestino von seiner Familie umarmt wurde. Greg erwiderte seinen Blick, nickte und sprach leise mit seiner Mutter, die ihn widerwillig gehen ließ. Er lief zu ihnen.

„Mr. Saffran, Mrs. Saffran, hey. Bree ist noch da drin, und soweit wir wissen, geht es ihr gut. Mrs. Grace ... Kennen Sie Emory?"

„Ja", sagte Clem leise und wandte sich an Luca. „Emory Grace. Brees Englischlehrerin, von der sie immer redet."

Luca nickte und sah Greg an. „Rede weiter."

„Emory, ich meine, Mrs. Grace, ist zurückgeblieben, um Bree und ein paar unserer anderen Klassenkameraden zu finden. Ich kenne Emory. Sie wird nicht zulassen, dass ihnen etwas zustößt. Und Bree ... Mr. Saffran, Mrs. Saffran, ich weiß nicht, ob Sie das über Ihre Tochter wissen, aber sie ist verdammt stark. Ich weiß, dass es ihr gut geht."

Clem lächelte ihn dankbar an. „Danke, Greg, und ich hoffe, dass es allen gut geht, auch all deinen Freunden."

„Das hoffe ich auch. Danke. Ich gehe jetzt besser zurück ..." Er nickte seiner Mutter und seinem Vater zu. Luca schüttelte ihm die Hand.

„Natürlich. Danke, Greg, wir wissen es zu schätzen, dass du hergekommen bist und mit uns geredet hast."

Luca und Clem hielten sich in den Armen und warteten. Luca beugte sich herab, um den Scheitel von Clems roten Haaren zu küssen. „Unsere Tochter ist verdammt stark", sagte er leise.

Clem nickte. „Ja, das ist sie", stimmte sie zu und hielt ihn fester umklammert.

· · ·

BREE SAFFRAN FÜHLTE sich in diesem Augenblick überhaupt nicht stark. Tatsächlich war sie ziemlich sicher, dass sie sich in die Hose machen würde, und das wäre schlecht. Wirklich schlecht. Denn wenn Mr. Azano im Begriff war, sie zu erschießen, dann wollte sie mit Würde sterben.

David Azano richtete mit wilden Augen seine Waffe auf sie. Bree hatte ihn noch nie so gesehen, aber sie konnte an seinen Augen erkennen, dass er verrückt war. Sie hatte das schon bei einigen ihrer wilderen Freunde gesehen. Zwei Worte: Schlechter Drogentrip.

„Ihr verdammten Studenten saugt das Leben aus Menschen wie mir. Ihr nehmt, und nehmt und nehmt ..." Er betätigte den Abzug, und Brees Herz erstarrte. Die Pistole klickte und klickte. Leer. *Oh danke, danke.* Während Azano die Pistole anstarrte, schlich sie durch den Raum und versuchte, zwischen ihn und die Tür zu gelangen. Sie sah nicht nach unten – sie konnte nicht auf die Leichen auf dem Boden des Lehrer-Pausenraums sehen. *Gott* ... sie konnte Blut, Salz und Tod riechen. Sie bewegte sich langsam, aber Azano ertappte sie und grinste.

„Es ist sinnlos, kleines reiches Mädchen. Ich bin dreimal so groß wie du, und schneller, und oh, was haben wir hier?" Aus seiner Tasche zog er ein Messer. Er winkte ihr zu. „Sieht so aus, als ob wir uns näher kennenlernen müssen."

Er stürzte sich auf sie, und Bree schrie so laut sie konnte, als Azano sie packte und gegen die Wand stieß. Sie kämpfte mit all ihrer Kraft, aber er war stark und riesig, so dass das Messer ihr immer näherkam.

Dann warf sich wie in einem Traum eine kleine dunkelhaarige Frau auf ihn und stieß ihn von Bree weg. Bree starrte wie betäubt auf Emory.

„Bree, lauf! *Lauf!*"

Aber sie konnte es nicht. Sie beobachtete, wie Emory mit Azano kämpfte ... er wirkte wie ein Riese neben der winzigen Dozentin. Bree blinzelte und sprang dann auf den Rücken des Mannes, während sie wie eine Furie schrie. Die beiden Frauen klammerten sich an dem Mann fest, schlugen, bissen und kratzten ihn und versuchten, ihn zu Boden zu werfen, aber die Drogen, die er genommen hatte, verliehen ihm übermenschliche Kraft.

Voller Entsetzen sah Bree zu, wie das Messer in Emorys Magen versank und sie gequält aufstöhnte.

„Nein!", schrie Bree, aber Azano zog das Messer aus Emory und wies mit der blutigen Klinge auf Bree.

„Bree! Lauf weg!" Emory hielt sich die Hand auf den Bauch, um die Blutung zu stoppen, während sie versuchte, auf die Beine zu kommen, als Azano auf die jüngere Frau zuging. „Lauf weg! Hole Hilfe ... Es gibt nichts, was du hier tun kannst." Emory trat Azano von hinten gegen das Knie, und er knickte schreiend und fluchend ein, bevor er herumwirbelte und Emory wieder packte. Emory sah geschwächt zu Bree.

„Bree ..." Ihre Stimme war unglaublich ruhig im Angesicht ihres sicheren Todes. „Bitte geh. Ich kann es nicht ertragen, wenn du stirbst. Bitte ..."

Bree begann zu schluchzen. „Emory ... wir alle lieben dich, ich liebe dich. Ich kann dich nicht verlassen ..."

„Lauf weg ..." Emory erstarrte, als Azano wieder auf sie einstach. Dann erfüllte Bree ihr ihren letzten Wunsch und rannte los.

CLEM SAH SIE ZUERST, wie sie von einem Polizisten getragen wurde, und schrie auf. Luca folgte ihrem Blick, dann liefen sie zusammen zu ihrer Tochter.

„Es geht ihr gut", sagte der Polizist, der sie trug. „Sie ist gerade ohnmächtig geworden. Sie war hysterisch, als sie entkommen ist."

Luca nahm seine Tochter von dem Polizisten entgegen und trug sie dorthin, wo die Sanitäter die Verletzten behandelten. Ein paar Sekunden später kam Bree wieder zu sich, wurde aber wieder hysterisch.

Clem nahm das Gesicht ihrer Tochter in ihre Hände. „Baby, Baby, ich bin es, deine Mom. Schau mich an. Du bist jetzt in Sicherheit ..."

„Bitte, er tötet sie ... Ihr müsst ihr helfen." Bree sah panisch zwischen ihrer Mutter und ihrem Vater hin und her.

„Wen, Baby?" Luca nahm ihre Hand.

„Emory ... es war Mr. Azano ... er hat Lehrer und Studenten erschossen, und er hat versucht, mich zu töten, aber seine Munition war verbraucht. Er hatte ein Messer, und er wollte mich umbringen, aber sie hat ihn aufgehalten und ist auf ihn gesprungen ..."

„Ms. Saffran." Alle erstarrten und drehten sich um. Der Polizeikapitän sah sie alarmiert an. „Sie sagen, dass ihm die Munition ausgegangen ist?"

Bree nickte. „Ja. Er hat nur ein Messer ... Ich glaube, wir waren die Einzigen, die noch übrig waren, aber bitte, Sie müssen ihn aufhalten. Er hat sie verletzt ... sie ist so winzig, und sie hat mich gerettet. Sie hat mein Leben gerettet, Mom, Dad ..."

Luca legte seinen Arm um ihre Schultern und nickte dem Polizeichef zu, der sich umdrehte und schnell und leise in sein Funkgerät sprach. Wie aus dem nichts tauchten von allen Seiten Cops auf und liefen in Richtung des College-Gebäudes. Clem und Luca saßen neben ihrer Tochter, die sich weigerte, sich zu bewegen, bis sie wusste, was aus ihrer geliebten Lehrerin geworden war.

Minuten vergingen. Alle auf der Lichtung schwiegen, während sie warteten. Dann, ein paar Minuten später, hörten sie Schreie und Schüsse. Bree umklammerte die Hand ihrer Mutter.

Schließlich sahen sie Sanitäter, die neben einer Trage herliefen. Bree schrie, aber sie konnten nicht sehen, wer es war. Luca stand auf und klopfte ihr auf die Schulter. „Ich werde nachsehen, Süße. Bleib bei deiner Mutter."

Mit einem aussagekräftigen Blick auf Clem drehte er sich um und eilte zum Krankenwagen. Erleichtert sah er die junge Frau auf der Trage – das musste Emory Grace sein. Die Erleichterung war jedoch flüchtig, als er bemerkte, wie viel Blut sie immer noch verlor. Eine Sanitäterin sah ihn an, als er in den Krankenwagen stieg, um zu der bewusstlosen Emory zu gehen.

„Ist sie in Ordnung?" Luca fühlte sich hilflos

„Sind Sie ein Verwandter?"

Luca fühlte sich erschöpft. „Sie hat das Leben meiner Tochter gerettet."

Das Gesicht der Sanitäterin wurde weich. „Wir werden alles tun, was wir können, aber sie hat viel Blut verloren."

Er fragte sie, wo sie Emory Grace hinbringen würden, und sie sagte es ihm. „Wir müssen jetzt wirklich losfahren."

„Ich weiß. Nur noch einen Moment." Er lehnte sich über Emory und flüsterte: „Vielen Dank. Danke, dass Sie meine Tochter gerettet haben."

Er berührte ihre zarte Wange. Als sie leise stöhnte, zog sich sein Herz zusammen.

„Sir?" Die Sanitäterin klang jetzt ungeduldig. Luca trat aus dem Krankenwagen, und kurz bevor sie die Tür schloss, rief er: „Tun Sie alles, was Sie können, um sie zu retten. Bitte."

Die Sanitäterin nickte und schloss die Tür, und Luca blieb stehen, um dem Krankenwagen nachzusehen, während er zu der nächsten Notaufnahme raste.

„Bitte", sagte er leise. Soweit es ihn betraf, war es nicht nur das Leben seiner Tochter, das Emory Grace an diesem Tag gerettet hatte.

FÜR EMORY WAR es ein paar Tage später kein glückliches Erwachen. Der schreckliche Schmerz zerriss ihren Körper. Ihre Kehle fühlte sich wie Sandpapier an, und das Schlimmste von allem war, dass sie ihren Ehemann an ihrem Bett sitzen sah, als sie die Augen öffnete. Oh Gott. War sie in der Hölle?

„Was machst du hier?" Ihre Stimme klang hohl und heiser.

Ray sprang auf und rief den Arzt in seinem typisch herrischen Ton, bevor er ihr half, Wasser aus einem Becher zu trinken. „Liebling, natürlich bin ich hier, wo sonst sollte ich sein?"

Emory spürte einen Schalter in ihrer Hand, und sie drückte ihn in der Hoffnung, dass er für Morphium oder das Rufen der Krankenschwester war. „Nun, Ray, bist du hier, weil du dir um mich Sorgen machst oder weil du wütend bist, dass jemand schneller war mit dem Versuch, mich zu töten?"

Wow, sie musste benommen von dem Morphium sein, um so mit ihm zu reden. Sein Gesicht wurde rot, und sie beobachtete, wie er versuchte, sein Temperament zu zügeln.

„Ich war Tag und Nacht hier für dich", sagte er mit leiser, wütender Stimme. „Und du bist wie immer undankbar."

„Hau ab, Ray."

Ja, es war definitiv das Morphium. Zum Glück für sie beide kam der Arzt und begann, ihr eine Menge Fragen zu stellen. Seine Stimme war so warm und freundlich, dass sie die beiden Männer vor sich unwillkürlich miteinander verglich. Sie unterbrach den Arzt.

„Doktor, bevor Sie weitersprechen, würde ich gerne etwas Privatsphäre von meinem zukünftigen Ex-Ehemann haben. Ray, bitte geh jetzt."

Ray sah genervt aus, aber als er den Arzt anblickte, zuckte dieser mit den Achseln und nickte. „Das ist das Vorrecht der Patientin, Mr. Grace."

An dem Unterton seiner Stimme hörte Emory, dass Ray es geschafft hatte, sich beim gesamten Krankenhauspersonal unbeliebt zu machen. Dr. Lundheim, ein junger, attraktiver Mann Mitte 30, wartete, bis Ray das Zimmer verlassen hatte und grinste dann.

„Wie ich schon sagte, Sie hatten großes Glück. Es wurden keine wichtigen Organe beschädigt und die verletzte Arterie, die die Ursache für Ihren Blutverlust war, konnten wir schließen. Sie sollten sich vollständig erholen, und da Sie noch jung und gesund sind, sollte das auch nicht allzu lange dauern."

Sie lächelte ihn an. „Danke, Doktor."

„Wie fühlen Sie sich? Ernsthaft."

„Ich habe Schmerzen am Bauch, aber wenn man bedenkt ... Ich bin überrascht, dass ich mich so ... *lebendig* fühle."

Er setzte sich auf die Bettkante und lächelte sie an. „Gut. Ich bin froh, das zu hören. Das heißt, dass alles so läuft, wie es sollte. Ich möchte, dass Sie ein paar Tage hierbleiben, damit wir noch mehr Blut in Sie bekommen und Ihre Vitalwerte stabilisieren können, aber Sie sollten in der Lage sein, am Ende der Woche nach Hause zu gehen. Und Sie haben einen richtigen Fanclub da draußen.

Studenten von Ihrem College und ein paar Eltern. Sie warten ständig auf Updates. Besonders eine Familie. Die Saffrans. *Luca Saffran.* Sie haben mächtige Freunde, junge Frau."

Emory lachte und zuckte zusammen, als die Muskeln in ihrem Bauch sich anspannten. „Ich habe Mr. Saffran noch nie getroffen, aber ich kenne seine Frau ein wenig, und seine Tochter Bree ist eine meiner Lieblingsstudentinnen. Ich sollte eigentlich keine Favoriten haben, also verraten Sie niemandem, dass ich das gesagt habe."

Das Morphium wieder. *Ich habe keinen Filter,* dachte sie. Dr. Lundheim tätschelte ihre Hand.

„Nun, jetzt kann ich ihnen allen gute Neuigkeiten überbringen. Was soll ich der Presse sagen?"

Emory blinzelte. „Der Presse?"

Der Arzt verdrehte die Augen. „Ja, der Presse. Sie sind eine Heldin – ein landesweiter Star. Der Präsident höchstpersönlich hat Ihnen seine Genesungswünsche übermitteln lassen."

Emory ließ ihren Kopf zurückfallen. „Jetzt weiß ich, dass es das Morphium ist."

„Im Ernst, Emory, außerhalb des Krankenhauses warten zahlreiche Reporter und Fotografen darauf, den ersten Blick auf die mutige Heldin zu werfen."

Emory war plötzlich schlecht. „Oh, ich verstehe es jetzt. Ich verstehe, warum Ray hier ist ..."

Der Arzt sah verwirrt aus, bevor sich sein Kiefer anspannte und er zu verstehen schien, was sie meinte. „Erklärt das sein ... Verhalten?"

Emory schüttelte den Kopf. „Er braucht das Rampenlicht."

„Es ist nicht *sein* Rampenlicht."

„Ich will es nicht." Sie fühlte sich plötzlich den Tränen nahe. Gott, warum brachte es sie so sehr auf? „Doktor, ich würde es schätzen, wenn ihm künftig der Zugang zu meinem Zimmer verwehrt sein würde. Ich will ihn nicht sehen."

„Das ist kein Problem. Und wenn Sie wollen, kann ich die Presse wissen lassen, dass er nicht für Sie spricht und Sie eine unabhängige Frau sind."

Emory lächelte ihn dankbar an. „Das wäre schön. Danke, Doktor. Für alles."

„Ruhen Sie sich aus. Dann kann ich Ihnen ein paar Besucher schicken – diejenigen, die Sie auch sehen wollen", fügte er mit einem Grinsen hinzu." Er stand auf, und Emory umfasste seine Hand.

„Doktor?" Ihre Stimme zitterte. „Wie viele? Wie viele waren es am Ende?"

Das Lächeln verblasste vom Gesicht des jungen Mannes. „Elf, der Schütze inbegriffen. Vier Studenten, sechs Lehrkräfte. Und fast auch Sie."

Emory konnte kaum atmen, und Tränen traten in ihre Augen. „Gott ...."

„Hey", sagte der Arzt und sah aus der Tür. „Ich weiß, wie man Sie aufmuntern kann. Da draußen ist eine sehr emotionale junge Lady, die bei mehr als einer Gelegenheit gedroht hat, mir in den Hintern zu treten, wenn sie Sie nicht bald sehen kann."

Emory kicherte durch ihre Tränen. „Das muss Bree sein."

Er gab Bree ein Zeichen, und eine Sekunde später kam sie in den Raum gerannt und stürzte sich auf Emory, die zusammenzuckte, als ihre Wunden schmerzten. Sie interessierte sich aber nicht dafür. Sie wickelte ihre Arme um das Mädchen und umarmte es fest. In dieser grauenhaften Situation war eine Bindung entstanden, die sich bereits in ihren gemeinsamen Kursen gebildet hatte und zu einer Art Schwesternschaft geworden war. Bree, deren kurze schwarze Haare in alle Richtungen abstanden, zog sich zurück und lächelte entschuldigend.

„Tut mir leid, ich hoffe, ich habe dir nicht wehgetan." Bree sah zu dem Arzt, der die Augen verdrehte und grinste.

„Bis später, Emory." Und er war verschwunden. Bree betrachtete ihre Lehrerin und Freundin.

„Du siehst viel besser aus, als ich dachte."

„Es sind größtenteils Fleischwunden", log Emory, um sie zu beruhigen. Brees dunkle Augen waren ernst.

„Haben sie dir gesagt, wie viele?"

Emory nickte. „Es ist unglaublich, Bree, und der Gedanke, dass

David, ausgerechnet David ..."

Bree senkte ihre Stimme. „Die Leute sagen, er hatte Drogen genommen. Die Polizei gibt kaum Details heraus. Mein Dad war in der Lage, ein paar Informationen zu bekommen, aber nichts, was wir nicht selbst erraten hätten."

Emory seufzte. „Wie geht es den Eltern der Studenten, die gestorben sind? Lee und Hayley. Wer sonst noch?"

„Sandrine Keys und Lexi Kline."

Emory stöhnte. „Gott ... hätten wir es kommen sehen müssen? War David gestresst? Er gab niemals einen Hinweis darauf."

„Niemand weiß es." Bree konnte sehen, dass Emory aufgebracht war. „Denk nicht mehr darüber nach. Werde einfach wieder gesund. Hey, mein Vater will dich treffen – wäre das okay?"

„Natürlich." Emory hatte Luca Saffran noch nie getroffen, nur Clementine, Brees Mutter. „Sag ihm, dass er vorbeikommen kann, wenn er Zeit hat."

Bree sah ein wenig schuldbewusst aus. „Er ist gerade draußen."

Emory lachte, aber innerlich fühlte sie sich erschöpft. „Kein Problem." Bree ging zur Tür, und Emory hörte, wie sie ihren Vater mit leiser Stimme rief. Emory hoffte, dass sie nicht zu benommen wirkte. Sie vermutete, dass sie so erledigt aussehen musste, wie sie sich fühlte.

Dann kam Luca Saffran ins Zimmer, und plötzlich war sie nicht mehr müde. Luca Saffran war groß. Mit seinen schwarzen Haaren und dunklen Augen war er das Spiegelbild seiner Tochter. Er hielt seinen dunklen Bart ordentlich getrimmt, und Emory entdeckte ein asiatisches Erbe in seinen hübschen Zügen. *Attraktiv*, dachte sie, *mehr als attraktiv sogar*. Der Mann war wunderschön.

Luca Saffran lächelte sie an und reichte ihr die Hand. Sie schüttelte sie und versuchte, den Wirbel der Emotionen in ihr zu verbergen. Luca nickte Bree zu, die lächelte und sie allein ließ.

„Mrs. Grace, ich hoffe, dass Sie sich inzwischen besser fühlen."

Seine tiefe Stimme war leise und weich. Männlich. Emory nickte. „Ja. Es ist nichts Ernstes."

Luca lachte leise. „Bree sagte, dass Sie niemandem Umstände

machen wollen. Es sah ziemlich ernst aus, als die Polizei Sie aus dem Unterrichtsgebäude geholt hat."

„Sie haben mich gesehen?" Emory spürte, wie ihr Gesicht heiß wurde. Luca nickte, und seine dunklen Augen waren voller Schmerz. „Mrs. Grace ..."

„Nennen Sie mich bitte Emory."

„Emory." Die Art, wie er ihren Namen sagte, ließ ihr Herz schneller schlagen. Sie wurde noch aufgeregter, als er ihre Hand nahm. „Emory, es gibt keine Worte, um zu beschreiben, wie dankbar wir Ihnen sind ... Sie haben drei Leben gerettet, als Sie meine Tochter gerettet haben. Ich stehe in Ihrer Schuld."

Emory war von seinen Worten überwältigt, aber sie schüttelte den Kopf. „Es gibt keine Schuld, Mr. Saffran. Jeder hätte das getan. Bree ist eine außergewöhnliche junge Frau, und ich habe nur meinen Job gemacht."

„Sie haben weit mehr als das getan", sagte er. Seine Stimme brach leicht, und er grinste leicht verlegen. „Und nennen Sie mich Luca, okay?"

„Luca." Sie mochte es, wie sein Name in ihrem Mund klang. Luca. Er hielt immer noch ihre Hand.

„Ich möchte, dass Sie wissen, dass alle Rechnungen für ihre Behandlung an mich geschickt werden – ich will es so", fügte er hinzu, als sie ihren Mund öffnete, um zu protestieren. „Stephen Harris hat mir von Ihrer Situation und der Trennung von Ihrem Mann erzählt. Ich akzeptiere keine Widerrede."

Plötzlich sah Emory, wie er im Sitzungssaal sein musste und warum er der CEO des größten Pharmaunternehmens der Welt war. SaffraPharm Inc. war ein seltenes Unternehmen – für jeden Dollar Gewinn spendete es kostenlose Medikamente an Menschen und Länder, die sich keine lebensrettenden Behandlungen leisten konnten. Er war stark und autoritär, ohne kontrollierend zu sein. Er lächelte sie an, und ihre Augen trafen sich einen langen Moment.

„Emory, Sie sehen müde aus."

Sie nickte. „Ja. Aber danke, dass Sie mich besucht haben ... und danke für Ihre Hilfe." Sie errötete, aber er lächelte nur.

„Emory …" Nun war er an der Reihe zu zögern. „Kann ich Sie wiedersehen? Wäre das unangemessen?"

Sie spürte, wie ihr Gesicht brannte. „Das wäre nett."

„Gut." Er streckte die Hand aus und berührte ihr Gesicht kurz, dann ließ er seine Hand fallen. „Ich lasse Sie jetzt besser schlafen."

Als er gegangen war, schloss Emory ihre Augen, aber sie konnte keine Ruhe finden. Ihr Herz war erfüllt von Kummer, Wut und Traurigkeit – und einem neuen Gefühl. Anziehung. Sie versuchte, es zu vertreiben. Es war völlig unangemessen, schließlich lag sie in einem Krankenhausbett, und Luca Saffran war der Vater einer ihrer Studentinnen.

„Es ist nur das Morphium", flüsterte sie, aber sie hatte sich in seinen tiefbraunen Augen und seinen scharfen, hohen Wangenknochen verloren. Ihre Haut brannte immer noch, wo seine Fingerspitzen sie berührt hatten. *Hör auf.* Sie zwang ihre Gedanken von ihm weg, aber nach einer Weile rief sie die Krankenschwester, bat um ein Beruhigungsmittel und fiel in einen tiefen, traumlosen Schlaf.

BREE SAH zu ihrem Vater hinüber, als sie zu seinem Apartment in der Stadt zurückfuhren. Seit dem Amoklauf hatte er in dem Haus in Snoqualmie gewohnt, obwohl er im Gästezimmer geschlafen hatte, und für eine Sekunde hatte Bree sich daran erinnert, wie es vor all den Jahren gewesen war, als es nur sie drei gegeben hatte. Bevor die Distanz zwischen ihrer Mutter und ihrem Vater zu groß geworden war, um sie zu ignorieren, und bevor die Atmosphäre ständig angespannt gewesen war.

Aber jetzt war sie froh, dass er in sein Apartment zurückkehrte. Ihre Mutter hatte seine Entscheidung akzeptiert. Ihr Fokus lag jetzt ganz auf ihrer Tochter. Bree war dankbar für die Unterstützung – aber ihre Mutter konnte es ein wenig übertreiben, also beschloss sie, heute bei ihrem Vater zu übernachten.

Draußen regnete es. Es war ein nebeliger Nieselregen, der die Scheinwerfer auf der Straße widerspiegelte. Bree starrte aus dem Fenster.

„Dad?"

„Ja, Liebling?"

„Hast du Emory gemocht?"

Ihr Vater zögerte, und ein kleines Lächeln umspielte seinen Mund. „Sehr. Sie ist eine sehr intelligente, warmherzige junge Frau." Er klang zu formell, und Bree kicherte.

„Was du meinst, Dad, ist, dass sie heiß ist. Es ist okay, wenn du sie magst." Bree sah, dass seine Wangen sich röteten, und er räusperte sich.

„Breana, es ist kaum die richtige Zeit ..."

„Ich sage ja nur."

„Okay, das ist jetzt genug."

Bree versteckte ein Grinsen. „Mach dich an sie ran, Dad."

Luca warf ihr einen halb verärgerten Blick zu, konnte aber nicht umhin, über ihren fröhlichen Gesichtsausdruck zu lächeln. „Du bist ein kleiner Teufelsbraten. Sie ist nur ein paar Jahre älter als du, also lass uns das Thema wechseln, okay?"

Aber später, als er allein war, erlaubte er sich, an Emory Grace zu denken. Ihre haselnussbraunen Augen, ihr langes mahagonifarbenes Haar, ihr weiches, süßes Lächeln. *Wie könnte dir jemand weh tun?* Seine Anziehung zu ihr war etwas, was nicht erlaubt war. Sie war die Lehrerin seines Kindes, und er war frisch geschieden. Und außerdem war es nicht die romantischste Art, sich kennenzulernen, oder?

Trotzdem, entschied er sich und drehte sich in seinem großen Bett um, *werde ich sie wiedersehen. In ein paar Tagen. Ich gebe ihr etwas Zeit. Aber wir können Freunde sein. In ein paar Tagen.*

AM NÄCHSTEN MORGEN stand er früh auf und ging joggen in der Stadt. Er hatte gut geschlafen, aber seine Träume waren von Emory Grace heimgesucht worden. Von ihrer schönen karamellfarbenen Haut, dem Gefühl ihrer weichen Lippen, ihren süßen Küssen, ihrem Stöhnen, als er sie zum Höhepunkt brachte ... *Reiß dich zusammen, Mann,* wies er sich scharf zurecht.

Aber er wusste, dass er es kaum erwarten konnte, sie wiederzusehen, und ein paar Stunden später, als er Bree erzählte, dass er ins Büro ging, fand er sich stattdessen im Krankenhaus wieder.

EMORY HATTE zum ersten Mal das Bett verlassen und ging vorsichtig in ihrem Zimmer herum. Schon nach wenigen Tagen waren ihre Wunden fast verheilt, und sie fühlte sich besser. Zumindest körperlich. Sie erinnerte sich an den Augenblick, als David – ihr *Freund* David – das Messer in sie gestoßen hatte. An den verrückten Blick in seinen Augen. Sie konnte es nicht begreifen. Nachdem Bree entkommen war, hatte David Emory angegriffen, und sie hatte sich verteidigt, bis sie blutend und nach Luft schnappend zu Boden gegangen war. Sie wusste nicht, wie lange es damals gedauert hatte, bis die Polizei gekommen war. Als David auf die Polizisten losgegangen war, hatten sie ihn sofort niedergeschossen. Alles danach war verschwommen. Emory zitterte und zog ihren Morgenmantel fester um sich. Bei all der Gewalt wurde ihr schlecht.

„Ich würde mich nicht zu nahe ans Fenster stellen. Da draußen sind überall Fotografen.“

Scheiße. Sie drehte sich um und starrte Ray an, der mit einem Strauß Rosen in der Hand in der Tür stand. Sein falsches Lächeln widerte sie an. Sie hasste Schnittblumen, und Ray wusste das nur zu gut. „Was zur Hölle machst du hier?“

Ray lächelte, aber es war kein Humor in seinen Augen. „Nun, Liebling, sei keine kleine Schlampe. Ich bin nur gekommen, um meine heldenhafte Frau zu besuchen.“ Sein Ton war voller Sarkasmus und noch etwas anderem – Eifersucht. *Verdammt.* Sie stieg wieder ins Bett und bemerkte, dass er sich nicht bewegt hatte, um ihr zu helfen. Sie fühlte sich besser und stärker, als sie saß, und fixierte ihren baldigen Ex-Ehemann mit einem kalten Blick.

„Ray, ich habe dich gebeten, wegzubleiben. Wir haben uns nichts mehr zu sagen. Das weißt du auch.“

Ray ignorierte sie und setzte sich auf das Bett. „Glaubst du ernsthaft, dass ich dich so einfach gehen lasse?“

„Du hast keine Wahl.“

Ray lächelte. Dann bewegte er plötzlich seine Hand und drückte sie auf ihren verwundeten Bauch. Emory keuchte vor Schmerz, aber Ray ließ nicht nach. Sein Mund war neben ihrem Ohr.

„Du hörst mir jetzt zu, du kleine Hure. Du bist *meine* Frau. Du gehörst mir, und wenn du denkst, du kannst mich lächerlich machen, irrst du dich."

Er verringerte den Druck auf ihren Bauch und setzte sich zurück, ohne sie aus den Augen zu lassen. Emory hielt den Atem an, und als sie sprach, zitterte ihre Stimme.

„Ray ... ich werde mich nicht von dir bedrohen lassen. Ich will die Scheidung, oder ich gehe direkt zur Presse, die auf mich zu warten scheint, und erzähle die Wahrheit über den hochgeschätzten Professor Grace. Du hast mich lange genug tyrannisiert."

Ray lächelte. „Oh, ich glaube nicht, dass du das tun wirst, Emory." Er lehnte sich näher zu ihr. „Oder du wirst noch einmal Bekanntschaft mit einem Messer machen."

Emory wich vor dem Gift in seiner Stimme zurück. Drohte er ihr ernsthaft, sie zu töten? So schlimm es auch zwischen ihnen stand ... das war ein ganz neues Level. Der Blick in seinen Augen erinnerte sie an David Azano, und sie wusste, dass Ray sie ohne zu zögern ermorden würde.

„Warum willst du in einer lieblosen Ehe bleiben?", flüsterte sie. „Was soll uns das bringen?"

„Wer hat gesagt, dass sie lieblos ist? Ich bete dich an, Emory, das musst du wissen. Du bist die schönste Frau auf dieser Welt, und ich lasse dich nicht einfach gehen ... jedenfalls nicht lebendig." Er flüsterte das letzte Wort, als ob es eine Verführung wäre, dann drückte er seinen Mund auf ihre Lippen. Emory kämpfte, aber seine Hände legten sich grob auf ihre Schultern und ihre Brüste. Emory biss ihm auf die Unterlippe, und Ray fluchte und hob die Hand. Sie zuckte zusammen und erwartete den Schlag.

„Was zur Hölle geht hier vor?"

Luca Saffran stand mit seinen 1,90 Metern in der Tür und blickte auf Ray. Emory fühlte Erleichterung und Freude darüber, ihn zu sehen, aber sie konnte die Tränen nicht zurückhalten, so schockiert war sie über Rays Verhalten. Ray wischte das Blut von seiner Lippe und stand auf. Emory bemerkte, wie klein Luca ihn aussehen ließ. Weil sie selbst so winzig war, hatte sie Ray immer für so groß gehalten, aber er war nichts im Vergleich zu Luca.

„Wer zur Hölle sind Sie?", knurrte Ray Luca an, der ihn kalt anlächelte.

„Luca Saffran. Emory, belästigt Sie dieser Mann?"

Ray lachte ungläubig. „*Dieser Mann*? Ich bin ihr verdammter Ehemann. Raus hier!"

Luca bewegte sich nicht. Sein Blick fiel auf Emorys blasses Gesicht. „Alles in Ordnung?"

Emory schüttelte den Kopf, und Lucas Augen wurden weich. Sie beobachtete, wie Luca seine Aufmerksamkeit ihrem wütenden Ehemann zuwandte. „Mir wurde gesagt, dass Sie Emorys Ex-Mann sind und dass sie Sie nicht hier haben will. Also schlage ich vor, dass Sie gehen, bevor ich den Sicherheitsdienst rufe."

Ray lief rot an. „Was glauben Sie, wer Sie sind?"

„Ich bin ein Freund von Emory. Ich habe wenig Geduld für Männer, die Frauen bedrohen, und noch weniger für diejenigen, die sie verletzen. Ich bin außerdem jemand, mit dem Sie definitiv keinen Ärger wollen. Ich will Sie hier nicht mehr sehen, Mr. Grace." Seine Stimme war eiskalt.

Ray lachte dunkel. „Ein *Freund*? Na, das sind Neuigkeiten ..." Er blickte zu Emory zurück. „Also hat der kleine Unschuldsengel schon längst einen anderen. Die Presse würde es lieben, alles über das kleine Geheimnis ihrer Heldin zu wissen." Er wandte sich wieder an Luca. „Und für Sie bin ich *Professor* Grace."

„Trotz Ihrer groben Unterstellungen haben Emory und ich uns gerade erst kennengelernt, nachdem sie das Leben meiner Tochter gerettet hatte und dabei schwer verletzt worden war. Wenn Sie der Presse etwas anderes erzählen, werden Sie es bereuen."

„Sie drohen mir?"

Luca trat vor, und Ray wich zurück. „Oh ja", sagte Luca leise, „das ist eine Sprache, die Sie verstehen, nicht wahr, Professor?"

Emory hielt den Atem an. Luca hatte gehört, dass Ray sie bedroht hatte und jetzt ... Sie konnte den Zorn in seinen Augen sehen und fragte sich, warum er sie so verteidigte. Es wärmte ihr das Herz

Ray war still. Luca lächelte Emory herzlich an, bevor er zu ihrem Mann zurückblickte. „Nun, ich schlage vor, dass Sie gehen und nicht zurückkommen, oder ich werde *Ihren* Ruf zerstören."

Ray zögerte, kam dann aber scheinbar zu dem Schluss, dass Luca es ernst meinte, und ging mit einem letzten, wütenden Blick auf Emory aus dem Zimmer.

Emory stieß ein langes Seufzen der Erleichterung aus. „Danke, Luca. Das hätte böse enden können, wenn Sie nicht hier aufgetaucht wären."

Sie schloss ihre Augen, regulierte ihre Atmung und versuchte, ihr Herz zu beruhigen. Luca schloss die Tür, zog einen Stuhl neben ihr Bett und wartete darauf, dass sie die Augen öffnete. Er lächelte sie an, als sie es tat.

„Soweit ich gehört habe, war es bereits ziemlich schlimm. Wie lange misshandelt er Sie schon?"

Emory errötete. „Schon zu lange", flüsterte sie, und Luca nahm ihre Hand.

„Nicht mehr", sagte er einfach. Seine langen, warmen Finger streichelten ihren Handrücken. „Emory ... was sind Ihre Pläne, wenn Sie das Krankenhaus verlassen? Wo werden Sie hingehen?"

„Ich habe ein kleines Cottage am College und ..." Sie verstummte, als Luca den Kopf schüttelte.

„Das College wurde den Sommer über geschlossen, und die Polizei hat das Gelände für ihre Untersuchung gesperrt."

Emorys Herz sank. „Oh." Plötzlich fühlte sie sich hoffnungslos. „Nun, ich glaube, dass ich dann in ein Motel gehen muss."

Luca lächelte. „Das werden Sie nicht tun. Ich lasse ein Apartment in der Stadt für Sie vorbereiten. Wenn das nicht nach Ihren Wünschen ist, werde ich etwas arrangieren, wo auch immer Sie wollen."

„Ich kann Ihr überaus freundliches Angebot nicht annehmen, aber vielen Dank." Emorys Gesicht brannte, aber Luca hob die Augenbrauen und lächelte.

„Emory, Sie brauchen einen sicheren Rückzugsort. Ich besitze einige Immobilien, die leer stehen, aber über hervorragende Security verfügen."

Emory musste lachen. „Und als mächtiger Mogul dürfen Sie das einfach so entscheiden?"

Luca grinste. „Ich glaube, mächtige Mogule dürfen alles entscheiden, was sie wollen. Das behaupten jedenfalls meine Angestellten. Aber einmal haben sie mir verboten ,Alter' zu sagen, weil ich den Ausdruck zu oft benutze. Sie sind alle Tyrannen."

Emory lachte bei seiner gespielten Empörung. „Hey, ich habe vergessen zu fragen, wie es Bree geht? Es schien ihr gut zu gehen, als ich sie sah, aber es kann einige Zeit dauern, bis sie das, was passiert ist, wirklich realisiert."

„Bree geht es gut", sagte Luca und nickte, „aber ich glaube, dass Sie recht haben. Ich glaube, sie wird es realisieren, wenn keiner von uns es erwartet." Er betrachtete sie. „Was ist mit Ihnen?"

Sie nickte. „Bei mir ist es auch noch nicht soweit. Ich glaube nicht, dass ich es mir erlaube, es zu verarbeiten, bis ich mich stark genug fühle, um damit umzugehen – und auch mit dieser Sache mit Ray ..." Sie seufzte. „Wow. Mein ganzes Leben hat sich gerade in einem Herzschlag verändert."

Lucas Hand umfasste ihre Finger fester. „Emory ... Ich weiß, dass wir uns nicht wirklich kennen, aber ich möchte Sie gern kennenlernen. Bitte lassen Sie mich eine sichere Unterkunft für Sie arrangieren. Das ist wirklich das Mindeste, was ich tun kann."

Emory sah ihn an und wusste plötzlich, dass sie erlauben würde, dass dieser Mann sich um sie kümmerte. „Okay", sagte sie und lächelte ihn an. „Okay", dann grinste sie. „Alter."

Sein Lächeln ließ ihr Herz schneller schlagen.

DREI WOCHEN später wachte Emory in ihrem neuen Apartment auf. Luca hatte nicht übertrieben, als er sagte, dass es sicher sei. Nebenan und an der Rezeption befanden sich Mitarbeiter des Sicherheitsdienstes. Das Apartment war wunderschön, nicht zu groß, aber trotzdem extrem luxuriös. Luca hatte sichergestellt, dass alles für sie vorbereitet war, als sie aus dem Krankenhaus entlassen wurde. Er hatte darauf bestanden, sie selbst abzuholen, und eine sehr aufgeregte Bree mitgebracht. Emory hatte seit ihrer Entlassung viel Zeit mit ihr verbracht, und sie hatte sie noch mehr liebgewonnen. Inzwischen waren sie wie Freundinnen.

Sie hatte nicht gewusst, dass Luca und seine Frau Clem sich gerade scheiden ließen. In gewisser Weise bereute sie, es zu wissen. Als sie gedacht hatte, dass Luca nicht verfügbar sei, war es einfacher gewesen, ihre Gefühle für ihn beiseite zu schieben. Aber jetzt ... Sie und Luca hatten sich bis spät in die Nacht unterhalten, während Bree auf der Couch neben ihnen eingeschlafen war, und Emory hatte gespürt, dass nur die Anwesenheit seiner Tochter verhinderte, dass mehr zwischen ihnen passierte. Die Art, wie er Emory ansah, ließ sie schwach werden. Sie redeten, seine Augen wanderten zu ihrem Mund und ihr wurde flau im Magen. Wenn er sich dann am Ende des Abends verabschieden wollte, war seine Stimme voller Bedauern. Jedes Mal, wenn ihre Finger sich versehentlich berührten, war es wie ein elektrischer Schlag, und wenn sie allein war, stellte sie sich seine Hände auf ihrem Körper, seine Lippen auf ihrem Mund und seinen Schwanz tief in sich vor. Noch nie hatte sie so starkes Verlangen für einen Mann empfunden.

Jetzt war Bree eine Woche lang bei ihrer Mutter, so dass es kein Sicherheitsnetz zwischen Emory und Luca gab. Beide wussten, dass es unvermeidlich war, aber sie ließen die Worte unausgesprochen. Es hielt die Vorfreude auf einem spannenden Level, auch wenn es sie fast verrückt machte.

Ihr Handy vibrierte. Sie blickte auf die Uhr. Kurz nach neun Uhr morgens. Sie nahm ihr Handy und lächelte. *Luca.*

„Hey du", sagte sie leise und hörte ihn lachen.

„Habe ich dich aufgeweckt?"

„Ganz und gar nicht."

Es gab eine kurze Pause. „Also", sagte er schließlich, „ich weiß, dass wir heute zum Abendessen verabredet sind ... aber ich habe den ganzen Tag unerwartet zur freien Verfügung. Willst du mir Gesellschaft leisten?"

Emory spürte wie sich ihr Herzschlag beschleunigte und zwischen ihren Beinen pulsierte. „Das klingt gut", sagte sie und versuchte, lässig zu klingen. „Soll ich dich irgendwo treffen?"

„Nein ... ich komme zu dir", sagte er, und seine Stimme war voller Begierde. Emory zitterte vor Vorfreude.

„Komm *jetzt*", sagte sie leise und hörte, wie er Atem holte.

„Ich bin auf dem Weg, meine Schöne."

ALS SIE DEN Anruf beendet hatte, eilte sie aus dem Bett in die Dusche, schrubbte ihre Haut und trug dann Feuchtigkeitscreme auf ihrem ganzen Körper auf. Die Wahl, was sie anziehen sollte, war schwierig. Sie wollte nicht aussehen, als ob sie erwartete, mit ihm zu schlafen. Anderseits wollte sie auch nicht so verkleidet sein, dass er abgeschreckt wurde. *Du benimmst dich wie eine lüsterne Frau*, sagte sie sich mit einem Grinsen, aber es war ihr egal. Sie entschied sich für ein einfaches weißes Sommerkleid, verzichtete aber mit einem Grinsen auf die Unterwäsche. Dann bezog sie das Bett neu, räumte auf und zündete Duftkerzen an. Sie hatte gerade die alte Bettwäsche in die Waschmaschine geschoben, als die Sprechanlage summte.

Sie fühlte sich atemlos und leichtsinnig, als sie die Tür öffnete. Er sah jedes Mal, wenn sie sich trafen, besser aus, und jetzt, mit dem Ausdruck ungezügelten Verlangens in seinen Augen, war sie völlig verloren.

Er sagte nichts, sondern lächelte nur. Dann beugte er den Kopf zu ihr herab und küsste sie. Seine Lippen waren zuerst weich, aber als sie ihn in das Apartment zog, wurden sie härter. Sein Atem kam stoßweise, als sie ihre Arme um seinen Hals schlang. Er berührte ihren Bauch zärtlich.

„Wenn es weh tut, dann sag mir, dass ich aufhören soll." Aber sie schüttelte den Kopf. Ihre Wunden waren fast verheilt, und selbst wenn es ab und zu noch ein wenig wehtat, würde sie ihm sicher nicht sagen, dass er aufhören sollte. Seine Hand glitt unter ihr Kleid, und als er auf die nackte Haut dort stieß und spürte, wie nass sie für ihn war, stöhnte er hilflos.

„Emory, ich brauche dich *jetzt* ...“

Er schob sie an die Wand zurück. Emorys Hand wanderte zu dem Reißverschluss seiner Hose und befreite seinen dicken, schweren, bereits pulsierenden Schwanz daraus. Er hob sie hoch, und sie führte ihn keuchend in sich ein, bis er sie vollständig füllte. Luca stieß seinen Schwanz hart in sie und wollte sie ganz besitzen. Seine Augen verließen nie ihr Gesicht, während er sie nahm.

Emory stöhnte sehnsüchtig. Sie hatte Sex noch nie so wild und animalisch erlebt. Sein Schaft war diamanthart, und seine freie Hand auf ihrer Klitoris ließ sie fast den Verstand verlieren. Als er kam, stöhnte er und rief ihren Namen immer wieder, während sie spürte, wie er sich tief in sie ergoss, und sie dreimal zitternd zum Orgasmus kam, bevor sie beide auf dem Teppich zusammenbrachen und schwer atmeten.

Luca zog ihr Kleid von ihren Schultern, bis sie nackt war. Seine Hände und seine Augen erforschten jeden Teil von ihr, von ihren vollen Brüsten über ihren sanft geschwungenen Bauch bis zu ihren schlanken, schön geformten Beinen. Sein Mund fand ihre Brustwarze, und er spürte, wie ihre Finger sich in seinem dunklen Haar vergruben. Er strich mit der Zunge über ihren Bauch und küsste jede der rosafarbenen Narben zärtlich, bevor er sich ihrem Geschlecht widmete. Er nahm ihre Klitoris zwischen die Zähne, biss sanft zu und spürte, wie sie unter seiner Zunge härter wurde. *Diese Frau,* dachte er, *diese schöne, sinnliche, erstaunliche Frau ...*

Die Intensität seiner Gefühle für sie überraschte ihn. Selbst Clem, die er als seine Seelenverwandte betrachtet hatte, hatte nicht dieses starke Verlangen in ihm geweckt. Er wollte Emory Grace immer wieder nehmen, die ganze Zeit, den ganzen Tag, die ganze Nacht.

Sie flüsterte seinen Namen immer wieder, und ihr Rücken wölbte sich, als er sie wieder kommen ließ. Der Anblick ihres Körpers machte es ihm unmöglich, irgendetwas anderes zu tun, als seinen Schwanz immer wieder in sie zu stoßen und sie vor Vergnügen aufschreien zu lassen.

Sie schafften es endlich zum Bett und verbrachten den ganzen Tag dort. Sie liebten und unterhielten sich, bis sie erschöpft waren. Dann schliefen sie ein, während sie sich fest umarmten, und als Luca erwachte, war es draußen dunkel.

Er sah auf die Uhr. Es war bereits halb neun, aber er hatte keine Absicht, sich zu bewegen. Er blickte auf die Frau in seinen Armen, deren dunkle Wimpern auf ihren geröteten Wangen ruhten und deren volle, rosafarbenen Lippen geschlossen waren, als sie schlief. Sie war so schön. Er liebte die Art und Weise, wie ihre Körper perfekt zusammenpassten und sich ihre Kurven an seine harten, trainierten Muskeln schmiegten. *Alles an ihr ist weich*, dachte er und streichelte die Kurve ihrer Brust, um dann mit seinen langen Fingern über ihren Bauch zu streichen. Clem war eine schlanke Frau, ein ehemaliges Modell, mit fein konstruierten Wangenknochen. Emory hingegen erinnerte ihn an eine antike Göttin mit ihren üppigen Kurven. Er nahm sich vor, ihr das zu sagen, wenn sie aufwachte. Als sein Finger über die Narben auf ihrem Bauch glitt, verblasste sein Lächeln. *Wie konnte dich jemand so verletzen?* Er seufzte schwer, und Emorys Augen öffneten sich.

„Ein Penny für deine Gedanken", sagte sie, und er sagte ihr, worüber er nachdachte. Sie erhob sich in eine sitzende Position. „Ich glaube nicht, dass er es tun wollte. Nicht der David, den ich kannte. Es war nichts Persönliches. Ich glaube nicht, dass er mich erkannt hat." Sie schwieg einen Augenblick. „Zea, seine Witwe, tut mir leid. Ich hätte sie kontaktieren sollen, um sicherzustellen, dass es ihr gut geht. Du weißt nicht, wie es ihr geht, oder?"

Luca schüttelte den Kopf. „Ich habe überlegt, sie zu kontaktieren, aber sie hat den Bundesstaat verlassen. Ich kann jemanden nach ihr suchen lassen, wenn du möchtest."

Emory zog es in Erwägung, schüttelte dann aber den Kopf. „Nein, wenn sie weg sein möchte, dann lass sie in Ruhe. Zumindest für jetzt.

Vielleicht kann ich in einem dieser Interviews, die ich wohl geben muss, etwas sagen, das ihr helfen wird."

Luca strich ihr langes dunkles Haar über ihre Schulter zurück. „Du wirst Interviews geben?"

Sie nickte. „Jemand muss die Wahrheit sagen. Nach all den Lügen, die ich darüber gelesen habe ... Wusstest du, dass manche Verschwörungstheoretiker das Ganze als inszeniert bezeichnen? Ja, sicher, das Messer in meinem Bauch war gar nicht echt. Das Blut meiner Freunde an den Wänden war nur ein Spezialeffekt zur Unterhaltung. Arschlöcher."

Sie war ganz aufgeregt, und Luca zog sie in seine Arme. „Ich komme mit dir mit und stelle mich hinter die Kamera, damit du dich nicht so allein fühlst. Ist das in Ordnung?"

Sie küsste ihn auf den Mund. „Tut mir leid, dass ich so emotional reagiert habe."

Luca lachte leise. „Du brauchst dich nicht zu entschuldigen, hörst du mich?"

Sie grinste. „Ja, Boss."

Er lachte und schob sie wieder auf das Bett. „Nun, da ich dein Boss bin, musst du etwas für mich tun."

Sie spielte mit, als er sie mit seinem Körper bedeckte. „Was Sie wünschen, Sir."

Er küsste ihr Ohr. „Spreize deine schönen Beine für mich." Lachend tat sie es und schlang sie um seine Taille, um vor Freude aufzuschreien, als er mit seinem riesigen, pochenden Schwanz wieder und wieder in sie eindrang.

WIR HABEN DEFINITIV *in unserer eigenen Welt gelebt*, dachte Emory eine Woche später, *und das hier ist die Realität.* Sie saß vor einer Journalistin, die sie ignorierte, heißen Studio-Scheinwerfern und unzähligen Fremden, während sie alle darauf warteten, dass das Interview begann. Sie wünschte sich, dass sie Lucas Angebot nicht abgelehnt hätte und er bei ihr gewesen wäre. Sie hatte ihm gesagt, dass sie ihre Beziehung nicht in der Öffentlichkeit zeigen wollte, bevor all dieser Unsinn vorbei war und bevor er es Bree gesagt hatte.

Die letzte Woche war die glücklichste in Emorys Leben gewesen, und jetzt, als sie auf die vergangenen Jahre zurückblickte und bereit war, darüber mit dieser Fremden zu sprechen, fragte sie sich, wie sie jemals gedacht haben konnte, dass sie ein Leben vor Luca gehabt hatte. Nach dem Interview hatte sie einen Termin bei ihrem Anwalt, um die Scheidungspapiere zu unterzeichnen. Sie wusste nicht, wie Luca es geschafft hatte, aber irgendwie hatte er Ray überredet, der Scheidung zuzustimmen. Emory wollte nicht daran denken, wie viel Geld es Luca gekostet haben musste, die Kooperation von Ray zu sichern. Sie wusste nicht, wie sie es ihm jemals zurückzahlen sollte. Und nach dem Anwaltstermin wollte Luca mit ihr in seinem Privatjet auf seine Insel in der Karibik fliegen.

Das Interview begann, und die Journalistin war plötzlich überaus freundlich und lächelte. Sie ging mit Emory die Ereignisse an der Schule durch und stellte Fragen über die Leute, die gestorben waren, anstatt allzu lange auf David Azano einzugehen, aber Emory hatte die Chance, über Zea, Davids Witwe, zu sprechen.

„Wir wissen es nicht, und wir werden es vielleicht nie erfahren, was David zu dieser Tat getrieben hat, aber ich will seiner Witwe Zea etwas sagen. Zea, wir sind für dich da. Ich bin für dich da, was auch immer du brauchst."

Die Journalistin namens Diane, eine streng wirkende Frau Anfang 60, nickte. „Es ist sehr großzügig von Ihnen, ihr zu vergeben, Emory."

„Zea Azano hat nichts getan, was vergeben werden muss", sagte Emory sanft. „Sie ist genauso ein Opfer wie jeder andere auch. Ich möchte die Presse und die Leute in den sozialen Medien darum bitten, sie und ihre Familie respektvoll zu behandeln."

„Wie geht es für Sie weiter, Emory?"

Emory atmete tief ein. „Wenn das College wieder aufmacht, und es *wird* wieder aufmachen, hoffe ich, dass ich meine Position wieder einnehmen darf."

Diane sah skeptisch aus. „Wirklich?"

Emory verstand ihre Frage nicht. Diane lachte. „Emory, haben Sie die Artikel über sich in der Presse gelesen? Sie sind ein Superstar. *Junge, schöne Heldin rettet das Leben der Tochter des Milliardärs.* Hollywood ruft, Emory."

Emory wich zurück Die Erwähnung von Bree und Luca machte sie vorsichtig. „Diane, ich bin keine Schauspielerin und keine Medienpersönlichkeit. Ich bin Lehrerin. Ich bin nicht daran interessiert, etwas anderes zu tun, das war ich noch nie." Sie befürchtete, dass Diane die Saffrans erwähnte, um zu Fragen über ihr Privatleben überzuleiten, obwohl es den Bedingungen widersprach, unter denen Emory dem Interview zugestimmt hatte. Aber Diane befragte sie zu ihren zukünftigen beruflichen Plänen und machte Emory dann etwas verlegen, als sie eine Montage aus Clips abspielen ließ, in denen ihre Studenten und Kollegen ihr Tribut zollten. Diejenige, die sie am meisten berührten, waren Lee Shawns Eltern, die ihr dankten, dass sie in seinen letzten Minuten bei ihrem Sohn gewesen war. Emory wischte sich eine Träne ab, als das Segment endete. Als das Interview schließlich vorbei war, war Diane sehr viel freundlicher als vor dem Interview und schüttelte Emorys Hand.

Luca wartete in einer verdunkelten Limousine hinter dem Studio, und als sie neben ihn rutschte, beugte er sich vor, um sie zu küssen.

„Wie ist es gelaufen?"

„Es ging." Sie lächelte und sehnte sich nach weiteren Küssen. Er lachte und streichelte ihr Gesicht.

„Nun, du siehst glücklich aus, also denke ich, dass ich warten muss, bis das Interview gesendet wird, um es herauszufinden."

Er startete das Auto, und Emory legte ihre Hand auf seinen Oberschenkel. „Sie haben nicht über uns gesprochen, also denke ich, dass noch niemand davon weiß."

Luca lächelte sie an. „Ich nehme an, dass du bald die Scheidung bekommen wirst, die du unbedingt willst. Heute ist ein guter Tag."

Emory lachte. „Ich werde noch glücklicher sein, wenn es vorbei ist und ich Ray niemals wiedersehen muss. Ich vertraue nicht auf diese neue, versöhnliche Seite von ihm. Das ist nicht in seiner Natur." Sie drückte sein Bein. „Vielleicht wäre es besser, wenn du das Auto um die Ecke parkst und ich zu Fuß zur Kanzlei gehe. Wenn er uns zusammen sieht, könnte er seine Meinung ändern. Oder die Presse anrufen."

Luca seufzte. „Du hast wahrscheinlich recht. Und danach, Miss ... Was ist dein Mädchenname?"

Emory grinste. „Flannery."

Lucas Augenbrauen schossen hoch. „Emory Flannery? Ist das dein Ernst?"

„Nein." Sie lachte. „Dutta. Mein Vater stammt aus dem Punjab."

Luca nickte lächelnd. „Ich hatte mir schon so etwas gedacht. Anscheinend haben wir beide asiatisches Blut. Meine Großmutter war aus Japan."

„Was für ein exotisches Paar. Seltsamerweise mochte ich Grace als Nachnamen, nur nicht den Mann, der damit einherging."

Sie beide lachten. „Ja, der Name passt zu dir, der Mann aber nicht."

„Sein richtiger Name ist Raymond Idiot."

„Das passt schon eher."

Sie scherzten miteinander, bis Luca den Wagen auf der Straße neben ihrer Anwaltskanzlei anhielt. „Lass dein Handy an", sagte er, und Emory verdrehte die Augen.

„Mir passiert schon nichts."

Es war innerhalb von Sekunden vorbei. Sie unterschrieb die Papiere. Alles, was sie wollte, war, zu ihrem Mädchennamen zurückzukehren. Sie verlangte kein Geld oder Immobilien von Ray, nur die Hälfte ihres gemeinsamen Eigentums. Sie konnte fühlen, wie Ray sie die ganze Zeit beobachtete, und ihre Haut kribbelte vor Irritation und Angst. Ray plante etwas. Dessen war sie sich sicher. Er verließ die Kanzlei vor ihr, ohne ein Wort zu ihr zu sagen.

Emory seufzte und dankte ihrem Anwalt. Sie war geschieden. Gott sei Dank. Sie nahm ihre Handtasche und schüttelte die Hand des Anwalts. Im Aufzug stieß sie den Atem aus. Nun war es an der

Zeit für Sonne, Meer und jede Menge Sex mit dem Mann ihrer Träume.

Als der Aufzug ankam, trat sie ein. Es war leer, aber als die Tür anfing, sich zu schließen, drängte Ray sich hindurch. Er hatte ein böses Grinsen auf seinem Gesicht. Emory spürte einen Adrenalin-Schub und Angst in sich aufsteigen. Sie versuchte, sich an Ray vorbeizuschieben, aber er legte seine Hand auf ihre Brust und schob sie nach hinten – hart. Emory öffnete den Mund, um nach Hilfe zu rufen, aber er presste seine Hand auf ihren Mund.

„Ich würde an deiner Stelle nicht kämpfen, Emory, es macht alles nur noch schwerer."

Aber sie ignorierte ihn, drehte sich von ihm weg, als er nach ihr griff, hob ihr Knie und rammte es in seine Leiste.

„Du verdammte Schlampe!"

Als sie zum Alarmknopf springen wollte, packte er ihren Knöchel, riss sie zu Boden und warf sein Gewicht auf sie. Sie kratzte und biss, als seine Hände ihre Kehle umfassten und er begann, sie zu würgen.

Emory konnte die Dunkelheit näherkommen spüren, aber sie kämpfte mit allem, was sie hatte und rammte schließlich ihre Daumen in seine Augen. Als er brüllend zurückwich, schrie sie so laut, wie ihre schmerzende Kehle es zuließ, und rollte sich weg, als er blind auf den Boden fiel. Sie drückte den Alarmknopf in dem Moment, als sich die Aufzugtüren zu öffnen begannen, und fiel direkt ... in Lucas Arme.

LUCA WAR UNGEDULDIG GEWORDEN, und er hasste es, dass Grace mit Emory in der Kanzlei war. Als er ihr Handy anrief und sie nicht antwortete, beschloss er, an der Rezeption zu warten. Er war gerade dort, als alle an der Rezeption den Schrei hörten. Luca rannte zum Aufzug, und als sich die Türen öffneten, fiel eine fast hysterische Emory in seine Arme. Schockiert zog er sie zu sich und hielt sie fest, als er sah, wie Ray Grace sich den Mund abwischte und ihn anstarrte.

„Ich wusste es. Ich wusste, dass Sie sie ficken. Das werden Sie noch bereuen." Und mit diesen Worten war er verschwunden. Luca wollte ihm nachgehen und den Mann für das, was er getan hatte, büßen lassen, aber er verabscheute den Gedanken, Emory allein zu lassen. „Rufen Sie die Polizei", sagte er zu der blassen Rezeptionistin, die nickte, aber Emory schüttelte den Kopf.

„Nein, bitte, ich will es einfach vergessen und gehen. Wenn wir die Polizei rufen, werden sie uns heute Abend nicht gehen lassen. Luca, ich muss hier weg."

Die Rezeptionistin zögerte, und Luca schüttelte den Kopf. „Es ist in Ordnung, danke."

Er führte Emory zurück zum Wagen und fuhr zum Flughafen, während er ihre Hand hielt. Er sah zu ihr hinüber. Sie schien sich gesammelt zu haben, aber ihr schönes Gesicht war rot und geschwollen vom Weinen. „Alles in Ordnung, Baby?"

Sie lächelte ihn an. „Jetzt schon. Luca, ich hätte wissen müssen, dass er etwas versuchen würde. Sein bisheriges Verhalten, die Tatsache, dass er mit der Scheidung einverstanden zu sein schien ... Es war dumm von mir. Können wir es vergessen und einfach nur unseren Urlaub genießen?"

Luca legte seine Fingerspitzen auf ihre Wange. „Darauf kannst du wetten, Süße."

Zurück in der Stadt packte Ray Grace eilig eine Tasche. Er hatte keinen Zweifel daran, dass Luca Saffran nach Rache dürstete wegen dem, was er mit Emory gemacht hatte. *Verdammt.* Er war so nah bei ihr gewesen, so nah an ihrem Hals, der unter seinen Händen zerdrückt wurde. Alles, woran er gedacht hatte, seit sie die Scheidung beantragt hatte, war sicherzustellen, dass sie ihn nicht verlassen würde.

Jetzt musste er sich verstecken und einen neuen Plan machen. Jetzt, da er wusste, dass sie mit Luca Saffran ins Bett ging, war er noch entschlossener als zuvor.

Emory würde ihren nächsten Geburtstag nicht mehr erleben ...

2

TEIL #2: ZEA

Zea zermahlte die gerösteten Gewürze im Mörser, bis sie vor Anstrengung schwitzte. Kardamom, Fenchel und Koriandersamen mit schwarzem Pfeffer und Piment. Sie warf die Mischung in die Zwiebeln mit Knoblauch, die sie schon angeschwitzt hatte.

„Oh, das riecht so gut." Teresa, eine der Kellnerinnen des Diners, kam und atmete tief ein. Zea grinste sie an.

„Hast du noch nie Curry gegessen?"

Teresa schüttelte den Kopf. „Ich wurde mit Fleisch und Kartoffeln aufgezogen. Meine Mutter hat sogar Salz und Pfeffer gemieden."

Zea kicherte. In dem Monat, in dem sie hier gearbeitet hatte, war sie in der Lage gewesen, den Besitzer Amos, einen freundlichen Mann Anfang 70, davon zu überzeugen, sie etwas exotischere Gerichte zum Diner-Menü hinzufügen zu lassen – und zu ihrer großen Überraschung und Freude hatten es die Gäste begeistert aufgenommen. Ihr Essen war international, aber immer würzig und köstlich.

Teresa ging zu ihren Gästen zurück, und Zea konzentrierte sich wieder aufs Kochen. Es war nach Davids Tod ihre Rettung gewesen.

· · ·

SIE KONNTE sich deutlich an den Tag erinnern, an dem es passiert war. Sie hatte ihr Catering-Geschäft von zu Hause aus betrieben und ein Drei-Gänge-Menü für einen Kunden in ihrer großen Küche zubereitet. Der Fernseher war an gewesen, aber nur mit geringer Lautstärke, so dass es Zufall war, dass sie in dem Moment, als das Auburn College gezeigt wurde, aufgeblickt hatte. Ihr Herz hatte einen Schlag ausgesetzt, als sie gesehen hatte, wie ein SWAT-Team versuchte, das Gebäude zu stürmen. Ihr Telefon hatte geklingelt, als sie die Fernbedienung gepackt und das Gerät lauter gemacht hatte.

... ein aktiver Schütze ist immer noch in der Schule und wir ... Moment ... Eine große Gruppe Studenten ist gerade aus dem College entkommen und läuft auf den Rand des Geländes zu, wo wir sind ... wow, die Szenen hier sind intensiv. Verängstigte Eltern und ihre Kinder sind wieder vereint ... entschuldigen Sie, entschuldigen Sie, Sir ... geht es Ihnen gut? Sind alle entkommen?

Die Reporterin hatte einen Teenager angehalten, der völlig geschockt war. Zeas Herz hatte angefangen, gegen ihre Rippen zu schlagen, als sie in die wilden Augen des Teenagers geblickt hatte.

... er hat einfach angefangen zu schießen und uns anzuschreien. Er sagte, dass er alle Studenten und Lehrer auf der Stelle töten würde, weil sie hinter ihm her seien und ... Die Reporterin hatte ihn unterbrochen. *Wer ist es?*

Zea hatte es sofort gewusst. Sie würde nie verstehen, warum sie es gewusst hatte, aber ihre Augen waren den Lippen des Jungen gefolgt, als sie den Namen ihres Mannes gebildet hatten. David. David Azano ... der süße, nette David Azano ... die Liebe ihres Lebens ...

Sie hatte nicht bemerkt, dass sie schrie, bis ihr Nachbar ihre Tür aufgebrochen hatte und zu ihr gekommen war, um ihr zu helfen.

ZEA ZITTERTE JETZT UND VERSUCHTE, an etwas anderes zu denken. Sie hatte Auburn einige Nächte später unter Polizeischutz verlassen und war nach Portland gekommen, wo sie niemanden kannte und niemand sie kannte. Die Polizei half ihr, schnell zu ihrem Mädchennamen zurückzukehren. Sie lehnte eine völlig neue Identität ab. *Ich habe nichts falsch gemacht.* Aber jeden Tag hatte sie Angst, dass jemand sie erkennen würde und die Gerüchte beginnen würden. *Sie muss etwas gewusst haben.* Aber sie hatte es nicht gewusst. David war an diesem Morgen zur Arbeit gegangen, bevor sie aufstand, und das Einzige, was anders war, war der Umstand, dass sie ihn in der Nacht zuvor nicht gesehen hatte. Er war bis spät abends im College gewesen, und sie war beim Catering gewesen und danach ins Bett gefallen. Das Letzte, was er zu ihr gesagt hatte, war, dass er sie liebte. Kitschig, aber wahr. Ein kurzer Abschiedskuss und ein „Ich liebe dich, Süße". *Und ich liebe dich immer noch,* dachte sie jetzt, *und ich vermisse dich jeden Tag.* Dass niemand ihr Antworten geben konnte, trieb sie in den Wahnsinn. Es gab viele Fragen. *Hat er sich anders verhalten als sonst? Warum hat er das getan? Wie habe ich das Fehlen der Pistole nicht bemerken können?*

Ruhig, dachte sie jetzt. Die Waffe, die sie zum Selbstschutz hatten, war in dem Safe in Davids Arbeitszimmer gewesen und seit dem Tag, als sie sie gekauft hatten, nicht herausgenommen worden. Keiner von ihnen fühlte sich damit wohl.

In der Nacht vor dem Amoklauf war sie erschöpft zu Bett gegangen und aufgewacht, als sie ihn im Erdgeschoss gehört hatte, aber sie hatte sich nichts dabei gedacht. Als man ihr später sagte, dass er wohl eine drogeninduzierte Psychose gehabt hatte, hatte sie fast gelacht. *David, mein anständiger David und Drogen? Auf keinen Fall.*

Zea beendete die Vorbereitung des Currys und ließ es auf dem Herd köcheln. Teresa schob den Kopf durch die Küchentür. „Die Gäste können das alles hier riechen und sind schon ganz wild darauf. Ich habe schon sieben Bestellungen."

Zea nickte. „Fünf Minuten. Brauchst du Hilfe?"

„Du bist ein Schatz."

Zea folgte Teresa zurück zum Hauptgästeraum des Diners. Die meisten Nischen waren von Stammgästen besetzt, aber in der Ecke saß ein Mann, den sie nicht kannte. Vintage-T-Shirt, Jeans und dunkle Haare. Tattoos auf einem Arm. Zea bemerkte, dass sie ihn anstarrte. „Wer ist das? Ich kenne ihn nicht."

Teresa blickte hinüber. „Meine Güte, das ist Flynt Newlan. Ich habe ihn seit Jahren nicht mehr in der Stadt gesehen." Sie runzelte die Stirn. „Er bringt nur Ärger."

Zea verdrehte die Augen. „Tun sie das nicht alle?"

Sie ging zurück, um nach dem Curry zu sehen und stellte fest, dass es fertig war. Dann half sie Teresa, die Stammgäste zu bedienen. Bald wurde sie rot bei all den Komplimenten. „Genießt es einfach", sagte sie und winkte verlegen ab.

„Hey."

Zea blieb stehen, als sie an Flynt Newlans Nische vorbeikam und er sie rief. „Ja?"

„Was ist das? Es riecht gut."

Sie betrachtete ihn, als sie ihm von dem Gericht erzählte. Er war vielleicht ein paar Jahre älter als sie und hatte einen muskulösen Körper und durchdringende, hypnotische blaue Augen. Ein Bart bedeckte seinen starken Kiefer, und sein Haar war eine Masse dunkler Wellen. *Ja*, dachte Zea, *du bist wunderschön, aber Teresa hat recht. Du bringst mir nur Ärger.*

„Wie wäre es mit einer Kostprobe?", sagte sie, als er sie zweideutig angrinste. Zea verfluchte die Tatsache, dass ihr Körper darauf reagierte. Flynt Newlan nickte langsam, und seine Augen wanderten über sie auf eine Weise, die sich unverschämt anfühlen sollte, aber irgendwie jedes Nervenende in ihrem Körper elektrifizierte.

„Oh ja", sagte er langsam, und Zea schluckte schwer. Sie drehte sich auf dem Absatz um und ging zurück in die Küche, und als Teresa zurückkam, schickte sie sie mit Flynts Bestellung an seinen Tisch. Das Letzte, was sie brauchte, war ein arroganter und viel zu gutaussehender Mann in ihrem Leben.

Es war Mitternacht, als sie die Reinigung der Küche beendet hatte, nachdem sie die anderen früher nach Hause geschickt hatte. Sie liebte es, hier allein zu sein. Die Stille und der methodische Reinigungsprozess beruhigten sie. In ihrer kleinen Wohnung würden die Erinnerungen wiederkommen, und sie würde sich in einen unruhigen Schlaf weinen.

Sie schloss die Hintertür des Diners ab und drehte sich um, um wie immer durch die schmale Gasse zu der gut beleuchteten Hauptstraße zu gehen. Heute Nacht aber drehte sie sich um und schrie fast. Flynt Newlan lehnte an dem gegenüberliegenden Gebäude und grinste sie an.

Zea starrte zurück und versuchte, ihre Atmung zu regulieren. Keiner von ihnen sagte ein Wort. Dann schob sich Flynt von der Wand weg und schritt lässig zu ihr hinüber. Er war so groß, dass sie in sein Gesicht hinaufschauen musste ... und dann waren seine Lippen auf ihrem Mund.

Halt.

Aber ihre Arme schlangen sich um seinen Hals, als seine Zunge ihre Zunge suchte und eine Flut des Verlangens sie überwältigte. Seine Hände waren auf ihrer Taille, dann auf ihren Brüsten. Zea keuchte, als er seine Hände unter ihren Rock schob und ihn nach oben zerrte.

Das ist nicht richtig ...

Aber als sie hörte, wie er den Reißverschluss seiner Jeans öffnete, konnte sie nicht umhin, seinen Schwanz zu berühren, und stellte fest, dass er steinhart und riesig war. Seine Finger zogen an ihrem Höschen, und als er sie hochhob, wies sie ihm den Weg. Verdammt, er war so groß, und als sie begannen, sich zu bewegen, traf ihr Blick seine stahlblauen Augen.

Ich kann nicht glauben, dass ich das mache ...

Aber ihr Körper reagierte wie nie zuvor voller Begierde. Wen kümmerte es, was die anderen darüber dachten, Zea brauchte das ...

Sie kam stöhnend und zitternd und biss in seine Schulter. Flynt stöhnte, als er sich in sie ergoss, und sein Kuss war grob. Als er sich aus ihr herauszog, nahm er ihr Gesicht zwischen seine Handflächen und starrte in ihre Augen. Zea konnte kaum atmen. Dann lächelte er wieder, küsste sie und ging ohne ein Wort davon.

ZEA ÖFFNETE die Tür zu ihrer Wohnung wie betäubt. War das tatsächlich passiert? Das Ziehen in ihren Oberschenkeln und ihr feuchtes

Höschen sagten, dass es tatsächlich so war. Sie zog ihre Kleider aus, trat in die Dusche und ließ das heiße Wasser ihren fiebrigen Körper treffen. Sie strich mit ihrer Hand über ihren Bauch und zwischen ihre Beine. Ihre Klitoris war immer noch hochempfindlich und zitterte, als sie sich zu einem weiteren, sanfteren Orgasmus brachte. Vielleicht hatte sie das jetzt gebraucht. Bedeutungslosen, animalischen Sex mit einem gutaussehenden Fremden. Es konnte nicht schaden.

Oder doch?

IN EINER KARIBISCHEN Idylle saß eine sehr nackte, sehr erregte Emory auf ihrem Freund, mit dem sie seit weniger als zwei Monaten zusammen war, und grinste ihn an, als sie ihn in sich schob, um dann leise zu stöhnen und die Augen zu schließen, als sein Schwanz tief in sie sank. Luca Saffran sah sie an, als sie ihn ritt. Würde er jemals genug von dieser schönen, kurvenreichen Frau bekommen? Er konnte es sich nicht vorstellen.

Sie hatten die letzten beiden Wochen damit verbracht, sich zu lieben, zu lachen und die Insel zu erkunden, wobei sie die Sonne so sehr genossen wie die Distanz von all dem Aufruhr der letzten Wochen.

Emorys Ex-Mann Ray hatte sie angegriffen, kurz bevor sie in die Karibik geflogen waren, und langsam waren sie an einen Punkt gelangt, an dem sie sich auf ihre neue Beziehung konzentrieren konnten.

„Wenn wir nach Hause kommen", sagte Luca beim Mittagessen, „erzähle ich Bree von uns. Ich weiß, dass sie uns unterstützen wird."

Emory nickte. „Ich hoffe es ... ich hoffe, dass sie nicht ausflippt, wenn sie uns zusammen sieht."

Luca lachte. „Sie war diejenige, die mich drängte, mit dir auszugehen, also bezweifle ich es. Außerdem muss sie die Chemie zwischen uns schon gespürt haben."

Emory lächelte. „Es war ziemlich offensichtlich."

„Ich glaube, dein Arzt war ein wenig eifersüchtig. Er war vielleicht selbst verliebt."

Emory grinste. „Nun, du bist sehr attraktiv."

Luca verdrehte die Augen. „Nicht in mich."

Emory beugte sich vor, um ihn zu küssen. „Ich kann ihn ja als Plan B behalten", sagte sie und schrie vor Lachen, als Luca sie auf seinen Schoß zog und begann, sie zu kitzeln. Ihr Bikini blieb nicht lange an ihrem Körper, und als er jeden Zentimeter ihrer Honighaut geküsst hatte, trug er sie ins Schlafzimmer.

LUCA SCHOB seine Hände über ihre Oberschenkel, streichelte ihren Bauch und hielt ihre großen Brüste umfasst. „Du bist wunderschön", sagte er, als sie seinen Schwanz streichelte. Sie lächelte ihn an, und ihr dunkles Haar fiel weich über eine ihrer Schultern. Er beobachtete, wie er in sie eindrang und sein langer Schaft in ihr pulsierte. Das Gefühl, als ihre Muskeln sich um seine Länge zusammenzogen, machte Luca fast verrückt, und er bewegte seine Hüften schneller, bis er kam und seine Hände das weiche Fleisch ihrer Hüften packten, während er sich in sie ergoss. Emory zitterte bei ihrem eigenen Orgasmus, und er liebte die Röte, die sich über ihre Haut ausbreitete, als sie kam.

Sie brach schließlich neben ihm zusammen und lachte leise, als sie Atem holte. „Luca Saffran, du bist mein Verderben."

Er lachte. „Hör mal ..." Er stützte sich auf den Ellbogen und sah sie an. „Nicht, dass ich unsere Karibik-Idylle stören will, aber wir müssen darüber reden, was wir tun, wenn wir nach Seattle zurückkehren."

Emory nickte. „Ich weiß ... ich glaube, Bree hat oberste Priorität."

Luca zögerte. „Nun, eigentlich meinte ich unsere Wohnverhältnisse."

Emory sah erschrocken aus. Sie schob sich in eine sitzende Position hoch. „Luca ... Deine Großzügigkeit ist grenzenlos, aber ich denke, es ist zu früh dafür. Ich muss anfangen, nach einer eigenen Wohnung zu suchen."

Luca schwieg, und sie berührte seine Wange. „Wir sind beide frisch geschieden, und ich will nichts überstürzen und es ruinieren. Du bedeutest mir zu viel."

Luca nahm ihr Gesicht in seine Hände. „Emory, ich kann nicht in Worte fassen, was ich für dich empfinde. Ich habe mich noch nie so gefühlt, nicht einmal mit Clem."

Emory hatte Tränen in den Augen, aber sie lächelte. „Wahrscheinlich solltest du das Bree besser nicht sagen. Sie könnte Einwände haben."

Luca zog sie zurück in seine Arme, und sie machten dort weiter, wo sie aufgehört hatten.

AUSSERHALB IHRER VILLA machte der Fotograf ein paar weitere Schnappschüsse des Paares, als es sich ahnungslos liebte. *Das war eine Show*, dachte er mit einem Grinsen, *und die Frau war atemberaubend.* Er kannte sie nicht, aber den Mann – niemand konnte die schroffen Gesichtszüge und den starken Kiefer von Luca Saffran übersehen. Diese Bilder würden ihn reich machen, selbst nachdem Ray Grace sich das genommen hatte, was er brauchte.

ALS ZEA am nächsten Tag zur Arbeit ging war ihr übel vor Aufregung. Einerseits hoffte sie auf eine weitere Begegnung mit Flynt Newlan, andererseits wurde ihr übel bei dem Gedanken, ihn wiederzusehen. Was hatte sie sich dabei gedacht, einen Fremden in einer dunklen Gasse zu ficken? So etwas tat sie sonst nie. Sie hatte damals sogar bei David drei Wochen gewartet. Aber David, Gott, sei seiner Seele gnädig, war das genaue Gegenteil von Flynt gewesen. Der Vergleich ließ sie fast lachen, als sie in die Küche ging und ihre Jacke an die Garderobe hängte.

Felicity, eine andere Kellnerin, die sie sehr mochte, steckte den Kopf in die Küchentür. „Oh gut, du bist hier. Ein Mann fragt nach dir."

Flynt. Zeas Herz begann unruhig in ihrer Brust zu klopfen, als sie

Felicity in das Diner folgte, aber sie wurde enttäuscht. Flynt war nirgendwo zu sehen. Felicity nickte in Richtung eines Mannes, der in einer der Nischen saß. Zea erkannte ihn nicht – zumindest nicht seinen Hinterkopf, als sie sich näherte. Gott, sie hoffte, dass er kein Reporter war. Sie mochte ihr Leben hier.

„Entschuldigen Sie?"

Der Mann drehte sich um, und einen Augenblick lang wurde Zeas ganzer Körper kalt. *David.* Er sah so sehr wie ihr toter Mann aus. Sie konnte nicht atmen. Er lächelte sie an.

„Hallo, Zea. Ich bin Jared Podesta." Er streckte die Hand aus, und sie schüttelte sie.

„Zea Azano." Sie vergaß vor Schock, ihren Mädchennamen zu benutzen.

Seine Augen weiteten sich eine Sekunde. Zea runzelte die Stirn. „Stimmt irgendetwas nicht?"

Jared schüttelte den Kopf. „Nein ... es tut mir leid, es ist nur ... ich bin nach Portland gekommen, um mit Ihnen über David Azano zu sprechen, aber mir wurde gesagt, dass Sie jetzt einen anderen Namen haben. Es ist ein Schock, seinen Namen zu hören."

Davids Namen auf den Lippen seines Doppelgängers zu hören war wie ein Vorschlaghammer auf ihre Brust, und sie konnte fühlen, wie sie erbleichte.

„Hey," Jared hielt ihren Ellenbogen. Sein Gesicht wirkte besorgt. „Alles okay?"

Zea konnte plötzlich nicht mehr atmen, und zum zweiten Mal in 24 Stunden fand sie sich in den Armen eines Fremden wieder, als er sie auf einen Stuhl setzte.

„Senken Sie Ihren Kopf und atmen Sie tief durch." Seine Hände waren auf ihren Schultern. Zea tat, was er sagte, aber nach ein paar Momenten blickte sie auf.

„Wenn Sie ein Reporter sind, weiß ich nicht, wie Sie mich gefunden haben, aber ich werde sicher nicht mit Ihnen reden."

Jared wich ein wenig zurück. „Was? Reporter? Nein, das ... Ich bin kein Reporter, Zea."

Zea seufzte. „Was wollen Sie, Mr. Podesta?"

Er stand auf, zog einen Stuhl neben sie und setzte sich. „Ich bin gekommen, um mehr über David herauszufinden, Zea. Ich war außer Landes, aber ich habe gehört, was an seinem College passiert ist. Ich musste nachsehen, ob es Ihnen gut geht." Er ließ den Kopf in seine Hände fallen.

Zea wurde noch verwirrter. „Wer sind Sie? Woher kennen Sie David?"

Er sah auf, und seine Augen waren gerötet. „Er ist mein Bruder, Zea. Ich bin hierhergekommen, um mehr über meinen Bruder herauszufinden."

ZEA SCHLOSS die Tür zu ihrem Haus. Jared stand in ihrem Flur. Er hatte sie zurück in ihre Wohnung gefahren, damit sie unter vier Augen reden konnten, und jetzt war er hier. Davids Bruder. *Sein Bruder.* Sie wusste, dass der Schock noch immer auf ihrem Gesicht zu sehen war. Jared schüttelte den Kopf und lächelte kläglich.

„Es tut mir leid, dass es so aus mir herausgebrochen ist, aber ich wusste einfach nicht, wie ich es sagen sollte."

„Kommen Sie rein." Sie ging in die Küche. „Kann ich Ihnen einen Kaffee bringen?"

Jared lächelte. „Das wäre großartig." Er blieb stehen und hob einen schweren Bilderrahmen aus Stein von einer Kommode hoch. Das Foto zeigte Zea und David an ihrem Hochzeitstag. Zea schluckte und spürte, wie sich ihre Brust verengte. Jared sah von dem Foto auf und lächelte sie an.

„Sie waren eine schöne Braut."

„Danke." Zeas Stimme war rau. Sie ging in die Küche, um Kaffee zu machen, und hörte, wie er den Bilderrahmen absetzte und ihr folgte. Er sah sich in der Küche um und betrachtete die wenigen Möbelstücke, die sie mitgebracht hatte. Die Bücherregale waren mit Kochbüchern und Ordnern voller Rezepte gefüllt. Der große, schwere Eichentisch zeigte Spuren jahrelangen Gebrauchs. Der riesige Kühlschrank war mit Fotos, Briefen und Magneten bedeckt. Jared griff nach ein paar Taschenbüchern, die sie auf dem Tisch gelassen hatte.

Es waren ein Kriminalroman, den Teresa ihr geliehen hatte, und ein Selbsthilfebuch, das ein übermäßig vertraulicher Kunde ihr gegeben hatte. Zea errötete bei Jareds hochgezogenen Augenbrauen. Sie nahm einen Kaffeefilter aus der Packung und erkannte, dass sie zitterte. Jared bemerkte es ebenfalls und nahm ihr den Filter aus der Hand.

„Lassen Sie mich das machen." Zea ließ sich an dem Tisch nieder und atmete tief ein. Jared setzte den Kaffee auf und trat zu ihr.

„Es tut mir leid, dass ich Sie so überfallen habe. Würde es helfen, wenn ich Ihnen meine Umstände und meine familiäre Situation erkläre?"

Zea nickte. Er war so elegant, und seine Anwesenheit war so stark und maskulin. Sogar seine Bewegungen waren anmutig und ganz anders als bei David. Jared lächelte sie an.

„Unsere Eltern – unsere leiblichen Eltern – haben uns beide zur Adoption freigegeben, als wir geboren wurden, und leider wurden wir getrennt." Jared blieb stehen. „Sie wussten, dass David adoptiert wurde, oder?"

Sie nickte.

Jared lächelte. „Vor etwas mehr als einem Monat wurde ich von einem Anwalt aus New Orleans kontaktiert. Mein leiblicher Vater war gerade gestorben, und wie sich herausstellte, war ich der Haupterbe seines Testaments – zusammen mit meinem Zwillingsbruder. Wir waren Zwillinge, aber nicht eineiig. Jedenfalls wurde mir das gesagt."

Der Kaffee war fertig. Jared stand auf und sah sich nach Tassen um.

„Im Schrank." Zea zeigte darauf. Jared lächelte dankbar und schenkte ihnen beiden eine Tasse ein.

„Danke." Zea verbrannte sich die Zunge an der heißen Flüssigkeit und zuckte zusammen. Der bittere Geschmack war widerlich. Sie spürte, wie die Tasse in ihren Händen zitterte.

„Vorsichtig."

Sie versuchte zu lächeln. „Mr. Podesta ..."

„Jared."

„Jared, bitte sprich weiter."

Er rührte Sahne in seinen Kaffee. „Ich wusste es nicht. Ich wusste nicht einmal, dass er existierte, aber als ich es herausfand ... nun." Er lehnte sich entspannt auf seinem Stuhl zurück. „Ich musste ihn finden, nicht wahr? Ich ging zur Polizei in Seattle, und nach einer Menge Überzeugungsarbeit gaben sie mir deine Adresse." Sein Gesicht wurde ernst. „Es tut mir leid, dass ich erst jetzt gekommen bin. Du musst durch die Hölle gegangen sein. Litt David an Depressionen?"

Zea schwieg einen Augenblick. Sie wollte keine Details über ihr Leben mit diesem Mann teilen, wenn er nicht der war, für den er sich ausgab.

„Ich will nicht unhöflich sein, Jared, aber kannst du dich ausweisen?"

„Natürlich." Jared griff in seine Jacke. Er zog einen Stapel Papiere heraus und reichte sie ihr. Alles war da, Geburtsurkunden, Adoptionspapiere, juristische Papiere. Und alles untermauerte das, was Jared sagte. Sie blickte unter ihren Wimpern zu ihm auf. Er sah sich im Zimmer um. Sie beobachtete ihn, als er die Details ihres Lebens in sich aufnahm. Er war größer als David, aber es war nicht schwierig, David in seinen Gesichtszügen zu finden – Jareds Gesicht war allerdings maskuliner und irgendwie erwachsener als es bei David der Fall gewesen war. Dann tat er etwas, das ihr Herz fast stehenbleiben ließ. Es war so klein, so unbedeutend. Er rieb sich das linke Auge mit dem Handballen. Zea spürte eine Welle der Trauer in sich aufsteigen, als sie beobachtete, wie er die Bewegung mit dem rechten Auge wiederholte und dann wieder mit dem linken. *David.* Eine einfache Geste, eines der ersten Dinge, die sie an ihm bemerkt hatte. Sie hatte ihn immer damit geneckt. Als sie sie bei diesem Fremden sah, bröckelte ihre starke Fassade, und sie fühlte, wie ihr Körper zitterte und die Luft aus ihren Lungen wich.

Jared griff über den Tisch und nahm ihre Hand in seine. Seine großen Finger waren warm, und sein Daumen streichelte ihren Handrücken.

„Das muss schmerzhaft für dich sein." Er bedeckte ihre Hand mit seiner Hand.

Zea lachte zitternd. „Tut mir leid, es ist nur ..."

„Ich weiß, es ist nicht leicht, das alles zu verkraften, und ich will dich nicht überfordern." Er drückte sanft ihre Hand und lehnte sich zurück. „Es tut mir leid wegen David, Zea. Ich wollte dich nicht aufregen."

Zea atmete tief ein. „Es war ... Ich kann dir nicht einmal sagen, wie es war. Ich verstehe es einfach nicht."

Sie konnte fühlen, dass die Enge in ihrer Brust unerträglich wurde. Sie stand auf, spülte ihre Tasse aus und holte die Kaffeekanne, um Jareds Tasse zu füllen. Er umfasste ihre Hand und blickte sie an. Seine Augen waren weich vor Verständnis.

„Es tut mir leid, dass ich damit zu dir komme. Ich habe einfach ... Ich habe immer das Gefühl gehabt, dass ich eine halbe Person war, dass etwas fehlte. Ich musste herkommen. Und ..." Er lächelte sie an. „... ich bin froh, dass ich es getan habe. Es tut mir leid, dass David weg ist, Zea, aber ich bin froh, dass du hier bist. Die Frau, die mein Bruder geliebt hat."

Zea verlor sich in seinen Augen, die so vertraut und doch so seltsam waren. „Ich bin auch froh", schaffte sie es zu flüstern, und die Wärme seines Lächelns linderte den Schmerz in ihrer Brust. Er lehnte sich auf seinem Stuhl zurück und trank seinen Kaffee.

„Vielen Dank. Ich glaube, ich habe dich heute schon genug aufgehalten."

„Nein ..." Sie verstummte, als er seine Hand hochhielt.

„Doch. Du warst eine sehr liebenswürdige Gastgeberin, danke."

Sie begleitete ihn zur Tür, wo er ihre Hände in seine Hände nahm. Sein Daumen streichelte über ihren Handrücken, und seine Finger waren warm und trocken.

„Trotz der Umstände war es ein Vergnügen, dich kennenzulernen. Ich möchte dich heute Abend zum Essen einladen, wenn ich darf. Ich habe ein Restaurant in der Stadt gesehen. Es heißt George's, glaube ich. Ich akzeptiere kein Nein."

Sie nickte. „Natürlich. Gerne, Jared."

„Gut. Ich hole dich um acht ab. Bis heute Abend, Zea." Er blieb stehen, so als wollte er noch mehr sagen, änderte dann aber seine Meinung und ging.

GESTERN HATTE sie keine Familie gehabt. Jetzt hatte sie einen Schwager, und sie wusste nicht, wie sie das finden sollte. Oder was sie über ihn denken sollte. Jared.

Sie fragte sich, wie David reagiert hätte. Er hätte Jared mit offenen Armen empfangen. Aber da war noch etwas anderes, das sie beschäftigte.

Erst später entdeckte sie, was es war. *Verrat.* Sie hatte jetzt das Gefühl, zwei Menschen mit Flynt betrogen zu haben. Sie schob den Gedanken schnell beiseite. Ein One-Night-Stand bedeutete nichts, und es war nicht so, als würde es jemals wieder passieren.

„Danke, dass du mich zum Abendessen begleitet hast." Jared öffnete ihre Autotür für sie, hielt dann aber inne. Kurz vor Mitternacht war die Main Street ruhig und still. Zea lächelte ihn an.

„Danke für das Abendessen. Jared, ich bin wirklich froh, dass du dich entschieden hast, herzukommen und mich zu finden." Zea meinte jedes Wort ernst. Jared war wie ein Balsam für ihre Trauer, jemand, mit dem sie offen über David reden konnte.

Jared lehnte sich gegen die Motorhaube, und Zea war überrascht, Traurigkeit auf seinem Gesicht zu sehen.

„Das tut mir leid. Es tut mir leid, dass du das durchmachen musstest ... Davids Tod ... allein. Es tut mir leid, dass ich nicht über ihn und über dich Bescheid wusste."

Zea schluckte den plötzlichen Kloß in ihrem Hals herunter. „Es ist okay, Jared. Ich wünschte nur, du hättest ihn gekannt. Du hättest ihn geliebt. Ich verspreche es dir. Es ist einfach verdammtes Pech. Glaube nicht, was die Zeitungen schreiben. Er war ein guter Mann. Etwas muss mit ihm passiert sein."

„Ich möchte sein Grab besuchen. Um mich zu verabschieden und zugleich Hallo zu sagen." Ein kleines Lächeln umspielte seine Lippen. Zea neigte den Kopf.

„David wollte nicht ... er hasste Gräber. Er wollte, dass man ihn verbrennt und seine Asche verstreut. Es tut mir leid, Jared."

Er nickte, sagte aber nichts. Sie schob ihre Hand in seine Hand, hielt sie fest und spürte, wie er kurz ihre Finger drückte. Sie standen ein paar Minuten so da, bis Jared lachte.

„Nun, wenn du sicher bist, dass es dir gut geht." Er ließ ihre Hand los und küsste ihre Wange.

Zea setzte sich in ihren Truck und beobachtete, wie er die Straße zu der Wohnung überquerte. Bevor er hineinging, drehte er sich um und winkte ihr zu. Sie winkte zurück und saß einen Augenblick still da. Es war ein seltsames Gefühl in ihr, eine Wärme, die sie nicht kannte. *Familie*, dachte sie, *ich habe noch eine Familie*. Es fühlte sich seltsam an, das zu denken. Sie lachte leise vor sich hin und machte sich auf den Heimweg.

DIE FOTOS VERBREITETEN sich im Internet, während Luca und Emory aus der Karibik zurückflogen. Keiner von beiden achtete auf die Nachrichten, während sie eine wunderbare Zeit im Schlafzimmer des Flugzeugs miteinander verbrachten.

Als sie das Flugzeug verließen und durch den Flughafen gingen, waren sie fassungslos und schockiert von der Reportermenge, die auf sie wartete.

Luca fluchte und warf seinen Mantel über Emory. „Wir hätten eine Limousine zum Flugzeug kommen lassen sollen. Beeil dich, Liebling, lass uns einfach durchgehen."

Er führte sie durch die Journalisten und brachte sie möglichst schnell zu seinem Wagen. „Los", befahl er dem Fahrer, der aufs Gaspedal trat, so dass sie mit quietschenden Reifen davonfuhren.

Luca nahm eine zitternde Emory in seine Arme, während er sein Handy aus der Tasche zog und auf den Bildschirm sah. „Verdammt, verdammt nochmal ..."

Emory sah ihn mit großen, erschrockenen Augen an. „Was ist?"

Er schüttelte den Kopf. „Oh, Süße, es tut mir so leid. Sie haben Fotos von uns."

„Wie? Wann?"

„Auf der Insel. In unserer Villa ..." Luca zögerte und hielt sie fester. „In unserem Bett."

Emory zitterte. „Oh, nein, nein, nein ... arme Bree. Du musst mit ihr reden."

Luca lächelte. Es war typisch für Emory, zuerst an Brees Gefühle und dann erst an ihre eigenen zu denken. „Ich rufe sie jetzt an."

Er zuckte zusammen, als Clem an das Handy ihrer Tochter ging. Die Stimme seiner Ex-Frau war kalt wie Eis. „Sie will noch nicht mit dir reden, Luca. Gib ihr Zeit."

„Es tut mir so leid, Clem, dass du und Bree auf diese Weise von meiner Beziehung mit Emory erfahren habt."

„Du meinst, mit Fotos, die sie nackt und rittlings auf dir sitzend zeigen? Dabei, wie du sie fickst?"

Luca seufzte. „Wir hatten keine Ahnung, dass wir beobachtet wurden."

„Und ich hatte keine Ahnung, dass du die Frau fickst, die das Leben unseres Kindes gerettet hat. Hattest du schon vor dem Amoklauf etwas mit ihr? Oder hast du wirklich so schnell mit uns abgeschlossen?" Clems Stimme wurde immer lauter, bis die Leitung plötzlich tot war.

Luca ließ sein Handy fallen und nahm seinen Kopf in die Hände. Emory umarmte ihn. Sie hatte unfreiwillig alles mitangehört. „Es tut mir so leid, Luca", flüsterte sie, und er konnte sehen, wie die Tränen über ihr Gesicht liefen.

„Entschuldige dich nicht, Baby." Sein Kiefer wurde hart vor Zorn. „Ich werde herausfinden, wer hinter all dem steckt, und ich werde ihn vernichten."

AM ENDE der Woche war Zea erschöpft. Jetzt hatte sie das Wochenende frei und plante, ein paar Dinge zu erledigen und sich dann zu entspannen. Sie bezweifelte allerdings, ob ihr das gelingen würde. Sie war angespannt, seit die Fotos von Luca Saffran und Emory Grace in den Medien erschienen waren. Was, wenn jemand auch sie aufspüren wollte? Was, wenn jemand Fotos von ihr und Flynt Newlan in dieser Nacht gemacht hatte?

Du bist paranoid. Aber wenn sie jetzt ausging, war sie extra wachsam und sah sich um, um zu überprüfen, ob jemand sie beobachtete. Es war ihr egal, ob sie wie eine Verrückte wirkte. Sie betankte ihr Auto an der Tankstelle und zuckte zusammen, als sie hinter sich plötzlich eine tiefe, raue Stimme hörte.

„Dein Hintern sieht in diesen Jeans gut aus."

Sie drehte sich langsam um und sah, wie Flynt Newlan sich an seinen Wagen lehnte und sie angrinste. Sie starrte ihn finster an. „Hast du es noch nicht gehört? Es ist das 21. Jahrhundert. Du darfst so etwas nicht zu Frauen sagen. Du könntest es bereuen."

Sein Lachen war ein tiefes, kehliges, sexy Geräusch, bei dem ihr flau im Magen wurde. „Tu mit mir, was du willst. Trau dich."

Er kam hinter ihr her und nahm ihr den Zapfhahn aus der Hand. Zea fühlte sich atemlos, als sie sich an seine harte Brust zurücklehnte. Sie konnte seine Erektion hart gegen ihren Hintern gepresst fühlen. Seine Lippen waren an ihrem Ohr.

„Ich will dich einfach nur über die Motorhaube dieses Wagens beugen, meine Schöne." Er strich mit der Zungenspitze über ihr Ohrläppchen, und sie zitterte vor Verlangen, als seine freie Hand ihren Bauch streichelte.

Sie riss sich zusammen und drehte sich in seinen Armen um. „Ich habe kein Interesse an einer Beziehung", sagte sie und versuchte, ihre Stimme ruhig zu halten. „Ich will nichts Festes, und ich will keine Gefühle. Ich habe schon zu viel, um das ich mich kümmern muss, um mich auch noch mit jemandem wie dir herumzuschlagen, Flynt Newlan."

Er grinste. „Aber ich war dir wichtig genug, um meinen Namen herauszufinden, Süße." Er beugte sich zu ihr und flüsterte ihr ins Ohr. „Du glaubst wirklich, dass du hier das Sagen hast, hm?"

Sie zitterte, als Verlangen durch ihren Körper strömte, und Flynt lachte leise und wies mit dem Kopf zu seinem Auto. Ein Mustang, *natürlich.* „Du erfüllst wirklich jedes Klischee, nicht wahr?" Sie grinste plötzlich, und er lachte und zuckte mit den Achseln.

„Ich bin, wie ich bin. Es funktioniert. Dein Tank ist voll. Warum folgst du mir nicht an einen Ort mit etwas mehr Privatsphäre?"

Ich sollte das nicht tun, dachte Zea, *ich sollte einfach nach Hause fahren und diesen Mann vergessen.* Leider hatte ihr Verstand gegen ihren Körper keine Chance. Sie folgte ihm in den Wald. Als sie aus dem Wagen stieg, wartete er bereits auf sie. Er lächelte, aber sie war erleichtert zu sehen, dass es kein Lächeln des Sieges war, sondern der Freude.

Er schob eine Hand um ihre Taille und zerrte sie zu sich. Sie betrachtete seine intensiven blauen Augen, seine Bartstoppeln und seine gebräunte Haut. „Wer bist du?" Ihre Stimme war ein Flüstern.

„Während der nächsten Stunde bin ich der Mann, der in dir sein, dich ficken, dich schmecken und dich zum Schreien bringen wird."

Seine Finger waren schon unter ihrem T-Shirt, und er zerrte es ihr in einer schnellen Bewegung über den Kopf. Danach zog er ihren Spitzen-BH nach unten und nahm ihre Brustwarzen in den Mund, bis sie so empfindlich waren, dass Zea fast aufschrie.

Er entkleidete sie langsam, setzte sie dann auf die Motorhaube seines Autos und schob sie zurück, so dass sie unter seinem noch vollständig bekleideten Körper lag. Er küsste ihre Lippen und zog dann mit seiner Zunge einen Pfad hinunter zu ihrem Bauch, während seine Hände ihre Beine auseinanderdrückten, bis er ihr Geschlecht fand und ihre Klitoris leckte. Er ließ sie einmal kommen, und als sie um Atem rang, zog er ihren Körper hoch.

„Willst du jetzt meinen Schwanz, meine Schöne?"

Zea nickte benommen, und Flynt grinste, als er seine Jeans öffnete. Er hakte ihre Knie über seine Schultern und stieß die ganze Länge seines riesigen Schwanzes in sie hinein. Zea schrie, als er immer wieder in sie eindrang, bis sie ihn anbettelte, niemals aufzuhören.

Danach drehte er sie auf den Bauch und nahm sie von hinten, so dass Zea ganz seiner Gnade ausgeliefert war. Sie kämpfte um Atem, als er sich aus ihr herauszog. Er küsste sie gründlich, grinste dann und schob seinen immer noch harten Schwanz zurück in seine Jeans. Als er sah, dass sie am ganzen Körper zitterte, half er ihr beim Anziehen.

„Bis bald", sagte er und ging zurück zu seinem Wagen. Zea beobachtete, wie er wegging, und spürte einen Wirbelwind der Emotionen in sich. Der Kerl wusste, was er tat, und die lässige Art, wie er in ihrem Leben auftauchte und dann wieder daraus verschwand, nachdem er für so viel Aufruhr gesorgt hatte ... Sie lachte vor sich hin. Vielleicht war Flynt genau das, was sie brauchte. Sie fuhr nach Hause und schwelgte den Rest des Tages in den Gefühlen, die Flynt Newlan in ihr geweckt hatte.

Heldin oder Hure? Hat Auburn-Retterin ihren neuen Ruhm ausgenutzt?

Der Milliardär und die Schöne – die Affäre von Luca Saffran und der Frau, die seine Tochter gerettet hat ...

War Emory Grace mit dem Auburn-Killer verbündet, damit sie die Tochter des Milliardärs „retten" und ihn für sich einnehmen konnte?

Die ersten beiden Schlagzeilen hatten sie geschockt, aber die letzte ... Emory brach in Tränen aus. Luca fluchte leise. Sein Anwalt, ein Mann namens Peter, sah zu, wie er Emory tröstete.

„Wir attackieren sie mit allem, was wir haben", sagte Peter schließlich. „Machen Sie sich keine Sorgen. Diesen Boulevard-Blättern glaubt sowieso niemand." Peter war wie eine Bulldogge, wenn es darum ging, seinen Klienten zu schützen. Er war direkt und rücksichtslos, aber jetzt sah er Emory freundlich an. „Die Polizei steht hinter uns, Emory, also halten Sie bitte durch."

„Das war Ray", sagte sie und wischte sich mit der Hand über das Gesicht. „Er versucht, mich zu vernichten. Er weiß, dass er nicht nah genug an mich herankommen kann, um mich körperlich zu verletzen, also macht er es auf diese Weise."

„Dann werden wir ihn in seinem eigenen Spiel schlagen", sagte Luca mit eiskalter Stimme. „Raymond Grace wird dafür bezahlen."

AM SONNTAGABEND WAR Zea auf ihrer Couch eingeschlafen, als jemand an ihre Wohnungstür klopfte. Sie wachte erschreckt auf und fiel von der Couch, um dann unbeholfen aufzustehen und dabei laut zu fluchen. Sie öffnete die Tür und sah Jared lachen. „Ich bin beeindruckt von deinem Wortschatz."

Zea grinste und wurde rot. „Ich bin gestolpert. Hallo, Jared, komm rein."

„Ich hoffe, ich störe nicht."

Sie war verwirrt.

„Wobei?"

Er wies auf den Boden. „Bei der Bodenroutine für die Olympischen Spiele. Ich nehme an, das ist es, was der Lärm war." Er grinste und sah eine Sekunde so wie David aus. Es raubte Zea den Atem.

„Du hast mich ertappt. Ist das für mich?"

Jared hielt ihr eine Flasche Rotwein hin. „Ich hätte zuerst anrufen sollen, aber dann bemerkte ich, dass ich deine Nummer nicht habe."

„Möchtest du ein Glas mit mir trinken?"

„Liebend gern."

ZWEI STUNDEN später waren Zea und Jared definitiv betrunken. Zea entdeckte, dass er Humor hatte und sie gern sanft neckte. Er erinnerte sie an David, außer ... dass er noch besser als David zu sein schien. Witziger, schlauer, anspruchsvoller. Und rätselhaft – obwohl er ihr alles über seine Vergangenheit, seine Adoption und seine und Davids Herkunft erzählte, sprach er nur sehr wenig über seine Gegenwart.

Sie öffnete noch eine Flasche Wein. „Also, Jared, hast du eine Familie?"

Er zögerte „Ich hatte eine. Meine Frau ist vor ein paar Jahren an Krebs gestorben."

„Das tut mir leid. Hattet ihr Kinder?"

„Eine Tochter. Sie ist vor kurzem gestorben."

Zea war entsetzt. „Oh Gott, Jared, das ist schrecklich. Ich kann es mir kaum vorstellen."

Da war etwas in seinen Augen, das sie nicht lesen konnte, aber er sah weg und nickte. „Es war ein Unfall. Plötzlich war sie weg ..." Seine Stimme brach.

Zea fühlte Tränen kommen und stand betrunken auf, um ihre Arme um ihn zu legen und ihn ungeschickt festzuhalten. „Jared, es tut mir so leid."

Sie stand einen langen Moment da und umarmte den sitzenden Mann, dann ließ sie ihn los und schwankte zurück. „Ich bin wirklich sehr betrunken."

Zea stieß fast gegen den Tisch. Jared stützte sie.

„Ich auch."

Sie blickte ihn an. „Wirklich? Du wirkst nicht so."

Jared lachte. „Bist du wirklich in der Lage, das jetzt zu beurteilen?"

Sie kicherte. „Nein." Sie stand auf und versuchte, ihre leeren Gläser in die Küche zu tragen, stieß aber gegen die Wände. Sie schnaubte. Jared folgte ihr und nahm ihr die Gläser ab, bevor sie zerbrechen konnten.

„Ich fürchte, ich habe zu viel getrunken, um zu fahren. Kann ich deine Gastfreundschaft noch etwas mehr strapazieren und auf deiner Couch schlafen?"

„Natürlich. Ich hole dir eine Decke."

Zea zog den Wäscheschrank auf und holte, was sie brauchte. Als sie die Tür schloss, schrie sie. Jared stand dahinter.

„Tut mir leid." Er lächelte und nahm die Decke. „Geht es dir gut?"

Sie holte Atem und grinste. „Ja. Du weißt ja, wo alles ist. Fühle dich wie zu Hause."

„Danke." Er beugte sich zu ihr herab und küsste sie schnell auf die Wange. „Dann gute Nacht."

„Gute Nacht."

Sɪᴇ ᴏ̈ꜰꜰɴᴇᴛᴇ ᴅɪᴇ Aᴜɢᴇɴ. Jemand atmete. Sie erstarrte. Dann war es still. Sie setzte sich auf und machte die Nachttischlampe an. Das Zimmer war leer. Sie rutschte aus dem Bett und überprüfte das Badezimmer. Leer. Ihre Schlafzimmertür stand einen Spaltbreit offen. Sie ging in den Flur. Nichts.

„Jared?"

Keine Antwort. Sie räusperte sich.

„Jared?" Diesmal lauter.

Sie hörte ihn jetzt, wie er aus dem Wohnzimmer in den Flur schlurfte. Seine Haare waren zerwühlt, und er war im Halbschlaf. Sie entspannte sich. Er schenkte ihr ein müdes Lächeln, das ihn viel jünger aussehen ließ als sonst.

„Geht es dir gut?"

„Es tut mir leid, Jared, ich wollte dich nicht wecken. Ich dachte, ich hätte etwas gehört."

„Willst du, dass ich nachsehe?"

„Nein, nein, bitte. Es tut mir leid. Geh wieder schlafen."

Jared winkte und verschwand. Zea schüttelte den Kopf. *Dumme, paranoide Frau.* Sie ging wieder in ihr Schlafzimmer und stieg in ihr Bett.

Außerhalb von Zeas Wohnung starrte Flynt Newlan zu ihrem Fenster hoch. Sein Gesicht war ausdruckslos, und seine Augen hatten sich verdunkelt. Nach einem Moment stieg er wieder in sein Auto, startete den Motor und ließ ihn aufheulen.

Sie hat jemand anderen.

Flynts Kiefer spannte sich an Er war nicht emotional involviert. Das war seine Regel Nummer eins ... aber die Frau hatte etwas an sich. Ihr dunkles, verführerisches Aussehen, das Versprechen eines feurigen Temperaments, das jede Minute ausbrechen könnte. Das Gefühl ihres weichen Körpers unter ihm, als er sie gefickt hatte ... *verdammt.*

Aber die Tatsache, dass sie einen anderen Mann in ihrer

Wohnung hatte – es war ein deutliches Zeichen. *Lass dich nicht auf sie ein, Mann. Sie wird dich in den Wahnsinn treiben.*

Flynt raste aus der Stadt. Er war ein einsamer Wolf, schon immer. *Dass die Gedanken an Zea dich nachts wachhalten, bedeutet nichts, Flynt.*

Sie war nur irgendeine Frau.

TROTZ IHRER BETEUERUNGEN war Emory froh, dass Luca sie überredet hatte, ihn bei ihr bleiben zu lassen. „Wir müssen abwarten, bis sich alles beruhigt, Baby."

Emory wandte sich vom Fenster ab. Die Nacht brachte ihr Vergnügen – wenn sie und Luca alles um sie herum vergaßen – und Angst. Weil Ray da draußen war und sie wusste, dass er eines Tages kommen würde.

Und wenn er es tat, war Emory nicht sicher, wer von ihnen es lebend überstehen würde.

RAY GRACE HATTE das Licht in den Bäumen an der Rückseite der Wohnung jetzt schon zwei Nächte gesehen. Er machte die Lampen im Wohnzimmer aus und benutzte sein Kameraobjektiv, um darauf zu zoomen. Es war kurz nach zehn Uhr und die Spätsommersonne war vor einer Stunde untergegangen. In der Dunkelheit konnte er das Licht sehen, das sich über den gepflasterten Hof auf der Rückseite zu der Wohnung bewegte. Es hielt an der Baumgrenze. Er fing an zu lachen. Also hatte der Milliardär jemanden, der ihn ausspionierte. Trottel. Sein Lächeln verblasste. Luca Saffran war eine Fliege, die er zerschlagen würde, kein großes Problem, aber immer ein Ärgernis – er stand Ray im Weg dabei, seine Ex-Frau zu töten, und das war nicht akzeptabel. Dennoch würde er einen Weg finden, ihn abzulenken, und dann würde Emory ihm gehören.

Ray verstaute seine Kamera sorgfältig. Dann legte er sich auf das Bett. Er dachte an das letzte Mal, dass er Emory gesehen und versucht hatte, sie zu töten. Er war froh, dass er gescheitert war. Es wäre ein zu leichter Tod für sie gewesen. Er wollte ihr Blut an seinen Händen spüren. Er legte sich auf die Seite und schob seine Hand in seine Unterwäsche, um seinen Schwanz zu streicheln. Er schloss die Augen und versuchte, sich selbst als David Azano zu sehen, der immer wieder eine Klinge in Emory stieß. Azano war ein Amateur gewesen. Er, Ray, hätte sie verfolgt und eine Kugel in ihren schönen Körper geschossen, so dass es dauern würde, bis sie starb. Ray grunzte, als sein Griff bei dem Gedanken schmerzhaft fest wurde. Azanos Messer drang in ihren weichen Bauch ein, ihr gequältes Keuchen – verdammt, er hätte alles gegeben, um dabei gewesen zu sein.

Weil er von diesem Moment eine Million Mal während ihrer Ehe geträumt hatte. Selbst als sie glücklich waren – oder sie zumindest dachte, dass sie glücklich waren – phantasierte er manchmal darüber, sie zu töten. Sie würden in der Küche sein und das Abendessen vorbereiten, und er würde ein Messer holen, sie gegen eine Wand schieben und es in sie stoßen.

Ray kam stöhnend. Beim Duschen hatte er eine Idee. Gott, es war so einfach, so lächerlich einfach, dass er laut lachte.

Er wusste genau, wie er an Emory herankommen konnte. *Ganz genau ...*

FLYNT NEWLAN WAR der erste Kunde im Diner am nächsten Morgen. Teresa starrte ihn an. „Flynt Newlan ist vor Mittag wach? Ist es Weihnachten? Oder ist es eine Zombie-Apokalypse?"

Flynt stöhnte, und sie konnte sehen, dass er einen Kater hatte. „Nicht so laut."

„Harte Nacht?"

Er seufzte nur, und Teresa grinste. Sie brachte ihm sein übliches Katerfrühstück bestehend aus vier Spiegeleiern und ein paar Scheiben getoastetem Sauerteigbrot. Flynt sah sie dankbar an, als sie den Teller vor ihn stellte und ihm Kaffee eingoss. Flynt fiel über sein Essen her, während Teresa ein großes Glas kaltes Wasser daneben platzierte.

Flynt aß ein paar Minuten und sah dann zu Teresa. „Ist Zea heute hier?"

Teresa verdrehte die Augen. Sie kannte Flynts Ruf, schließlich war sie mit ihm aufgewachsen. „Lass sie in Ruhe. Sie braucht keinen wie dich, der sie nur in Schwierigkeiten bringt. Ich glaube, sie hat es schon schwer genug gehabt. Frag mich nicht, woher ich das weiß, es ist nur ein Gefühl."

Flynt murmelte etwas, das wie „verrückte Psychotante" klang, und Teresa warf kichernd ihren Lappen nach ihm.

Sie blickte auf und sah, wie Zea die Tür des Diners öffnete. Sie lachte und plauderte mit dem Mann, der sie vor ein paar Tagen besucht hatte. Zeas Augen wanderten zu Flynt, und Teresa sah, wie ihre Wangen sich ein wenig röteten. Sie seufzte innerlich. Verdammt, Flynt war ihrer Freundin schon nähergekommen.

Zea stellte Jared Teresa vor und erzählte ihr, dass er ein alter Freund war. Sie ignorierte Flynt, der den Neuankömmling anstarrte.

„Hey", sagte er und nickte Jared zu, so dass Zea gezwungen war, ihm Flynt ebenfalls vorzustellen. Die beiden Männer schüttelten sich die Hand.

„Freut mich." Jared lächelte Flynt an, der grunzte und zu seinem Essen zurückkehrte. Zea starrte auf seinen Hinterkopf.

„Wie auch immer, wir wollten nur kurz Hallo sagen", sagte sie zu Teresa, die ihre Augen in Richtung von Flynt verdrehte und dann Zea anlächelte.

Zea und Jared blieben nicht lange, und als sie gegangen waren, beschloss Teresa, Flynt ein wenig zu reizen. Es geschah ihm recht dafür, mit Zeas Gefühlen zu spielen.

„Er scheint nett zu sein. Ich frage mich, ob sie daten?"

Flynt murmelte vor sich hin. Sie saßen ein paar Minuten schweigend da.

„Ich mag nicht, wie er sie ansieht."

Teresas Augenbrauen schossen hoch. „Was war das? Flynt Newlan ... hast du dich endlich in eine Frau verliebt? Ich hätte nicht gedacht, dass das in diesem Leben noch passiert."

Flynt machte ein angewidertes Geräusch. „Sei nicht lächerlich. Ich sage ja nur. Der Kerl sieht wie ein Perverser aus."

Teresa musterte ihn. „Flynt ... ich meine es ernst ... Zea ist keine Frau für deine Spielchen. Sie braucht einen erwachsenen Mann. Bist du bereit dafür?"

Flynt verzog das Gesicht. „Bin ich hierhergekommen, um belehrt zu werden?"

Teresa seufzte. Auch wenn sie ihn lange kannte, wusste sie noch sehr wenig über ihn, abgesehen davon, dass er der schlimmste Alptraum einer Frau war. Unglaublich attraktiv, unzähmbar, freiheitsliebend und verschwiegen. Ein Alptraum. Aber selbst sie konnte seine Anziehungskraft spüren. Zea hatte versucht, ihm aus dem Weg zu gehen, aber es musste etwas zwischen ihnen passiert sein.

„Hast du mit Zea geschlafen?"

Flynt grinste. „Geschlafen wohl eher nicht ..."

„Gott, ich wusste es. Ich warne dich, Flynt Newlan – wenn du ihr das Herz brichst, kriegst du es mit mir zu tun."

Flynt wischte sich den Mund ab. „Du brauchst dir keine Sorgen zu machen, Terry. Sieht so aus, als hätte sie jemand anderen, der sie jetzt beschäftigt."

„Dein Freund ist zurück."

Flynt öffnete mit der Schulter die Tür zu der kleinen Küche und trug ein Tablett mit schmutzigen Tassen. Zea sah ihn verwundert an. Seit sie ihn vor einer Woche Jared vorgestellt hatte, hatte sie ihn überhaupt nicht gesehen. Ihr Gehirn sagte ihr, dass das gut sei, aber ihr Körper sehnte sich nach seiner Berührung.

„Arbeitest du jetzt hier?"

Flynt stellte das Geschirr in das Spülbecken und drehte den Wasserhahn auf. Er gab etwas Spülmittel ins Wasser und begann, die Tassen zu säubern.

„Freiwilligendienst. Ich langweile mich. Jedenfalls ist dein unheimlicher Schwager zurück. Das wievielte Mal ist das? Das dritte Mal in dieser Woche?"

„Das vierte. Hast du mich ausspioniert, Flynt Newlan? Das ist erbärmlich." Zea spähte durch das runde Fenster in der Küchentür. Sie sah Jared geduldig an der Theke warten. „Und er ist nicht unheimlich", fügte sie hinzu, nachdem sie Flynts ungläubiges Gesicht gesehen hatte. „Hey, wir lernen uns gerade kennen. Sei nett."

Flynt schnaubte. Zea ignorierte ihn und nahm frisch gebackene Muffins aus dem Ofen, um sie zum Abkühlen auf ein Gitter zu stellen. Teresa brachte kühle Luft mit sich, als sie für ihre Schicht durch die Hintertür kam.

„Hey, Leute." Sie zog ihre Jacke aus, hängte sie auf und warf einen Blick auf Flynt am Spülbecken. „Träume ich?"

Flynt blies ihr einen sarkastischen Kuss zu, und Zea lachte.

„Hey, kannst du hier übernehmen? Anscheinend habe ich einen Besucher." Teresa warf einen Blick auf Flynt, der das Gesicht verzog.

„Schon wieder?"

„Uh-huh."

Zea ignorierte die beiden und ging hinaus, um Jared zu begrüßen, nachdem sie sich die Hände an einem Geschirrtuch abgewischt hatte.

„Hey, Jared." Sie bemerkte, wie formell er wirkte und wie steif er auf einem Hocker an der Theke saß. Sein makelloser Anzug mit Krawatte war heute grau. Seine blauen Augen waren klar, aber verengt. Jared hatte das Pech, dauerhaft misstrauisch auszusehen – etwas, worin er sich von David unterschied.

„Hallo, Zea. Wie geht es dir?"

„Mir geht es gut, danke. Genauso wie gestern." Sie lächelte, aber es war eine gewisse Schärfe in ihrer Stimme. „Hast du nichts anderes zu tun, als hier herumzuhängen?" Sie zuckte zusammen. „Tut mir leid, das war unhöflich. Ich meine, wird dir nicht langweilig?" Sie goss ihm Kaffee ein, und er hob seine Tasse.

„Von deiner Gesellschaft? Niemals. Hallo."

Zea drehte sich um und sah Flynt hinter sich. Er hob die Augenbrauen, aber sie konnte den Ausdruck in seinen Augen nicht lesen.

„Ich habe mich gefragt, ob ich dich zum Mittagessen einladen könnte. Ich würde gerne mit dir reden ... privat." Jareds Stimme war schwer.

Er wies mit seinen Augen zu Flynt und Teresa, die aus der Küche gekommen war, so dass beide offen und unverschämt ihrer Unterhaltung lauschten. Zea spürte sie hinter sich, drehte sich aber nicht um.

„Tut mir leid, Jared, ich muss die nächsten paar Tage viel arbeiten. Gerade ist hier jede Menge los. Wie wäre es, wenn ich dich treffe am ..." Sie drehte sich um, um auf den Kalender zu sehen und einen grinsenden Flynt aus dem Weg zu schieben. Sie wandte sich wieder an Jared und schaffte es, einen kleinen Schlag auf Flynts Niere zu landen. Er lachte. Jared starrte ihn ab. „Donnerstag? Holly ist an diesem Tag da, also kann ich früher gehen. Kommst du um sechs Uhr zu meiner Wohnung?"

„Okay." Er schenkte ihr ein schnelles Lächeln und ging so schnell, wie er gekommen war.

„Freak."

Zea ignorierte Flynt und ging einen Tisch abräumen. Als sie zurückkam, betrachtete sie ihn. „Hast du einen Job, Flynt?"

Er grinste. „Ich schütze das Personal dieses Diners vor Vagabunden. Es ist anstrengende Arbeit."

Sie kicherte. „Vagabunden."

„Ja, Vagabunden. Außerdem", er hielt inne, um ihre Wange zu küssen, bevor er sich mit einem verruchten Ausdruck auf seinem Gesicht zurückzog, „vor unheimlichen Schwagern."

Zea schüttelte den Kopf und lachte. „Dummkopf. Spül weiter."

Teresa steckte den Kopf durch die Tür. „Ist das Vorspiel vorbei?"

Zea grinste sie an. „Du hast recht gehabt", sagte sie bedauernd. „Er macht nichts als Ärger."

Teresa musterte sie. „Du hast dich in ihn verliebt."

„Verdammt, nein", sagte Zea fest, aber in ihrem Herzen wusste sie, dass sie nicht die ganze Wahrheit sagte.

EMORY FÜHLTE SICH KRANK. Ein weiterer Tag, eine weitere Zeitung, die Lügen über sie verbreitete. Jetzt wurde behauptet, dass sie ihre

Verletzungen vorgetäuscht hatte. Dass David Azano von ihr besessen gewesen war. Dass sie der Grund dafür war, dass er verrückt geworden war und elf Menschen umgebracht hatte. Dass sie eine Femme fatale war.

Dass sie eine Hure war.

Gott.

Luca konnte sie nicht trösten – tatsächlich hatte sie ihn gebeten, sie allein zu lassen. „Nur ein, zwei Stunden, Baby", hatte sie zu ihm gesagt, und er hatte verstanden. Sie war verrückt nach diesem Mann, aber sie brauchte Zeit zum Weinen und Schreien, um ihre Gefühle herauszulassen.

Sie tat all diese Dinge in dem luxuriösen Apartment, das Luca für sie bereitgestellt hatte. *Wie bin ich hierhergekommen?*, fragte sie sich, als sie sich beruhigte. *Was zum Teufel ist jetzt mein Leben?*

Sie hörte den Schlüssel in der Tür, drehte sich um und erwartete, Luca zu sehen.

Stattdessen stand Bree Saffran in der Tür und starrte sie an.

ZEA HATTE seit sechs Uhr gearbeitet, und sie war erschöpft. Ihr ganzer Tag war durch die Tatsache zerstört worden, dass sie von der Titelseite jeder Zeitung, die sie gesehen hatte, Davids Gesicht anstarrte. Neue Lügen, neue Enthüllungen. Sie glaubte nicht eine Sekunde die Lügen über Emory. Sie hatte Emory gekannt und sehr gemocht. Die beiden Frauen waren befreundet gewesen, und sie wusste, dass David Emory geschätzt hatte, aber auf keinen Fall von ihr besessen gewesen war. Sie hatte ihm leidgetan, weil sie mit diesem Monster Ray Grace verheiratet war. Zea fragte sich, ob der Mann hinter Emorys Verunglimpfung steckte. Zea hatte Ray Grace ein paar Mal getroffen und ihn absolut schrecklich gefunden – und sie hatte sich gefragt, warum zur Hölle eine liebevolle und schöne Frau wie Emory ihn geheiratet hatte.

Und dann, auf dem Spaziergang nach Hause, um durch die Abendluft ihre Kopfschmerzen zu lindern, hatte Flynt neben ihr sein Auto angehalten und ihren Namen gerufen.

Sie hatte sich umgedreht und ihn angestarrt. „Würde es dich umbringen, mich als etwas anderes als eine günstige Gelegenheit zum Vögeln zu betrachten, du Neandertaler?" Sie hasste es, so zu sein, aber Flynt war die einzige Person in ihrer Nähe und sie musste sich an jemandem abreagieren.

Zu ihrem Leidwesen hatte Flynt nur gegrinst. „Schlechter Tag, Süße?"

„Was kümmert es dich?"

„Das tut es nicht, keine Sorge. Bis bald."

Arschloch. Sie hatte seinem Wagen nachgestarrt, als er davonfuhr. Sie hasste es, dass sie sich schuldig dafür gefühlt hatte, unhöflich zu ihm gewesen zu sein.

Seufzend hatte sie sich nach Hause umgedreht. *Ich brauche einen Abend ohne Männer ... ohne all die Männer in meinem Leben.*

Aber sie war nur eine halbe Stunde zu Hause gewesen, bevor es an ihrer Tür klopfte.

„Bree." Emory fühlte sich atemlos, als der Teenager sie anstarrte. Es war Schmerz in den dunklen Augen des Mädchens, die denen ihres Vaters so ähnlich waren, und Emory konnte sie kaum ansehen. „Bree, es tut mir so leid."

Bree kam vorsichtig ins Zimmer. „Es ist okay."

Emory schüttelte den Kopf. „Nein, Bree, es ist überhaupt nicht okay."

Bree zögerte und setzte sich dann. Emory setzte sich ihr gegenüber, zog die Knie an ihre Brust und schlang ihre Arme darum. Schutz vor dem Angriff

Aber Bree war ruhig, und jetzt sah Emory Mitgefühl in ihren Augen. Bree räusperte sich.

„Ich bin nicht wütend auf dich, Em, wie könnte ich es sein? Ich sagte Dad, dass er mit dir ausgehen soll, und nach allem, was du für mich getan hast, bist du mein Blut. Ich bin wütend auf Dad. Er ist völlig falsch mit der Situation umgegangen und hat meine Mutter nicht vorgewarnt. Sie verdient etwas Besseres."

Emory entspannte ihre Position ein wenig. „Ja, das tut sie, und es tut mir leid, bitte glaube mir."

„Das tue ich. Und Mom weiß das auch. Sie hat die Scheidung einfach noch nicht verwunden."

Emory wusste nicht, was sie sagen sollte. Bree lächelte sie an. „Liebst du ihn?"

Langsam nickte Emory, und Bree grinste. „Gut. Dann ist es all das Drama wert."

Sie stand auf und kam zu Emory, um sie zu umarmen. Emory brach fast in Tränen aus. Brees Augen waren ebenfalls gerötet.

„Es tut mir wirklich leid wegen all der negativen Berichterstattung in der Presse."

Emory seufzte. „Es ist mein Ex-Mann."

Bree schüttelte ungläubig den Kopf. „Wie zum Teufel kommt es, dass du mit ihm verheiratet warst? Wir haben alle darüber gesprochen. Es war, als ob Tinkerbell mit Hannibal Lecter verheiratet wäre."

Emory brach in Lachen aus. „Das ist kein schlechter Vergleich. Ich wünschte, ich könnte mich erinnern, was ich mir gedacht habe, als ich ihn heiratete. Meine Mutter war gerade gestorben, und er war für mich da. Er wirkte charmant, und ich war am Boden. Nicht lange nach der Hochzeit hat er sein wahres Ich gezeigt, aber mein Selbstvertrauen war damals kaum existent."

„Männer."

Emory grinste. „Männer", stimmte sie zu. „Hör zu, willst du bleiben? Wir können Pizza bestellen und Trash-TV sehen?"

Bree sah sie bedauernd an. „Ich würde gern bleiben, aber ich habe schon Pläne, ein paar Freunde zu treffen. Ein anderes Mal?"

„Auf jeden Fall."

Ein weiteres Klopfen an der Tür, diesmal lauter. Zea seufzte und stand auf. Sie ging langsam über den Flur und spürte, wie die Taubheit durch ihren Körper kroch. Sie zog die Tür auf, und Jared lächelte sie an. „Hallo nochmal"

Zea lehnte sich an den Türrahmen. „Oh. Jared, es tut mir so leid. Ich hatte unser Date vergessen. Hast du etwas dagegen, wenn wir es verschieben? Ich hatte einen wirklich harten Tag." Sie sah auf, und ein Schauder durchlief sie. Sein Gesichtsausdruck war starr, gefroren vor Wut. Sie wich zurück. „Es tut mir leid, Jared, wirklich. Es war kein guter Tag."

Sein Gesicht entspannte sich. „Natürlich. Alles okay? Nach dem heutigen Tag, meine ich." Er ging in die Küche und setzte sich. Zea seufzte. *Nicht jetzt, bitte.* Sie nahm zwei Gläser aus dem Schrank und holte eine Flasche Bourbon. Ihre Hände zitterten. Jared nahm die Flasche und schob Zea auf einen Stuhl.

„Zea, du bist müde." Er lächelte, aber seine Stimme hatte einen scharfen Unterton. „Ich kümmere mich um dich, okay?"

Zea sank erschöpft zusammen. „Danke."

„Willst du darüber reden, was in den Zeitungen steht? Über David?"

Wut erfasste sie. „Weißt du was, Jared, ich habe es wirklich satt, über David zu sprechen. Ich habe es satt, darüber nachzudenken, was hätte sein können. Er hat Menschen getötet, Jared. Er hat sie ermordet. Er hat Emory Grace verletzt und hätte sie getötet, und jetzt wird sie in der Presse zunichtegemacht. Das verdient sie nicht. Das verdiene ich nicht. Ich ... Verdammt. Können wir einfach ein bisschen hier sitzen? Ich bin so müde."

Sie legte ihren Kopf auf den Tisch und seufzte. Jared streichelte ihre Haare, und trotz ihrer Stimmung fühlte es sich gut an. Sie legte ihre Hand auf seine. Sie saßen eine Weile schweigend da, als Jared sich räusperte.

„Zea ... Ich will hier nicht zu weit gehen, aber ..." Er verstummte, und sie setzte sich neugierig auf.

„Was ist, Jared?"

Er wich ihrem Blick aus. „Du bist eine sehr schöne Frau. Du bist klug und nett und ... Flynt Newlan ist nicht die einzige Option, die du hast. Ich könnte mich um dich kümmern, wenn du es zulassen würdest."

Zea errötete und sah weg. „Jared, bitte, ich ..."

Er hielt seine Hände hoch. „Nein, das ist okay. Ich wollte nur, dass du es weißt."

Die Atmosphäre hatte sich verändert und war zu etwas Neuem geworden. Jared berührte ihr Gesicht. Sein Lächeln war seltsam zögernd.

„Ich lasse dich jetzt in Ruhe. Es sei denn, ich kann dich zum Abendessen einladen?"

Zea versuchte zu lächeln. „Tut mir leid, aber ich fühle mich nicht so gut. Ein anderes Mal."

Er nickte, und sie begleitete ihn zur Tür. Er trat in den Flur hinaus und drehte sich dann um. Schnell beugte er sich zu ihr hinab und küsste sie kurz, aber fest auf den Mund. Dann lächelte er sie an.

„Er ist nicht der einzige Mann auf der Welt. Versprich mir, dass du darüber nachdenken wirst."

Zea nickte. Jared wartete mit gehobenen Augenbrauen. Ihre Irritation kehrte zurück.

„Ich verspreche, dass ich darüber nachdenken werde, Jared." Sie verwendete nur einen Hauch Sarkasmus. Jared bemerkte es nicht.

„Braves Mädchen."

Und dann war er weg.

Zea schloss die Tür und lehnte sich verwirrt und verärgert dagegen. Jared hatte sie mit dem Kuss überrascht, und er war nicht unangenehm gewesen. Aber sie hatte nichts gefühlt. Sie rieb sich über das Gesicht und stöhnte. Jareds Liebesgeständnis war nichts, was sie jetzt brauchte, aber dann lachte sie. *Was zum Teufel brauche ich?*

Sie ging in die Küche, schloss die Hintertür ab, machte alle Lichter aus und ging nach oben. Im Badezimmer öffnete sie den Schrank über dem Waschbecken und nahm die kleine Flasche Tylenol PM heraus. Sie zögerte und sah ihr Spiegelbild an. *Ich will eine Nacht alles vergessen. Morgen werde ich einen Neuanfang machen.* Sie warf die Tabletten in ihren Mund und trank eine Handvoll Wasser aus dem Wasserhahn. Dann zog sie sich aus, trat in die Dusche und steckte ihre Haare hoch.

Nach dem Abtrocknen zog sie ein altes T-Shirt und Shorts an, kroch unter die Bettdecke und schaltete die Lampe aus. Es dauerte nicht lange, bis die Tabletten wirkten.

Sie hörte nicht einmal, wie die Tür zu ihrer Wohnung sich

öffnete, oder die Schritte des Eindringlings, der sich über sie beugte, während sie schlief.

BREE SAFFRAN FÜHLTE SICH ERLEICHTERT, nachdem sie sich mit Emory ausgesprochen hatte. Sie hatte gesehen, wie angespannt die Frau war, und sie hatte ihr leidgetan. Es war niemandes Schuld, dass Emory und Luca sich so schnell ineinander verliebt hatten. Es war einfach passiert.

Bree ging schnell hinunter zum Parkhaus und suchte in ihrer Handtasche nach ihren Schlüsseln. Sie spürte nicht einmal die Bewegung hinter sich, bis eine Hand über ihren Mund gepresst war und sie nach hinten gezerrt wurde. Sie kämpfte heftig und spürte plötzlich den Stich einer Nadel in ihrem Hals. Danach wurde alles dunkel. Das Letzte, was sie hörte, war das Lachen eines Mannes, ein Lachen, das vage vertraut klang ...

RAYMOND GRACE WARF Brees bewusstlosen Körper hinten in seinen Truck. Für einen reichen Mann war Luca Saffrans Vorstellung von Sicherheit unzureichend – es sei denn, das Mädchen hatte sich gegen jeglichen Schutz und die damit verbundenen Einschränkungen gewehrt. Sie war natürlich nur ein Teenager. Ray grinste. Egal – man hatte es ihm leichtgemacht, Bree zu folgen.

Er hatte keinen Zweifel daran, dass Luca seine Geliebte aufgeben würde, um das Leben seiner Tochter zu retten, und dann würde Emory wieder ihm gehören. An dem Tag, an dem sie zu ihm kam, würde er keine Zeit verlieren. Sie würde in wenigen Minuten tot sein.

„Genieße die Zeit, die du noch hast, meine geliebte Emory", murmelte er, als er den Truck aus der Garage fuhr. „Bald ist sie vorbei ..."

3

TEIL #3: MAXIMO

Snoqualmie (12 Stunden vor dem Amoklauf)

C lementine wünschte sich zum fünften Mal an diesem Abend, dass sie nicht gekommen wäre. Marcia hatte sie zu einer ihrer Partys eingeladen – an das Thema konnte Clem sich im Moment nicht erinnern – vermutlich aus Mitleid. Die Demütigung, von Luca geschieden zu werden, hatte sie immer noch nicht ganz verarbeitet, und sie fürchtete den nächsten Morgen, an dem sie in der Kanzlei seiner Anwälte eine Abfindung aushandeln sollte.

Clem ging auf der Party umher und blieb immer wieder stehen, um mit ihren Freunden über die verschiedenen Wohltätigkeitsorganisationen zu plaudern, die sie unterstützte. Was sie bekam, waren allerdings nicht die erwarteten Mitleidsbezeugungen, sondern etwas anderes. Sie sah das Misstrauen in den Augen ihrer Freundinnen und ein beunruhigendes Interesse in den Augen ihrer Ehemänner. Als sie bemerkte, was los war, wollte sie zugleich lachen und weinen.

Sie war jetzt eine Bedrohung. Eine Bedrohung für das perfekte Leben ihrer Freundinnen und ihre Ehen. Nachdem sie eine Stunde versucht hatte, Konversation zu betreiben, floh Clem mit einem Glas Sekt und Kopfschmerzen in den Garten.

„Soll das ein Scherze sein?" Sie war sich bewusst, dass sie Selbstgespräche führte, aber es war ihr egal. Also war das jetzt ihr Leben? An der Peripherie von allem, was sie in den letzten 20 Jahren gekannt hatte?

„Ich bin nicht sicher, warum Sie denken, dass ich scherze", sagte eine lakonische, stark akzentuierte Stimme hinter ihr. Clem drehte sich um, um den Sprecher zu sehen. Er war groß, breitschultrig und hatte die grünsten Augen, die sie je gesehen hatte. Sie befanden sich in einem dunklen Gesicht, das von dunklen, wilden Locken umgeben war, und waren mit einer Intensität auf sie fixiert, bei der ihr flau im Magen wurde. Er schob sich von der Mauer weg, an die er sich lehnte und setzte sich zu ihr auf die kleine Steinbank. Er beugte sich vor, stützte seine Unterarme auf seine Oberschenkel und sah sie an. „Sie sehen aus, als ob Sie so viel Spaß haben wie ich."

Clem starrte ihn eine Sekunde an und sah dann weg. „Ich habe nicht mit Ihnen gesprochen, sondern mit mir selbst."

Er lächelte. „Lassen Sie mich raten. Eine schöne Frau auf einer Party wie dieser ... kein Ehering. Und Sie sind allein gekommen. Für diese Frauen sind Sie nichts als eine Bedrohung."

Clem seufzte. „Aber warum? Es ist nicht so, dass ich Interesse an ihren Männern habe."

Er zuckte mit den Schultern. „Das müssen Sie nicht. Aber ich garantiere, dass jeder Mann hier alles dafür geben würde, mit einer Frau wie Ihnen zusammen zu sein."

Clem starrte ihn einen langen Moment an und schüttelte den Kopf. „Oh, also ist das Ihre Anmach-Methode? Einer Frau schmeicheln, damit sie in Ihre starken Arme sinkt? Ich spiele keine Spielchen, Mr. ...?"

„Neri. Maximo Neri. Max. Und ich spiele auch keine Spielchen. Es ist die Wahrheit."

Ein Italiener. Und Himmel, er war sensationell, aber Clem hatte *sensationell* schon gehabt, und sie war nicht beeindruckt. „Und woher wollen Sie das wissen?"

„Ich bin ein Mann. Ich weiß, wie Männer denken. Niemand könnte einer Nacht mit Ihnen widerstehen. Wollen Sie Ihre Freundinnen noch mehr ärgern? Kommen Sie mit mir nach Hause. Nichts ärgert sie mehr, als zu sehen, dass ihre geschiedene Freundin so schnell eine Eroberung macht, besonders bei jemandem wie mir."

Clem lachte ungläubig. „Wow. Sie sind wirklich arrogant. Sie wissen das, oder?"

Max zuckte mit den Schultern. „Ich kenne meinen Wert, Mrs. Saffran. Ich habe Augen. Ich weiß, dass ich gut aussehe. Warum soll ich so tun, als ob es anders wäre?"

Clem war sehr still geworden. „Woher kennen Sie meinen Namen?"

Er lächelte, und ihr Herz schlug schneller. Gott, er war *schön*, aber arrogant und viel zu sehr von sich selbst überzeugt. „Weil ich sichergegangen bin, dass Sie hier sein würden, bevor ich Marias Einladung angenommen habe."

Clem wich zurück. „Warum?"

Maximos Grinsen wurde breiter. „Weil ich dich ficken will, natürlich."

Clem spürte, wie ihr Körper reagierte, aber ihre Wut über seine Grobheit, seine Ehrlichkeit, seine völlige Offenheit war stärker als das hektische Schlagen ihres Herzens und das Pulsieren ihres Geschlechts. Eine Sekunde lang konnte sie nicht anders als sich vorzustellen, ihn zu nehmen, genau hier in Marias unberührtem Garten. Es wäre fast den Ausdruck auf dem Gesicht ihrer überkonservativen Gastgeberin wert gewesen. Und Gott weiß, sie hatte seit Monaten keinen Sex gehabt. Sie und Luca hatten so lange getrennt geschlafen, dass sie vergessen hatte, wie sich die Berührung eines Mannes anfühlte.

Maximo beobachtete sie mit einem Grinsen auf seinem Gesicht. „Ich weiß, was du denkst, aber ich meinte es, als ich sagte, dass ich keine Spielchen spiele. Ihr Amerikaner sagt das immer, aber kaum einer von euch meint es auch.

Er trank nachdenklich einen Schluck von seinem Scotch,

während Clem sich bemühte, Worte zu finden. „Du bist der arrogan-
teste Mann, den ich je getroffen habe."

Maximo lachte. „Wahrscheinlich." Er sah ihr direkt in die Augen.
„Aber ich bin kein Lügner. Ich will dich ins Bett kriegen, Clementine
Saffran. Ich will meine Zunge über jeden Zentimeter deiner Haut
streichen lassen, dich schmecken, dich dazu bringen zu kommen. Ich
will so tief in dir sein, dass du meinen Namen schreist und mich
anbettelst, niemals aufzuhören."

MEINE GÜTE. Clem konnte spüren, wie sie bei seinen Worten feucht
wurde, und eine Sekunde dachte sie, wie schön ein One-Night-Stand
wäre.

Maximo stand auf. „Komm mit. Jetzt. Nichts wird diese Frauen
mehr ärgern, als wenn du mit mir hier weggehst. So bekommen wir
beide, was wir wollen."

Clem sah ihn an misstrauisch an. „Bekommst du immer, was du
willst?"

Sein Lächeln war breit. „Immer."

Clem stand langsam auf und glättete ihr Kleid. Sogar in ihren
High-Heels reichte sie ihm nur bis an die Schulter und musste zu
ihm aufblicken. Sie stellte sich auf die Zehenspitzen, so dass ihr
Mund fast auf seinem war. Er roch wunderbar nach Seife und After-
have. Sie lächelte sanft.

„Nicht dieses Mal", flüsterte sie, drehte sich auf dem Absatz um
und ging davon.

ZU HAUSE ANGEKOMMEN LEGTE sie sich ins Bett und lächelte. *Das war
einer der befriedigendsten Momente meines Lebens*, dachte sie, aber
zugleich spürte sie Bedauern in sich aufsteigen. Sie hatte keinen
Zweifel daran, dass Maximo Neri ein großartiger Liebhaber war. Es
war etwas so Erfahrenes und Geübtes an seiner Art. Weshalb er
gefährlich war. Er war eine zu große Versuchung. Nach der Scheidung von Luca am nächsten Morgen wollte sie nichts mehr mit

Romantik zu tun haben. Allerdings bot er ihr keine Romantik an, sondern guten, harten Sex. Clem schob den Gedanken weg und versuchte zu schlafen.

Am Morgen traf sie sich mit Luca und den Anwälten. Eine Stunde später beging David Azano einen Amoklauf am College ihrer Tochter Bree, und Clems Welt zerbrach.

Snoqualmie (zwei Monate später ...)

CLEM KONNTE KAUM ATMEN. Sie starrte auf den Bildschirm des Laptops, bis alle Bilder darauf verschwommen waren. Luca und Emory Grace. Es gab keinen Zweifel, dass sie es waren. Emory rittlings auf Luca, ihr schöner Körper gewölbt in Ekstase. Lucas Blick voller Zärtlichkeit, als er Emory liebte. Das Paar lachend und scherzend bei einem Spaziergang am Strand.

Gott. Clem schloss die Augen. *Wie zum Teufel war das passiert?* Luca hatte Emory vor dem Amoklauf, bei dem sie so schwer verletzt worden war und Brees Leben gerettet hatte, noch nie getroffen. Wie sollte Clem jetzt empfinden? Die Frau, die Bree vor dem sicheren Tod gerettet hatte, ging jetzt ins Bett mit dem Mann, den Clem für die Liebe ihres Lebens gehalten hatte.

Ihre Brust fühlte sich so eng an. Sie zwang sich zu atmen, bevor die Tränen kamen. Heiß und leise strömten sie über ihre Wangen, als sie Bree nach sich rufen hörte.

Als ihre Tochter in die Küche kam, streckte Clem die Arme aus und Bree hielt sie fest.

„Mom? Mom, geht es dir gut?"

Clem schüttelte den Kopf, und Bree wiegte sie sanft hin und her. „Es tut mir so leid, Mom."

„Wusstest du es?"

Bree schüttelte den Kopf, und Clem glaubte ihr, konnte aber

sehen, dass sie hin- und hergerissen war. Sie wusste, dass Bree Emory liebte.

„Mom ... ich habe sie dazu ermutigt, miteinander auszugehen. Ich meinte es halb als Witz, weil ich sehen konnte, wie gut sie sich verstanden haben. Ich schwöre, ich wusste nicht, dass sie tatsächlich angefangen haben ..." Bree sah verzweifelt aus. „Mom, es tut mir so leid."

Clem umarmte sie. „Du hast nichts falsch gemacht."

Bree rieb sich über das Gesicht. Mit ihren dunklen Augen und Haaren ähnelte sie Luca so sehr. „Mom ... ich kann nicht glauben, dass Dad nichts gesagt hat. Das ist nicht okay."

Sie seufzte. „Ich muss ins Badezimmer, aber wenn ich zurückkomme, werden wir uns ablenken, ja? Wie wäre es mit einem Film und Snacks?"

Clem lächelte und nickte. Sie setzte sich und versuchte, sich zusammenzureißen. Brees Handy klingelte, und Clem sah auf den Bildschirm. Luca. Ein Blitz der Wut durchlief sie, und sie ging ran und ließ alle ihren Schmerz und ihre Wut auf ihren Ex-Mann heraus, bevor sie auflegte. Sie musste zugeben, dass sie sich danach besser fühlte.

BREE SCHAFFTE ES, sie abzulenken, während sie den Film ansahen, und als Bree später losging, um Freunde zu treffen, fühlte Clem sich entspannter, aber auch resignierter. Sie nahm ein langes Bad und war gerade dabei, zu Bett zu gehen, als es an der Tür klopfte.

Sie blickte auf die Uhr. Es war schon zehn. Sie überprüft, dass die Kette an der Tür angebracht war, bevor sie aufmachte. Draußen nickte ihr ein Mann mit einer Chauffeuruniform zu. „Ma'am. Entschuldigen Sie bitte die späte Störung. Mein Chef schickt Ihnen das hier." Er hatte einen eleganten englischen Akzent. Clem nahm den Umschlag von ihm entgegen und öffnete ihn.

Hotel Sorrento, in einer Stunde. Maximo.

Clem starrte die Botschaft an. Die Arroganz dieses verdammten

Italieners ... Sie hielt die Karte eine Sekunde in der Hand und gab sie dann dem Chauffeur zurück.

Sagen Sie ihm, dass er zur Hölle gehen soll. „Geben Sie mir fünf Minuten, um mich anzuziehen", sagte sie und schloss die Tür.

Seattle

MAXIMO NERI LAS die Nachricht von seinem Fahrer und grinste. *Wir sind auf dem Weg, Chef. Hughes.*

Also kam Clementine Saffran zu ihm. Maximo war kein dummer Mann. Er wusste, dass sie wahrscheinlich kam, um ihm die Meinung zu sagen. Die Einladung war aus einer Laune heraus gewesen – als er die Bilder von Luca Saffran mit dieser schönen jungen Lehrerin sah, zögerte er nicht, die Situation auszunutzen. Weil er Clementine Saffran schon gewollt hatte, als sie noch nicht einmal gewusst hatte, dass er existierte.

ES WAR auf einer Modenschau in Mailand vor ein paar Jahren gewesen, als Maximo Neri zum ersten Mal Clem Saffran gesehen hatte. Seine damalige Freundin Valeria hatte ihn überredet zu einer der Designer-Shows zu kommen. Er verabscheute das Theater, aber er saß schließlich in der ersten Reihe zwischen Valeria und einer amerikanischen Stylistin, die aussah, als brauche sie mehr als ein Sandwich in ihrem Leben. Er hatte sich auf die anderen geladenen Gäste konzentriert, die es in die erste Reihe geschafft hatten. Schauspielerinnen, Schauspieler (Maximo würde nie verstehen, warum ein Mann freiwillig an einer Damenmodenschau teilnehmen würde), Redakteure. Er stieß den Atem aus, und Valeria sah ihn genervt an. „Tu wenigstens so, als ob es dich interessiert. Die Presse ist hier."

Maximo verdrehte die Augen, und Valeria schnaubte und wandte sich ab. Max rieb sich den Kopf und blickte auf die Uhr. Er vermutete, dass er sich bemühen sollte, wenn es Valeria glücklich machte – und es sie davon abhielt, sich in sein Privatleben einzumischen. Er war ziemlich sicher, dass sie von seiner Geliebten in Neapel wusste, die die Schwester eines alten Freundes war – wenn sie es öffentlich machte, würde es ihm nicht schaden, aber vielleicht dem Mädchen, und Maximo wünschte ihr das nicht. Er hätte niemals etwas mit ihr anfangen sollen, aber in jener Nacht hatte Valeria nicht mit ihm schlafen wollen, und das Mädchen, Paulina, war in Max verliebt gewesen, seit sie ein Kind war. Was sollte ein Mann da tun?

Dann hatten sich seine Augen auf eine atemberaubende Rothaarige mit traurigen Augen gelegt. Sie saß ihm direkt gegenüber auf der anderen Seite des Laufstegs, und ihre Stille, Zerbrechlichkeit und Anmut raubten ihm den Atem.

Er hatte Nachforschungen angestellt. Clementine Saffran (geborene Fordham). Ehefrau des Milliardärs Luca Saffran mit eigenem Treuhandfond. Verheiratet seit 20 Jahren, seit ihrem Abschluss in Harvard, eine Teenager-Tochter. Maximo hatte Luca Saffran bereits bei vielen Gelegenheiten getroffen und mochte den Mann sehr. Er war freundlich, nachdenklich, ruhig – und wie Max verabscheute er die Öffentlichkeit. Max fragte sich, ob Clementine Luca dafür verachtete, so wie Valeria ihn.

Clementine Saffran. Es war okay. Er konnte warten.

Er war bereit für die Herausforderung.

UND JETZT WAR SIE HIER, auf dem Weg in den Aufzug. Maximo zog seine Krawatte herunter und öffnete den obersten Knopf seines Hemds. Als die Aufzugstür zum Foyer sich öffnete, hörte er ihre Stimme und ihre Absätze, die über den Marmorboden klapperten. Ein leises Klopfen, dann öffnete Hughes die Tür für sie, bevor er sich diskret zurückzog.

Clementine starrte ihn an, sagte aber nichts. Max öffnete den Champagner, den er auf Eis gestellt hatte, und goss ihnen schweigend zwei Gläser ein. Er ging langsam zu ihr und reichte ihr ein Glas. Sie nippte an dem Getränk, und er konnte ihre Hände zittern sehen.

Nach einem Augenblick blickten sie einander an, und er nahm beide Gläser und stellte sie auf den Tisch. Er griff nach ihr, und sie kam in seine Arme, als wäre es die natürlichste Sache der Welt. Seine Lippen fielen auf ihre, und als sie sich küssten, hörte er sie leise stöhnen und lächelte.

„Gehörst du mir, Clementine?", murmelte er und strich mit seinem Mund über ihren Kiefer. Sie nickte, und er hob sie hoch und trug sie in sein Schlafzimmer.

CLEM VERLOR sich in den Empfindungen, die dieser Mann in ihr hervorbrachte. Ihr Verlangen nach ihm war animalisch, als er sie entkleidete und feststellte, dass sie unter ihrem Kleid nackt war. Sein wildes Knurren entflammte ihre Sinne, und er ließ sich auf die Knie fallen und hakte eines ihrer Beine über seine Schulter, als sein Mund ihr Geschlecht fand. Als seine Zähne ihre Klitoris streiften und seine Zunge tief in sie eindrang, vergruben sich ihre Finger in seinen dunklen, langen Locken und sie atmete seinen Duft aus Aftershave und Seife ein.

Verdammt, seine Zunge ... sie peitschte über die empfindlichen Nervenenden ihrer Klitoris und machte sie fast verrückt. Dass sie nackt war, während er noch ganz angezogen war, kam unerwartet. Sie fühlte sich verwundbar in seinen Armen und zugleich angebetet. Sie spürte bereits, wie sie ihrem Orgasmus näherkam, während sein Gesicht auf ihr Geschlecht gepresst war und sein tiefes Knurren sie über den Rand der Ekstase stieß. Als sie kam, zitterten ihre Beine und gaben nach. Sie lagen auf dem Boden, und Max lächelte sie an. Sie griff nach seinem Hemd und zog eifrig daran, um ihn ganz zu sehen. Als er nackt war, hielt Clem den Atem an. Sein Körper war breitschultrig und muskulös, dabei aber so elegant wie er es war. Sein Schwanz stand hart und stolz von seinem Bauch ab, und sie nahm die Spitze in den Mund und liebkoste sie mit ihrer Zunge, so dass er scharf Luft holte. Sie streichelte den langen Schaft und spürte die seidig weiche Haut über seiner Härte.

Er zog sich zurück, bevor er kam, und drückte ihre Beine so weit auseinander, dass ihre Hüften brannten, aber es war ihr egal. Maximo stieß seinen riesigen Schwanz in sie, und sie stöhnte laut auf, als er sie vollständig ausfüllte. Ihre Beine legten sich um seine schlanken Hüften und ihr Mund öffnete sich sehnsüchtig, als er sein Gesicht an ihrem Hals vergrub, sie küsste, biss und ihren Namen immer wieder murmelte. Durch seinen Akzent klang es fast wie Musik.

Clementine verlor sich in ihren Empfindungen und vergaß all ihre Scham. Maximo war ein leidenschaftlicher Liebhaber, der sie nicht ruhen ließ, bevor er sie in jeder Position genommen und zum Höhepunkt gebracht hatte. Er wickelte sogar seine Krawatte um ihre Handgelenke, bevor er sich wieder ihrem Geschlecht zuwandte, bis sie keuchend zitterte.

Clem sah zu dem herrlichen Mann über ihr auf, und obwohl ihr Gehirn ihr sagte, dass er ihr nur Schwierigkeiten bringen würde, kümmerte es ihren Körper nicht. Es war ihr gleichgültig.

Er war genau das, was sie brauchte, genau in diesem Moment ...

Portland

ZEA AZANO ÖFFNETE LANGSAM die Augen. Sie hatte tief geschlafen, aber die Dielen an ihrer Küchenzeile waren lose, und als sie quietschten, öffneten sich ihre Augen und sie hielt den Atem an.

Scheiße. Da war jemand im Haus. Leise stand sie auf und ging zur Schlafzimmertür. Tatsächlich, da bewegte sich jemand durch die Schatten. Vor einem Jahr hätte Zea vielleicht geschrien und wäre in Panik geraten, aber jetzt, nach allem, was sie durchgemacht hatte ... sie nahm sorgfältig eine Glasvase in ihre Hand und schlich sich von hinten an den Eindringling heran. Im letzten Augenblick drehte er sich um und sah sie, und als sie die Vase senkte, duckte er sich. Die Vase zerschmetterte am Unterarm des Eindringlings und er stöhnte gequält, als eine verzweifelte Zea ihren Kopf in seinen Magen rammte. Er hob sie leicht hoch und warf sie durch den Raum. Sie stürzte auf ihren Couchtisch, und schrie fast vor Schmerz bei dem Aufprall. Sie erwartete, dass er ihr folgte, um sie zu töten, aber erstaunt beobachtete sie, wie er schnell zur Tür ging und verschwand. Sie stand auf, schlug die Tür hinter ihm zu und schloss ab. Wie zum Teufel war er hereingekommen? Und was hatte er gewollt?

Zea stockte der Atem und sie begann zu zittern, als der Adrenalinschub vorüberging. Sollte sie die Polizei rufen? Wenn sie es tat, könnte die Presse davon erfahren und ihre Deckung würde auffliegen.

Aber verdammt, sie wollte nicht allein sein, und es gab nur eine Person, an die sie denken konnte, eine Person, bei der sie sich sicher fühlen würde.

Jared.

EMORY DUTTA, ehemals Mrs. Emory Grace, starrte auf die Nacht über Seattle. Sie liebte diese Stadt, konnte aber nichts gegen die Sehnsucht nach dem kleinen Cottage tun, das sie auf dem College-Gelände bewohnt hatte, nachdem sie Ray endlich verlassen hatte. Es war schon ein paar Stunden her, dass Bree gegangen war, und jetzt hörte Emory Luca nach Hause kommen. Sie begrüßte ihn mit einem Kuss.

Luca strich ihr Haar aus ihrem Gesicht. „Du siehst entspannter aus. Es ist gut, das zu sehen."

„Wie war dein Tag?"

Er verdrehte die Augen, lächelte aber. „Ich denke ernsthaft daran, zurückzutreten und meinem Team die Führung zu überlassen. Ich würde dich am liebsten mit auf eine Weltreise nehmen."

Sie lächelte. „Baby, ich hoffe, bald wieder arbeiten zu können."

Luca grinste. „Natürlich, das erinnert mich an etwas ... Heute haben wir arrangiert, dass das beste Sicherheitssystem, das für Geld zu haben ist, am College installiert werden soll. Mit freundlicher Unterstützung von SaffraPharm. Für die mutigste Frau, die ich kenne." Er küsste sie wieder und lächelte über ihre Überraschung. Er streichelte ihre Wange mit dem Handrücken. „Ich liebe dich, Em."

Ihre Augen weiteten sich vor Freude. „Ich liebe dich auch."

„Für mich kam es auch überraschend. Ich wollte es schon eine Weile sagen, aber ich wollte dich nicht erschrecken. Du solltest nicht glauben, dass ich es deshalb sage, weil du meiner Tochter geholfen hast. Offensichtlich werde ich für immer dankbar sein, aber das ist nicht der Grund dafür. Ich liebe dich, Emory, für deinen Verstand, deinen Humor und natürlich deinen verdammt heißen Körper."

Sie brach in Lachen aus. „Oh, du warst fast mein Traumprinz, und dann sagst du so etwas." Luca grinste und umarmte sie fest.

„Hör zu, ich verhungere. Ich kenne diesen kleinen Gourmet-Burger-Laden. Was sagst du?"

„Fleisch, Kohlenhydrate und jede Menge Fett? Ich bin dabei." Sie lächelte. „Luca ... bevor wir gehen ... Bree war vorhin hier."

Lucas Lächeln verblasste. „Geht es ihr gut?"

„Oh, es geht ihr gut, Baby, mach dir keine Sorgen. Sie sagte, dass sie wütend auf dich ist, aber nicht, weil wir zusammen sind, sondern weil es Clem verletzt hat. Sie sagte, dass sie dich bald anruft. Es ist also nicht alles verloren. Ich soll dir ausrichten, dass sie dich liebt."

Luca nickte, aber schwieg, und Emory sah, wie sich ein Muskel an seinem Kiefer anspannte.

„Luca, bist du wütend darüber, es von mir zu hören? Statt von Bree direkt?"

Er schüttelte den Kopf. „Nein, Süße, ich denke nur darüber nach. Nun, ich denke, es ist eine gute Nachricht."

Emory legte ihre Arme um seine Taille. „Es ist tatsächlich eine gute Nachricht."

Er lächelte sie an. „Okay. Ich dusche, und dann gehen wir."

Emory blickte auf die Uhr. „Es ist fast Mitternacht. Bist du sicher, dass noch geöffnet ist?"

Er grinste. „Oh, ich bin mir sicher."

· · ·

CLEMENTINE ERHOLTE sich von ihrem fünften Orgasmus in dieser Nacht. Max grinste sie an, glitt langsam aus ihr heraus und rollte sich neben ihr auf den Rücken.

Sie lagen da und holten tief Luft. „Nun", sagte er nach einem Moment, „hallo."

Clem lachte. Sie fühlte sich, als wäre ihr ganzer Körper von der Anspannung befreit worden, die sie in letzter Zeit gequält hatte. Dieser Mann war unglaublich. Er schien nie zu ermüden, und wenn er in ihr war ... wow. Sie liebte es, wie groß er sich in ihr anfühlte. Sie sah ihn an. Er hatte unter seinen grünen Augen dunkle Schatten, aber sie passten zu seiner Persönlichkeit. Eleganz und Sinnlichkeit, gemischt mit Arroganz. Sie würde es ihm niemals sagen, aber sie würde ihn alles mit ihrem Körper tun lassen, was er wollte ... alles.

Er traf ihren Blick und begann zu lächeln. „Das war eine unvergessliche Nacht. Sag mir, Clementine, warum hast du meine Einladung angenommen? War es nur eine Racheaktion? Ich habe die Fotos von deinem Ex-Mann und seiner neuen Freundin gesehen. Es ist okay, wenn es das war – ich war dir gerne behilflich."

All dies sagte er mit einem so ansteckenden Grinsen, dass Clem nicht anders als lächeln konnte. „Irgendwie schon. Außerdem wollte ich ausprobieren, ob du wirklich so gut bist, wie du offensichtlich denkst."

„Und wie lautet dein Urteil?" Sie liebte seine warme, sinnliche Stimme.

„Bislang ... akzeptabel." Sie versuchte, ein Grinsen zu verbergen. Wie er ihren Witz aufnahm, würde ihr sagen, ob dieser Mann mehr als eine Nacht ihres Lebens wert war.

Er lachte. Laut. Die Heiterkeit auf seinem Gesicht sagte ihr alles, was sie wissen musste. „In diesem Fall", sagte er und bewegte seinen Körper wieder auf sie, „mache ich mich besser wieder an die Arbeit."

Portland

„ZEA? Ich bin's."

Sie öffnete die Tür und lächelte Jared an. Er sah aus, als hätte er sich eilig ein Sweatshirt und einen Jeans übergezogen. Seine Haare waren zerzaust. „Jared, es tut mir so leid, dass ich dich angerufen habe."

„Sei nicht albern, wir sind eine Familie." Er trat ein und zog sie in eine Umarmung. „Bist du in Ordnung? Hat er dir wehgetan?"

Zea, der die ungewohnte Intimität unangenehm war, entzog sich ihm und lächelte ihn entschuldigend an. „Nicht wirklich, nur ein paar Prellungen. Ich glaube, ich habe ihm mehr Schaden zugefügt als er mir." Sie hatte seit dem Angriff aufgeräumt und war so angespannt gewesen, dass sie sich nicht ausruhen konnte. „Es tut mir leid, Jared, es ist nur ... Du weißt, wer ich bin und wer David war, und ich dachte vielleicht ... vielleicht war es jemand vom College oder ein Vater, der Rache wollte."

Sie zitterte, und er führte sie auf die Couch. „Zea, atme."

Er stand auf, und sie hörte, wie er in der Küche Tee zubereitete. Er brachte eine dampfende Tasse zu ihr.

„Nun," sagte er, „was meinst du mit Rache?"

Zea schüttelte den Kopf. „Es ist nur ... Ich denke immer, was, wenn mich jemand findet? Ein Angehöriger von einem von Davids Opfern? Was, wenn sie sich an mir rächen wollen?"

Jared kaute an seiner Unterlippe. „Glaubst du, du solltest vielleicht wieder umziehen? Vielleicht hast du recht."

Zea lächelte plötzlich. „Das ist nicht hilfreich."

„Tut mir leid, aber wir müssen hier realistisch sein." Er seufzte und rieb sich den Kopf. „Ich habe einen Vorschlag, wenn du bleiben möchtest ... Vielleicht solltest du dir einen Mitbewohner suchen." Er wurde rot, und Zea erkannte, worauf er abzielte.

„Jared, ich ... weiß es nicht. Wir kennen uns kaum."

Er nickte. „Ich weiß. Aber ich habe eine Verpflichtung dir gegenüber. Wegen David. Ich muss dich beschützen."

Zea lächelte und nahm seine Hand. „Du bist ein Schatz, und ich verspreche, dass ich darüber nachdenken werde. Wenn es bedeutet, in Portland zu bleiben, dann, ja, vielleicht könnte es funktionieren."

Sie ließ seine Hand los. „Jared ... ich muss dir etwas sagen. Seit ich in Portland bin, bin ich ... mit jemandem involviert."

Sein Gesichtsausdruck änderte sich nicht. „Mit wem?"

Zea spürte, wie ihr Gesicht brannte. „Es ist nichts Festes." Sie lachte kurz. „Ich mag den Kerl nicht einmal. Aber ich wollte es nicht vor dir verheimlichen."

„Zea, was du mit deinem Leben machst, ist deine Entscheidung." Jared stand auf und ging ans Fenster. „Sollen wir die Polizei wegen des Eindringlings rufen?"

Zea schüttelte den Kopf. „Nein. Hör zu, Jared, ich will nicht, dass du das Gefühl hast, dass ich dich benutze."

Er drehte sich um und warf ihr einen seltsamen Blick zu. „Wie kommst du darauf? Hast du eine zusätzliche Decke und ein Kissen? Ich werde den Rest der Nacht auf der Couch verbringen."

Zea ging wieder ins Bett, und sie konnte nicht leugnen, dass sie sich mit Jared in der Nähe besser fühlte. Jared hatte recht. Sie waren eine Familie. Sie schlief fast sofort ein.

Seattle

EMORY UND LUCA gingen plaudernd und lachend aus dem Burger-Laden zurück nach Hause. Erst als sie fast in dem Apartment waren, blieb Luca stirnrunzelnd stehen.

„Was ist?" Emory sah zu ihm auf.

„Ich glaube, ich habe etwas in meinem Auto vergessen. Etwas, das wir gemeinsam genießen können." Er grinste plötzlich sexy und verwegen, und sie lachte.

„Dann lass es uns holen gehen. Ich habe ohnehin das Gefühl, zu viel anzuhaben ..."

Luca lachte. „Dann sollten wir uns beeilen."

Sie nahmen den Aufzug zum Parkplatz. Als Luca zu seinem Mercedes ging, blieb Emory plötzlich stehen. „Luca"

Er drehte sich um und sah an die Stelle, auf die Emory leichenblass zeigte.

Brees Auto.

„Was zum Teufel soll das?"

Es war bereits nach Mitternacht. Bree würde sie zu dieser späten Stunde sicher nicht besuchen. Sie gingen zum Wagen, und als Emory auf die Fahrerseite ging, schrie sie auf und bückte sich dann. Als sie wieder hochkam, reichte sie Luca Brees Handy.

„Oh Gott ..."

Emory zitterte. „Luca, sieh nur."

An der Wand der Garage stand in Druckbuchstaben ...

Emory für deine Tochter. Ich rufe an.

Emory zitterte, als Luca stöhnte. „Es ist Ray. Er hat Bree entführt. Er will mein Leben gegen ihres eintauschen."

Clem war erschöpft, aber glücklich. Sie und Max hatten sich die ganze Nacht geliebt, und jetzt, als die Morgendämmerung anfing, den Himmel zu erhellen, lag sie in seinen Armen und wollte nicht, dass der Augenblick endete.

Auf der anderen Seite des Raumes hörte sie ihr Handy klingeln.

„Willst du rangehen?"

Sie liebte die Art und Weise, wie Maximos Stimme durch sie zu vibrieren schien. Der tiefe, üppige Bariton war so sexy und beruhigend zugleich. „Nein, lass es. Der Anruf wird zur Voicemail umgeleitet."

Aber es klingelte immer wieder, und schließlich stand Clem seufzend auf. Sie sah auf das Display. „Es ist mein Ex-Mann. Ich gehe besser ran. Es könnte wegen meiner Tochter sein."

Lucas erste Worte veränderten alles. „Bree ist entführt worden."

Clem fühlte, wie ihre Beine unter ihr nachgaben. Maximo war sofort neben ihr und legte seine starken Arme um sie. Clem hatte immer noch das Handy an ihr Ohr gedrückt, als sie ihn mit Panik, Angst und Schrecken in ihren Augen ansah. Sie sprach kurz mit Luca und legte dann auf.

„Bree ist entführt worden. Der Ex-Mann von Emory Grace hat sie

– er will sie gegen Emory eintauschen. Oh Gott, oh Gott ... er hat sie eben angerufen. Er will Emory, oder er wird Bree töten."

Maximo war entsetzt. „*Che cazzo?* Was zum Teufel soll das? Und was passiert mit Emory, wenn Grace sie hat?"

Clem sah ihn an. Ihre Augen waren voller Schmerz. „Sie stirbt."

EMORY WAR SEHR RUHIG. *Zu ruhig*, dachte Luca, *zu ruhig für diesen Alptraum.*

„Es gibt nichts zu diskutieren", hatte sie zu ihm gesagt. „Ich werde nicht zulassen, dass Ray Bree verletzt. Das ist zwischen ihm und mir, Luca."

„Nein. Keineswegs", hatte Luca verrückt vor Kummer und Wut gesagt. „Der Mann hat dich genug verletzt."

„Wir haben keine Wahl", hatte Emory gesagt, aber ihre Stimme zitterte und er nahm sie in seine Arme.

„Er wird dich töten, verstehst du das?" Er vergrub sein Gesicht in ihren Haaren und hielt die Frau fest, in die er sich in den letzten Wochen so sehr verliebt hatte. Sie war sein Schicksal. Er wusste das mit ganzem Herzen. Er konnte sie nicht gehen lassen. Er konnte sie nicht sterben lassen.

Er spürte, wie sie nickte. „Ich weiß. Aber was können wir sonst tun?"

„Wir können die Polizei rufen. Wir können ..." Er brach ab, als sein Handy klingelte. „Es ist Grace."

Sein Arm legte sich fester um sie, als er den Anruf entgegennahm. „Saffran."

Ein grobes Lachen. „Gut. Das wird einfach sein, Saffran. Emory für Ihre Tochter."

„Ich möchte mit Bree sprechen."

Er erwartete, dass Ray sich weigern würde, aber einen Augenblick später setzte sein Herz einen Schlag aus, als Bree ans Telefon kam. „Dad?"

„Baby ..." seine Stimme bebte. „Bist du in Ordnung? Hat er dich verletzt?"

„Nein, Dad, mir geht es gut. Hör zu ... gib ihm nicht das, was er will ...“

Luca hörte einen Schlag und dann einen Schrei. „Bree!“

Ray lachte leise. „Machen Sie sich keine Sorgen, Saffran, das war noch gar nichts. Sie ist ein tapferes kleines Mädchen, aber das wird Ihnen nichts nützen. Es gibt nichts, was ich ihr nicht antun werde, wenn Emory nicht zu mir zurückkommt. Ihre Tochter wird schrecklich leiden, bevor sie stirbt.“

LUCA WAR ERSTARRT, und Emory nahm sanft das Handy aus seiner Hand. „Wohin soll ich kommen, Ray?“

Ray lachte wieder. „Es ist gut, deine Stimme zu hören, Em. Wie wäre es mit der Werft, heute um Mitternacht?“ Er nannte eine bestimmte Reihe. „Bree wird in einem der Container dort festgehalten. Wenn ich dich habe, werde ich Saffran anrufen und ihm sagen, in welchem Container sie ist. Denke nicht einmal daran, die Polizei zu rufen, Em, oder ich werde sie töten.“

„Okay.“ Ihre Stimme war ruhig, aber ihr Herz klopfte laut. „Ich werde dich heute Abend treffen.“

Ray legte auf, und Emory platzierte Lucas Handy auf dem Couchtisch. Luca zog sie in seine Arme. „Ich werde nicht zulassen, dass er dich tötet.“

Emory drückte ihre Lippen an seinen Mund. „Konzentriere dich darauf, Bree zurückzubekommen. Ich werde mich um Ray kümmern. Aber jetzt, Luca ... bring mich bitte ins Bett. Ich möchte mich an diese letzten gemeinsamen Stunden erinnern ...“

„Sag das nicht“, stöhnte er, aber er nahm sie in seine Arme, trug sie zu seinem Bett und wusste, dass es das letzte Mal sein könnte.

CLEM WAR WIE BETÄUBT, Maximo ging in der Hotel-Suite auf und ab und brüllte auf Italienisch Befehle in sein Handy. Gelegentlich berührte er sie tröstend und hielt sie davon ab, zu schreien. Er setzte sich zu ihr und nahm ihre Hände in seine. *Bella*, wir werden sie finden, ich verspreche es dir. Wir müssen deinen Ex-Mann treffen und herausfinden, was er tut, um eure Tochter zurückzuholen. Es wäre schlimm, wenn wir unsere Bemühungen gegenseitig sabotierten."

Clem sah ihn an und blinzelte. „Ich sollte dich nicht in diese Sache hineinziehen", flüsterte sie. „Du solltest dich nicht verpflichtet fühlen, mir zu helfen."

Maximo sah fast verletzt aus. „Ich fühle mich nicht verpflichtet, Clementine. Das ist, was jeder anständige Mensch tun würde."

Clem schüttelte den Kopf. „Maximo, nein. Ich muss gehen. Ich muss zu Luca. Er wird am Boden zerstört sein."

Max wich ein wenig zurück. „Wenn du das willst, kann ich dich zu ihm bringen."

„Nein." Clem stand auf. Sie fühlte sich immer noch benommen. „Ich muss gehen. Vielen Dank für den schönen Abend, Maximo. Ich muss gehen."

Als sie gehen wollte, hielt er sie an und zog sie in seine Arme. „Schiebe mich nicht weg, Clem. Ich kann dir helfen."

Sie schüttelte wieder den Kopf. „Wir kennen uns nicht, Maximo. Bitte lass mich gehen."

Sie befreite sich aus seinen Armen und öffnete die Tür. Bevor sie ging, drehte sie sich um und sah ihn an. „Du bist wirklich ein wunderbarer Mann", sagte sie leise, „aber ich kann das jetzt einfach nicht."

Maximo nickte mit leerem Gesicht. „Mein Fahrer wird dich dort hinbringen, wo du hinmusst, Clem."

„Danke. Auf Wiedersehen, Maximo."

„*Arrivederci*, Clementine."

Portland

ZEA SAGTE JARED SANFT, dass es keine gute Idee wäre, bei ihr einzuziehen, und er nickte und antwortete: „Okay." Sie war dankbar, dass er nicht darauf bestand oder wütend reagierte.

Sie konnte sich nicht vorstellen, mit ihm zusammenzuleben, auch nicht als Mitbewohner, weil er sie ständig an David erinnerte. Aber sie war froh, dass ihre Freundschaft bestehen blieb und jetzt, spät am Abend, half er ihr, als sie im Diner aufräumte.

„Du siehst müde aus", sagte Jared und half Zea, die Stühle auf die Tische zu stellen. Sie hatte heute Abend das Diner geschlossen und Teresa sofort nach Hause geschickt.

„Langer Tag." Sie lächelte ihn an. Dann nahm sie das Bargeld aus der Kasse. „Danke für die Hilfe. Ich weiß es zu schätzen."

„Jederzeit." Er setzte sich an die Theke und beobachtete sie. „Es ist spät. Soll ich dich nach Hause fahren?"

Sie schüttelte den Kopf. „Nein danke. Alles okay."

„Gehst du morgen Abend mit mir essen?"

Sie dachte eine Sekunde nach und nickte. „Ja, gerne." Sie legte die Einnahmen in den Nachtsafe. „Das ist genug für heute, denke ich." Sie gähnte. „Tut mir leid."

Jared grinste. „Bist du sicher, dass du noch fahren kannst?

Sie lachte und nickte. Sie verließen das Diner. Nachdem sie abgeschlossen hatte, gingen sie zu ihrem Wagen.

„Danke, Jared. Danke, dass du mir ein Freund bist."

Er bückte sich und küsste ihre Wange. Nach einer kurzen Pause drückte er seine Lippen an ihre Stirn. „Gute Nacht, Zea."

FLYNT STARRTE auf den großen Mann, der Zea küsste. Etwas stimmte nicht mit diesem Hurensohn, er wusste es einfach. Zea fuhr los, und Jared sah dorthin, wo Flynt stand. Er bemerkte, wie Flynt ihn beobachtete und ihm einen sarkastischen Gruß gab. Flynt verzog das Gesicht, stieg in sein Auto und fuhr die Straße hinunter. In seinem Rückspiegel konnte er sehen, wie Jared ihn beobachtete, als er wegfuhr. Flynt grinste. Er wusste genau, wohin er ging.

Einen Moment lang, als Zea die Tür öffnete, dachte er, sie würde sie wieder zuschlagen. Stattdessen trat sie nach kurzem Zögern zur Seite, um ihn hereinzulassen.

„Hey", sagte er leise.

„Ich dachte, du bist mit mir fertig", sagte sie, aber ihre Stimme war nicht vorwurfsvoll oder feindselig. Das war es, was er an ihr mochte. Keine Spielchen, keine Manipulation.

Er berührte ihr Gesicht. „Ich habe es versucht. Ich bin kein Mann für etwas Festes. Aber du hast etwas an dir, Zea. Du faszinierst mich."

Sie sah ihn an. „Flynt, ich bin nicht auf der Suche nach einem Freund. Alles, was ich möchte, ist Respekt. Behandle mich nicht wie eine Hure. Das ist alles."

Flynt lächelte. „Verstanden."

FLYNT HIELT ihr Gesicht in seiner großen Hand, und sie genoss seine Wärme, schloss ihre Augen und atmete zitternd aus. Sie konnte die Hitze seines Körpers in ihrer Nähe fühlen, und seine Gegenwart wirkte beruhigend auf sie.

Als seine Lippen ihre trafen, schien es die natürlichste Sache der Welt zu sein. Zea spürte seine Finger in ihren Haaren und hörte, wie sein Atem sich beschleunige. Ihre Hände waren gegen seine Brust gepresst. Er hob sie hoch und setzte sie auf die Theke, und sein Kuss wurde tiefer und fiebrig. Seine Hände glitten unter ihr Oberteil, hielten ihre Brüste und streichelten ihren Bauch. Sie öffnete die Augen, und er blickte sie voller Verlangen an. Er beugte den Kopf, um ihren Hals zu küssen, und sie lehnte sich an ihn und seufzte. Er brachte sie in Schwierigkeiten, aber es fühlte sich *so* gut an.

Denn hinter der Bad-Boy-Fassade und der scheinbaren Gleichgültigkeit spürte sie den Erwachsenen in ihm, den sensiblen Mann. Wenn Flynt sich entschied, diese Seite seines Charakters nicht zu zeigen, dann war das seine Entscheidung. Er schuldete ihr nichts

Er trug sie in ihr Schlafzimmer, und erst nach drei atemberaubenden Orgasmen fiel ihr etwas auf. Sie sah ihn an, atmete schwer und runzelte die Stirn.

„Woher wusstest du das?"

Flynt, der sich immer noch von seinem eigenen Höhepunkt erholte, sah verwirrt aus. „Was?"

„Woher wusstest du, wo mein Schlafzimmer ist?"

Er zögerte und verarbeitete den anklagenden Unterton in ihrer Stimme. „Ich habe geraten."

Zea starrte ihn einen langen Moment an, setzte sich dann auf, stieg vom Bett und packte ihren Morgenmantel. „Oh mein Gott."

Flynt schwang die Beine über die Seite des Bettes. „Was ist los?"

Zea zog ihren Morgenmantel fester um sich. „Du warst es."

„Was war ich?"

„Du bist in meine Wohnung eingedrungen und hast mich angegriffen."

Flynts attraktives Gesicht wurde rot. „Was zum Teufel redest du da? Ich habe das nicht getan ... Hat jemand dich angegriffen? Warum hast du es mir nicht erzählt? Wann ist das passiert?"

Sie sagte es ihm, entzog sich ihm aber, als er nach ihr griff. „Bitte geh."

Flynt sah wütend aus, als er seine Hose hochzerrte. „Weißt du was, Zea, glaube, was du willst. Es ist einfacher zu glauben, dass ich irgendein Arschloch bin ... aber du kennst mich nicht. Ich würde dir nie wehtun."

„Aber du würdest in diese Wohnung einbrechen?" Zea fing an, sich dumm zu fühlen und schämte sich, aber sie konnte sich nicht davon abhalten, ihre eigene Verlegenheit zu verbergen, indem sie ihm Vorwürfe machte.

Flynt schüttelte nur den Kopf, und einen Moment dachte sie, dass er zusammenbrechen würde. Er atmete schwer. Dann hob er den Kopf, und sie konnte die Niederlage in seinen Augen sehen.

„Denk, was du willst. Natürlich bin ich nicht eingebrochen, aber man kann mir leicht die Schuld geben, richtig? Könnte es nicht ein zufälliger Einbruch sein? Oder hat vielleicht dein unheimlicher Schwager etwas damit zu tun?"

Er zog sein T-Shirt an. „Dieses Mal bin ich wirklich mit dir fertig, Zea. Danke, dass du mich daran erinnert hast, warum ich mich nicht mit den Frauen einlasse, die ich ficke."

Er ging an ihr vorbei, bevor er an ihrer Wohnungstür stehenblieb. Er sah sie eine Sekunde lang an. „Der Grund, warum ich wusste, wo sich dein Schlafzimmer befindet, ist, dass ich dieses Gebäude besitze, Zea. Diesen ganzen Block. Ich erzähle es nur nicht herum. Bis dann."

Und er war weg. Scheiße. Was zum Teufel war gerade passiert? Warum war sie so auf ihn losgegangen? Der Angriff hatte sie mehr aus dem Gleichgewicht gebracht, als sie gedacht hatte. Zea seufzte und ging sich ein Glas Wasser holen. Ihr Körper zitterte immer noch von der Leidenschaft, aber ihr Verstand war müde. Erschöpft. Sie trank zwei Gläser Wasser und ging dann ins Badezimmer. Sie schaute in den Spiegel über dem Waschbecken und sah die Schatten unter ihren Augen und den Schmerz in ihnen.

So geht es nicht weiter, sagte sie sich. Sie brauchte Zeit für sich allein. Jared musste sie eine Weile in Ruhe lassen. Sie musste mit dem, was David getan hatte, abschließen.

Sie konnte die Angst nicht ertragen, sich wieder mit jemandem einzulassen.

CLEM SASS in dem Apartment der Freundin ihres Ex-Mannes und starrte auf die Frau, die sie ersetzt hatte. Die Frau, die das Leben ihrer Tochter einmal gerettet hatte und nun anbot, ihr Leben noch einmal für Bree zu geben. Clem würde es niemals zugeben, aber sie konnte sehen, warum Luca sich so schnell in Emory verliebt hatte. Die jüngere Frau war furchtbar schön. Clem konnte nicht umhin, sich mit ihr zu vergleichen. Clem hatte hohe Wangenknochen und aristokratische Gesichtszüge, Emory hingegen hatte volle, rosige Wangen und riesige dunkle Augen.

Und jetzt könnte sie sterben. Clem konnte sich nicht vorstellen, wie Emory sich fühlen musste, aber wenn Clem in ihrer Position gewesen wäre, hätte sie auch ihr Leben angeboten. Emory schien wirklich ruhig zu sein. Es war Luca, der fast zusammenbrach.

„Wir können nicht allein dorthin gehen", sagte er jetzt. „Wenn du nicht die Polizei rufen willst, dann kann mein eigenes Sicherheitsteam ..."

„Er wird es wissen", sagte Emory leise. „Luca, ich verspreche es dir – ich gebe nicht auf. Sobald Bree in Sicherheit ist, werde ich kämpfen. Ich werde nicht so leicht sterben wie Ray denkt."

„Er könnte euch beide töten. Er hat nichts zu verlieren." Clems Stimme war flach, und Emory kam zu ihr und nahm ihre Hand.

„Nein. Ich kenne Ray – er will sie nicht töten müssen. Er will nur mich. Wir holen sie zurück, ich verspreche es."

Clem nickte und ging zum Fenster. Ihr Verstand war voller Angst um ihre Tochter und Bewunderung und Traurigkeit für Emory und Luca – und sie konnte den verletzten Blick in Maximos Augen nicht vergessen, als sie sich von ihm verabschiedet hatte.

Sei nicht dumm. Es war nur ein One-Night-Stand. Aber das war das Problem ... ohne die Entführung wäre es wohl nicht bei einem One-Night-Stand geblieben. Maximo war anders als alle anderen Männer, den sie jemals getroffen hatte. Offen, verwegen und so verdammt sexy, dass sie es kaum aushalten konnte. Als er in sie hineinstieß – das Gefühl, als er tief in ihr war, war unbeschreiblich gewesen. Er war ein meisterhafter Liebhaber, sinnlich und dominant, und sie hatte sich ihm in einer Weise geöffnet, wie sie es nicht einmal bei Luca getan hatte.

Warum muss alles zur Hölle gehen? Sie lehnte den Kopf gegen das kühle Glas des Fensters und blickte auf die Straße hinunter. Brees Gesicht stand vor ihren Augen. Sie und ihre Tochter hatten eine nicht immer unproblematische, aber liebevolle Beziehung. Vielleicht war sie nicht mit Bree befreundet, wie ihr Vater es war, aber das war okay. Clem und Luca hatten Bree zu einer anständigen jungen Frau erzogen, und Clem hatte ihre Rolle als strenge Mutter gern gespielt. Clementine selbst war für Bälle und Partys erzogen worden, und dass Bree daran überhaupt kein Interesse hatte, hatte sie begeistert. Clem hatte diese Welt gehasst, obwohl sie, wie ihre Mutter und ihre Großmutter ihr oft erzählt hatten, dafür gemacht war. Sogar ihr fein geschnittenes Gesicht und ihr elegantes Wesen machten sie perfekt dafür.

Sie drehte sich um und ging zu Emory und Luca zurück. Luca

telefonierte mit seinem Sicherheitsteam, und Emory saß neben ihm. Ihre Hand lag in seiner Hand.

„Danke, dass du meine Tochter rettest, Emory", sagte Clem leise. „Ich wünschte, es müsste nicht so sein."

Emory lächelte müde. „Wir haben sie noch nicht zurück, Clem. Lass uns einfach nur das Beste hoffen."

Ja, lass uns hoffen, dachte Clem bitter, obwohl diese Bitterkeit nicht an Emory gerichtet war. *Hoffen wir, dass Bree nach Hause kommt und du brutal von deinem verdammten Ex-Mann ermordet wirst. Mein Gott. Diese Welt ist verrückt.*

„Darf ich fragen," sagte Clem, „wie in aller Welt du jemanden wie ihn heiraten konntest?"

Emory lächelte wieder. „Ging es dir schon einmal so schlecht, dass alles wie eine gute Idee erschien?"

Maximo blitzte in Clems Gedanken auf, aber sie nickte nur.

„Nun, so ging es mir vor ein paar Jahren. Ich habe meinen Vater nie gekannt, aber meine Mutter war bei mir, bis bei ihr Krebs im Endstadium diagnostiziert wurde. Lymphknoten, Knochen, Leber, überall. Sie starb in weniger als drei Monaten. Wie du dir vorstellen kannst, war der Schock ... verheerend. Ich war damals auf dem College. Ray war mein Professor. Es dauerte fünf Jahre, bis ich herausfand, wie er wirklich ist."

„Hat er dich geschlagen?"

„Unter anderem. Ich denke, das Wort für jemanden wie Ray ist Sadist. Er liebt es, Schmerzen zu beobachten und sie anderen zuzufügen. Wenn er beschließt, mich zu töten, wird es kein schneller, barmherziger Tod sein."

„Meine Güte, wie kannst du so etwas denken?"

Emory sah erschöpft aus. „Weil ich damit gelebt habe, Clementine. Jeden Tag hat er mir mit einer neuen Todesart gedroht, wenn ich ihn jemals verlassen würde. Normalerweise, während er mich vergewaltigte. Wenn ich ehrlich bin ... habe ich immer gewusst, dass er es tun würde. Ich wollte nur etwas Glück erfahren, bevor ich sterbe." Sie sah zu Luca hinüber, der sein Handy weggelegt und seinen Kopf in die Hände genommen hatte, während er ihr zuhörte. Sie legte ihre Hand auf seinen Oberschenkel und lächelte Clem an. „Und ich habe es bekommen. Es tut mir leid, dass wir es dir nicht gesagt haben, bevor die Fotos herauskamen, Clem. Du hättest es nicht so erfahren sollen. Es tut mir aber nicht leid, dass ich mich in Luca verliebt habe."

Clem wusste nicht, wie sie darauf reagieren sollte, aber sie fühlte Scham. Sie schämte sich dafür, dass sie verletzt gewesen war, als Luca sich scheiden lassen hatte und so schnell eine neue Beziehung eingegangen war. Er hatte recht gehabt. Sie und Luca waren nicht mehr ineinander verliebt gewesen, und Luca hatte sie nie so angeschaut, wie er jetzt Emory anschaute. Und für sie selbst war die letzte Nacht mit Maximo eine Offenbarung gewesen.

Sie schloss die Augen und ließ die Fantasie zu, dass Bree nach Hause kommen und Emory ihrem psychotischen Ex-Mann entgehen würde. Und dass sie, Clem, sich bei dem sinnlichen Mann entschuldigen könnte, an den sie immer wieder denken musste. Dass er ihr verzeihen und sie in seine Arme nehmen würde.

„Wie spät ist es?"

Emorys Stimme riss Clem aus ihrer Träumerei. „Elf Uhr."

Eine Stunde. Eine Stunde bis zu dem Rendezvous. Bis ihre Tochter zu ihr zurückgebracht wurde. Eine Stunde bis Emory sterben könnte. *Gott.*

Clem sah sie beide an, und als sie sprach, war ihre Stimme stark. „Ich will meine Tochter zurück", sagte sie, „aber ich will auch, dass wir am Ende dieser Nacht alle zusammen sind." Sie sah Emory an. „Wir alle. Wir werden das schaffen. Ich lasse euch jetzt allein."

Sie ging zum Gästeschlafzimmer, hörte das Paar leise in den anderen Raum gehen und schloss die Tür. Sie ging in das angrenzende kleine Badezimmer, damit man sie nicht hören konnte und griff nach ihrem Handy.

Maximos Voicemail. Mit klopfendem Herzen begann sie zu sprechen und hörte nicht auf, bis sie schließlich zu weinen begann.

Portland

JARED HIELT ihr eine Champagnerflasche hin.

Zea nahm das Geschenk vorsichtig entgegen. „Danke." Sie hatte auf der Couch geschlafen, als sie Jareds Auto vorfahren gehört hatte. Eine Sekunde dachte sie daran, sein Klopfen zu ignorieren, aber dann hatte sie Schuldgefühle bekommen und widerwillig geöffnet. Jared hatte sie angelächelt, und als sie ihn betrachtet hatte, war sein Gesichtsausdruck leer und unschuldig gewesen.

„Darf ich reinkommen?"

Sie zögerte, und er legte eine Hand auf ihren Arm. „Zea, ich war einsam, und ich weiß, dass es spät ist." Sie trat zur Seite, um ihn hereinzulassen. Sie folgte ihm in die Küche und öffnete die Flasche; Jared setzte sich strahlend. Zea spürte, wie sich ihr Bauch zusammenzog. Sie schenkte ihm ein Glas Champagner ein. Ihr eigenes machte sie nur halbvoll. Er hob sein Glas.

„Auf die Familie."

Sie berührte ihr Glas und versuchte zu lächeln. Eine seltsame Stille fiel über sie. Zea blickte auf ihre Hände, auf das Glas, auf den Tisch. Jared legte seine Hand auf ihre.

„Dir scheint es nicht gutzugehen, Zea. Ist etwas passiert?"

Ja. „Nein, alles okay, ich bin nur müde. Ich scheine in letzter Zeit immer müde zu sein."

„Es ist die Belastung nach allem, was passiert ist. David, der Amoklauf ..."

„Ich denke, das ist es."

Ein weiteres langes Schweigen folgte. Jared seufzte. „Es ist wirklich warm hier drin. Wie wäre es, wenn wir draußen auf der Treppe weitertrinken?"

„NATÜRLICH WAR ER ES", sagte Jared eine halbe Stunde später, als sie auf den Stufen vor ihrer Wohnung saßen. Sie hielten ihre Stimmen leise, damit sie ihre Nachbarn nicht aufwecken. „Hast du nicht

gesagt, dass die Tür nicht aufgebrochen worden war, sondern aufge-
schlossen? Wer sonst hätte es sein können?"

Zea wurde kalt bei dem Gedanken. Was Jared sagte, war logisch,
aber Flynt war fast *zu* beleidigt gewesen, als sie ihn beschuldigt hatte,
der Eindringling zu sein. Jetzt hatte Jared ein Argument.

Zea seufzte. „Weißt du was, Jared? Ich bin zu müde, um darüber
zu reden. Und über ihn."

Jared lächelte fast zärtlich. „Das denke ich auch." Er sah eine
Sekunde weg, dann beugte er sich zu ihr und küsste ihre Wange.
„Wie wäre es, wenn ich uns noch zwei Biere hole?"

Zea lächelte. „Klingt nach einem Plan."

Portland

FLYNT FUHR, bis er fast an ihrem Haus war und machte dann die
Scheinwerfer aus. Er saß einen Augenblick im Auto und dachte nach.
Lass es einfach, Mann. Sie bringt dir nur Unglück. Aber etwas zog ihn
zurück zu Zea, und jetzt wollte er einiges klären. Die Muskeln in
Flynts Kiefer spannten sich an. Er ging langsam um die Seite des
Gebäudes herum, blieb aber stehen, als er Stimmen hörte. Lachen.
Er warf einen Blick um die Ecke. Zea und Podesta saßen auf der
Veranda. Zea hatte den Rücken zu Flynt gewandt, aber Podestas
Gesichtsausdruck war leicht zu lesen. Lust. Verlangen. Flynt
schluckte den Zorn in sich herunter, konnte aber seine Augen nicht
losreißen.

Dann schien Podesta direkt zu ihm zu sehen. Flynts Magen zog
sich zusammen, als er beobachtete, wie der große Mann Zeas Wange
zärtlich und besitzergreifend küsste. Flynt wollte ihn zu Brei schlagen, aber stattdessen beobachtete er, wie Zea etwas zu Jared sagte
und lächelte. Das Blut rauschte in seinen Ohren, als er beobachtete,
wie Jared ins Haus ging und Zea allein auf der Veranda zurückließ.

Flynt beobachtete sie ein paar Sekunden, bevor er um die Ecke ging und in ihr Blickfeld trat.

EMORY SAß neben Luca im Taxi, als sie um Mitternacht in den Hafen einfuhren. Sie konnte nicht aufhören zu zittern, aber sie atmete langsam aus.

„Luca, ich möchte, dass du etwas weißt, wenn es nicht nach Plan verläuft ... Ich war in den letzten Wochen glücklicher als je zuvor. Ich liebe dich über alles."

Er nahm ihr Gesicht in seine Hände und drückte seine Lippen grob auf ihre. Sie hatten sich an diesem Abend geliebt in dem Wissen, dass es das letzte Mal sein könnte. „Das kann ich nicht ertragen", flüsterte er.

„Ich weiß." Ihre Wangen waren feucht von Tränen.

„Ich liebe dich, Emory. Du bist meine Welt."

Sie nickte und seufzte. „Es ist Zeit."

Draußen ließ er sie zögernd los und nahm nicht die Augen von ihr, als sie Rays Anweisungen folgend in das dunkle Labyrinth der Container ging. Luca spürte, wie sein Herz in Stücke gerissen wurde. Wie konnte er sie so in den Tod schicken? Was zum Teufel war mit ihm los?

IN EINEM ANDEREN Taxi sah Clem zu, wie ihr Ex-Mann seinen Kopf in seine Hände fallen ließ, als seine Geliebte in ihren sicheren Tod schritt. Clem stieg aus dem Wagen, ging zu ihm und umklammerte seine Hände.

Nach ein paar Momenten sahen sie eine Gestalt, die aus dem Durcheinander der Behälter stolperte. Clem schrie auf, als sie sah, wie Bree auf sie zukam, und dann rannten sie zu ihrer Tochter. Zu ihrer Erleichterung schien sie nicht verletzt zu sein, aber sie schluchzte unkontrolliert. Sie konnten nicht herausfinden, was sie sagte, aber dann hörten sie Autos auf den Parkplatz fahren.

Aus ihnen stiegen viele bewaffnete Männer, die wie eine Welle in die Masse der Container stürmten. Luca, Clem und Bree sahen einander verwirrt an, bis aus dem letzten Auto ein großer Mann stieg. Dunkles Haar, dunkler Bart, gebräunte Haut. Clems Herz setzte einen Schlag aus.

Maximo.

Portland

SIE ERSTARRTE, als sie ihn erblickte, und sein Herz sank, als er die Angst in ihren Augen sah.

„Du solltest nicht hier sein." Aber sie machte keine Anstalten aufzustehen. Stattdessen schob sie ihre Hände in ihren Schoß und zog ihre Knie wieder zu ihrem Kinn.

Er ging ein wenig weiter und blieb dann stehen. Sie starrten sich einen langen Augenblick an. Flynt hob sein Kinn und nickte in Richtung des Hauses.

„Er scheint sich dort zu Hause zu fühlen."

Sie sagte nichts und wich seinem Blick aus.

Flynt seufzte. „Hör zu, Zea, ich wollte mich entschuldigen."

Sie lachte humorlos. „Wofür? Dafür, dass du in meine Wohnung eingebrochen bist? Oder dafür, dass du darüber gelogen hast?"

„Ich habe keines von beiden getan. Ich wollte mich dafür entschuldigen, dass ich ausgerastet bin."

Sie schüttelte den Kopf. „Du musst dich nicht entschuldigen, Flynt. Ich will es einfach nur vergessen und mit meinem Leben weitermachen. Du hättest nicht kommen sollen, das ist alles. Ich will dich nicht hier haben."

„Ist es das also? Ist alles vorbei, einfach so? Sogar unsere Freundschaft?"

„Sie haben eine seltsame Vorstellung von Freundschaft." Zea zuckte bei Jareds Stimme hinter sich zusammen. Er legte eine Hand auf ihre Schulter, bewegte sich an ihr vorbei und ging dorthin, wo Flynt stand. „Sie hat Sie gebeten, zu gehen."

Flynt ignorierte ihn und sah zu Zea um, die eindeutig besorgt war, dass die beiden Männer kämpfen würden. „Lässt du jetzt ihn Entscheidungen für dich treffen?"

Zeas Augen verengten sich. „Ich treffe meine eigenen Entscheidungen, Flynt. Dass Jared sie unterstützt, geht dich nichts an. Nicht mehr." Bei ihren Worten wurde Flynts Gesicht rot und Wut blitzte in seinen Augen auf.

„Unterstützen? Ist das das Wort dafür?" Sein Lächeln war kalt, und Zea wandte sich von beiden Männern ab.

„Geh nach Hause, Flynt. Das ist jetzt nicht der richtige Zeitpunkt."

„Flynt!" Zea wirbelte herum und lief die Treppe hinunter, gerade als Jared dem Besucher näherkam. Zea war an seiner Seite und drückte Flynt weg von ihm. „Das ist genug. Jared, bitte, lass mich das machen."

Jared nickte und trat von ihnen zurück. Zea nahm Flynts Kopf zwischen ihre Hände, damit er sie ansah. Schmerz und Tränen waren in seinen Augen. Er lehnte seine Stirn gegen ihre, schloss die Augen und wünschte sich, die letzten paar Stunden wären nie passiert.

Zea zog sich zurück, und er öffnete die Augen. Sie war so schön, ihr Gesicht war vom Mondlicht beleuchtet und ihre dunklen Augen waren weich und traurig.

„Bitte, Flynt, mach es nicht noch schwerer. Die vergangenen Monate waren die Hölle. Ich muss in die Zukunft schauen."

Flynt schüttelte den Kopf. Die Tränen flossen jetzt frei, und seine Hände packten ihren Hinterkopf voller Verzweiflung, sie bei sich zu behalten. Sie versuchte, sich ihm zu entziehen, aber er ließ sie nicht los.

„Hör mir zu … er ist nicht gut für dich", flüsterte er, und sie entzog sich ihm wütend.

Sie wandte sich von ihm ab und fing an, auf das Haus zuzugehen.

„Zea …" Flynt begann, ihr zu folgen, aber Jared war da und blockierte seinen Weg.

„Aus dem Weg, Podesta ... verdammt, ich scheine das in letzter Zeit schon viel zu oft gesagt zu haben. Man könnte denken, Sie würden den Hinweis verstehen."

Zea drehte sich um. „Jared ist mein Freund, Flynt, du kannst nicht so mit ihm reden."

Flynt wich angesichts ihres Tons verletzt zurück. „Ich ..."

„Diese Arroganz." Jared sprach jetzt und ging in Richtung von Flynt. Ein Lächeln war auf seinem Mund. „Denken Sie, nur weil Sie einmal etwas mit Zea hatten, haben Sie das Recht, ihr zu sagen, wie sie ihr Leben führen soll?"

Zea seufzte. „Lass ihn einfach, Jared."

Sie hörten, wie sein Auto draußen gestartet wurde und er wegfuhr. Zeas Schultern senkten sich.

„Es tut mir leid, Jared."

Er sagte nichts, sondern schenkte ihr noch einen Drink ein. „Hier." Sie trank den Wodka und versuchte ein Lächeln.

„Wir hatten einen schönen Abend."

„Wir können immer noch einen schönen Abend haben. Lass ihn dir von Newlan nicht ruinieren. Er ist jetzt in deiner Vergangenheit, Zea." Dieses Mal schenkte er ihnen beiden einen Drink ein und stieß sein Glas gegen ihres. „Vorwärts und aufwärts, Kleines."

Fünf Minuten später auf der Couch im Wohnzimmer gab sie der Erschöpfung nach, die sie fühlte. Regen hatte zu fallen begonnen und klapperte in einem beruhigenden Rhythmus gegen die Fenster. Ihre Wange war gegen den weichen Stoff der Polster gedrückt. Bald flackerten Träume wie Funken in der Dunkelheit auf.

Sie bewegte sich. „Es tut mir leid, ich muss ..." Die Worte verschwanden, und Jared lächelte sie an.

„Ich gehe besser ins Bett, oder du hast hier einen Zombie." Sie stand auf und schwankte. Jared legte seinen Arm um sie.

„Lass mich dir helfen."

Sie war ein paar Schritte gegangen, bevor die Dunkelheit kam und sie spürte, dass Jared sie in seine Arme nahm und zu ihrem Bett trug.

. . .

DAS SCHLAFZIMMERLICHT GING AN, und Flynt, der vom Regen durchnässt war, beobachtete, wie Jared zum Fenster ging. Er hielt inne und blickte hinunter in den Wald, wo Flynt im Schatten der Bäume stand. Jared schien direkt auf ihn zu schauen, und ein kleines Lächeln umspielte seine Lippen. Er drehte den Kopf, als wolle er mit Zea sprechen – dann zog er die Vorhänge langsam zu.

Hurensohn. Flynt stieg in sein Auto und startete den Motor. Nun, Jared konnte sie haben.

Flynt war fertig mit ihr. Er hoffte nur, dass der Schmerz in seinem Herzen aufhören würde.

ZEA KAM ZU SICH, als Jared auf ihr lag und ihre Beine auseinanderdrückte. *Was zum Teufel soll das?* Hatte sie ihn dazu ermutigt? Und warum fühlte sie sich so benommen? Hatte er etwas in ihren Drink gegeben? Es war egal. Sie musste es stoppen. Jetzt.

„Nein, Jared, bitte, das will ich nicht. Bitte lass mich gehen."

Er lachte. „Komm schon, Zea. Wir wollen es doch beide."

Sie spürte, wie er ihre Beine spreizte und versuchte, in sie einzudringen. Zea fing an zu schluchzen und panisch um sich zu schlagen, um ihn von sich wegzustoßen.

„Nein, nein, bitte, Jared, hör auf, hör auf." Ihre Stimme war heiser vor Entsetzen. Sie stieß gegen seine Brust, und ihre Tränen erstickten sie fast. In diesem Augenblick war es ihr egal, ob er sie tötete. Ihr Bedürfnis, ihn von sich wegzustoßen und ihn aufzuhalten war stärker als alles andere.

Dann, zu ihrer Erleichterung, gab Jared sie frei und setzte sich zurück. Sie rollte sich zusammen und zog die Decke über ihren nackten Körper. Ihr Kopf schmerzte vor Müdigkeit. Ihr Körper schmerzte von dem Kampf gegen ihn und ihrem Schluchzen. Sie sah Jared an. Er saß nackt und schlaff da. Sein Gesichtsausdruck war geschockt. Nicht wütend. Verletzt. Der verlorene kleine Junge war zurück. Scham durchströmte sie.

„Es tut mir leid." Sie konnte ihn nicht mehr ansehen. Sie rückte von ihm ab. Ihr war so schwindelig.

„Ich habe alles versucht, damit du es siehst", sagte Jared bitter und bewegte sich nicht aus dem Bett. „Du gehörst zu deiner Familie, Zea. Aber nein, du willst dennoch deine Beine für den hübschen, reichen Bad Boy breitmachen."

Zea keuchte bei seinem wütenden, gehässigen Ton. Sie wurde wütend und presste die Decke an ihren nackten Körper.

„Raus hier, Jared, oder ich rufe die Polizei."

Er stand auf und eine Sekunde lang dachte sie, er würde gehen, aber plötzlich packte er sie und drückte eine Hand über ihren Mund. „Jetzt wirst du alles über Loyalität lernen, du kleine Schlampe ..."

Zea versuchte zu schreien, als Jared ihren Körper mit seinem bedeckte. Sie versuchte zu bekämpfen, aber er war zu stark für sie.

Als er sich in sie hineinzwang, kämpfte Zea gegen ihn, aber während er sie vergewaltigte, wusste sie plötzlich eines mit absoluter Sicherheit.

Dieses Monster konnte nicht Davids Bruder sein.

RAY SCHOB Emory gegen den Metallbehälter zurück. „Emory, du bist zu mir zurückgekommen."

Emory starrte ihn mit einer Mischung aus Ekel und Entsetzen an. Die Mündung seiner Waffe war in ihren Nabel gedrückt, und sie wusste, dass es vorbei war. So würde sie also sterben.

„Komm schon, Ray. Mach es einfach. Erschieße mich einfach Es wird gut sein zu wissen, dass ich nie wieder dein widerliches Gesicht sehen muss, du elendes Stück Scheiße."

Ray zischte. Sein Speichel berührte ihr Gesicht, und sie hörte, wie er die Waffe entsicherte. „Verdammte kleine Hure", sagte er und drückte die Waffe härter in ihren Bauch. „Ich werde es genießen."

Da war Licht, ein lautes Geräusch, dann mehr Licht. Emory erkannte, dass sie nicht mehr allein waren und dass das laute Geräusch nicht die erwartete Kugel aus Rays Pistole gewesen war. Ihr Herz machte einen Sprung.

Rettung?

Ray lachte. „Sie könnten mich töten, Schatz, aber es wird dich nicht retten." Sie hörten einen Schrei, und Rays Kopf fuhr herum.

Emory nutzte die Ablenkung und stieß ihr Knie in seine Leiste. „Fahr zur Hölle, Ray."

Er stöhnte und ließ sie los, und sie zögerte nicht und rannte auf den Aufruhr zu. Ray zielte auf sie und jagte ihr hinterher, aber die Kugeln trafen nur die Container um sie herum.

Als sie fast frei war, bog sie falsch ab und landete am Rand des Wassers. Sie wusste, dass die Bucht rund 70 Meter tief war, und sie war nicht die beste Schwimmerin. *Scheiße*. Sie wandte sich zurück, aber Ray stand hinter ihr und grinste breit. Emory konnte jetzt Menschen ihren Namen schreien hören. Alles, was sie sehen konnte, war jedoch die Waffe, die auf ihren Bauch gerichtet war, und Rays schrecklich triumphierendes Gesicht.

„Es ist jetzt alles vorbei, Emory", sagte er leise und lächelte breit, als er den Abzug drückte ...

4

TEIL #4: JESSE

Sie alle hatten es gehört. Einen einzelnen Schuss. Luca schrie auf. Er wusste, was dieser Schuss war. Das Ende von allem. Das Ende von Emory. *Gott. Nein ...*

„Wir wissen nicht, dass der Schuss ihr galt", sagte Bree und versuchte, ihre Arme um ihren Vater zu legen. Clem klammerte sich an ihre Tochter und Luca. Maximo hatte seine Hand auf Clems Schulter gelegt. Das Funkgerät von Maximos Sicherheits-Chef knisterte.

„Wir haben ihn, Chef."

„Was ist mit Miss Dutta?"

Clem sah Maximo dankbar an, und er schenkte ihr ein Lächeln. Der Mann wiederholte die Frage in sein Funkgerät.

„Keine Spur."

Luca stöhnte, als Bree verstört dreinblickte. Maximos Kiefer spannte sich an. „Lebt Grace?"

„Sie bringen ihn gerade zu Ihnen, Sir."

Maximo und Bree tauschten einen Blick aus. Max sah zu Brees Vater. Dann nickte er Bree zu. Sie verstand. *Halte ihn von Ray Grace fern.* Als sie darauf warteten, dass die Männer Ray Grace zu ihnen brachten, kam Clem zu ihm.

„Danke, Maximo. Für alles. Es tut mir leid …"

„Bitte. Das ist nicht der richtige Zeitpunkt, um über uns zu sprechen." Er hatte seine Stimme gesenkt. „Wir wissen nicht, ob Emory in Sicherheit ist."

Clem nickte, aber er konnte den Schmerz in ihren Augen sehen, und er fühlte sich reumütig. Als sie angerufen und ihn um seine Hilfe gebeten hatte, hatte er nicht gezögert, aber die Tatsache blieb unverändert: Maximo Neri ließ sich auf keine Frau ernsthaft ein, auch nicht auf die wundervolle Clementine. Er hatte einmal geliebt – nur einmal – und er hatte sie genauso verloren, wie Luca Saffran wohl seine Emory verloren hatte – gewaltsam. Nur war es bei Maximo sein eigener Bruder gewesen, der die Liebe seines Lebens ermordet hatte.

Ein Schrei ertönte, und dann sahen sie alle das Sicherheitsteam, das einen übergewichtigen Mann mittleren Alters mit sich schleppte. Maximo nickte seinem Bodyguard zu, der zwischen Luca und Ray Grace trat. Letzten Endes brauchte es vier Männer, um Luca zurückzuhalten.

„Wo ist sie? Wo ist Emory?"

Ray Grace lächelte bösartig. „Sie werden sie nie wiedersehen, Saffran. Sie hat Ihnen nie gehört. Ich habe mir zurückgeholt, was mir gehört."

Luca knurrte ihn an: „Wo ist sie?"

„Tot", knurrte Ray ihn an. „Ich habe ihr eine Kugel in den Bauch gejagt, und jetzt sinkt sie auf den Boden der Bucht. Sie ist weg."

Luca brüllte und stürzte sich auf ihn. Die Wachen zogen ihn von dem Mann weg und hielten ihn fest, als er in seinem Kummer wütete. Clem stützte eine hysterisch schluchzende Bree. Ihr eigenes Gesicht war vor Schmerz totenbleich geworden. Ray Grace begann zu lachen.

Maximo hob seine Hand und verpasste Ray einen Schlag an den Kopf. Ray stolperte und fluchte. Maximo stellte sich drohend vor ihn. „Mr. Saffran will Sie in Stücke reißen, *figlio di puttana*. Soll ich ihn das tun lassen?"

Ray Grace zuckte vor Maximos Zorn und der mörderischen Wut

auf Luca Saffrans Gesicht zurück. Luca kämpfte gegen die Männer, die ihn festhielten. Maximo wandte sich ihm zu.

„Luca ... ich lasse Ihnen die Wahl. Wenn Sie ihn tot sehen wollen, gibt es Wege. Aber damit machen Sie es ihm zu leicht. Wenn Ihre Emory tot ist, so wie er behauptet, sollte er sich vor Gericht dafür verantworten müssen. Es wird nicht schwer sein, einen unumstößlichen Beweis für seine Schuld zu finden. Aber dieser *stronzo* könnte lügen. Sie könnte da draußen sein. Vielleicht hat er sie irgendwo versteckt. Wenn er auf sie geschossen hat, können wir die Küstenwache rufen. Aber wie ich schon sagte, ist es Ihre Entscheidung."

Lucas Gesicht verhärtete sich, und er beruhigte sich genug, um Maximo zum ersten Mal richtig anzusehen. „Wer sind Sie?"

Maximo lächelte. „Ich bin ein Freund von Clementine. Maximo Neri. Ob Sie es glauben oder nicht, wir haben uns schon getroffen." Er streckte seine Hand aus.

Luca nahm sie. Er war jetzt ruhig, aber seine Augen funkelten immer noch vor Wut. „Warum sind Sie hier?"

„Clem hat mich um Hilfe gebeten."

Luca sah immer noch schockiert seine Ex-Frau an, die seine schluchzende Tochter im Arm hielt. „Du dachtest nicht, dass ich damit umgehen kann?"

„Ich hatte Angst, dass du nicht vernünftig denken kannst, wenn so viel auf dem Spiel steht", sagte sie sanft. „Ich wollte jemanden mit klarem Kopf, aber mit den gleichen Ressourcen. Es schadet nie, Freunde zu haben, Luca."

Clem errötete ein wenig, aber weder Luca noch Maximo bemerkten es. Maximo wies auf Ray. „Wenn Sie sich heute Abend nicht entscheiden wollen, können wir ihn irgendwo festhalten lassen."

Luca nickte. „Ja. Jetzt will ich nur Emory finden."

Maximo sah ihn verständnisvoll an. „Ich kennen jemanden, den ich anrufen kann. Wir werden die ganze Küste absuchen, wenn nötig die ganze Stadt. Wir finden Ihre Emory."

．．．

FLYNT NEWLAN SPÜRTE, wie jemand ihn anstieß. Er schlug die Hand weg und stöhnte.

„Steh auf, Idiot. Wenn Dad dich hier so sieht, wird er wütend werden."

Flynt öffnete seine Augen. Seine Halbschwester Hannah sah ihn amüsiert an. „Wem verdanken wir diese Ehre? Du warst seit Wochen nicht zu Hause."

Flynt seufzte. Hannah wollte ihn offensichtlich nicht seinen Kater ausschlafen lassen. Er konnte sich nicht mehr daran erinnern, zu der Villa gefahren zu sein, die Hannah immer noch mit ihrer Mutter und Flynts Stiefvater teilte. Er war voller Zorn von Zea weggefahren, nachdem er mit ihr und Podesta gestritten hatte. Verdammt. Er hielt sich besser von der ganzen Situation fern.

Hannah verengte die Augen. Seine Halbschwester war nur fünf Jahre jünger als er mit seinen 32 Jahren, aber für ihn war sie immer noch seine kleine Schwester anstatt einer angehenden erfolgreichen PR-Expertin.

Er bewegte sich auf der Couch, so dass sie sich neben ihn setzen konnte. „Was ist los? Du siehst sauer aus."

„Vielleicht weil mich eine Göre einfach aufgeweckt hat."

Sie stupste ihn an, und er grinste. „Alles in Ordnung, Hannahbanana. Nur Ärger mit einer Frau."

Hannah sah ihn spöttisch an. „Du?"

Flynt zuckte mit den Achseln, und ihr Blick wurde verwundert. „Du hast dich verliebt."

Flynt seufzte. „Ja. So ist es wohl. Und es bringt mir nur Ärger. Sie bringt nur Ärger."

„Willst du darüber reden?"

Flynt sah seine Schwester an und dachte nach. „Ja."

HANNAH MACHTE IHREM BRUDER RÜHREI, während er duschte, und dann, als sie aßen, erzählte er ihr von Zea, wobei er die Details ihrer körperlichen Begegnungen natürlich aussparte. Hannah hörte zu, trank ihren schwarzen Kaffee und wartete, bis er fertig war.

„Huh."

Flynts Augenbrauen schossen hoch. „Huh?"

„Also hat sie Angst gehabt und dich beschuldigt, eingebrochen zu sein. Hast du daran gedacht, dass sie traumatisiert sein könnte? PTSD und so? Und du rennst einfach weg."

„Sie hat mir vorgeworfen, sie angegriffen zu haben!" Flynt war empört, dass seine Schwester auf Zeas Seite war. Hannah war einen langen Moment still.

„Flynt, sie ist völlig verwirrt. Wenn du ihr beweisen willst, dass sie sich irrt, und wenn du eine Zukunft mit ihr haben willst, musst du ein Mann sein, auf den sie sich verlassen kann. Ich wette, es tut ihr leid, dass sie dich beschuldigt hat."

Flynt seufzte. „Ich weiß es nicht. Ich weiß nicht, ob es sich lohnt. Das Leben ist so viel komplizierter, wenn Gefühle beteiligt sind."

„Großer Bruder, du bist 32. Werde endlich erwachsen. Keiner kauft dir mehr den Bad Boy ab. Es ist einfach nur traurig." Aber sie sagte es mit einem Lächeln auf ihrem Gesicht, und er konnte nicht umhin, es zu erwidern.

„Ich glaube du hast recht. Mann, wann bist du so schlau geworden?

„Fünf Sekunden nachdem ich geboren wurde. Los, geh zu ihr."

ZEA FUHR ZUM DINER, ohne auf ihre Umgebung zu achten. Eine Migräne ließ ihren Kopf fast platzen, und auch das Aspirin, das sie genommen hatte, war wirkungslos. Sie blickte in den Rückspiegel und verzog das Gesicht. Ihre Augen waren geschwollen, und ihre Haut war bleich. Sie sah schrecklich aus.

Vor dem Diner zögerte sie, bevor sie das Auto verließ. *Es ist so verlockend, einfach wegzugehen und all diesen Mist hinter mir zu lassen,* dachte sie.

Die Nacht zuvor war die schlimmste Nacht ihres Lebens gewesen. Noch schlimmer als herauszufinden, dass ihr geliebter David ein mehrfacher Mörder war und dass er ebenfalls tot war. Letzte Nacht hatte Jared Podesta ihr etwas genommen. Etwas tief in ihrer Seele.

Nachdem er fertig war, war er auf ihr eingeschlafen und hatte es ihr unmöglich gemacht, sich zu bewegen. Sie hatte versucht, sich zu befreien, aber Jared hatten seinen dicken, schweren Arm um sie geschlungen. Auf seinem Arm war ein verblassender blauer Fleck gewesen. Sie hatte sofort gewusst, woher er stammte. Entsetzen erfasste sie. Schließlich weinte sie sich in den Schlaf, und am Morgen war er verschwunden gewesen.

Sie war aus ihrem Bett und in die Dusche gekrochen und hatte sich gewaschen, bevor sie erkannt hatte, dass sie alle Beweise wegwischte. Nicht, dass sie zur Polizei hätte gehen können ... *Gott*. Jared hatte das auch gewusst – sein Verbrechen anzuzeigen, würde ihre Tarnung auffliegen lassen. Bastard.

Sie hatte sich noch nie so allein gefühlt wie an diesem Morgen.

TERESA SAH ZEAS GESICHT, sagte nichts und umarmte sie nur. Den ganzen Morgen blickte sie immer wieder schweigend zu Zea, die dankbar für die Diskretion ihrer Freundin war. Sie dachte darüber nach, Teresa alles zu erzählen, nur damit sie darüber reden konnte, was passiert war, aber dann entschied sie sich dagegen. Sie wurde immer wütender auf David. Er war derjenige, der alles verändert und ihr Leben auf den Kopf gestellt hatte. *Wie konntest du das tun, David?*

Zu ihrem Verdruss hoffte sie, dass Flynt vorbeikommen würde. Sie wollte sich bei ihm entschuldigen. Wenn sie ehrlich war, war das allerdings nicht der einzige Grund. Flynt Newlan war ihr unter die Haut gegangen, und sie fühlte eine Verbindung, die tiefer ging als Sex.

Sie fragte Teresa beiläufig nach ihm. „Was hat es eigentlich mit Flynt Newlan auf sich? Ich dachte, er ist ein Ex-Sträfling, aber dann sagte er mir, dass er mein Gebäude und eigentlich den ganzen Block besitzt."

Teresa nickte. „Ich vergesse immer wieder, dass du nicht von hier bist. Die Newlans gehören in Portland praktisch zur Prominenz. Sie finanzieren Universitäten und Schulen und besitzen jede Menge Immobilien in der Stadt. Freddie Newlan, Flynts Vater, war ein

Immobilienmagnat. Er liebte diese Stadt. Flynt ist kein Geschäftsmann, aber er liebt es, Dinge mit seinen eigenen Händen zu bauen.
Aber ja, er ist milliardenschwer."

Zea schüttelte den Kopf. „Von all den Leuten ..."

Teresa lachte. „Ich weiß, und Flynt hat sich einen gewissen Ruf
erarbeitet. Er lässt sich mit keiner Frau auf etwas Festes ein, nimmt
sich, was er will, und verspricht nichts. Aber er ist ein guter Kerl."

Zea lächelte. „Wie kommt es, dass ihr beide ...?"

Teresa verzog das Gesicht. „Abgesehen von der Tatsache, dass er
wie mein kleiner Bruder ist, ist er nicht mein Typ. Ich mag Männer
mit Glatze, Bart und Motorrad."

Zea lachte und fühlte sich fast erleichtert.

„Er mag dich", fuhr Teresa fort und stieß sie an. „Ich habe noch
nie erlebt, dass er eine Frau so ansieht wie dich. Wie auch immer,
Tisch fünf wartet auf mich, also ..."

Sie ließ Zea allein in der Küche zurück, wo sie darüber nachdachte, was Teresa ihr eben gesagt hatte. Sie seufzte. „Nun, ich habe
es wohl in den Sand gesetzt." Sie räumte geistesabwesend die Küche
auf. *Könnte mein Leben noch chaotischer sein?*

Sie schob den Gedanken weg und ging an die Arbeit.

BREE SAFFRAN WURDE NOCH VERRÜCKT. Nachdem sie sich geweigert
hatte, im Krankenhaus zu übernachten, war sie mit ihrer Mutter nach
Hause gegangen und hatte die ganze Nacht wach gelegen. Luca war
mit ihnen nach Hause gekommen, und sie hörte ihn und ihre Mutter
bis spät in die Nacht miteinander reden. Emory war weg, wahrscheinlich tot, und es war wieder wegen ihr, Bree. Ja, ja, sie wusste,
was alle sagten – es waren David Azano und Ray Grace, die die
Verbrechen begangen hatten. Sie war nicht verantwortlich für ihre
Handlungen – aber Bree fühlte das Gewicht der Schuld schwer auf
ihren Schultern lasten. Sie konnte Ray Grace' höhnisches Gesicht
nicht aus dem Kopf bekommen.

*Ich habe ihr eine Kugel in den Bauch gejagt, und jetzt sinkt sie auf den
Boden der Bucht. Sie ist weg.*

Bree stöhnte und versuchte, die Vorstellung, wie Emory erschossen wurde, zu verdrängen. Als sie am Vormittag duschte, wollte sie einfach nur das Haus und alles andere hinter sich lassen. Sie musste allein trauern.

„Ich gehe raus", sagte sie eine halbe Stunde später zu ihren Eltern. Ihr Vater sah niedergeschlagen aus. Ihre Mutter war noch blasser als sonst. Clem stand auf und umarmte ihre Tochter.

„Ich wünschte, du würdest einen Bodyguard mitnehmen, aber ich kann dir ansehen, dass du das nicht willst. Geh an einen öffentlichen Ort und parke draußen, wenn nötig."

Normalerweise hätte Bree die Augen verdreht, aber Clem versuchte eindeutig, ihre Unabhängigkeit nicht einzuschränken, und Bree wusste es zu schätzen. „Ich werde vorsichtig sein. Ich verspreche es, Mom."

Clem nickte, und Luca versuchte, seine Tochter anzulächeln. „Ich liebe dich, Kleine."

Sie ging ihn umarmen. „Gib die Hoffnung nicht auf, Dad."

DAS CAFÉ in der Nähe von Pike Place war für einen Samstag recht leer. Bree bestellte eine Vanille-Latte und setzte sich auf eines der Sofas im hinteren Bereich. Sie nahm ein Buch aus ihrer Tasche und begann zu lesen. In der Stadt war sie in eine Buchhandlung gegangen, eine der großen, anonymen Filialen, die sie selten besuchte. Heute wollte sie mit niemandem sprechen oder bemerkt werden.

Eine oder zwei Stunden funktionierte es. Sie verlor sich in dem Buch, vergaß, wo sie war, und las einfach. Nur der Gedanke an Emory lenkte sie alle paar Sekunden ab. Schließlich legte sie ihr Buch weg, schloss die Augen und rieb sich über den Nasenrücken. Kopfschmerzen hämmerten an ihren Schläfen. Bree fühlte sich plötzlich, als ob sie schreien könnte, und heiße Tränen drangen aus ihren geschlossenen Augenlidern hervor. Bree weinte normalerweise nicht, aber als die Panikattacke sich in ihr aufbaute, konnte sie nicht atmen und auch nicht die Tränen zurückhalten. „Hör auf damit, hör auf damit, hör auf damit", flüsterte sie und war sich bewusst, dass die Leute anfingen, sie anzustarren.

„Atme tief durch die Nase ein und halte den Atem an, das ist gut, dann atme aus, ganz langsam ... dann wieder einatmen ..."

Sie folgte den Anweisungen der weichen Männerstimme, die zu ihr sprach, und nach ein oder zwei Minuten ließ die Panikattacke nach. Sie öffnete langsam ihre Augen.

Ihr Retter saß ihr jetzt gegenüber, seine hellblauen Augen waren auf sie gerichtet und sein hellbraunes Haar fiel auf seine Schultern. Er sah vage vertraut aus, aber genau in diesem Moment interessierte es sie nicht.

„Atme weiter tief durch," sagte er. „Es ist besser als Valium, versprochen."

Bree tat, was er sagte, und fünf Minuten später lächelte sie den Mann zögernd an. „Danke, du bist sehr nett. Ich bin Bree."

„Jesse. Jesse Kline."

Bree sah ihn an. „Hey ... du bist Lexis Bruder."

Jesse nickte, und seine Augen verdunkelten sich. „Ja."

„Es tut mir so leid wegen Lexi", sagte Bree traurig. Lexi war in ihrem Alter gewesen, als David Azano sie in Auburn ermordet hatte. „Sie war immer so nett und optimistisch. Und lustig."

Jesse lächelte. „Ich bin froh, dass du dich daran erinnerst. Nicht viele Leute tun das. Sie erinnern sich an den süßen Cheerleader und die Einser-Studentin, aber für mich war sie der lustigste Mensch, den ich kannte."

Bree lächelte ihn an. „Ja, sie war wirklich lustig. Und nett. Einmal ist sie zu mir gekommen, nachdem ich einen schlechten Tag in einem Kurs gehabt hatte. Es war kurz nachdem meine Mom und mein Dad beschlossen hatten, sich scheiden zu lassen, und obwohl es definitiv das Beste für sie war, war es nicht leicht für mich. Ich habe mich mit einem Professor gestritten. Lexi hat sich später eine Weile zu mir gesetzt. Ich vermute, dass Freundlichkeit in der Familie liegt."

Jesse grinste, und Brees Herz schlug ein wenig schneller. Sein Lächeln war zum Sterben schön. „Hey, hör zu, kann ich dir eine Weile Gesellschaft leisten? Möchtest du noch eine Latte?"

Bree lächelte. „Ja, aber ich kaufe den Kaffee – es ist das Mindeste, was ich tun kann."

VIEL SPÄTER, als es Abend wurde, gingen sie an die Uferpromenade zu einem der Fischrestaurants dort. Die Kellnerin stellte Schüsseln voller Meerestiere, Kartoffeln und Mais auf den Tisch, während sie ihre kalte Limonade tranken. Bree war froh zu sehen, dass Jesse gutes Essen so sehr liebte wie sie.

„Also", sagte sie und biss in ein butteriges Stück Mais, „ich nehme an, du warst vor uns in Auburn? Was machst du jetzt?"

„Fotografie", sagte er. „Ich habe gerade mein eigenes Geschäft eröffnet. Dad wollte, dass ich in das Familienunternehmen einsteige, aber ich habe abgelehnt. Flugverkehr ist nicht mein Ding."

Bree nickte nachdenklich. „Nein, meins auch nicht. Flugzeuge fliegen, wie langweilig."

Jesse grinste bei ihrem Ton. „Nun, wenn es darum gegangen wäre, Flugzeuge zu fliegen, dann hätte ich es vielleicht in Betracht gezogen, aber es ging eher um das Management einer Flugge-sellschaft."

„Wie alt bist du, wenn ich fragen darf?"

„26. Und du?"

„19. Opa."

„Baby." Beide lachten, und Bree seufzte.

„Danke für heute, ich meine es ernst. Es waren seltsame 24 Stun-den, und nichts über Emory zu wissen, hat mich einfach fertig-gemacht."

Jesses Augen waren voller Mitgefühl. „Jederzeit wieder. Gott, wie du überhaupt weitermachen kannst, ist mir ein Rätsel."

Bree fühlte sich plötzlich schüchtern. „Ich werde mich von niemandem einschüchtern lassen."

„Das ist gut für dich."

Er begleitete sie zurück zu ihrem Wagen. „Bree, können wir das nochmal machen? Bald? Du denkst vielleicht, dass ich dir geholfen habe, aber vertrau mir, du hast mir genauso geholfen. Ich würde dich gern wiedersehen."

Bree errötete und grinste, um ihre Verlegenheit zu überdecken. „Gib mir dein Handy."

Sie speicherte ihre Nummer, dann schickte sie eine Textnachricht an ihr eigenes Handy. „Bald."

Jesse grinste und küsste ihre Wange. „Sehr bald."

Portland

ALS ES ABEND WURDE, trug Zea ein Tablett mit Essen zu einem der Tische draußen. Die jungen Männer flirteten mit ihr und brachten sie zum Lachen. Eine Sekunde spürte sie, wie das Gewicht auf ihrem Brustkorb sich hob, und genoss die Aufmerksamkeit. Einer der jungen Männer legte einen Zettel mit seiner Handynummer auf ihr Tablett, und sie grinste. Sie dankten ihr für das Essen und fielen über die Burger und Pommes frites her, als ob sie eine Woche nichts gegessen hätten.

Zea wünschte ihnen einen schönen Abend und drehte sich um – und stieß mit Jared zusammen. Sie wich zurück, als wäre sie verbrannt worden, und er nahm seine Hände hoch und sah sie zerknirscht an.

„Bitte, es tut mir leid, das wollte ich nicht."

Die Männer am Tisch blickten auf, und sie errötete. Jared nahm ihren Arm und führte sie weg von ihnen. Zea wollte sich ihm entziehen, aber ohne eine Szene zu machen. Alles in ihr schrie, dass sie davonlaufen sollte, aber Jared hatte es geschafft, sie in die Ecke zu drängen. Sie konnte nicht aufhören zu zittern.

„Zea, ich wollte dich besuchen. Mein schreckliches Verhalten gestern war falsch. Es tut mir so leid. Ich hatte zu viel getrunken, und mein Stolz war verletzt, weil ... nun, es tut mir leid."

Er schien so aufrichtig und doch ... sein ganzes Benehmen war seltsam. Einschüchternd. Er stand zu nahe bei ihr, sah auf sie herab und hinderte sie daran, sich zu bewegen. Sein Lächeln erreichte seine Augen nicht, die auf eine unangenehme Weise über ihren Körper wanderten.

„Jared, ich ..." Ihre Stimme war rau.

Er unterbrach sie. „Zea, bitte, lass es mich wiedergutmachen und dich heute Abend ausführen. Danach können wir darüber reden, was passiert ist. Danach."

Übelkeit stieg in ihrer Kehle hoch. „Nein. Es tut mir leid, Jared. Ich denke, es ist am besten, wenn wir keine Zeit mehr miteinander verbringen. Ich meine es ernst. Bitte."

Er trat noch näher zu ihr. „Aber wir sind eine Familie, Zea." Er drückte sie in die Gasse, die man von der Straße aus nicht sehen konnte. Seine Augen brannten förmlich durch sie hindurch. Zea sah, wie er in seine Jacke griff, und fühlte eisige Kälte durch ihre Adern fließen. Sie warf einen panischen Blick um sich, und ihre Beine zitterten. Wenn er eine Waffe zog ... alle Muskeln in ihrem Körper spannten sich für einen Angriff an. Sein großer Körper sperrte das Licht aus.

„Zea, hast du Angst vor mir?" Jared lächelte immer noch. „Ich würde dich nicht verletzen, Zea. Es tut mir leid wegen gestern. Wirklich." Der spöttische Ton seiner Stimme strafte seine Worte Lügen. Zea machte vorsichtig einen Schritt um ihn herum, so dass man sie von der Straße aus wieder sehen könnte. Ihr Körper war jedoch immer noch angespannt.

„Jared, bitte geh."

Jareds Lächeln verblasste, und er starrte mit gekräuselten Lippen auf sie hinab. Er zog eine Schmuckschatulle aus seiner Jacke. „Ich wollte dir das geben. Es ist ein Erbstück von mir und David." Er hielt ihr die Schatulle hin.

„Du bist nicht Davids Bruder. Ich glaube dir nicht. Er hätte nie ..." Sie brach wütend ab und schlug die Schatulle weg. „Ich will nichts von dir außer Frieden. Geh weg und komm nie wieder zurück."

Jared seufzte und schüttelte den Kopf. Er hatte ein spöttisches Lächeln auf seinem Gesicht. „Ich dachte, du würdest es wert sein, die Halskette meiner Mutter zu tragen. Aber anscheinend bist du es nicht." Er steckte die Schatulle wieder in seine Jacke. „Du enttäuschst mich, Zea, wirklich."

Er kam auf sie zu, und Zea musste gegen ihre Angst ankämpfen, um nicht zurückzuweichen. Jareds Augen bohrten sich in ihre.

„Du kleine Hure. Wie viele Männer haben dich schon gehabt? Ich wette, es waren Hunderte."

Zea atmete tief ein und versuchte nicht zu schreien. Und dann sah sie ihn. Er lehnte sich gegen die Motorhaube seines Wagens und beobachtete sie von der anderen Straßenseite aus. Flynt. Sie begegnete seinem Blick und spürte, dass ihr ganzer Körper sich entspannte. Er war ihr Schutz.

Als sie einander anstarrten, begannen sie beide zu lächeln. Jared sprach wieder, aber sie konnte nicht hören, was er sagte.

„Jared", unterbrach sie ihn und sah nicht von Flynt weg. „Ich meinte, was ich gesagt habe. Ich will dich nie wiedersehen, und wenn doch, gehe ich zur Polizei. Wenn du ein freier Mann bleiben möchtest, schlage ich vor, dass du Portland verlässt. Ich muss jetzt zur Arbeit zurück, entschuldige mich."

Ihre Stimme war stark. Jared folgte ihrem Blick auf die Polizeistation. Flynt blickte zu dem älteren Mann zurück. Er machte einen Schritt auf sie zu, und seine Augen brannten vor Wut, als er Jared anstarrte, aber Zea hob ihre Hand und hielt ihn an.

„Auf Wiedersehen, Jared." Zeas Ton war entschlossen, und sie ging um ihn herum und warf Flynt ein weiteres dankbares Lächeln zu, als sie das Diner wieder betrat. Sie sah ihn grinsen. Dann stieg er in sein Auto und fuhr weg.

Um elf Uhr war Zea erschöpft. Schließlich leerte sich das Diner, und Teresa machte auf Zeas Beharren eine Pause. Zea saß an der Theke und zählte das Geld, um später damit zur Bank zu gehen. Sie gähnte, und ihre Augen fühlten sich wund und schwer. Sie schloss sie und wäre fast auf der Stelle eingeschlafen. Die Tür klapperte. Sie sah auf und grinste. Flynt kam herein. Er lächelte, drehte sich um, schloss die

Tür, und drehte das Schild im Fenster so um, dass darauf *Geschlossen*
zu lesen war. Zea war verwirrt.

„Was machst du da?“

„Wir müssen über diese Sache vorhin reden.“

Zeas Herz sank.

„Was ist damit?“ Sie wich seinem Blick aus.

„Was hat Podesta zu dir gesagt?“

„Nicht viel. Ich ...“

„Zea, ich habe dein Gesicht gesehen. Du hast Angst gehabt.“

„Flynt.“ Zea sah sich um, und er folgte ihrem Blick.

„Hier ist niemand, Zea. Wir müssen darüber reden.“

Zea sah unbehaglich aus. „Flynt ...“

„Was ist passiert?“

Sie sah ihm nicht in die Augen. „Es war wirklich nichts. Er wollte
etwas von mir, und ich habe ihn abgewiesen.“

Die Lüge stand eine Sekunde im Raum, bevor Flynt antwortete.

„Okay.“ Er legte seine Hand auf ihre. „Zea?“ Die Sorge in seiner
Stimme, das Gefühl seiner Haut auf ihrer, ließ ihre Augen brennen –
was zum Teufel war los mit ihr? Sie musste stärker werden. Sie
wischte eine verräterische Träne mit dem Handrücken ab.

„Flynt, es war wirklich nichts, und ich würde es gern vergessen.“

„Hat er dich angefasst?“

Seine Frage drückte ihre Kehle zu. Sie füllte seine Kaffeetasse und
sah, dass ihre Hand zitterte.

„Flynt, bitte.“ Ihre Stimme war kaum ein Flüstern.

Er kam hinter die Theke, zog sie in die Küche und nahm sie in die
Arme. Eine Sekunde lang widerstand sie ihm, aber der Geruch von
seiner sauberen Haut und die Wärme seines Körpers waren zu viel,
und sie ließ sich von ihm näher ziehen.

„Zea ... hat er ...?“

„Er hat mich vergewaltigt. Letzte Nacht hat er ... er hat mich
vergewaltigt. Ich glaube, er hat mich betäubt, aber ich bin mir nicht
sicher.“

Flynt sah entsetzt aus. „Verdammt, Zea ... wir müssen zur Polizei
gehen.“

Sie schüttelte den Kopf. „Ich kann nicht, Flynt. Ich kann nicht ...“
Er starrte sie an. „Was auch immer du versteckst, Zea, du kannst
mir vertrauen.“ Er führte sie zu einem Stuhl. Zea starrte in seine
Augen, und aus irgendeinem unbekannten Grund brach alles, was
sie durchgemacht hatte, aus ihr heraus. David, der Amoklauf, ihr
Umzug nach Portland und Jared. Als sie fertig war, erwartete sie halb,
dass er aufstehen und weggehen würde. Sie würde ihm keine Schuld
geben, wenn er es tat.

„Es tut mir leid, dass ich dir vorgeworfen habe, bei mir eingebrochen zu sein, Flynt. Ich weiß nicht, was ich mir dabei gedacht habe.“

Er strich ihr mit einer Hand durch die Haare. „Süße, denk nicht
einmal daran. Wir müssen dich untersuchen lassen ... die Ärzte
meiner Familie sind diskret. Wir müssen die Vergewaltigung doku-
mentieren lassen. Dann müssen wir genau herausfinden, wer dieser
Jared Podesta wirklich ist.“

Bree wurde von Alpträumen geplagt. In ihnen lag sie gefesselt
im Kofferraum von Ray Grace' Auto oder war wieder im College,
und in jedem Traum war Emory und rief ihr zu, dass sie vor dem
Schicksal, das sie erwartete, wegrennen sollte. Sie sah, wie Emory
erstochen und erschossen wurde und blutete. Da war immer so viel
Blut.

Bree wachte schluchzend auf. Sie beruhigte sich, indem sie sich
immer wieder sagte, dass es nur ein Traum war, aber dann kam die
Realität zurück. Emory lag irgendwo schwer verletzt oder war wahrscheinlich tot. Bree stand auf und ging in die Küche. Sie zuckte
zusammen, als sie sah, wie ihr Vater am Fenster stand und hinaus-
starrte.

„Dad?“

Luca drehte sich um und lächelte. „Hey, Bree.“

Sie umarmte ihn. „Hast du etwas gehört?“

Er schüttelte den Kopf. „Die Küstenwache hat noch nichts gefunden, und die Hafenmitarbeiter haben jeden Container überprüft. Sie
haben frisches Blut am Rande der Anlegestelle und Patronenhülsen
in der Nähe gefunden.

Bree spürte, wie ihr Herz sank, und sah ihren Vater an. „Dad?“

„Wenn die DNA mit Emorys DNA übereinstimmt ... dann sieht es so aus, als ob er sie angeschossen hat und sie ins Wasser gefallen ist."

„Oh Gott, Dad ..."

Luca bemühte sich, seine Gefühle in Schach zu halten, als er seine Tochter umarmte. „Ich werde es nicht glauben, Bree, nicht, bis sie ihre Leiche finden. Ich werde nie glauben, dass sie weg ist."

Bree wollte ihren Vater trösten, aber sie konnte keine Worte finden. Nachdem sie noch eine Weile mit ihm gesprochen hatte, ging sie wieder ins Bett, lag aber wach da und grübelte. Als sie auf die Uhr blickte, sah sie, dass es kurz nach zwei Uhr war. Sie nahm ihr Handy und tippte einen Text.

Bist du wach? Ich weiß, dass es spät ist, tut mir leid.

Jesses Antwort kam eine Sekunde später. *Ich bin wach, und es ist kein Problem. Alles okay?*

Nein. Sie haben Blut an dem Ort gefunden, wo Emory verschwunden ist.

Gott, es tut mir leid, Bree. Das ist hart.

Ich weiß nicht, was ich meinem Vater sagen soll. Er ist völlig am Boden.

Es gab eine längere Pause, dann schrieb er: *Ich werde ehrlich sein. Es gibt nichts, was man sagen kann, damit er sich besser fühlt. Es klingt vielleicht kaltherzig, aber man muss die fünf Stufen der Trauer durchmachen. Zumindest konnten wir Abschied nehmen und Lexi begraben.*

Hast du eine große Familie?

Wir waren drei Geschwister: Lexi, ich und Kizzie. Kizzie ging nicht nach Auburn. Sie hatte ein Stipendium für das Peabody Institute. Sie spielt Cello.

Das ist cool. Geht es ihr gut?

Lange Pause. *Nein nicht wirklich. Sie ist zurzeit wegen ihrer Depressionen in einer psychiatrischen Einrichtung. Sie war Lexis Zwilling.*

Oh Gott, es tut mir leid.

Was ist mir dir? Hast du Geschwister?

Ich bin Einzelkind.

Ah, kleine Prinzessin.

Bree kicherte vor sich hin. *Da hast du verdammt recht. Knie nieder.*

Wollen wir uns morgen treffen?

Bree lächelte, und die Enge in ihrer Brust löste sich. *Gerne.*

Gut. Wir können uns mittags im Sound Garden treffen.

Verstanden. Gute Nacht, J, danke für das Gespräch.

Jederzeit, Majestät. J.

Bree legte ihr Handy weg und kroch unter ihre Decke. Es war immer noch ein schrecklicher Schmerz in ihr, aber vielleicht würde Jesse Kline in der Lage sein, diesen Schmerz für ein paar Stunden zu lindern.

Und es hat nichts mit seinen schönen, leuchtenden blauen Augen zu tun. Ganz sicher nicht ...

ZEA SAß IN FLYNTS WOHNUNG. Er machte ihnen beiden Kaffee. Seine Wohnung war ganz anders als erwartet. Es gab keine Motorrad- oder Autoteile auf dem Boden und auch keine Männermagazine. Stattdessen war sie in einem eleganten Blauton gehalten und bot hohe Regale mit reihenweise Büchern aller Genres, Zeichnungen und Skulpturen. Sie fragte sich, warum er das Bedürfnis verspürte, sich so zu benehmen, wie er es so häufig tat, obwohl er sich heute als fürsorglicher, verantwortungsbewusster Erwachsener erwiesen hatte.

Flynt brachte zwei dampfende Tassen zum Sofa und setzte sich zu ihr.

„Ich habe den Arzt gebeten, uns zu kontaktieren, wenn er mehr weiß, aber er konnte mir nicht sagen, wann das sein wird."

„Es ist in Ordnung."

Er berührte ihre Wange. „Ich weiß, aber ich denke immer noch, je länger wir warten, desto länger hat Jared Podesta die Chance abzuhauen. Meine Detektive stellen mit den Informationen, die sie schon über ihn haben, weitere Nachforschungen an."

Zea lächelte. „Du hast deine eigenen Detektive?"

Flynt grinste. „Einen Treuhandfond zu haben eröffnet einem ganz neue Möglichkeiten."

„Komm schon", lachte sie, „sag das nicht. Du bist selbst in der Baubranche. Meinen Appartementblock hast du auch gebaut."

Ihr Lächeln verblasste, als sie sich daran erinnerte, was mit ihr

geschehen war. „Verdammt ... ich dachte, ich wäre darüber hinweg."
Ihre Augen füllten sich mit Tränen, und sie wischte sie mit der
Hand weg.

„Ich glaube, Jared weiß über mich und David schon länger
Bescheid, als er behauptet hat."

Flynts Handy summte, und er sah auf den Anrufernamen.

„Es ist der Arzt. Das ging schnell." Er ging ran, und Zea beobachtete sein Gesicht, als er sich anhörte, was der Arzt ihm sagte. Er
dankte dem Arzt und beendete den Anruf.

„Flynt? Sind es gute Nachrichten?"

Flynt zuckte zusammen. Er stand auf und starrte aus dem Fenster. Zea beobachtete ihn mit zunehmender Angst.

„Flynt? Bitte sag mir nicht ..."

„Er hat nicht ejakuliert. Es gibt keinen DNA-Beweis. Es tut mir
leid."

Zeas Schultern sanken herab. „Nein. Oh verdammt ..." Tränen
strömten über ihr Gesicht, und sie fing an zu schluchzen. Flynt nahm
sie in seine Arme. Sie schluckte und versuchte, die Tränen aufzuhalten. „Ich war so sicher, dass es genug wäre. Dass wenigstens etwas
dabei herauskommen könnte ..." Sie atmete tief ein und schloss ihre
Augen. Sie war wieder da, wieder in ihrer Wohnung, und Jared
zwängte sich in sie hinein. „Oh Gott..."

Flynt ließ sie sich ausweinen, während er sie sanft hin- und
herwiegte und seine Lippen auf ihr Haar presste. „Es tut mir so leid,
Liebes. Ich verspreche dir, dass wir ihn kriegen werden."

Luca verbrachte seine vierte schlaflose Nacht allein in dem Apartment, in dem Emory gelebt hatte. Er hatte Bree gesagt, dass er etwas
Zeit brauchte, und jetzt, da es ihr besser zu gehen schien, war er
zurück in sein Apartment gezogen. *Vielleicht war das ein Fehler*, sagte
er sich jetzt, als er unglaublich müde und erschöpft war. Emorys
Sachen waren hier – die wenigen Dinge, die sie aus dem Haus, in
dem sie mit ihrem Ehemann gelebt hatte, mitgenommen hatte – und
alles erinnerte ihn an sie. So wie der Duft ihres Parfums im Bade-

zimmer und auf den Kissen. Luca legte sich auf das Bett und vergrub
sein Gesicht in ihrem Kissen.

Vor Brees Entführung waren sie eine Nacht hier allein gewesen.
Sie hatte gekocht – ein sensationelles Meeresfrüchte-Linguini-
Gericht gefolgt von einem Erdbeersorbet. Sie war fröhlich, geheim-
nisvoll und verspielt gewesen. Nach dem Abendessen hatten sie
einen Drink auf dem Balkon genossen. Es war warm und kurz nach
Mitternacht gewesen. Emory hatte ihn angegrinst und war dann
langsam zu ihm gekommen. Sie hatte ihr schwarzes Wickelkleid und
darunter kein Höschen und keinen BH, sondern ein Ledergeschirr
mit Riemen getragen, die ihre Kurven betonten. Lucas Augen hatten
sich geweitet.

„Das habe ich nicht erwartet."

Emory hatte schüchtern gelächelt. „Gefällt es dir?"

Er hatte breit gegrinst. „Und wie..."

Als er nach ihr gegriffen hatte, hatte sie seine Hände genommen
und sie an seine Seiten gelegt. „Ich habe heute das Kommando, Mr.
Saffran."

Luca hatte gelächelt. „Ja, Ma'am."

Sie hatte seine Hose geöffnet und seinen Schwanz aus seiner
Unterhose gezogen. Er war schon steif gewesen, und sie hatte gelächelt, war von seinem Schoß auf die Knie gerutscht und hatte ihn in
den Mund genommen. Ihre Zunge hatte die empfindliche Spitze
liebkost, bis Luca vor Verlangen gestöhnt hatte. „Emory ... Emory ...
hör nicht auf ..."

Emorys Mund hatte sich zu einem Lächeln verzogen, und sie
hatte angefangen, an ihm zu saugen, zuerst sanft, dann mit größerer
Intensität, als er in ihrem Mund angeschwollen war. Er war stöhnend
gekommen und hatte ihren Namen immer wieder gesagt. „Emory,
Emory ..."

Sie war aufgestanden und hatte ihre Beine gespreizt, und er hatte
seine Hände auf ihren runden Hintern gelegt und sein Gesicht an
ihrem Geschlecht vergraben. Seine Lippen hatten die empfindsame
Knospe verwöhnt, und er hatte sie keuchen hören, als seine Zunge
tief in ihre Vagina eingedrungen war. Sein Schwanz hatte sich stolz

aufgerichtet, und bald hatte er nicht anders gekonnt, als aufzustehen, sie hochzuheben und zum Bett zu tragen.

„Mein Gott, hast du eine Ahnung, wie exquisit du bist?" Er war am Fuß des Bettes gestanden und hatte sie bewundert, während seine Hand seinen Schwanz streichelte. „Würdest du dich für mich berühren?"

Emory hatte gelächelt und ihre Brüste, ihren Bauch und dann ihr Geschlecht gestreichelt, so dass er ihr dabei zusehen konnte. Lucas Schwanz war immer dicker geworden, und als er es nicht mehr hatte ertragen können, war er auf das Bett gestiegen und hatte ihren Körper mit seinem bedeckt. Emory hatte ihre Beine um seine Hüften gewickelt und ihr feuchtes Geschlecht gegen ihn gepresst.

„Komm in mir", hatte sie geflüstert, aber er hatte sie verwegen angegrinst.

„Willst du das?", hatte er gesagt und war in sie eingedrungen – aber nur einen Zentimeter. Sie hatte erwartungsvoll gestöhnt, und er hatte gelacht und sich zu ihrer Bestürzung wieder aus ihr zurückgezogen. „Bitte mich, dich zu ficken, Emory."

„Fick mich, Luca, fick mich hart ..."

Er hatte tief in sie hineingestoßen, und sie hatte gekeucht, als er seine Hüften hart gegen ihre gepresst hatte. Sein Schwanz hatte sich so tief und dick in sie gerammt, dass sie fast sofort gekommen war. Luca hatte seinen Kopf an ihrem Hals vergraben, als er ebenfalls gekommen war und sich tief in sie ergossen hatte ...

Luca stöhnte jetzt, als er sich an diese Nacht erinnerte. „Bitte komm zu mir zurück, Baby ...", flüsterte er, aber als er endlich einschlief, träumte er von Kugeln und Blut und Emory, seiner schönen, sinnlichen, ätherischen Emory, die in den endlosen Tiefen der Elliott Bay versank und für immer verschwand.

Clementine hatte seit Tagen nichts von Maximo gehört. Genauer gesagt seit der Nacht, als Bree freigelassen worden war. Als Luca Bree zu einem wartenden Taxi gebracht hatte, hatte sie Maximos Hände genommen. „Danke, Maximo, ich meine es ernst. Ich werde dir für immer dankbar sein." Sie hatte zu Ray Grace hinübergeschaut, der immer noch knurrend versuchte, sich von seinen viel größeren Bewachern zu befreien. „Was wirst du mit ihm machen?"

Maximo hatte sie kalt angelächelt. „Letztendlich ist es Lucas Entscheidung. Wir werden diesen Abschaum irgendwo festhalten, wo er nicht entkommen kann. Sein Aufenthalt wird nicht angenehm sein. Das kann ich dir versichern."

Der Blick in seinen Augen hatte Clem ein wenig zittern lassen, und er hatte es bemerkt. Er hatte sie beiseite gezogen und sie angesehen. „Clementine, wir hatten eine wundervolle Zeit zusammen. Aber ich bin Realist. Du bist nicht bereit für das, was ich brauche, und ich habe nicht die Zeit, in diesem Land zu warten. Meine Geschäfte rufen mich nach Hause. Du bist herzlich eingeladen, jederzeit zu meinem Haus am Gardasee oder in meine Wohnung in Rom zu kommen. Aber jetzt solltest du bei deiner Familie sein. Sie braucht dich."

Er hatte ihre Wange geküsst, und sie hatte ihm nachgesehen, als er verschwand, während gemischte Gefühle in ihr tobten.

JETZT, wo sich alles beruhigt hatte – auch wenn die laufende Suche nach Emory weiterging – vermisste Clem ihren italienischen Liebhaber. *Ein Abend*, dachte sie, *eine Nacht war alles, was wir hatten* – und dann fühlte sie sich schuldig. Es wurde immer wahrscheinlicher, dass Luca nie eine weitere Nacht mit seiner neuen Liebe haben würde. *Gott, armer Luca.* Ihr Ex-Mann war ein Schatten seiner selbst – ein gebrochener Mann.

Bree ... nun, Bree war Bree. Ihre Tochter zeigte nie ihre Gefühle und war auch diesmal stoisch, aber Clem wusste, dass Bree ebenfalls um Emory trauerte. Die junge Lehrerin war jetzt Teil ihrer Familie. Sogar Clem akzeptierte es. Sie würde nie die Tapferkeit der jungen Frau vergessen, aber sie hatte nicht viel Hoffnung, dass Emory noch am Leben war. Die Küstenwache hatte Elliott Bay und die Gebiete, die sie umgaben, durchsucht, aber nichts gefunden.

Clem seufzte. Sie hatte beschlossen, zur Arbeit zurückzukehren, aber jetzt, als sie in ihrem Büro saß, konnte sie sich nicht konzentrieren. Wie hatte sich ihr Leben so schnell so brutal verändert? Sie brauchte etwas Neues, ein Projekt, einen Grund zu funktionieren. Sie blickte auf das Foto von Bree auf ihrem Schreibtisch. Es war vor ein paar Jahren gemacht worden und zeigte Bree in ihrer Eishockey-Uniform, schlammbedeckt und mit einem riesigen Grinsen auf ihrem Gesicht. Das Auburn-Schulabzeichen prangte stolz auf dem Trikot. Clem dachte plötzlich an einen Online-Artikel, den sie kurz nach dem Massaker in Auburn gelesen hatte. Er trug den Titel *Nur ein weiterer Amoklauf an der Schule* und hatte Empörung bei einigen Menschen verursacht, die sich nicht die Mühe gemacht hatten, ihn zu lesen. Clem hatte ihn fünfmal gelesen, und er hatte sie tief bewegt. Der Titel bezog sich auf die Tatsache, dass Amerika sich immer mehr an diese Terrorakte gewöhnte und die Berichterstattung nicht die persönlichen Geschichten derjenigen berücksichtigte, die von diesen Tragödien direkt betroffen waren.

Clem fand den Artikel über eine Suchmaschine wieder und las ihn erneut durch. Eine Idee entstand in ihrem Kopf, aber sie konnte daraus keinen soliden Plan machen. *Beginne am Anfang*, sagte sie sich. Es gab nichts, was Clem besser konnte, als ihre Gedanken zu organisieren. *Sprich zuerst mit der Autorin.* Sie scrollte zur Überschrift. Der Artikel war von Tatiana Mendelssohn verfasst worden. Auch ein Twitter-Link und die E-Mail-Adresse der Online-Zeitschrift waren aufgeführt. Clem klickte auf die E-Mail-Adresse, öffnete einen Entwurf in ihrem Outlook-Ordner und begann zu schreiben.

ZEA WACHTE in ihre Decke gewickelt in ihrem Bett auf. Sie musste eingeschlafen sein, während sie mit Flynt geredet hatte. Er schlief im Sessel neben dem Bett, und sie lächelte, als sie ihn beobachtete. Gott, dieser Mann ... es war gefährlich, aber sie hätte sich so leicht in ihn verlieben können.

Als ob sie das nicht schon getan hatte. Aber konnte sie ihm vertrauen, oder spielte er nur den barmherzigen Samariter, weil sie vergewaltigt worden war? Es war ein Akt der Gewalt gewesen. Jared Podesta war ein böser, manipulativer Hurensohn, der sie auf die schlimmste Weise verletzt hatte. *Arschloch*, flüsterte sie. *Ich hoffe, du verrottest in der Hölle, Jared Podesta oder was auch immer dein Name ist. Nie mehr.*

Sie wiederholte es wie ein Mantra. Nie mehr würde sie von Davids Handlungen in Auburn definieren lassen, wer sie war. Sie würde auch niemals die Frau, die vergewaltigt wurde, sein. Sie war Zea Azano, eine ausgezeichnete Köchin. Zea schaute wieder zu Flynt hinüber, und obwohl sie lächelte, wusste sie, dass sie auch Flynt nicht erlauben durfte, sie zurückzuhalten.

„Ich kann fühlen, dass du mich beobachtest", murmelte Flynt und öffnete ein Auge. Er kicherte, als sie sich in den Kokon ihrer Decke zurückzog und unschuldig tat. „Und du bist schrecklich schlecht im Verstecken."

Er kam plötzlich neben ihr auf das Bett und versuchte, sie zu kitzeln. Zea schrie und lachte, bis er aufgab, sie aber weiter umarmt hielt. Ihre Gesichter waren nur ein paar Zentimeter voneinander entfernt.

„Hallo, hübsches Mädchen", sagte er leise, und der zärtliche, liebevolle Ton in seiner Stimme ließ alle Emotionen aus ihr herausbrechen.

Zea fing an zu schluchzen und ließ all die Trauer, Wut und Angst heraus. Flynts Arme hielten sie fest. Schließlich versiegten ihre Tränen, und sie sah zu ihm auf und berührte seine Wange.

„Flynt ... ich ..." Aber er ließ sie nicht ausreden. Er küsste sie wieder, diesmal härter, und schob seine Hand in ihre Haare. Er drückte seinen Körper gegen ihren und fühlte, wie sie auf ihn reagierte. Dann zerrten sie gegenseitig an ihrer Kleidung. Flynt schob seine Hände unter ihr T-Shirt und zog es über ihren Kopf. Zea küsste seinen Bauch, als sie sein Hemd entfernte.

Er sah sie an. „Bist du sicher?"

Sie nickte. „Ich liebe dich. Ich bin sicher." Und plötzlich wusste sie, dass diese Worte wahr waren.

„Du liebst mich?"

„Über alles."

Er küsste sie und presste seinen Mund gegen ihren. „Ich liebe dich auch, Baby. Nur wir beide. Jetzt und für immer."

Sie lächelte, aber ihre Augen waren traurig. „Lass die Welt verschwinden, Flynt."

Er drückte seine Lippen auf ihre Stirn und küsste die Falte dort. „Alles, was du willst. Alles."

Sie spürte, wie der Schmerz verschwand, als er in sie eindrang. Flynt stöhnte und flüsterte ihren Namen, und sie küsste ihn, legte ihre Beine um ihn und zog ihn noch tiefer in sich hinein. Ihr Liebesspiel wurde intensiver, und ihre Augen waren fest aufeinander gerichtet, während sich ihr Atem beschleunigte.

Zeas Rücken wölbte sich, und er zog sie an sich, als sie kam. Er bewunderte die Ekstase auf ihrem Gesicht und fühlte, wie ihre Finger sich in seinen Rücken gruben. Als er selbst kam, vergrub er sein Gesicht an ihrem Hals und stöhnte ihren Namen immer wieder. Flynt wusste, dass es die Wahrheit gewesen war, als er ihr gesagt hatte, dass er sie liebte, aber irgendwo tief in seinem Inneren rief ihm ein alter Instinkt zu wegzurennen.

Und er wusste nicht, ob er und seine Liebe stark genug sein würden, diesen Instinkt zu ignorieren.

Jesse beugte sich zu Brees Seite des Tisches. „Erde an Bree. Erde an Bree."

Sie grinste, legte ihr Handy aber immer noch nicht weg. „Eine Sekunde, Babe."

Babe? Sie errötete heftig und verzog das Gesicht. „Tut mir leid."

Jesse sah amüsiert aus. „Entschuldige dich nicht ... ich mag es."

In den vergangenen Tagen mit Jesse hatte sich die Hitze zwischen

ihnen immer weiter aufgebaut. Seltsame Blicke, zufällige Berüh-
rungen der Hände, der Wunsch, einander näherzukommen. Ihre
Chemie war fühlbar, und Bree fand es immer schwieriger, normal zu
atmen, wenn sie bei ihm war.

Er war der Erste, an den sie dachte, wenn sie aufwachte, und der
Erste, mit dem sie reden wollte. Obwohl sie sich erst so kurz kannten,
fühlte es sich an, als wären sie schon immer Freunde, Vertraute ...
Partner gewesen.

Jetzt, als sie im Café waren, setzte sich Jesse neben sie. Die Couch,
auf der sie sich niedergelassen hatten, befand sich in einer kleinen
Nische, so dass sie vor den Blicken der anderen Gäste geschützt
waren.

Seine Hand legte sich auf ihre Wange, und er streichelte sie mit
dem Daumen. Bree konnte ihren Blick nicht von ihm losreißen.

Seine Lippen waren auf ihrer Haut und suchten dann ihren
Mund. Sie seufzte und sank in den Kuss.

Jesse hob den Kopf und lächelte sie an, und dann lachten sie
beide.

„Wow." Bree versuchte, Atem zu holen. Jesse nickte lachend.

„Das kannst du laut sagen. Bree, ich habe mich noch nie so
gefühlt ... und du?"

Jesse strich die Haare aus ihrem Gesicht. Die ganze Anspannung
war plötzlich weg. Er strich mit einem Finger über ihre Wange. „Ich
habe schon lange auf diesen Tag gewartet."

„Ich weiß." Ihre Stimme war so leise, dass er sie kaum hören
konnte, aber ihre Augen glänzten.

„Willst du an einen Ort gehen, wo wir unter uns sind?"

Bree nickte. Sie war unfähig zu sprechen.

Hand in Hand verließen sie das Café. Jesses Handy klingelte.

„Ignoriere es", sagte Jesse leise. „Du hast meine Frage nicht
beantwortet."

„Welche Frage?"

Sie lachte, als er die Augen verdrehte, und gab nach. „Nein, Jesse,
ich habe mich noch nie so gefühlt."

Er grinste breit. „Gut, ich bin froh, das zu hören." Er nahm sie in seine Arme und küsste sie wieder. „Bree Saffran, ich weiß nicht, wie es dir geht, aber ich will herausfinden, wohin das führt."

Bree lächelte ihn an. „Ich auch, Jesse Kline. Ich auch."

Luca Saffran stand allein in seinem Apartment und starrte auf die tiefe Nacht über Washington. Plötzlich schloss er die Augen, und seine Brust verengte sich. Er stellte sich Emory neben sich vor, und dass sie einander an den Händen hielten. Er konnte fast ihre Haut auf seiner Haut spüren. Er ballte die Fäuste und versuchte, nicht zu weinen. *Bitte komm nach Hause, und ich werde es versuchen, Emory. Ich werde verzweifelt versuchen, dir nicht zu sagen, wie sehr ich dich liebe. Und wie viel Angst ich davor habe, dass du mir für immer weggenommen wurdest. Dass das Monster, mit dem du verheiratet warst, heißes Metall in deinen kostbaren Körper gefeuert und dich ermordet hat. Bitte, wo auch immer du bist ...*

Komm nach Hause ...

5

TEIL # 5: BREE

S*eattle*

CLEMENTINE SAFFRAN LEGTE das Handy langsam weg. Ihr Ex-Ehemann Luca klang ... Gott, sie wollte nicht denken, wonach er klang, aber seine Stimme war leer gewesen, als sie ans Telefon gegangen war. So als sei sein Herz gebrochen.

„Ich weiß, dass es viel verlangt ist", hatte er mit ruhiger Stimme gesagt, „aber ich muss wirklich mit jemandem reden."

Sie hatte nicht gezögert – unabhängig von ihrer Scheidung hatte sie über die Hälfte ihres Lebens mit diesem Mann verbracht. Er war immer noch ihr bester Freund.

„Komm her, ich werde hier sein", hatte sie zu Luca gesagt. Bree hatte sich in der Stadt mit Jesse Kline getroffen, und Clem war froh, dass es ihrer Tochter besser zu gehen schien.

Emory Grace' Verschwinden lastete schwer auf der ganzen Familie. *Emory Dutta*, korrigierte sich Clem. Emory würde es ihr nicht danken, sie mit dem Namen des Mannes zu bezeichnen, der einst ihr

Ehemann gewesen war, sie oft missbraucht hatte und sie wahrscheinlich eiskalt ermordet hatte.

Clem stieß einen langen Atemzug aus. Die letzten Monate waren ein Wirbelwind aus Tragödien und Terror gewesen. Vor sechs Monaten hatte sie Emory kaum gekannt. Sie hatten sich nur ein paar Mal beim Elternabend im Auburn College getroffen, der sehr exklusiven, sehr teuren Privatschule, die Bree besuchte. Sie mochte die junge Frau und sah ihre Intelligenz und ihre Wärme, aber sie hätte nie geahnt, dass ihr Schicksal einst miteinander verknüpft sein würde.

Du lenkst dich ab. Clem seufzte. Ja, sie versuchte es zumindest. Sie versuchte, sich von den Paparazzi-Fotos von Maximo in der Zeitung heute abzulenken. Das Foto von ihm mit einer atemberaubenden Frau. Laut Bildunterschrift war sie eine italienische Schauspielerin. Clem hatte den Namen nicht gekannt, aber sie konnte sich auch nicht erinnern, wann sie das letzte Mal einen Film gesehen hatte. Vielleicht sollte sie mehr Filme sehen, jetzt, da Bree so oft unterwegs war. *Und jetzt fängst du schon wieder an. Es funktioniert nicht, Clementine. Du kannst nicht eine Sekunde damit aufhören, über Maximo nachzudenken, nicht wahr?*

„Schluss jetzt", sagte sie durch zusammengebissene Zähne und seufzte dann. Das Foto verfolgte sie. Sie erinnerte sich an die glückselige Nacht, die sie in Max' Armen verbracht hatte, seine Sinnlichkeit, seine Fähigkeiten im Bett, seinen riesigen, dicken Schwanz, der sie zur Ekstase gebracht hatte. Der Schmerz, ihn mit einer anderen Frau zu sehen, war scharf. Maximo war ihr zu Hilfe gekommen, als Bree entführt worden war. Soweit sie wusste, hielt er Raymond Grace immer noch irgendwo fest, damit er für niemanden mehr eine Gefahr war, aber seine Beziehung mit Clem ...

Du bist nicht bereit für das, was ich brauche, und ich habe nicht die Zeit, in diesem Land zu warten. Das waren seine Worte beim letzten Mal, als sie ihn gesehen hatte, gewesen. *Nun, du hast sicher keine Zeit verschwendet, oder, Maximo?* Clem quälte sich damit, sich ihn im Bett mit der italienischen Schauspielerin vorzustellen, wie er hart in sie stieß und sich kaum noch an Clems Namen erinnerte.

Sie war panisch, als Luca eintraf, aber als sie den Kummer auf seinem Gesicht sah, riss sie sich zusammen. Sie ließ ihn herein und umarmte ihn verlegen. Wann waren ihre Umarmungen so seltsam geworden? *Als er sich in Emory verliebt hat.* Luca hatte vor langer Zeit aufgehört, ihr zu gehören, aber sie hatte diese Distanz nie gespürt, bis er und Emory zusammengekommen waren.

Es ist jetzt nicht die richtige Zeit, sich darum zu kümmern, sagte sie sich und tätschelte Lucas Arm. „Wie geht es dir?"

Luca zögerte und schien darum zu kämpfen, sein Leid zu unterdrücken. Dann sagte er mit flacher Stimme. „Das Blut, das gefunden wurde. Es stammt von Emory. Ray hat sie getötet. Clem, sie ist tot."

Eis flutete durch Clems Adern, als sie die Neuigkeit hörte. „Oh Gott ... Luca, was wirst du jetzt tun?"

Luca hatte keine Tränen in den Augen, was Clem überraschte. Stattdessen waren seine dunkelbraunen Augen voller Wut. „Ich werde dafür sorgen, dass er dafür bezahlt, was er getan hat, Clem, ich schwöre es. Ich brauche deine Hilfe. Du musst Maximo Neri für mich anrufen."

Oh, Gott nein ... „Luca, Maximo und ich – es ist kompliziert."

Luca starrte sie an. „Du willst mir nicht helfen?"

Ihr Herz sank bei der Enttäuschung in seiner Stimme. *Du musst es für ihn tun, Clemmie.* „Natürlich will ich das. Aber du solltest nichts tun, was du später bereust."

Luca wich ihrem Blick aus. „Es gibt nichts, was ich Ray Grace antun könnte, das ich je bereuen würde", sagte er leise, „außer ihn mit der Ermordung der Frau, die ich liebe, davonkommen zu lassen."

Gott, es versetzte ihr immer noch einen Stich im Herzen, Luca sagen hören, dass eine andere Frau liebte, aber sie schüttelte es ab. War sie eifersüchtig auf eine tote Frau? Auf keinen Fall. Sie drückte seine Schulter.

„Ich hole dir einen Drink und rufe Max an."

Luca schenkte ihr ein dankbares Lächeln. „Danke, Clemmie."

Clem ließ ihn im Wohnzimmer zurück und ging in die Küche. Ihr Koch hatte bereits Feierabend, so dass es im Zimmer völlig ruhig war.

Sie zog ihr Handy aus ihrer Handtasche und schenkte Luca ein Glas
Scotch ein.

Maximos Voicemail wurde aktiviert, und sie stotterte einen Gruß.
Sie fragte sich, ob er diese Schauspielerin in diesem Moment fickte,
und der Gedanke ließ ihre Zunge vor Eifersucht erstarren. Sie räusperte sich. „Max ... wir haben gerade gehört, dass das Blut, das am
Hafen gefunden wurde, von Emory stammt. Es sieht so aus, als ob
Ray Grace die Wahrheit gesagt hat – er hat sie erschossen. Gott ... es
ist schrecklich, und wie du dir vorstellen kannst, ist Luca außer sich.
Und wütend. Max, ich bin besorgt, was er tun wird, wenn du ihm
sagst, wo Ray Grace ist. Ich halte ihn nicht davon ab, sich mit dir in
Verbindung zu setzen – wenn du mich zurückrufst, werde ich dich
mit ihm in Kontakt bringen, aber Max, bitte ... Luca wird Ray Grace
töten, und ich lasse nicht zu, dass er ins Gefängnis kommt. Nicht für
dieses Arschloch. Emory kann nicht mehr leiden. Aber Luca und
meine Tochter können es.“

Clem seufzte und holte Luft. „Es tut mir sehr leid. Es tut mir leid,
dass ich dich involviert habe. Es tut mir leid, Maximo.“

Sie beendete den Anruf und fing an, leise in ihre Hände zu
schluchzen. Erst als sie Lucas Arme um sich herum spürte, beruhigte
sie sich wieder. Die beiden hielten einander lange fest, bevor Luca sie
losließ.

„Komm“, sagte er, „lass uns reden.“

Zehn Minuten später rief Maximo zurück. Sie reichte Luca das
Handy und stand auf. Sie wollte Max nicht hören, sonst wäre sie
zerbrochen. Sie hoffte, er würde Luca nicht erzählen, wo Ray Grace
war, aber wenn er es tat, konnte sie ihm keine Schuld geben. Alles,
was sie tun könnte, wäre dann zu versuchen, Luca davon abzuhalten,
Rache zu üben und sein Leben zu ruinieren.

Ihr Herz sank ein paar Minuten später noch weiter, als Luca zu
ihr kam. Sein Gesicht war voller wütender Aufregung. „Danke, Clemmie. Ich weiß, dass du es gut gemeint hast, aber hör mir zu: Ich muss
das für Emory tun. Ich werde es auf die eine oder andere Art
beenden.“

Bree Saffrans Kopf ruhte an Jesses Schulter, und sie atmete seinen sauberen Geruch ein. Sie waren in seiner Wohnung, einem riesigen offenen Loft mit Ziegelarbeiten und riesigen Bücherregalen, die mit Romanen und Sachbüchern gefüllt waren. Am meisten beeindruckend war seine Science-Fiction-Sammlung. Carl Sagan, Ursula K. Le Guin, Octavia Butler, Asimov. Bree hatte ihn geneckt, als sie sie sah. „Du bist ein Nerd!" Und er hatte gelacht und mit den Achseln gezuckt.

„Du hast mich ertappt."

Aber sie hatte es geliebt, und sie hatten stundenlang über ihre Lieblingsbücher und Filme gesprochen.

Physisch aber waren sie nicht über das Küssen hinausgekommen. Bree, die mit ihren 19 Jahren noch Jungfrau war, war nervös, es zu wagen, obwohl sie zunehmend frustriert wurde. Jesse, der immer geduldig war, sagte ihr, dass es in Ordnung sei und er warten könne, aber Bree wollte nicht mehr warten.

Sie sah ihn an. „Jesse?"

„Ja, Babe?"

Sie sah in seine hellblauen Augen und verlor sich in ihnen. Sie sagte nichts, sondern drückte ihre Lippen auf seinen Mund und schlang die Arme um ihn. Jesse strich ihr Haar aus ihrem Gesicht.

„Bist du sicher?"

Sie nickte, schob ihre zitternden Hände unter sein Shirt und spürte die Muskeln seiner harten Brust, als sie ihn berührte. Jesse stöhnte leicht, zog sie zu sich, rollte sie auf den Rücken, schob ihr T-Shirt hoch und verlagerte seinen Körper, um mit seinen Lippen über ihren Bauch zu streichen. Brees Sinne waren wie elektrisiert, und als Jesse sich langsam auszog, fühlte sie sich, als ob jedes Nervenende in ihrem Körper in Flammen stand.

Mit angehaltenem Atem befreite sie seinen Schwanz aus seiner Unterwäsche und streichelte ihn. Als sie hörte, wie er vor Lust seufzte, verschwand all ihre Nervosität und sie legte ihre Beine um seine Hüften und rieb sich an seinem Schwanz, bis er pulsierte.

Jesses Hand lag auf ihrem Geschlecht. Er streichelte ihre Klitoris und ließ sie erschaudern und keuchen. Seine Augen waren weich vor Liebe, und er lächelte sie an. „Du bist meine Welt, Bree Saffran."

Bree blickte zu ihm auf und wusste, dass sie bei ihm zu Hause war. „Ich liebe dich, Jesse."

Jesse grinste und streifte ein Kondom über seinen Schwanz. „Wenn du deine Meinung änderst", flüsterte er, „sag es mir einfach, und ich werde aufhören."

Bree lächelte, und ihre Augen füllten sich mit Tränen. „Das werde ich nicht ..."

Sie schrie leise auf, als Jesse in sie eindrang, aber die scharfen Schmerzen waren schnell verschwunden, und als sie begannen, sich zu bewegen, fand Bree ihren Rhythmus ganz natürlich. Ihre Beine wickelten sich um seine Taille, und ihre Lippen suchten seinen Mund. Als ihr Höhepunkt kam, war er anders als alles, was sie jemals erlebt hatte, und sie gab sich ihm keuchend und stöhnend hin, als Jesse sie vor Verlangen verrückt machte.

Danach duschten sie zusammen und waren unfähig, ihre Hände von einander zu lassen. „Danke", sagte Bree leise, „danke, dass du es zu etwas Besonderem gemacht hast."

Jesse lächelte. „Bree, du hast keine Ahnung, wie viel du mir bedeutest. Ich bin so verliebt in dich."

BREE SCHWEBTE IMMER NOCH auf Wolken, als sie am Abend nach Hause fuhr. *Ich bin keine Jungfrau mehr.* Sie grinste vor sich hin und wiederholte das Mantra. Sie fühlte sich plötzlich ganz anders. *Du hast dich in eines dieser Mädchen verwandelt*, dachte sie grinsend. *Bald schreibst du ihm schmachtende Liebesbriefe. Ha. Keine Chance*, Bree schüttelte den Kopf, *nicht Bree Saffran.* Sie hatte einen Ruf aufrechtzu-erhalten. Cool, unberührbar, unerreichbar.

Sie lächelte immer noch, als sie in die Auffahrt vor dem Haus ihrer Mutter fuhr und war überrascht, den Lotus ihres Vaters davor geparkt zu sehen. Bree blickte auf die Uhr. Es war kurz nach ein Uhr morgens.

Stirnrunzelnd ging sie ins Haus und blieb im Flur stehen, um zu lauschen, aber im Haus herrschte Stille. Sie schlich nach oben und öffnete die Schlafzimmertür ihrer Mutter. Ihre Mutter schlief allein auf der Seite, und selbst im Schlaf war ihr Gesicht von Sorgen gezeichnet. Bree stellte fest, dass ihr Vater in einem der Gästezimmer schlief. Was machte er hier?

Sie ging in ihr eigenes Zimmer, zog sich ein Nachthemd an und zitterte, als sie zwischen die kühlen Laken rutschte. Erschöpfung, Freude und Sorge hielten sie noch eine Weile wach, aber am Ende gewann die Erschöpfung und sie schlief ein.

Portland

ZEA KONNTE NICHT SCHLAFEN. Ihr Leben hatte sich in so kurzer Zeit so absolut verändert, und jetzt lebte sie praktisch mit einem Mann zusammen, den sie kaum kannte. Es war absolut verrückt. Flynt Newlan lag im Bett neben ihr, und sie betrachtete ihn, als er schlief. Er war zu ihr gekommen und hatte ihr eine Unterkunft angeboten, nachdem es zu gefährlich geworden war, in der kleinen Wohnung zu leben, die sie gemietet hatte.

Jared Podesta. Ihr Schwager – jedenfalls hatte er das behauptet. Sie war überhaupt nicht mehr davon überzeugt. Sie wusste nur, dass er der Mann war, der sie vor ein paar Nächten vergewaltigt hatte. Zea wusste, dass die volle Wirkung dessen, was Jared getan hatte, noch nicht eingesetzt hatte, aber Flynt hatte ihr Sicherheit, Frieden und Liebe angeboten. Gott, wer hätte das gedacht?

„Kannst du nicht schlafen?"

Sie drehte sich um und sah, dass er sie mit müden Augen betrachtete. Er ließ seine Hand über ihre Wirbelsäule streichen, und Zea kuschelte sich an ihn. „Ich versuche es. Mir geht nur so viel im Kopf herum."

„Zum Beispiel?"

„Jared."

Flynt machte ein angewidertes Geräusch. „Er ist die letzte Person, wegen der du dir Sorgen machen solltest."

„Ich weiß, es ist nur ... Ich möchte wissen, ob er wirklich der

Bruder von David ist. Ich möchte wissen, warum er mir das angetan hat."

„Ich will, dass er ins Gefängnis kommt", sagte Flynt mit grober Stimme. „Wenn du schon nicht willst, dass ich mich um ihn kümmere."

Zea schüttelte heftig den Kopf. „Niemand sonst wird sterben, Flynt. Ich will nicht noch mehr Tote."

Er sagte nichts, sondern zog sie näher an sich. „Dann werden wir jemanden auf ihn ansetzen und versuchen, eine Blutprobe oder irgendetwas für einen Test zu bekommen. Glaubst du, dass er in der Gegend bleiben wird?"

„Er hat keinen Hinweis darauf gegeben, dass er beabsichtigte, Portland zu verlassen." Zea dachte an ihre letzte Konfrontation zurück, bei der sie erkannt hatte, dass Jared zu allem fähig war.

„Er würde es aber nicht wagen, im Diner aufzutauchen, oder?"

FALSCH. Am nächsten Tag tauchte Jared Podesta tatsächlich auf und setzte sich an die Theke des Diners, als wäre nichts passiert. Zea hatte ihn zuerst nicht gesehen, aber als sie eine Bestellung für die überarbeitete Kellnerin übernahm, ließ sie fast die Teller fallen.

„Hier ist sie", sagte Jared mit einem angenehmen Lächeln auf seinem Gesicht. Zea starrte ihn ungläubig an. Jared hatte sich zwischen zwei der Stammgäste des Diners gesetzt, zwei ältere Männer, die Karten spielten und den ganzen Tag gesüßten Tee tranken. Jared hatte offenbar mit ihnen Freundschaft geschlossen. Zea schluckte eine Antwort hinunter und ignorierte ihn, machte aber seinen beiden neuen Freunden frischen Kaffee.

Jared beobachtete sie mit einem amüsierten Ausdruck auf seinem Gesicht, aber er sprang nicht auf ihren Köder an. Zea wandte ihm den Rücken zu und ging zurück in die Küche. Teresa kam gerade zur Arbeit und seufzte nach einem Blick auf Zeas Gesicht. „Was ist passiert? Hat Flynt dich enttäuscht?"

Zea verdrehte die Augen. „Nein, es ist nicht Flynt." Sie seufzte. „Jared ist im Diner."

Teresa runzelte die Stirn. „Hast du ihm gesagt, dass er abhauen soll?"

„Ja."

Teresa schüttelte den Kopf. „Verdammte Männer. Sie hassen es, nicht die Kontrolle zu haben, nicht wahr?"

DEN REST des Morgens schaffte es Zea, in der Küche zu bleiben, und kurz vor dem Mittagessen schlüpfte sie zur Hintertür hinaus, um frische Luft zu schnappen. Sie zog ihr Handy aus ihrer Tasche und rief Flynts Nummer an, wurde aber an seine Voicemail weitergeleitet. Sie wollte ihm nicht so von Jared erzählen, also sagte sie nur schnell Hallo und legte auf.

Sie sah Jared nicht, bis er neben ihr war. Zea zuckte zusammen und wich zurück. Jared nahm die Hände hoch.

„Keine Angst, Zea, ich werde dich nicht verletzen."

Zorn flammte in ihr auf. „Was zum Teufel machst du dann hier, Jared? Ich habe dir gesagt, dass du die Stadt verlassen sollst."

Sein Lächeln erreichte seine Augen nicht. „Ich lasse mir nicht von einer Frau sagen, was ich tun soll, Zea. Außerdem haben wir noch so viel zu besprechen."

Er griff nach ihr, aber sie schlug seine Hand weg. „Jared, ich habe dich gewarnt Ich werde zur Polizei gehen, und du wirst wegen Vergewaltigung verhaftet werden."

Jared grinste. „Nein, das werde ich nicht. Du hast das schon probiert ... Ja. Hast du gedacht, dass ich nicht über dich und den Bad-Boy-Milliardär Bescheid weiß?" Er beugte sich zu ihr und flüsterte ihr ins Ohr. „Glaubst du, ich wäre dumm genug, meine DNA in dir zu hinterlassen?"

Ihre Hand schlug in sein Gesicht, und er lachte und trat weg, falls sie wieder zuschlagen sollte. „Oh, ich werde es wirklich genießen, dich besser kennenzulernen."

Zeas Zorn explodierte. „Du arroganter Bastard. Glaubst du, ich werde noch eine weitere Minute in deiner Gesellschaft verbringen?

Du hast mich vergewaltigt, Jared. Bist du verrückt, dass du denkst, ich gebe dir noch mehr von meiner Zeit?"

Er bewegte sich so schnell, dass sie keine Zeit hatte zu kämpfen, und drückte sie an die Wand. „Du wirst mir mehr geben als deine Zeit, Schatz. Du wirst mir alles geben."

Er schob eine Hand zwischen ihre Beine, und als sie anfing zu schreien, schob er eine Hand über ihren Mund. „Zea ... meine schöne Zea, du verstehst es einfach nicht, oder? Du gehörst mir. Dein ganzes Leben gehört mir, und weißt du, warum? Weil ich derjenige bin, der der Welt genau sagen kann, wer du bist. Ich kann diese kleine Farce, die du hier aufführst, sofort enden lassen. Du vergisst, dass ich weiß, wer du bist ... was würde die Welt zu einer Frau sagen, die von dem Unglück, das ihr toter Ehemann verursacht hat, weggerannt ist und dann mit allem, was sich bewegt, schläft ... einschließlich ihres eigenen Schwagers?"

Sein ganzes Körpergewicht drückte sie gegen die Wand, und Zea hatte Schwierigkeiten beim Atmen und starrte mit schreckensgeweiteten Augen zu Jared hoch. Er lächelte. „Ich werde jetzt meine Hand wegnehmen. Versprichst du, nicht zu schreien?"

Sie nickte schwach, und er ließ sie los. „Heute Abend, Zea, erwarte ich, dass du in die Wohnung zurückkommst. Keine Sorge, ich habe nicht vor, bei dir einzuziehen, aber ich will, dass du da bist, wenn ich dich besuchen komme."

Zeas Herz schlug so hart gegen ihre Rippen, dass sie sicher war, einen Herzinfarkt zu bekommen. Jared sah sie an, und sie konnte die mörderische Wut in seinen Augen sehen. Die Besessenheit. *Oh mein Gott ...*

„Bist du wirklich Davids Bruder?", flüsterte sie, und er grinste und legte seine Hand auf ihre heiße Wange.

„Oh ja ... wenn du willst, dass ich einen DNA-Test mache, kann ich das gerne tun. Es gibt schrecklich viel, was du nicht über meine Familie weißt, Zea. Wir haben ... eine Vergangenheit, die ..." Er beugte sich vor bis zu ihrem Gesicht. „Sagen wir einfach, David war der Gute ... was er tat, ist nichts im Vergleich zu dem, wozu der Rest von uns fähig ist. Denk immer daran, Zea."

Er küsste sie grob und schnell und ging dann davon. Zea war wie erstarrt. Jared blieb stehen, dachte einen Augenblick nach und kehrte zu ihr zurück. „Und denk nicht daran, die Stadt zu verlassen, Zea. Denn für jede Nacht, die du nicht für mich da bist, werde ich einen deiner Freunde hier töten. Wenn ich dann mit ihnen fertig bin, gehe ich zurück nach Auburn und beende, was David begonnen hat. Die Studenten zuerst.“

Wieder fing er an wegzugehen und rief dann über die Schulter: „Oh, und du musst mit deinem Freund schlussmachen.“

Zea war gelähmt vor Schock und sah hilflos zu, wie Jared lässig in sein Auto stieg und davonfuhr.

Erst als er weg war, merkte sie, dass sie weinte.

SEATTLE

LUCA UND CLEM erzählten Bree am nächsten Morgen von Emory. Ohne zu weinen, aber niedergeschlagen nickte Bree. „Ich wusste es. Ich wusste, dass sie tot ist. Ich habe es gespürt. Was passiert jetzt? Wird die Suche nach ihrer Leiche beendet?“

„Die Küstenwache muss die Suche abbrechen ... aber wir suchen weiter. Ich habe Männer da draußen, und Max Neri hat auch seine Hilfe angeboten.“

Bree bemerkte, dass ihre Mutter bei der Erwähnung von Max‘ Namen zusammenzuckte, aber sie sagte nichts. „Dad ... ich weiß, dass ... Mom, tut mir leid, aber ich muss es ihm sagen.“

„Es ist okay, Schatz, mach nur, was auch immer es ist.“ Clem drückte den Arm ihrer Tochter.

Bree atmete tief ein. „Sie war glücklich, Dad. Du hast sie glücklicher gemacht, als sie es jemals gewesen war. Sie hat es mir erzählt. Wir hatten sie nur einen Herzschlag lang in unserem Leben, aber sie hinterlässt ein Vermächtnis.“

Luca nickte. „Ich weiß, Bree. Das ist offensichtlich das Worst-Case-Szenario, aber wir müssen damit umgehen. Ich muss damit umgehen. Emory ist tot. Wir können ihre Tapferkeit ehren, indem wir stark bleiben und weiterleben. Besonders du, Bree."

Sie nickte und umarmte ihren Vater. „Ich werde mein Bestes tun, Dad. Ich verspreche es."

SPÄTER, als Bree ausgegangen war, bat Clem Luca, sich mit ihr ins Wohnzimmer zu setzen. „Luca, ich habe dir etwas zu sagen."

Sie erzählte ihm von der Journalistin Tatiana Mendelssohn, und davon, wie Clem sie angerufen und mit ihr über die Gründung einer Wohltätigkeitsorganisation für die Opfer von Kriminalität an Lehrinstituten – Studenten sowie Lehrer – gesprochen hatte. „Ich habe Tatiana wegen der Artikel, die sie geschrieben hat, kontaktiert. Sie waren gut recherchiert und einfühlsam und ich dachte, dass keine schlechte Absicht dahintersteckt. Sie hat sie nur geschrieben, um zu erzählen, was wir durchgemacht haben."

Luca nickte. „Ich erinnere mich an den Namen. Sie hat einmal in meinem Büro angerufen, aber ich war zu beschäftigt, um mit ihr zu sprechen. Sie hat mich nicht gedrängt, und ich erinnere mich, dass mich das beeindruckt hat. Warum eine Journalistin?"

Clem holte einen tiefen, zittrigen Atemzug und versuchte zu lächeln. „Aus zwei Gründen. Erstens möchte ich ein Buch schreiben. Über den Amoklauf und über die Opfer ... über Emory. Die Erlöse sollen den Opfern über eine Stiftung zukommen, die ich aufbaue."

„Eine Stiftung?" Lucas Augen waren überrascht. Clem nahm seine Hand.

„Die Emory Dutta Memorial Foundation. Wir könnten mit Opferunterstützungsgruppen zusammenarbeiten, nicht nur in Washington, sondern landesweit. Wir könnten Selbsthilfegruppen fördern, die sich auf die Nachwirkungen von Amokläufen an Schulen konzentrieren. Gott, Luca, weißt du, wie viele es inzwischen davon gegeben hat? Sie werden immer häufiger. In gewisser Weise war es unvermeidlich, dass wir irgendwann selbst davon betroffen wurden."

Lucas dunkle Augen waren unleserlich. „Die Emory Dutta Memorial ... Clem, ich weiß nicht, was ich sagen soll." Er stand auf und ging ans Fenster, und Clem konnte seine Schultern zittern sehen und bemerkte, dass er leise schluchzte.

„Ist es zu viel?", fragte sie leise. „Ist es zu viel und zu früh, Luca?" Er schüttelte den Kopf. „Nein, es ist nicht ... es ist perfekt. Danke, Clem."

Sie ging zu ihm und sie hielten sich lange aneinander fest. „Ich verspreche es", sagte sie an seiner Schulter. „Ich verspreche, dass ich dich wieder glücklich machen werde, Luca. Ich verspreche es."

Sie erkannte erst, wie das klang, als sie später allein im Bett lag. Luca war nach Hause gegangen und wollte den Prozess der Trauer um Emory richtig beginnen, um sich sein Leben zurückzuholen.

„Verdammt", sagte sie jetzt laut, als sie die volle Bedeutung ihrer Worte begriff. Sie hatte nur gemeint ... oh verdammt nochmal. Zwischenmenschliche Beziehungen waren wie ein Spinnennetz aus doppelten Bedeutungen und verletzten Gefühlen.

Maximo. Clem stöhnte und zog sich ein Kissen über ihr Gesicht. *Hör auf, über ihn nachzudenken*, sagte sie sich und gab dann doch nach. *Gott, diese Augen, dieses Lächeln.* Seine Hände auf ihrem Körper, die leicht raue Haut. Die Art, wie er sie festhielt, als ob sie jeden Moment zerbrechen könnte, und dann mit seinem Schwanz so tief in sie stieß, dass sie dachte, er würde sie in Stücke reißen. Sein Grinsen, wenn er wusste, dass sie ganz ihm gehörte. War er so bei jeder Frau? Er war viel zu stark, viel zu selbstbewusst. In der ersten Nacht, als sie sich kennengelernt hatten, hatte er über sie und ihre Gefühle Bescheid gewusst. Hatte er es auf sie abgesehen gehabt – frisch geschieden und nicht auf der Suche nach etwas Festem? Wahrscheinlich. *Du bist ohne ihn besser dran.*

Aber nach dieser Nacht, dieser einen herrlichen Nacht mit ihm, war sie verloren gewesen. Und als sie ihn um Hilfe gebeten hatte, war er für sie da gewesen. Und letzte Nacht hatte Luca ihr gesagt, dass Maximo nicht verraten wollte, wo er Ray Grace festhielt. „Nicht, bis Sie Zeit gehabt haben, um um Ihre Liebe zu trauern", hatte Maximo ihm gesagt. „Glauben Sie mir, wenn ich sage, dass Sie Zeit brauchen. In sechs Monaten oder in einem Jahr können Sie mich wieder fragen, und egal, wofür Sie sich dann entscheiden, ich werde Ihnen helfen.

Aber dieser Wut und Trauer, die Sie jetzt fühlen, vernebelt Ihre Gedanken, *mio amico*. Es ist eine dunkle, heimtückische Sache, die nur zu Ihrer eigenen Zerstörung führen wird. Glauben Sie mir, ich weiß es nur zu gut."

Clem dachte jetzt darüber nach, was Maximo gesagt hatte. *Glauben Sie mir, ich weiß es nur zu gut.* Sie hatte Max gegoogelt und versuchte, irgendwelche Hinweise zu finden, aber er war offenbar sehr gut darin, sein Privatleben privat zu halten, es sei denn, er entschied sich bewusst dafür, in die Öffentlichkeit zu treten. So wie bei den Fotos von ihm und der Schauspielerin, mit der er zweifellos ins Bett ging. Clem gab sich der Fantasie hin, dass er sie damit nur eifersüchtig machen wollte. *Bist du ein Schulmädchen, Clementine?*

„Halt die Klappe", sagte sie sich hart und seufzte dann. An Schlaf war offensichtlich nicht zu denken. Sie stand auf, zog sich ein Sweatshirt über ihr Nachthemd und ging nach unten, um sich etwas zu trinken zu holen.

BREE WURDE VON JESSE GEWECKT, der sich unruhig neben ihr bewegte. Seit sie zu ihm gekommen war, verhielt er sich seltsam. Er hatte Mitgefühl mit Emory, aber obwohl er das Richtige sagte, konnte Bree sehen, dass er abgelenkt war. Als sie ihn fragte, sagte er ihr, es sei nichts, und Bree, wollte ihn nicht drängen und schwieg.

Jetzt drehte sie sich um und sah ihn an. Er lag auf dem Rücken und starrte an die Decke. Sie streckte die Hand aus und legte sie auf seine Brust.

„Was kann ich tun, damit du dich besser fühlst?" Ihre Stimme war weich, und er drehte den Kopf, um sie anzulächeln.

„Du bist hier. Das ist genug."

Sie drückte ihre Lippen an seine. „Ich kann es besser machen."

Sie griff zwischen seine Beine und streichelte sanft seinen Schwanz. Er lächelte sie an. „Weißt du was? Für jemanden, der neu im Spiel ist, weißt du verdammt genau, was du tust."

Bree grinste. „Ich habe heimlich ein paar Ausgaben der *Cosmopolitan* meiner Mutter ausgeliehen."

Jesse lachte, und seine Hände streichelten ihre Oberschenkel, aber egal was Bree auch versuchte – er wurde nicht hart. Jesse seufzte. „Es tut mir leid, mein Engel. Ich glaube, mir geht zu viel im Kopf herum."

Bree seufzte. „Sprich mit mir."

Jesse lächelte, schüttelte aber den Kopf. „Es ist Familien-Zeug, das ist alles."

Bree fühlte einen Stich, aber sie nickte. „Schon okay." Sie rollte sich von ihm weg, setzte sich auf den Rand des Bettes und zog ihre Jeans an. „Ich werde dir Raum geben. Ich habe sowieso viel zu tun."

Er widersprach nicht, sondern begleitete sie zur Tür und küsste sie zärtlich. „Es tut mir leid, Bree", sagte er und hielt sie fest. „Ich verspreche, dass es nichts mit uns zu tun hat. Ich rufe dich morgen an."

BREE FUHR nach Hause und war verwirrt. Es gab keinen Grund, warum Jesse mit ihr über seine Familie sprechen musste – sie waren noch nicht lange zusammen. Außer dass das Ereignis, das sie zusammengebracht hatte – der Amoklauf – keine kleine Sache gewesen war. Sicherlich sollten sie in der Lage sein, miteinander über alles zu sprechen, oder?

Bree fühlte sich, als ob sie ihre Beziehung mit Jesse überhaupt nicht verstanden hatte. Sie hatte seine Familie noch nicht kennengelernt, vielleicht war das der Grund ... Gott, sie wusste es einfach nicht.

Zu Hause fand sie ihre Mutter am Kühlschrank vor. Ohne ein Wort zu sagen, schenkte Bree sich ein Glas kalte Milch ein und gesellte sich zu ihrer Mutter. Sie saßen beide eine Weile still nebeneinander und aßen diverse Leckerbissen aus dem Kühlschrank, bevor Clem ihre Tochter ansah. „Männerprobleme?"

Bree nickte und lächelte zu ihrer Mutter zurück. „Und du?"

Clem zögerte leicht und nickte dann schüchtern.

„Der sexy Italiener?"

Clem seufzte. „Der sexy Italiener."

„Wie habt ihr euch überhaupt kennengelernt?"

Clem erzählte ihr die Geschichte, wie sie Maximo Neri kennengelernt hatte, und brachte ihre Tochter mit der Schilderung seiner
Arroganz zum Lachen. „Er war völlig überzeugt davon, dass er mich
in sein Bett kriegen würde."

„Und? Hat er es geschafft?"

Clem errötete. „Breana, das geht dich nichts an."

Bree grinste. „Also ja?"

Clem seufzte. „Okay, ja."

„Und?"

„Oh nein." Clem schüttelte den Kopf und lächelte. „Mehr Details
bekommst du nicht."

Bree versuchte, sie dazu zu bringen, ihr mehr Details zu erzählen,
aber Clem weigerte sich. Schließlich gab Bree auf. „Das ist nett. Wir
haben das nie getan, du und ich. Nachts geredet und Junk-Food
gegessen. Das sollten wir öfter machen."

Clem sah schockiert aus. „Wir haben das schon getan."

„Nein." Bree schüttelte den Kopf. „Du hast das mit Dad gemacht,
oder ich mit Dad. Nie du und ich."

Clem sah betrübt aus. „Das macht mich traurig, Bree. 19 Jahre
und wir waren nie ..."

„... beste Freundinnen. Es ist okay, Mom, wir hatten beide Dad.
Und du weißt, wie es zwischen Müttern und Töchtern in der Pubertät
ist."

„Ich hätte mehr versuchen können." Clems Stimme war leise.

„Ich auch. Ich liebe dich, Mom. Das habe ich nie genug gesagt."

„Ich liebe dich auch, Kleine."

Bree grinste. „So hast du mich seit Jahren nicht genannt."

Clems Augen glänzten, und sie griff nach Brees Hand. „Von nun
an machen wir das regelmäßig. Wenn die letzten Monate uns etwas
gebracht haben, dann ist es die Erkenntnis, dass wir nicht wissen, wie
lange wir noch Zeit haben."

Bree nickte ergriffen und schwieg noch eine Weile. „Mom?
Glaubst du, dass es Dad jemals wieder gut gehen wird?"

Clem seufzte. „Ich weiß es nicht, Liebling. Ich weiß es wirklich
nicht."

. . .

LUCA SAFFRAN WAR in seinem Büro und arbeitete bis spät in die Nacht. Er hatte einen Weg gefunden, seinen Schmerz zu blockieren, indem er sich in die Arbeit stürzte. Er hatte die Sorge auf den Gesichtern seiner Mitarbeiter gesehen und gehört, wie sie mit gesenkten Stimmen über ihn sprachen. Es war nicht wichtig. Wenn die Arbeit dabei half, ihn davon abzulenken, Emorys Gesicht überall zu sehen, dann war es ihm egal, was andere Leute davon hielten.

Er hörte ein leises Klopfen an seiner Tür und blickte auf, um Betty, seine persönliche Assistentin, dort stehen zu sehen.

„Betty, um Himmels willen, was machen Sie noch hier?" Seine Worte waren sanft, und Betty, eine anmutige Frau Mitte 50, lächelte ihn an.

„Sie hätten mich brauchen können."

Luca schüttelte den Kopf. Betty war immer loyal. „Gehen Sie nach Hause, Betty, ich bin fast fertig."

„Da ist jemand, der Sie sprechen möchte – Grant Willis?"

Lucas Blut wurde zu Eis. Grant war der Chef des Teams, das nach Emory suchte. Wenn Grant persönlich hier war, bedeutete es, dass sie etwas gefunden hatten.

Luca stützte sich auf seinen Schreibtisch, als er aufstand und die Trauer ihn fast überwältigte. „Führen Sie ihn herein, Betty."

Betty drehte sich mit besorgtem Gesicht um und sprach mit dem Mann, der ihr dankte und ins Zimmer kam. Betty schloss die Tür, um ihnen Privatsphäre zu geben. Luca machte sich für schlechte Nachrichten bereit.

„Sie haben eine Leiche gefunden", sagte er mit flacher, toter Stimme.

Grant Willis nickte. „Sogar mehrere. Die Polizei von Seattle wird sich in Kürze mit Ihnen in Verbindung setzen. Aber, Mr. Saffran ... Ich glaube nicht, dass eine davon als Emory Dutta identifiziert wird."

Luca, der angespannt gewesen war, sah überrascht auf. „Was?"

„Ich glaube, sie lebt noch."

Lucas Beine gaben unter ihm nach, und er sank auf seinen Stuhl und starrte den anderen Mann an. Grant nahm ihm gegenüber Platz und wartete darauf, dass Luca die Fassung wiedergewann.

„Woher wissen Sie das?"

„In dieser Jahreszeit", sagte Grant, „ist die Bucht kalt. Wirklich kalt. Wenn Emory angeschossen wurde und ins Wasser fiel, hätte ihr das eine Chance geben können. Immerhin haben wir nur Ray Grace' Aussage, was die Position der Kugel angeht. Wenn es nur eine Fleischwunde war und sie weiter entlang der Küste schwimmen konnte ... Ich kann sehen, dass ich Sie nicht überzeuge. Ich habe einfach das Gefühl, dass sie noch lebt und sich irgendwo versteckt. Immerhin weiß sie nicht, dass wir Ray Grace haben. Sie könnte nicht nur sich selbst schützen, sondern auch Sie. Und Ihre Familie."

Luca rieb sich mit der Hand über die Augen. „Grant ..."

„Wir haben Land und Meer durchsucht. Alles, Mr. Saffran. Überall. Die Männer von Mr. Neri ebenfalls. Wir hätten ihre Leiche gefunden, wenn sie tot wäre. Sie müssen wissen, dass ich das nicht einfach so sage. Die Leichen, die wie gefunden haben, sehen aus, als wären sie seit Monaten dort unten gewesen. Wir hätten Emory gefunden. Ich schwöre bei Gott, wenn sie tot wäre, hätten wir sie gefunden."

Luca fing an, eine kleine Flamme der Hoffnung zu spüren, die sich in seiner Brust entzündete. „Sie glauben wirklich, dass sie irgendwo da draußen ist?"

Grant nickte. „Ich denke, es ist recht wahrscheinlich. Sie könnte von jemandem gerettet worden sein, der ihr geholfen hat und sich um sie kümmert."

„Ich hoffe es, das tue ich wirklich. Es gibt aber auch noch eine andere Möglichkeit."

„Welche?"

Luca hielt den Blick des Mannes. „Dass sie lebt – und irgendwo gegen ihren Willen festgehalten wird."

ZEA BEWEGTE sich wie ein Roboter in den nächsten Tagen. Flynt hatte die Stadt verlassen, also war es kein Drama, in ihre Wohnung zurückzukehren. Sie weigerte sich, in dem Bett zu schlafen, wo Jared sie vergewaltigt hatte – oder in dem Zimmer, wo er übernachtet hatte. Stattdessen kaufte sie eine neue Decke und legte sich zum Schlafen auf ihre Couch. Sie fühlte sich krank und unendlich allein. Jareds Drohungen waren nicht leer gewesen. Sie kannte jetzt das Gewaltpotential in ihm. War es auch in Davids Herz begraben gewesen? War die Gewalt irgendwann explodiert, nachdem sie so lange unterdrückt worden war?

Mehr als einmal in den letzten paar Tagen hatte sie daran gedacht, alles zu beenden. Eine Handvoll Tabletten und alles wäre vorbei. Kein Schmerz mehr. Aber der Gedanke, Flynt nie wieder zu sehen – oder Teresa oder ihre anderen Freunde hier in Portland – war ihr unerträglich.

Und es hatte schon so viele Tote gegeben – David, die Studenten, seine Kollegen – und Emory natürlich. Sie hatte in den Nachrichten gesehen, dass Emory von Ray Grace ermordet worden war, der seitdem verschwunden war. Bastard. Sie hatte ihn nie gemocht. Er war ein egoistischer Mann, der es hasste, dass seine Frau jünger, freundlicher und intelligenter war als er. *Ich hätte den Bastard schon längst getötet.* Zea hielt inne.

Nein. Nein. Sie konnte nicht daran denken ... aber sie tat es. *Ich könnte ihn töten. Ich könnte Jared töten. Problem gelöst.* Einen Augenblick lang erstarrte Zea und überlegte fieberhaft, wie sie es tun könnte.

Wahnsinn.

Hör auf damit und denk rational, sagte sie sich. Wenn sie Flynt von Jareds Drohungen erzählte, hatte sie Angst, dass Flynt durchdrehen und genau das tun könnte, woran sie gerade gedacht hatte. Jared töten.

Sie zuckte zusammen, als sie unten einen Schlag hörte. Die Haustür des Wohnblocks. *Es ist nur ein Nachbar,* dachte sie, aber sie konnte der geballten Angst, die sie gelähmt hatte, nichts entgegensetzen.

Ihr Handy summte. Es war eine Nachricht von Flynt. *Ich vermisse dich, meine Schöne. Ich hoffe, du fühlst dich bei mir wie zu Hause. Bis bald. F.*

Zeas Augen füllten sich mit Tränen. Das kleine Fenster des Glücks, das sie genossen hatte, schloss sich zu schnell, und sie hatte keine Ahnung, was sie dagegen tun sollte.

MAXIMO NERI POSIERTE für die Paparazzi neben Valentina Siamarco, der Schauspielerin, die er seit einer Woche datete. *Fickte*, verbesserte er sich in Gedanken, als er des Blitzlichtgewitters und der schreienden Fotografen müde wurde. Was zum Teufel tat er da? Valentina, eine Freundin, die immer schon in ihn verliebt gewesen war, war hocherfreut gewesen, als er sie plötzlich in sein Bett nahm. Und nun fühlte sich Maximo wie ein Idiot. Er hätte es besser wissen müssen. Er hätte sich besser verhalten sollen.

Aber, verdammt nochmal, er konnte Clementine Saffran nicht aus seinem Kopf bekommen, und mit Val ins Bett zu gehen schien die beste Lösung zu sein. Er würde sich nicht erlauben, sich in eine nicht verfügbare Frau zu verlieben. Beziehungsweise würde er sich nicht erlauben, sich überhaupt in *irgendjemanden* zu verlieben.

Val war wunderschön mit ihrem blonden Haar, ihren dunkelbraunen Augen und ihrem üppigen Mund, der erst vor einer Stunde auf dem Rücksitz der Limousine zu dieser Filmpremiere seinen Schwanz umgeben hatte. Er wollte der Welt zeigen, dass Maximo Neri die Kontrolle darüber hatte, wen er fickte und wann.

Er wollte es Clemmie zeigen. Er wollte, dass sie sah, dass er ohne sie zurechtkam. *Wie ein verwöhntes Kind*, dachte er. *Ich verhalte mich wie ein verwöhnter kleiner Junge.*

Weil sie ihn berührt hatte. Sie hatte in ihn gesehen in dieser einen unglaublichen Nacht. Als sie an diesem Abend gegangen war, aber ihn dann um Hilfe gebeten hatte, hatte er die Hoffnung gehegt, dass sie ihm gehören würde. Aber dann hatte er sie mit ihrer Familie gesehen. Mit ihrer Tochter und ihrem Ex-Mann. Und er hatte erkannt, dass sie noch nicht bereit war.

Maximo konnte auf das Drama verzichten, er hatte genug davon gesehen. Als er die Trauer von Luca Saffran gesehen hatte, war ihm klargeworden, wie er sich selbst darin widerspiegelte.

Ophelie. Seine Liebe. Sein Leben. Sie war ihm von seinem eifersüchtigen, besessenen Bruder genommen worden. Also ja, Maximo wusste genau, wie Luca Saffran sich fühlte, und er wusste, dass er seine Familie brauchen würde. Und Clem war trotz der Scheidung immer noch Lucas Familie. Maximo würde sich dem nicht in den Weg stellen.

Maximo war gut darin, seine Gefühle abzuschalten, und genau das tat er. Er würde nicht an Clementine denken, sondern sich auf sein Geschäft konzentrieren und so viele Frauen haben, wie er wollte.

Er würde nie wieder verletzt werden.

„Du siehst schrecklich aus."

Zea versuchte, bei Teresas direkten Worten zu lächeln, stellte aber fest, dass ihre Augen mit Tränen gefüllt waren. „Hey, hey", sagte Teresa erschrocken. Sie griff nach Zea, aber Zea wich zurück und floh in den hinteren Bereich des Diners.

Teresa fand sie im Hinterzimmer. Sie sah Zeas Gesicht an und legte ihre Arme um sie.

„Oh, Süße."

Zea begann zu weinen. „Ich kann das nicht machen, Teresa. Ich fühle mich so dumm, so schwach."

Teresa strich ihre Haare aus ihrem Gesicht. „Was ist passiert? Du siehst krank aus." Sie musterte das Gesicht ihrer Freundin und runzelte die Stirn. Zeas sonst strahlender Teint war fast grünlich, und ihre Augen waren gerötet. „Du bist so bleich. Zea, im Ernst, ich mache mir Sorgen. Du bist nicht du selbst, seit Jared gegangen ist ... du musst zum Arzt. Das ist nicht normal."

Zea schüttelte den Kopf, löste sich von ihr und holte sich ein Taschentuch. Sie setzte sich auf den Rand der Couch. „Ich muss mich nur zusammenreißen. Verdammt. Das ist alles so kindisch, nicht wahr?" Sie versuchte zu lächeln.

„Nein, das ist es nicht." Teresa nahm ihre Hand. „Du hast so viel durchgemacht. Ich würde mich nicht wundern, wenn du einen Nervenzusammenbruch hättest." Sie bedauerte ihre Worte, als Zeas

Gesicht sich wieder verzog. „Oh Gott, es tut mir leid ... es ist nur so, dass du Zeit zum Trauern brauchst, Zea."

Zea atmete tief ein und strich die Tränen mit der Hand weg. „Ich bin das Trauern leid, Teresa. Ich fühle mich so, als ob ich ein Jahr nichts anderes getan habe." Sie wich Teresas durchdringendem Blick aus, und als sie wieder sprach, brach ihre Stimme. „Ich habe so viel verloren, Teresa."

„Oh, Zea ..." Teresa fühlte Tränen in ihren eigenen Augen aufsteigen. Sie wusste nicht, was sie sagen sollte, damit ihre Freundin sich besser fühlte.

Zea seufzte. „Ich muss herausfinden, was ich mit meinem Leben machen will. Ich kann nicht so weiterleben ... Ich muss irgendetwas auf eigene Faust machen und mein Leben nicht länger um jemand anderen herum planen. So kann es nicht weitergehen."

Teresa runzelte die Stirn. „Was ist mit Flynt? Ich weiß, dass ich dich vor ihm gewarnt habe, aber ich habe ihn noch nie so verliebt gesehen und ..."

Zea schüttelte den Kopf. „Ich muss das mit Flynt beenden, Teresa. Ich muss es tun." Ihre Stimme war wenig mehr als ein Flüstern, und sie sah zu Boden.

„Zea ... was ist los? Du machst mir Angst."

Zea blieb still, aber Tränen liefen über ihre Wangen. Teresa legte ihre Arme um ihre Freundin. „Du kannst mir alles erzählen. Ist es wegen Flynt?"

Zea schüttelte den Kopf und schloss die Augen. Teresa konnte ihre Anspannung fühlen. „Ist es wegen David?"

Ein weiteres Kopfschütteln. „Jared?"

Zea fing an, laut zu schluchzen, und als Teresa sie umarmte, begann sie sich zu fragen, was zur Hölle der Mann ihrer Freundin angetan hatte. Sie überredete Zea, nach oben in die kleine Wohnung über dem Diner zu gehen, die das Personal benutzen konnte, und sich hinzulegen.

Als sie sah, dass Zea eingeschlafen war, holte sie ihr Handy und rief Flynt an. „Hey, was auch immer du tust, ich glaube, du musst nach Portland zurückkommen."

Flynt klang erschrocken. „Was ist los? Ist etwas mit Zea? Geht es ihr gut?"

Teresa seufzte. „Nein. Ich glaube wirklich, dass es etwas mit ihrem Schwager zu tun hat. Sie will mir nicht mehr erzählen."

Sie hörte Flynt fluchen. „Okay, Terry, ich bin auf dem Weg. Sage ihr nicht, dass ich komme – wir müssen sie dazu bringen, uns zu erzählen, was passiert ist, und sie zu überraschen ist der beste Weg, das zu erreichen."

„Okay. Bis bald."

Sie sah nach Zea, aber die andere Frau war offensichtlich erschöpft und schnell eingeschlafen. Teresa ging zurück zum Diner – und fand Jared Podesta an der Theke vor. Sie bemühte sich, neutral zu wirken.

„Hey, kann ich Ihnen einen Kaffee bringen?"

Er lächelte sie an, aber sie sah, wie seine Augen durch den Raum schweiften. „Vielen Dank. Ist Zea hier? Ich habe in ihrer Wohnung angerufen, aber es ist niemand da."

Teresa hörte die Verärgerung in seiner Stimme. „Sie macht nur einige Besorgungen. Ich kann ihr etwas ausrichten, wenn Sie wollen."

Sie reichte ihm eine Tasse mit dampfendem Kaffee. „Nein, es ist okay, ich werde warten. Danke."

Sie nickte und ging dann weg, um eine andere Bestellung aufzunehmen. Sie behielt ihn im Auge, während sie arbeitete, und sah, dass er ständig mit den Augen die Straße draußen nach Zea absuchte.

Teresa hatte ein schlechtes Gefühl. Etwas stimmte nicht mit diesem Kerl, und es machte ihr Sorgen. Nein, *Sorgen* war das falsche Wort. Es machte ihr Angst.

Komm schon, Flynt, komm schnell zurück, dachte sie. *Hier stimmt etwas nicht.*

Hier stimmt etwas überhaupt nicht.

NACHDEM BREE zum zwölften Mal zu Jesses Voicemail weitergeleitet worden war, gab sie auf und fuhr zu seinem Haus. Er hatte ihre

Anrufe seit Tagen ignoriert und auch keinen ihrer Texte beantwortet. *Was zur Hölle ist los?* Inzwischen war Bree eher wütend als besorgt, und als sie in der Auffahrt von Jesses Haus hielt, konnte sie ihr Temperament nicht mehr beherrschen.

Sie klopfte an seine Haustür. „Jesse Kline, komm auf der Stelle heraus!"

Die Tür öffnete sich, und eine junge, hübsche blonde Frau starrte sie an. „Wer bist du?", fragte die Blondine Bree mit flacher Stimme.

Bree sah sie an. „Wer ich bin? Wer zum Teufel bist du?"

„Bree, das ist genug."

Jesses Stimme erklang hinter ihr, und sie drehte sich zu ihm um. Er sah erschöpft und niedergeschlagen aus, aber Bree war so aufgebracht, dass es sie nicht kümmerte. „Wo zum Teufel bist du gewesen? Und wer ist diese Hure? Gehst du mit ihr auch ins Bett?"

Jesse seufzte. „Bree, das ist meine Schwester Kizzie."

Sprachlos starrte Bree die beiden an und bemerkte die Ähnlichkeit. Kizzie lächelte sie an.

„Nun ... schön dich kennenzulernen." Sie grinste plötzlich und brach dadurch die Anspannung. Bree, deren Wut verblasste, wurde rot, aber sie begann zu lächeln.

„Gott, das tut mir leid. Ich habe einen Augenblick die Kontrolle verloren."

Kizzie nahm ihre Hand und zog sie in die Wohnung. Jesse folgte ihr mit angespanntem Gesicht. Bree sah ihn an.

„Du bist noch nicht vom Haken, Mister. Du hast mich ignoriert."

Jesse sah Kizzie an, die nickte. „Ich hole uns ein paar Drinks. Bree, hast du Hunger?"

Bree schüttelte den Kopf und lächelte. Kizzie ging leise aus dem Zimmer. Jesse setzte sich Bree gegenüber, unternahm aber keinen Versuch, sie zu berühren. „Bree ... etwas ist passiert, und ich habe versucht, alles in Ordnung zu bringen, bevor ich mit dir spreche, aber es ist ein verdammtes Durcheinander."

Bree beobachtete ihn, als er sich bemühte, die richtigen Worte zu finden. „Sag einfach es, Jesse."

Jesse rieb sich mit der Hand durch die Haare. „Bree, bevor ich dich getroffen habe, bin ich nach Lexis Tod irgendwie verrückt geworden. Ich habe zu viel getrunken und hatte One-Night-Stands. Dank dir habe ich endlich mein Leben zurück, und deshalb fällt es mir so schwer, es zu sagen."

„Du willst mit mir schlussmachen?" Brees Herz zog sich zusammen.

Jesse seufzte. „Ich will es nicht, aber wenn du hörst, was ich dir sagen muss, willst du es vielleicht mit mir beenden."

Bree verstand plötzlich, und zu ihrer Überraschung lachte sie laut. „Jesse Kline, bitte sag mir, dass du keine andere Frau geschwängert hast. Bitte sag mir, dass du nicht so ein Klischee bist."

Jesse schwieg, und Bree wusste, dass genau das passiert war. „Das glaube ich nicht. Hast du noch nie von Kondomen gehört?"

Sie stand auf, und er folgte ihr und wollte sie berühren aber sie wich ihm aus. „Fass mich nicht an. Was willst du jetzt machen?"

„Sie behält das Baby, und ich werde mein Kind nicht im Stich lassen. Ich werde es finanziell unterstützen, aber was Julieta betrifft ..."

„Das ist ihr Name, oder? Sie ist die Mutter?"

Jesse nickte. „Ja. Sie ist so schockiert, wie ich es bin."

Bree lächelte spöttisch. „Sicher."

Jesse sah sie kalt an. „Bree, sie ist nicht auf Geld aus. Ihre Familie ist reicher als deine und meine zusammen."

Bree starrte ihn an. „Also will sie dich und nicht dein Geld, ist es das?"

Jesse nickte und wurde vor Verlegenheit rot. Bree seufzte. „Was willst *du*, Jesse?"

Er schaute weg, und Bree spürte, wie ihr Herz zerbrach. *Er weiß es nicht. Er weiß nicht, ob er dich will ...*

„Nun, ich werde es dir leichter machen", sagte sie und versuchte, ihre Stimme vom Zittern abzuhalten. „Leb wohl, Jesse."

„Warte, Bree ..." Aber sie war schon an der Tür. Sie zog sie auf und sah, wie Kizzie schuldbewusst davorstand und offensichtlich gelauscht hatte.

Bree sah sie an. „Tut mir leid wegen vorhin. Freut mich, dich kennengelernt zu haben." Ihre Stimme bebte, und sie rannte fast aus der Haustür zu ihrem Wagen.

Als sie wegfuhr, schaute sie in ihren Rückspiegel. Kizzie starrte ihr nach, Jesse aber nicht.

Es war vorbei. Endgültig vorbei. Erst dann begann Bree zu weinen.

„ICH VERSTEHE DAS NICHT. Grant Willis denkt, dass Emory lebt, aber er hat keine Beweise dafür?"

Clem versuchte immer noch zu begreifen, was Luca ihr erzählte. Er schüttelte den Kopf. „Keine Beweise. Und Gott, Clem, so sehr ich es ihm auch glauben möchte, so sehr ich glauben will, dass sie lebt, kann ich nicht noch mehr Herzschmerz ertragen, wenn ich mir Hoffnungen mache."

Clem stand auf und legte ihre Arme um ihren Ex-Mann. „Ich weiß ... Es scheint, dass alles, was wir in letzter Zeit haben, falsche Hoffnungen sind."

Luca begrub sein Gesicht in ihrem Haar. „Clemmie ... es ist meine Schuld. Alles. Wenn ich mich nicht von dir hätte scheiden lassen ..."

„Dann würde es dir immer noch miserabel gehen", antwortete Clem mit einem zittrigen Lachen.

Luca schüttelte den Kopf. „Es ging mir nie miserabel mit dir, Clemmie. Du hast mich niemals unglücklich gemacht. Es fühlte sich einfach so an, als hätten wir beide auf etwas gewartet ... irgendetwas. Verstehst du?"

Clem ließ ihn los und lächelte ihn an. „Luca, ich glaube, wir hatten beide einen Einblick in dieses *irgendetwas*. Ich verstehe dich also."

Luca griff nach dem Glas Scotch, das sie zuvor eingegossen hatte, und trank einen Schluck. „Es war nicht, weil ich aufgehört habe, dich zu lieben."

Clem lächelte. „Das weiß ich auch. Du dachtest, es sei das Beste für uns beide, und ich glaube, du hattest recht. Es hat etwas gefehlt. Oder etwas war verblasst."

„Leidenschaft."

Clem nickte. „Ich denke, das ist es. Luca, du wirst immer mein bester Freund sein. Du kennst mich in- und auswendig."

Luca streichelte ihre Wange. „Leidenschaft wird überbewertet. Vielleicht ist sie nur für Teenager."

Clem hielt seine Hand an ihr Gesicht und genoss seine Berührung. „Du hattest ... du *hast* Leidenschaft für Emory. Es war offensichtlich, praktisch von dem Moment an, als ihr euch kennengelernt habt. So sehr es auch wehgetan hat, du solltest bei ihr sein."

Luca nickte mit traurigen Augen. „Und was ist mit dir? Maximo Neri?"

Clem nickte und wollte ehrlich sein. „Wir hatten eine gemeinsame Nacht. Dann wurde Bree entführt, und ich merkte, dass ich nicht bereit war, vor allem nicht für etwas mit Max ... Du hast vielleicht schon gemerkt, dass er ein Frauenheld ist. Er hätte mein Herz gebrochen."

Luca nickte und nahm ihre Hand, und sie saßen eine Weile still da, bevor Clem seufzte. „Vielleicht hast du recht. Vielleicht ist Leidenschaft für Teenager. Wir haben Vertrautheit."

Luca lächelte sie an. „Sagt man nicht, dass Vertrautheit zu Verachtung führt?"

Clem lachte leise und hielt seinen Blick fest. „Ich dachte eher an Vertrauen ..."

Sie starrten sich einen langen Augenblick an, dann beugte sich Clem zu ihm. Ihre Lippen trafen sich, und Lucas Hände vergruben sich in ihren Haaren. „Clem?" Sie nickte, um seine unausgesprochene Frage zu beantworten, und er hob sie auf seinen Schoß und schlang seine Arme um ihre Taille, während seine Zunge ihren Mund kostete.

Clem seufzte in der Umarmung, Lucas vertrauter, fester Körper und sein sauberer Geruch waren alles, was sie in diesem Moment brauchte.

Als Luca sie auf den Boden legte, leistete sie keinerlei Widerstand, sondern zerrte hungrig an seiner Kleidung. Sie musste seine Haut auf ihrer Haut spüren und brauchte Sex genauso sehr wie Trost.

Luca zog sie langsam aus, küsste ihre blasse Haut und machte sie wahnsinnig vor Lust, als seine Lippen über ihren Bauch strichen und ihr Geschlecht fanden. Seine Zunge leckte ihre Klitoris, und sie stöhnte und hörte ihn leise lachen.

„Bring mich ins Bett, Luca", keuchte sie, aber er setzte seinen Angriff auf ihr Geschlecht fort, indem seine Zunge sich tief in sie hineinstürzte. Clem kam erst einmal, dann zweimal, und bevor sie sich erholen konnte, zog Luca sie hoch und hob sie in seine Arme. Sie ließen ihre Kleider, wo sie waren, und er trug sie in ihr Schlafzimmer und legte sie auf das Bett. Clem grinste ihn an, setzte sich auf, griff nach seinem harten Schwanz und legte ihre Lippen um die Spitze.

Sie schmeckte seine salzigen Lusttropfen und liebkoste ihn, bis Luca stöhnte. Als er sie auf das Bett schob, spreizte sie ihre Beine weit und begrüßte ihn in ihren Armen.

Luca stieß seinen Schwanz tief in sie, und sie keuchte, als sie begannen sich zu bewegen und zu küssen. Es war harter, leidenschaftlicher Sex, den sie beide genossen, und als ihre Orgasmen kamen, fielen beide erschöpft und satt aufs Bett.

Aber bevor Clem in Lucas Armen einschlief, fragte sie sich, ob Luca sich, so wie sie auch, die ganze Zeit ein anderes Gesicht vorgestellt hatte.

ZEA ÖFFNETE die Augen und erkannte, dass sie stundenlang geschlafen hatte. Die Wohnung über dem Diner war ihr nicht vertraut, und sie blinzelte ein paar Mal, um sich daran zu gewöhnen. Sie hörte Stimmen die Treppe hinaufkommen und schwang die Beine über die Seite der Couch bei dem Versuch, den Schlaf aus ihrem Kopf zu schütteln.

Sie sah auf und spürte, wie ihr Herz stillstand, als Flynt in den Raum kam und ihm Teresa und seine Schwester Hannah folgten. Zea hatte sie ein paar Mal getroffen und sie sehr gemocht, aber sie fragte sich, warum sie hier war. An Flynts Gesicht konnte sie sehen, dass er alles wusste.

Beinahe alles.

Bevor irgendjemand etwas sagte, platzte sie damit heraus. „Er sagt, er wird mich zerstören, wenn ich nicht tue, was er will. Er hat mir gesagt, dass ... er jeden tötet, der sich ihm in den Weg stellt. Ich weiß nicht, was ich tun soll."

Flynt setzte sich neben sie und nahm sie in seine Arme. „Wir müssen zur Polizei gehen, Zea."

Sie schüttelte den Kopf. „Wenn ich zur Polizei gehe, fliegt meine Deckung auf. Dann muss ich Portland verlassen und alles, was ich hier habe. Das kann ich nicht ertragen. Nicht noch einmal."

Flynt sah zu Teresa und Hannah. Seine Schwester sprach zuerst. „Dann müssen wir einen ... anderen Weg finden."

Sie und Flynt teilten einen Blick, den Zea nicht verstand, und sie begann, in Panik zu geraten. „Ich möchte nicht, dass jemand verletzt wird", sagte sie. Ihre Stimme zitterte, und Flynts Arme hielten sie fester.

„Keiner wird verletzt", sagte er fest. „Wir müssen nur Podesta genug Seil geben, um sich selbst zu erhängen. Wir können es so arrangieren, dass es nicht zu dir zurückverfolgt werden kann."

Zea sah verwirrt aus, aber Teresa nickte. „Du meinst, wir brauchen einen Köder und eine Falle?"

„Ja."

Teresa grinste. „Ich bin dabei. Du kannst mich als Köder benutzen, wenn du willst. Er sagte, er würde mit Zeas Freunden im Diner anfangen. Lass ihn mit mir anfangen. Ich wette, er weiß nicht, dass ich Muay Thai beherrsche."

Zea schüttelte heftig den Kopf. „Auf keinen Fall. Nein. Terry, er ist gefährlich. Ein Psychopath. Vergiss es."

„Es könnte funktionieren", sagte Flynt langsam. „Wir werden ihn reizen, und der beste Weg, das zu tun, ist, ihn von dir fernzuhalten, Zea. Du bist es, die er will, und wenn wir ihn von dir fernhalten, wird ihn das treffen. Er wird das Gefühl haben, dass er keine Kontrolle hat. Es wird ihn verrückt machen."

„Klingt so, als sei er das schon", murmelte Hannah. Zea sah sie an.

„Du weißt doch sicher, dass das verrückt ist? Ich lasse nicht zu, dass er dich verletzt."

Hannah zuckte mit den Achseln. Flynt umarmte Zea, aber er nickte. „Das passiert, Zea, und wir müssen es stoppen. Wir stehen alle an deiner Seite – verstehst du mich? Wir werden dafür sorgen, dass niemand verletzt wird, und Jared Podesta dort hinbringen, wo er hingehört – ins Gefängnis."

„Oder ins Grab", knurrte Hannah, und plötzlich kicherte Zea und sah Flynts Schwester in einem ganz neuen Licht.

„Du bist eiskalt, Hannah."

Hannah grinste. „Darauf kannst du wetten. Hör zu, Zea, du bist Teil der Familie. Niemand schadet unserer Familie. Besonders nicht irgendein mieser kleines Psychopath mit Mutterkomplex."

Zea lächelte und schüttelte den Kopf. „Ihr seid vielleicht verrückt, aber ich liebe euch alle. Vielen Dank. Danke, dass ihr für mich da seid. Ich habe das noch nie zuvor gehabt."

„Von nun an", sagte Flynt mit seinen Lippen an ihrer Schläfe, „wirst du es immer haben."

Zea lächelte ihn dankbar an. *Wie habe ich jemals denken können, dass du ein Bad Boy bist?* Sie ließ ihren Körper an seinem Körper entspannen und spürte, wie seine Arme sie fester hielten. Flynt sah zu Teresa und Hannah auf.

„Leute ..."

Teresa verstand es und lächelte. „Natürlich, wir reden später. Komm schon, Hannah, ich mache dir etwas zu essen."

„Du hast immer schon gewusst, wie man ein Mädchen überzeugt", scherzte Hannah und zwinkerte ihrem Bruder und Zea zu. „Bis später."

Als sie allein waren, stand Flynt auf, schloss die Tür ab und zog seine Jacke aus. „Ich habe schon mit Amos gesprochen. Er sagt, du kannst hier einziehen, wenn ich dich nicht überreden kann, zu mir zurückzukommen."

Sie schüttelte den Kopf. „Ich will nicht, dass dieses Chaos dein

Leben beeinflusst – Jared könnte den Ruf deiner Familie zerstören oder dich körperlich angreifen."

Flynt sah sie verwegen an. „Er soll es ruhig versuchen, Zea."

Sie lachte leise. „Würde er es mit dir oder mit Hannah schlimmer erwischen?"

Er grinste. „Oh, mit Hannah, auf jeden Fall. Sie ist ein Tier."

Zea kicherte. „Gott, ich liebe dich, Flynt Newlan." Er drückte seine Lippen auf ihre.

„Und ich liebe dich, Zea."

Sie zog ihn auf die Couch. und er hielt sie fest. „Alles, was ich brauche, sind du und ich, Flynt, nur du und ich, von jetzt an für immer."

Er lächelte sie an. „Verstanden, meine Schöne. Du hast mich für immer."

BREE WAR VÖLLIG BETRUNKEN, als sie ein Taxi nach Hause brachte. Sie suchte nach ihrem Hausschlüssel, winkte ab, als der Fahrer ihr seine Hilfe anbot und stolperte in das Haus ihrer Mutter. Sie wusste, dass sie es niemals nach oben schaffen würde, also ging sie ins Wohn-zimmer – und blieb stehen.

Die Kleidung ihrer Mutter lag auf dem Boden. Die Kleidung eines Mannes. Bree grinste. „Mom ist anscheinend beschäftigt."

Sie wankte die Treppe hinauf und ging zu der Schlafzimmertür ihrer Mutter. Sie stand einen Spaltbreit offen, und Bree konnte nichts hören, also trat sie näher, um herauszufinden, wen ihre Mutter in ihr Bett genommen hatte.

Der Schock war eiskalt. „Dad?"

Luca öffnete die Augen und setzte sich auf. Als er sah, wie Bree ihn anstarrte, hatte er den Anstand, sich zu schämen.

„Hallo, Schatz."

Bree starrte ihn an, als er Clem wachrüttelte. „Was zur Hölle ist hier los?"

Clem seufzte. „Schatz, du bist kein Kind mehr. Das ist zwischen deinem Vater und mir."

Bree war übel. Sie sah Luca an. „Während die *Liebe deines Lebens* auf dem Boden der Elliott Bay verrottet, hast du hier Spaß? Was soll das, Dad?"

„Bree!"

Bree wandte sich ihrer Mutter zu. „Und du! Was war das für ein Mist mit Maximo?"

Luca stieg aus dem Bett und zog eine Decke um seine Hüften. „Bree, lass uns darüber reden ..."

Bree wich zurück. „Ihr widert mich an. Alle beide."

Sie rannte in ihr Schlafzimmer, schlug die Tür zu und schloss ab. Wie konnten sie das tun? Arme Emory. Armer Maximo. Beide waren dort besser dran, wo sie waren ...

Sie fiel auf ihr Bett, und all der Herzschmerz und der Verrat des Tages holten sie ein und sie weinte aus ganzem Herzen.

Clem lauschte an der Tür ihrer Tochter und ging dann wieder ins Bett. Luca saß am Rande des Bettes und hielt seinen Kopf in den Händen. Clem umarmte ihn.

„Sie wird schon wieder", sagte Clem. „Wir haben nichts falsch gemacht, Luca."

„Ich weiß." Aber er sah sie immer noch nicht an. „Ich weiß, dass wir nichts falsch gemacht haben, aber vielleicht hat sie recht. Wir sollten das nicht tun."

Clem seufzte und setzte sich neben ihn. „Ich weiß."

Sie saßen in angespannter Stille da. Dann sagte Luca: „Ich vermisse Emory. So sehr, dass es mich fast umbringt. Ich fühle mich, als ob mein Herz entzweigerissen worden ist."

Clem lehnte ihren Kopf an seine Schulter. „Ich verstehe das, Luca. Ich vermisse Maximo, auch wenn das, was wir hatten, nichts im Vergleich zu dem war, was du mit Emory hattest."

Luca nahm ihre Hand. „Aber im Laufe der Zeit hätte es so werden können."

Clem nickte. „Was werden wir tun, Luca?"

Aber er hatte keine Antwort für sie.

. . .

SIE ÖFFNETE ihre Augen und holte zitternd Luft. Der Raum war schwach beleuchtet, aber sie erkannte ihn sowieso nicht. Ihr Körper fühlte sich seltsam und schwer an. Ihr Gehirn war vernebelt und langsam, und sie begann in Panik zu geraten, als sie zwei grundlegende Wahrheiten erkannte.

Erstens hatte sie keine Ahnung, wo zum Teufel sie war, und zweitens wusste sie nicht, wer sie war.

Emory Dutta starrte völlig verloren an die Decke und begann zu weinen.

6

TEIL # 6: OPHELIE

eschlossen wegen Personalerkrankung. Jared starrte auf die Notiz an der Tür des Diners. Er knirschte mit den Zähnen, trat von der Tür zurück und blickte zu dem Fenster der Wohnung darüber. Die Jalousien waren noch geschlossen. Er drehte sich um und ging nach Hause, riss die Tür seines Wagens auf und stieg ein. *Verdammte Schlampe.* Sie spielte mit ihm, auch nachdem er sie gewarnt hatte, was er tun würde. *Jemand wird für deinen Ungehorsam bezahlen, Zea.*

TERESA LIEß die Ecke der Jalousie fallen. *Podesta sieht wütend aus,* dachte sie mit Genugtuung. Sie blickte auf die Uhr. *Acht Uhr morgens,* stellte sie mit Unbehagen fest. Er war pünktlich. Sie nahm ihr Handy und tippte einen Text. *Helena ist nach Troja gegangen.* Teresa runzelte die Stirn und dachte nach, dann fügte sie hinzu: *Klauengesicht ist sauer.* Sie drückte auf *senden.* Eine Sekunde später rief Flynt sie zurück. Er lachte so sehr, dass sie ihn zuerst nicht verstehen konnte.

„Terry ... was zum Teufel ist los?" Bei seinem Lachen kamen Teresa fast die Tränen, es war zu lange her, dass sie es gehört hatte. Sie wartete, bis er Atem holte.

„Es ist ein Code, Dummkopf. Zea ist in die Stadt gegangen, um für heute zu entkommen."

Flynt kicherte immer noch. „Und du musst mir das in Code sagen? Und wer zum Teufel ist Klauengesicht?"

Teresa verdrehte die Augen. „Podesta. Er ist gerade am Diner aufgetaucht. Wir haben eine Notiz in das Fenster gehängt, dass wir geschlossen haben, und er war nicht glücklich darüber."

Flynt hatte aufgehört zu lachen. Teresa konnte seine Atmung hören und wusste, dass er versuchte, sein Temperament zu zügeln. „Hey, beruhige dich. Ich wollte, dass es lustig ist. Sie ist weit weg von ihm, und ich dachte, du würdest es komisch finden, dass er sauer war. Flynt?"

Ein weiteres langes Schweigen folgte. „Ja."

Teresa wartete. Flynt seufzte. „Also habt ihr beide gestern Abend geredet?"

„Irgendwie schon. Ich glaube, sie hat das Ende ihrer Kraft erreicht. Sie ist erschöpft und verzweifelt und ..." Sie zögerte. Flynt war sofort alarmiert.

„Teresa?", sagte er drängend.

Teresa rollte ihre Schultern und versuchte, die Anspannung zu lindern. „Ich habe Angst, dass sie sich ihm ergeben wird, um einen von uns zu retten. Sie fühlt sich hoffnungslos."

Flynt war wieder ruhig. „Ja." Und Teresa hörte Traurigkeit mit Liebe in seiner Stimme.

„Du wirst wissen, was zu tun ist. Wie auch immer, ich wollte nur ..."

„Warte ... hat sie etwas über Podesta gesagt? Wegen gestern?"

Teresa setzte sich. „Sie hat nicht wirklich... sie wollte nicht über ihn reden."

Flynt seufzte. „Okay. Nun ... ich denke, wir warten einfach, was passiert."

TERESA DUSCHTE, zog sich an und packte den Müllbeutel aus dem Behälter unten an der Treppe. Sie riss die Hintertür auf und schrie.

Jared stand mit einer Zigarette in der Hand draußen. Sie hatte nicht gehört, wie sein Auto sich genähert hatte, und fragte sich, wie lange er schon dort war. Teresa wurde übel. Jared lächelte.

„Guten Morgen."

Reize ihn nicht. Teresa lächelte ihn an. „Hallo Jared, wie geht es dir?"

Er grinste und ließ sich nicht täuschen. „Gut. Zea ist nicht zu Hause."

Teresa sah ihn vorsichtig überrascht an. „Oh." Sie warf den Müllbeutel in die Tonne und wischte ihre Hände an ihrer Jeans ab. „Nun ... wir haben heute nicht geöffnet. Möchtest du trotzdem einen Kaffee?"

Jared sagte nichts und verengte nur seine Augen. Er warf ihr die Zigarette vor die Füße. „Nein, danke." Er bewegte sich plötzlich und ging von ihr weg. Teresa stieß den Atem aus, den sie angehalten hatte. *Verdammter Irrer.* Sie ging hinein, schloss die Tür ab und lehnte sich dagegen. Etwas stieß hart gegen die andere Seite, und sie schrie wieder. Sie hörte ihn durch die Tür lachen und knirschte mit den Zähnen.

Bastard. Du wirst bekommen, was du verdienst, Jared Podesta. Ich werde dafür sorgen.

SIE HATTE sich in den Schlaf geweint, aber jetzt, als sie aufwachte, spürte sie jemanden im Zimmer bei ihr.

„Hallo?" Ihre Stimme war ein raues Flüstern, und sie hörte, wie ein Stuhl gerückt wurde, bevor jemand in ihr Blickfeld trat.

„Schau an, wer endlich wach ist. Willkommen zurück, Kleine, wir haben uns Sorgen um dich gemacht."

Die weiche, freundliche Stimme gehörte einer Frau, und jetzt konnte sie sie sehen. Es war eine Frau mittleren Alters, mit warmen braunen Augen und breitem Lächeln. Die Frau sah über ihre Schulter. „Dante? Unsere Besucherin ist wach."

Dann war da ein großer Mann mit dunklen Haare und grünen Augen und lächelte sie an. „Hey."

„Wo bin ich?"

„Wir sind außerhalb von Seattle, auf meinem Anwesen."

Sie sah sich um. Eine Infusionsnadel steckte in ihrem Arm. Geräte. „Was ist passiert?"

„Erinnerst du dich nicht?"

Sie schüttelte den Kopf. Die Frau und der Mann namens Dante sahen sich an, und dann setzte sich Dante auf den Bettrand. „Vor etwa sechs Wochen haben wir dich aus der Elliott Bay gezogen. Du warst angeschossen worden, und als wir dich herausgezogen haben, hast du unter Hypothermie gelitten. Du warst bei Bewusstsein, aber alles, was du gesagt hast, war ‚Lasst ihn mich nicht finden. Lasst ihn mich nicht finden'. Du hast das Bewusstsein verloren und bist in ein Koma gefallen. Wir haben dich hierhergebracht in der Hoffnung, mehr zu erfahren. Wir konnten die Kugel entfernen, aber wir glaubten nicht, dass du überleben würdest. Aber du hast es geschafft."

Sie starrte ihn verständnislos an. „Jemand hat mich angeschossen?"

„In den Bauch. Die Kugel hat deine Baucharterie gestreift, aber das kalte Wasser hat dich wohl gerettet. Wer hat dir das angetan?"

Etwas flackerte in ihrem Gedächtnis auf, ein Blitz von etwas, das sie nicht fassen konnte. „Ich weiß es nicht. Ich weiß nicht einmal meinen Namen."

Dante und die Frau sahen sich an. „Wir denken, dein Name ist Emory – kann das sein?"

Emory starrte sie an. „Ich weiß es nicht, vielleicht. Alles ist verschwommen."

„Mach dir keinen Stress, wir haben viel Zeit. Bist du hungrig?"

Emory erkannte, dass sie am Verhungern war. „Ja, sehr."

Die Frau lächelte sanft und hatte das freundlichste Gesicht, das Emory je gesehen hatte – oder zumindest an das sie sich erinnern konnte – und verließ das Zimmer. Emory seufzte. „Leide ich etwa an Gedächtnisverlust?"

„Sieht so aus ... obwohl du das einen Arzt fragen müsstest. Wir haben einen, der jeden Tag zu dir kommt."

„Warum bin ich nicht in einem Krankenhaus?"

„Du hast dir von mir versprechen lassen, niemanden wissen zu lassen, wo du bist. Zum Glück konnte ich dieses Versprechen halten – ich hatte die Mittel, dich privat behandeln zu lassen. Emory, in den Zeitungen stand, dass dein Ex-Mann dich angeschossen hat. Erinnerst du dich daran?"

Eine schwere Übelkeit begann in Emorys Magen aufzusteigen. Eine weitere Erinnerung. „Oh Gott ..." Sie zitterte und Dante reichte ihr schnell eine Schüssel und rieb ihren Rücken, als sie sich übergab. Emory fühlte sich zu krank, um verlegen zu sein. Dantes sanfte Finger kühlten ihre Haut. Dann verließ er das Zimmer, um ihr Wasser zu holen. Als Emory sich hinlegte, schob sie die Decke zurück und zog ihr Nachthemd hoch. Auf der rechten Seite ihres Nabels war eine Narbe in der Größe eines Vierteldollars, noch rosa, aber fast verheilt. Sie berührte sie behutsam, aber es tat nicht weh. Wer auch immer sie versorgt hatte, hatte einen großartigen Job gemacht, aber da waren auch noch andere Narben, gezackte rosa Linien, die ebenfalls neu aussahen. Was zum Teufel war das? „Das ist ja eine richtige Sammlung", flüsterte sie trocken.

Emory schob ihr Nachthemd zurück, als Dante in den Raum zurückkam. Er reichte ihr ein Glas kaltes Wasser und einige Tabletten. „Schmerzmittel. Du spürst es jetzt vielleicht nicht, aber Verletzungen wie deine brauchen Zeit, um zu heilen."

Emory nahm die Tabletten und trank das ganze Glas Wasser. „Gott, das tut gut. Hör zu ... ich will nicht unhöflich sein, aber wer bist du? Nicht, dass ich nicht dankbar bin für alles, aber trotzdem ..."

Dante lächelte – er hatte ein nettes Gesicht, intensive grüne Augen und ein süßes Lächeln. Sie schätzte ihn auf Anfang 40. Er war groß, breitschultrig und hatte eine entspannte Ausstrahlung, die sie mochte.

„Dante Harper, zu deinen Diensten." Er schüttelte ihr die Hand. „Emory, ich betreibe ein Konglomerat, das mit Unternehmen im medizinischen Bereich zu tun hat – so konnten wir das alles beschaffen."

Emory blinzelte ihn an. „Beschaffen? Das ist alles für mich? Ich verstehe das nicht."

„Emory, eine schöne junge Frau, die offensichtlich um ihr Leben fürchtet und nur knapp dem Tod entkommen ist, ist etwas, das ich sehr ernst nehme. Als du mich gebeten hast, nicht zuzulassen, dass *er* dich findet, wollte ich deine Wünsche ehren, bis du in der Lage bist, für dich selbst zu denken. Ich hatte die Ressourcen, das Team und die Verbindungen."

Emory war einen Moment sprachlos, und ihre Augen waren mit Tränen gefüllt. „Ich weiß nicht, wie ich dir jemals danken soll ... oder dir deine Güte zurückzahlen soll."

„Dir geht es besser. Das ist genug. Wenn du dich ausgeruht hast, werde ich wiederkommen und wir werden weiterreden. Sophia bereitet etwas zu essen für dich zu. Sie ist eine ausgezeichnete Köchin. Da ist ein Fernseher. Wenn du dir etwas ansehen, willst, liegt die Fernbedienungen neben deinem Bett. Dort gibt es auch eine Ruftaste, falls du etwas anderes brauchst."

Er stand auf, aber Emory packte seine Hand.

„Danke, Dante. Ich meine es ernst. Von ganzem Herzen – du hast mein Leben gerettet."

Dantes Wangen wurden ein wenig rosa, und er sah plötzlich zehn Jahre jünger und sehr schüchtern aus. „Nicht der Rede wert. Ich bin nur froh, dass es dir bessergeht."

ALS ER WEG WAR, legte sich Emory zurück und schloss die Augen. Ihr Kopf drehte sich, als sie versuchte, sich zu erinnern, was geschehen war, woher sie gekommen war, wer sie war. Im Augenblick bestand ihre Welt aus diesem Zimmer, Dante und Sophia. Sie fragte sich, ob sie verheiratet waren. Sie schienen ungefähr im gleichen Alter zu sein. Auch wenn sie nur Freunde waren, schienen sie eine gute Beziehung zu haben. Emory fühlte einen Stich im Herzen. War jemand da draußen und fragte sich, wo sie war? Jemand, der sich Sorgen um sie machte? Sie hoffte, dass es so war, denn jetzt war sie sich nur einer Sache sicher:

Dass es auf jeden Fall jemanden auf der Welt gab, der sie genug hasste, um ihr eine Kugel zu verpassen.

Rom

MAXIMO NERI WURDE von Alpträumen gequält, die er nicht abschütteln konnte. Die vierte Nacht in Folge wachte er vor drei Uhr morgens auf, stieg aus dem Bett, zündete sich eine Zigarette an und ging auf den Balkon hinaus. Sogar zu dieser frühen Stunde war Rom lebendig, und deshalb liebte er diese Stadt so sehr. Er war im Süden des Landes geboren, in Trani in Apulien, als unehelicher Sohn eines milliardenschweren Schifffahrtsmagnaten. Sein Vater, ein Mann namens Alphonso Neri, hatte bereits einen Sohn, Ferdinand, und eine Tochter, Perdita, mit seiner Frau, aber er war vernarrt in Maximo. Maximos Mutter Lucetta, eine Klavierlehrerin, hatte sechs Monate nach Max' Geburt entdeckt, dass sie Krebs im Endstadium hatte, und so hatte Alphonsos Frau Nunzia Max bei sich aufgenommen und ihn wie ihr eigenes Kind behandelt, bis zu ihrem eigenen Tod fünf Jahre später.

Maximo hatte eine großartige Beziehung zu seinen Eltern und seinen Geschwistern gehabt, während er aufwuchs. Erst als er Ophelie traf, die so herzzerreißend schön und sanftmütig war, begannen die Probleme mit seinem Halbbruder Ferdie.

Max seufzte. Er wusste, warum er nicht schlafen konnte. Morgen würde es zehn Jahre her sein, dass Ophelie gestorben war. Max schloss die Augen. *Nicht gestorben. Nein. Sie wurde ermordet.* Bösartig, brutal und von seinem eigenen Bruder. Und warum? Weil sie Max anstatt ihn geliebt hatte.

Gott, der Schmerz war immer noch in ihm, aber er war froh darüber. Er wollte nicht, dass der Zorn und der Kummer ihn verließen, weil sie ihn antrieben und ihn schützten. Er hatte sich nie wieder so wehtun lassen ... nur hatte er jetzt Clementine Saffran kennengelernt und konnte sie nicht aus dem Kopf bekommen. Selbst wenn er mit halb Rom ins Bett ging – und Freunde deswegen verlor. Valentina hatte erkannt, dass er sie benutzte und ihm ins Gesicht geschlagen, bevor sie ihn weinend verlassen hatte.

Verdammt. Er hatte gedacht, mit Clem zu schlafen würde sein Verlangen für sie lindern, aber stattdessen war er wie besessen und es machte ihm Angst. Obsession war nie gesund. Ferdie hatte das bewiesen.

Alphonso und seine Milliarden hatten dazu beigetragen, Ferdies Verbrechen zu vertuschen, und er hatte seinen ältesten Sohn nach Zürich verbannt, sehr zu Maximos Schrecken und Ekel. Er konnte nicht glauben, dass Ferdie damit davonkommen würde, aber Alphonso war so mächtig gewesen, dass er dafür sorgen konnte, dass Ophelies Tod offiziell als Unfall eingestuft wurde.

Es hatte Max' Verhältnis mit seinem Vater zerstört, und Max' Wunsch nach Rache war niemals verschwunden. Mit seinen unbegrenzten finanziellen Mitteln war es Ferdie aber seit einem Jahrzehnt gelungen, um die ganze Welt zu reisen und Max aus der sicheren Ferne zu verspotten.

Max erinnerte sich an die Anrufe. *Ich bin froh, dass ich sie getötet habe. Ich wünschte, ich könnte es noch einmal tun.* Ferdie war krank, und Max hatte nie aufgehört, ihn zu suchen.

Aber solange er frei war, wagte Max es nicht, langfristige Beziehungen einzugehen. Sein verheerend attraktives Gesicht sorgte dafür, dass er immer jemanden für Sex finden konnte, aber es war eine einsame Existenz. Der kurze Einblick in die Familie Saffran und das Zugehörigkeitsgefühl, das er an dem Hafen in Seattle empfunden hatte, waren genug, um zu wissen, dass er das selbst wollte.

Max beendete seine Zigarette und ging seine Zähne zu putzen. Er blickte auf die Uhr. Es war fast vier Uhr morgens. Es würde sieben Uhr abends in Seattle sein.

ER WISCHTE sich den Mund ab und griff nach seinem Handy. *Verdammt, ich will deine Stimme hören.*

Er fand Clementines Nummer und wählte. Es klingelte ein paar Mal, dann lächelte er. „Hallo. Ich bin's."

BREE SAFFRAN FÜHLTE SICH VERLOREN. Nachdem sie sich von Jesse getrennt hatte und dann ihre Mutter und ihren Vater im Bett entdeckt hatte, ging sie allen aus dem Weg und verbrachte den ganzen Tag mit Lesen in einer lokalen Buchhandlung. Sie ignorierte die Textnachrichten und Anrufe von Jesse. Ihre Mutter versuchte wiederholt, sie zu erreichen, aber Bree wollte nicht mit ihr reden.

Aber sie war einsam. Und die Person, an die sie sich wenden wollte, an die sie sich gewendet hätte, bevor all dies geschehen war, war tot. Bree erkannte jetzt, wie wichtig ihr Emory als Freundin und Lehrerin gewesen war. *Wie eine große Schwester*, dachte Bree, *würdest du wissen, was zu tun ist. Ich wünschte, ich hätte gewusst, was Ray Grace dir angetan hat, und doch hattest du immer Zeit für uns.*

Es machte Bree noch wütender über das, was sie als Verrat ihres Vaters an Emory betrachtete. Was hatten ihre Eltern sich nur dabei gedacht?

Ihr Handy summte, und eine Nummer, die sie nicht kannte, wurde angezeigt. Zögernd nahm sie den Anruf an.

„Bree?"

Bree konnte die weibliche Stimme nicht einordnen. „Ja. Wer ist da?"

„Kizzie, Bree. Jesses Schwester. Bitte lege nicht auf."

Bree kämpfte gegen den Drang an, den Anruf zu beenden, aber das Mädchen hatte ihr nichts getan, und sie wusste, dass Kizzie ohnehin schon zerbrechlich war. Bree schuldete es Jesse, wenigstens nicht unhöflich zu seiner Schwester zu sein. „Okay."

Kizzie seufzte. „Ich wollte nur sagen, dass Jesse ein Idiot ist. Ein Riesenidiot. Denn er liebt dich wirklich, aber ich rufe nicht an, um für ihn zu kämpfen. Er ist erwachsen."

Bree war verwirrt. „Okay, das weiß ich zu schätzen, aber ..."

„Warum ich anrufe?" Kizzie lachte leise und wurde dann wieder ernst. „Ich brauche jemanden zum Reden, Bree. Jemanden, der dort war. Lexi ...“

Plötzlich begriff Bree. Jesses und Kizzies Schwester Lexi war eines der Opfer von David Azano gewesen. Kizzies Zwillingsschwester. *Oh, du Arme.*

„Natürlich, Kizzie. Wollen wir uns treffen?“

Sᴜᴇ ᴠᴇʀᴇɪɴʙᴀʀᴛᴇɴ, sich an diesem Nachmittag in der Stadt zu treffen. Bree duschte, zog sich an und ging nach unten. Ihre Mutter war im Wohnzimmer und sprach mit der Journalistin, mit der sie an der Stiftung für Emory arbeitete. Bree bemerkte, dass ihre Mutter aufschaute und nach ihr rief, als sie vorbeikam, aber Bree ignorierte sie. Sie war noch nicht bereit, ihr zu verzeihen.

Kɪᴢᴢɪᴇ ᴡᴀʀᴛᴇᴛᴇ sᴄʜᴏɴ, als Bree im Café eintraf, und lächelte. „Danke, dass du gekommen bist, Bree.“

Sie sah so nervös aus, dass Bree ihre Hand nahm. „Es ist okay, wirklich. Es ist schön, dich zu treffen.“ Sie warf Kizzie ein verlegenes Grinsen zu. „Es tut mir leid, dass ich neulich nicht gerade nett zu dir war.“

Kizzie lachte. „Ich wurde schon Schlimmeres genannt. Ich bin froh, dass jemand so tief für meinen Bruder empfunden hat ... tut mir leid.“

Bree zuckte zusammen, aber dann seufzte sie. „Es ist in Ordnung. Es tut mir leid, dass es nicht geklappt hat, das ist alles. Aber das heißt nicht, dass wir keine Freundinnen sein können.“

„Ich bin froh, das zu hören.“

Sie bestellten heiße Getränke und plauderten eine Weile. Bree fand heraus, dass Kizzie einen guten Sinn für Humor hatte und so gern las wie sie auch. Sie war dankbar, dass Kizzie nicht über die Sache mit Jesse reden wollte.

Nach einer Stunde bewegte sich Kizzie unruhig auf ihrem Stuhl und sagte. „Woran erinnerst du dich? Wenn du an diesen Tag im College denkst."

Bree atmete tief ein. „Ich erinnere mich daran, dass sich alles in einem Augenblick verändert hat. Der erste Schuss. Die ersten Schreie. Ich war nicht in Mr. Azanos Klasse, ich war im Flur. Alle fingen an zu rennen." Brees Augen waren unfokussiert, als sie sich erinnerte. „Ich erinnere mich daran, wie Azano Hailey Wells erschossen hat. Er schoss ihr in den Magen, und sie ließ sich einfach auf den Boden fallen, und er schoss ihr in den Kopf. Gott. Lee Wells, der Freund von Hailey, hat sich auf Azano gestürzt, aber natürlich hat er ihn ebenfalls erschossen. Eine Kugel in die Brust. Ich erinnere mich, dass es sich so langsam anfühlte. Als Azano mich angesehen hat, bin ich losgerannt."

Ihre Stimme zitterte jetzt und sie konzentrierte sich auf Kizzies bleiches Gesicht. „Ich habe Lexi und Sandrine nicht gesehen, Kizzie, ich weiß nicht, wo er ... wo sie waren. Ich lief zum Pausenraum der Lehrer. Ich wusste, dass es dort ein großes Fenster gab, aus dem ich fliehen wollte. Aber er hatte es verbarrikadiert. Andere Lehrer hatten es versucht. Sie hatten versucht, es zu öffnen, und er hat sie einfach alle massakriert ..."

Sie zitterte jetzt, und Kizzie stand auf und zog ihren Stuhl zu ihr, damit sie ihren Arm um Bree legen konnte. „Es tut mir leid, dass du das durchmachst, Bree."

Bree schüttelte den Kopf. „Nein, es ist okay, es hilft seltsamerweise."

„Was geschah als Nächstes?"

„So etwas hatte ich noch nie gesehen. Es war ... ein Schlachthof. Ich erstarrte vor Schreck, und es gelang ihm, mich einzuholen. Er wollte mich auch erschießen, aber seiner Waffe ging die Munition aus. Er hatte ein Messer und packte mich, aber dann kam Emory. Sie stieß ihn von mir weg und sagte mir, ich solle weglaufen. Aber ich hatte zu viel Angst. Er stach auf sie ein, und sie schrie mich an und schließlich lief ich los."

Heiße Tränen fingen an, über ihre Wangen zu fließen, als sie sich erinnerte. „Ich habe sie dort gelassen, Kizzie, ich habe sie verlassen, und sie wäre fast allein gestorben. Ich lief nach draußen und war ohnmächtig, als der SWAT-Polizist mich gefunden hat."

„Ist deine Lehrerin gestorben?"

Bree schüttelte den Kopf. „Nein, das ist sie nicht. Sie war schwer verletzt, aber sie hat es geschafft. Und sich in meinen Vater verliebt."

Kizzies Augen weiteten sich. „Ich nehme an, deine Eltern sind geschieden?"

Bree nickte. „Mein Vater und Emory waren wie für einander gemacht. Was sie hatten, war unglaublich, jeder konnte das sehen."

„Hatten?"

Bree holte tief Luft. „Emory wurde vor sechs Wochen von ihrem Ex-Mann ermordet. Wir haben ihre Leiche noch nicht gefunden." *Und mein Vater hat es gefeiert, indem er mit meiner Mutter ins Bett gegangen ist.* Aber Bree sagte das nicht zu Kizzie, die schockiert aussah.

„Himmel."

Bree versuchte, Kizzie anzulächeln. „Es tut mir leid wegen Lexi. Sie war ein wirklich nettes Mädchen. Sie war süß und lustig und freundlich und jeder hat sie geliebt. Ich weiß, dass die Leute das immer sagen, nachdem jemand gestorben ist, aber in Lexis Fall ist es die Wahrheit." Sie betrachtete Kizzie. „Ich weiß nicht, warum ich die Ähnlichkeit nicht bemerkt habe, als ich so wütend auf Jesse war. Es tut mir leid, ich war wie von Sinnen an diesem Tag."

Kizzie schüttelte den Kopf. „Egal. Lexi und ich ... wir waren uns sehr nah, aber nicht sehr ähnlich. Sie war die Gute. Ich bin diejenige, die alles kaputtmacht."

Bree schüttelte den Kopf. „Komm schon, du bist auch ein nettes Mädchen, oder?"

Kizzie grinste. „Ein nettes Mädchen, das trinkt, raucht und herumfickt. Ich bin von der Schule geflogen, wusstest du das? Peabody hat mich rausgeworfen."

„Das habe ich nicht gewusst."

„Ich habe es nur Jesse erzählt, und ich glaube, er hat das Geheimnis für sich behalten. Er ist ein guter Junge. Manchmal", fügte sie eilig hinzu, als Bree das Gesicht verzog.

„Können wir bitte nicht über ihn sprechen, zumindest heute? Ich bin noch nicht darüber hinweg."

Kizzie drückte ihre Hand. „Natürlich. Wie geht es deinem Vater? Er muss untröstlich sein."

Bree fühlte Tränen in ihren Augen aufsteigen. „Ich dachte, dass er das sein würde. Er war es auch anfangs." Sie schwieg eine Minute und platzte dann heraus: „Ich habe ihn und meine Mutter vor ein paar Nächten im Bett erwischt. Ich kann nicht glauben, dass er Emory das antun würde."

Kizzie schwieg. Dann sagte sie: „Du bist also wütend auf die beiden?"

Bree nickte, und Kizzie seufzte. „Ja. Ich weiß, wie sich das anfühlt. Als Lexi starb, war es, als ob meine Eltern einfach emotional zugemacht hatten. Sie weigerten sich, es zu akzeptiere. Sie taten einfach so, als hätte es sie nie gegeben. Jesse und ich ... wir sollten mitmachen oder wurden ebenfalls ignoriert. Wir beide haben auf die gleiche Weise reagiert – mit Wut, trinken und herumficken." Sie lächelte Bree an. „Bis er dich getroffen hat. Nur weil er jetzt die Konsequenzen dafür tragen muss, heißt das nicht ... tut mir leid." Sie hielt ihre Hände hoch, als Bree begann zu protestieren.

Bree konnte nicht anders, als bei dem schelmischen Ausdruck auf Kizzies Gesicht zu kichern. Sie spürte eine Welle der Wärme. Sie mochte dieses Mädchen, egal was Jesse getan hatte. Und ja, sie hasste es, es zuzugeben, aber sie fühlte sich dadurch weniger verletzt von Jesse. Vielleicht empfand sie sogar Mitgefühl für ihn.

Kizzie beobachtete sie. „Ich wohne draußen auf Bainbridge Island ... wenn du irgendwann einmal vorbeikommen willst, können wir zusammen rumhängen. Ich habe auch ein Gästezimmer, wenn du weg von allem willst. Bleib so lange du willst. Nur wir beide, versprochen."

In diesem Augenblick konnte Bree an nichts denken, was sie lieber gemacht hätte. „Ja, danke, das wäre toll."

Kizzie umarmte sie. „Gut. Ich denke, wir können uns gegenseitig helfen, aber noch wichtiger ist, dass wir Spaß haben können. Ich glaube, wir brauchen das dringend. Komm dieses Wochenende und bleibe ein paar Tage."

Bree versprach es, und dann trennten sie sich. Bree fühlte sich lebendiger als seit Wochen. Eine neue beste Freundin. Ein neues Leben. Das war es, was sie brauchte. *Ein neues Leben.*

S IE FUHR nach Hause und versuchte, sich in das Haus zu schleichen, aber Clem fing sie ab. „Bree, bitte. Sprich mit mir. Es tut mir leid, was du gesehen hast, aber es ist passiert, und ich kann es nicht ändern. Aber wir können nicht so weitermachen."

Bree fühlte sich plötzlich erschöpft. „Mom ... ich bin nicht böse. Nicht auf dich. Ich weiß, dass du und Maximo kein Paar gewesen seid. Es ist Dad, auf den ich wütend bin. Emory ist eben erst gestorben, Mom, und sie hat mich gerettet. Zweimal. Es fühlt sich an wie ein Verrat."

Clem sah verlegen aus. „Ich weiß, dass es sich so anfühlen muss. Aber, Liebling, dein Vater und ich haben uns nur getröstet. Es war nicht wirklich Sex zur sexuellen Befriedigung."

„Ihhh, Mom." Bree wich zurück. Sie zögerte, dann zog sie ihre Mutter in eine Umarmung. „Gib mir einfach Zeit. Ich brauche Zeit, das ist alles."

C LEM FÜHLTE sich besser nach ihrem Gespräch mit Bree, aber sie erzählte ihrer Tochter nicht, dass Maximo angerufen hatte. Als sie seine Stimme am Telefon gehört hatte, war sie bei seinem weichen italienischen Akzent erschaudert. *Ich bin immer noch nicht über dich hinweg.* Aber Maximo hatte nur gefragt, wie es Bree und Luca ging, nachdem sie die Nachricht bekommen hatten, dass Emorys Blut gefunden worden war. Clem hatte mit ihm gesprochen und sich dann verabschiedet. Er hatte nicht erwähnt, dass sie sich treffen sollten, und Clem war es zu peinlich, es vorzuschlagen. Erst als er aufgelegt hatte, erkannte sie, wieviel Uhr es in Rom sein musste.

An eines hatte der Anruf sie erinnert – es war ein Fehler gewesen, mit Luca zu schlafen. Keiner von ihnen war in den anderen verliebt. Es würde einfach nur alles noch komplizierter machen. Als sie versuchte, Luca anzurufen, ging er nicht ran, und sie schwor sich, am nächsten Tag mit ihm zu sprechen. Sie mussten jetzt alle mit dem, was passiert war, weiterleben.

Alle von ihnen.

MAXIMO HATTE den Anruf mit gemischten Gefühlen beendet. Das Gespräch mit Clem hatte ihn beruhigt, aber es warf auch neue Fragen auf. Sie hatte ihm gesagt, dass Luca Schwierigkeiten hatte, sich mit Emorys Tod auseinanderzusetzen, und Maximo wusste genau, wie sich der andere Mann jetzt fühlen musste. *Hoffnungslos. Nutzlos. Leer.*

Maximo hatte diesen schrecklichen Tag, an dem Ophelie gestorben war, immer und immer wieder durchlebt ...

OPHELIE SAH MÜDE AUS, aber ihr Lächeln ließ immer noch sein Herz schneller schlagen. Sie stand von ihrem Schminktisch auf und kam zu ihm, um ihn zu begrüßen. „Hey, ich habe dich erst später erwartet, *mon amour.*"

„Ich konnte mich nicht von dir fernhalten."

Er küsste sie und spürte ihre üppigen Kurven an seinem Körper. Sie schob eine Hand zu seiner Leiste und lächelte. „Ist das alles für mich?"

Maximo grinste und hob sie in seine Arme. Die Nacht war schwül, aber eine kühle Brise blies sanft in ihr Schlafzimmer. Maximo trug sie auf den Balkon ihres Hauses. In der Ferne lag die Stadt Neapel, und der Schatten des Vesuvs erhob sich vor dem Nachthimmel.

Aber Maximo hatte nur Augen für die schöne Frau in seinen Armen. Ophelie mit all ihrer Pariser Eleganz wusste genau, wie sie ihn verführen konnte. Ihr langes dunkles Haar fiel über ihre Taille und ihre dunkelgrünen Augen blickten amüsiert, als sie sich auf ihn legten. Sie rutschte von seinem Schoß, stand vor ihm, zog die Träger ihres Kleides von ihren Schultern und ließ es zu Boden fallen. Maximo holte tief Luft, und sein Schwanz reagierte auf sie. Er zog sie zu sich, und sein Mund suchte ihre Brüste und saugte an ihren Brustwarzen, während seine Hand zwischen ihren Beinen fühlte, dass sie für ihn nass wurde. Er hörte ihr leises Stöhnen, als er ihre Klitoris massierte, und vergrub sein Gesicht an ihrem weichen Bauch.

„Maximo ...", flüsterte sie und ließ ihn knurren. Er stand auf und schob sie zurück gegen die Steinmauer ihres Hauses. Seine Hände waren grob vor Verlangen nach ihr. Ophelie lächelte, als er auf die Knie sank, ihr Geschlecht mit seiner Zunge fand und ihre Beine auseinanderdrückte. Er kannte ihren Körper so gut, dass sie bei ihm völlig ungehemmt war.

„*Mon amour*, ich will deinen Schwanz." Maximo ging lachend auf die Füße, zog seine Hose aus und befreite seinen bereits harten Schaft. Er hob Ophelie hoch, drang in sie ein und rammte seine Hüften gegen ihre. Sie stöhnte, als er sie fickte, und ermutigte ihn mit jedem Keuchen und Seufzen. Er fickte sie an der Wand und trug sie dann zu ihrem Bett und nahm sie wieder, während sie vor Vergnügen aufschrie, als er seinen steinharten, riesigen Schwanz immer wieder in sie bohrte. Er kam und stöhnte ihren Namen immer wieder, bis sie beide erschöpft und satt waren.

Danach lagen sie einander gegenüber und sagten eine Weile nichts, bis Ophelie leise und schmerzerfüllt sagte: „Er ist mir heute wieder gefolgt."

Maximo fluchte leise. Diese Sache mit Ferdie lief schon seit Monaten. Als Max Ophelie seinen Geschwistern vorgestellt hatte, waren sie zunächst freundlich gewesen, und seine Schwester Perdita und sein Vater Alphonso hatten sie förmlich angebetet. Aber nach ein paar Wochen war Ophelie Ferdie an den unwahrscheinlichsten Orten begegnet. Wenn sie einkaufen ging oder aus einer der Klassen kam, die sie an der örtlichen Hochschule unterrichtete. Ferdie war immer da. Zuerst dachten Ophelie und Max sich nichts dabei – bis zu dem Tag, als Ferdie Ophelie erzählt hatte, dass er in sie verliebt war. Schockiert hatte Ophelie ihn sanft zurückgewiesen – sie war schließlich in Maximo verliebt. Sie war freundlich und respektvoll bei ihrer Ablehnung gewesen, aber Ferdie hatte es nicht gut aufgenommen. Als Ferdie Ophelie in der Öffentlichkeit blamierte, hatte Maximo ein ernstes Wort mit ihm geredet. Seitdem hatte zwischen den Brüdern Streit geherrscht.

Als Max zu seinem Vater ging und darum bat, Ferdie von ihrem Sicherheitsteam überwachen zu lassen, hatte Alphonso gesagt, dass Maximo überreagiere und er erst mit Ferdie sprechen wolle.

Ferdies Reaktion war erschreckend gewesen. Er hatte Ophelie nach Unterrichtsende in ihrem Klassenzimmer bedrängt und obwohl er ihr nicht ausdrücklich Gewalt angedroht hatte, bezweifelte Ophelie nicht, dass er dazu fähig war. Maximo fand sie weinend und ängstlich vor, und keiner von ihnen schlief in dieser Nacht.

Maximo arrangierte schließlich selbst Schutz für Ophelie. Er konfrontierte Ferdie vor einigen seiner wichtigsten Kunden, um ihm die Botschaft zu vermitteln, dass sein Verhalten nicht akzeptabel war.

Das war vor fünf Tagen gewesen. Ferdie war gedemütigt worden, und bis jetzt hatte er sich ferngehalten. Aber jetzt, als Ophelie ihm erzählte, dass sie ihn auf dem College-Campus gesehen hatte, erstarrte Maximos Herz. „Ich verspreche dir", sagte er zu ihr, „dass ich nicht zulassen werde, dass er dich verletzt."

Es war ein Versprechen, das er nicht halten konnte. In dieser Nacht erwachten sie, als unten Glas zersplitterte. „Bleib hier", sagte Maximo zu einer erschrockenen Ophelie. Als er mit einem Marmor-ornament bewaffnet die Treppe hinunterging, fand er ein zerbrochenes Fenster und war verwirrt. Es war nicht groß genug, als dass jemand sich hindurchzwängen könnte. Erst als er hörte, wie Ophelie schrie, erkannte er, was es war.

Ein Ablenkungsmanöver. *Oh Gott, nein ...*

Er rannte die Treppe hinauf, und sein Herz schlug wild. „*Ophelie!*"

„*Maximo!*" Sie klang panisch. Dann blieb Maximos Herz fast stehen, als er sie schreien hörte: „Nein! Nein, bitte!"

Er stürzte in ihr Schlafzimmer und sah, wie Ferdie Ophelie durch das geschlossene Glasfenster warf. Das Glas zerschmetterte und sie fiel keuchend und blutend auf den Balkonboden.

Maximo attackierte Ferdie, und die beiden Männer kämpften. Aus den Augenwinkeln sah er, wie Ophelie versuchte, blutbedeckt aufzustehen. Die Ablenkung ermöglichte es Ferdie, ihm hart auf die Schläfe zu schlagen und ihn zu betäuben. Maximo sank auf den Boden und wusste, dass er aufstehen musste, um sie zu retten, seine Liebe, seine Ophelie ...

Ferdie trat ihm bösartig in den Magen und Maximo musste hilflos mitansehen, wie sein Halbbruder auf die Frau auf dem Balkon zuging, eine große, tödliche Glasscherben nahm und sie ihr in den Bauch rammte.

„Nein!"

Aber Ferdie war gnadenlos und stach immer wieder auf Ophelie ein, bis er sie schließlich auf den Boden fallen ließ. Ophelie schnappte nach Luft, als Maximo zu ihr kroch. Ferdie grinste die Liebenden an, bevor er die Flucht antrat. Maximo zog Ophelie in seine Arme.

„Bitte, bitte, lass mich nicht allein, meine Geliebte", bat er sie, aber sie berührte sein Gesicht ein letztes Mal und dann waren ihre Augen für immer geschlossen. Maximo schluchzte in die Nacht, bis seine schmerzerfüllten Schreie die Nachbarn alarmierten, die die Polizei riefen. Maximo wollte Ophelie nicht loslassen, bis Alphonso entsetzt eintraf.

Die ganze Geschichte kam heraus, und Alphonso entschuldigte sich bei Maximo. Dann bestach er die Polizei und verbannte Ferdie nach Zürich. Maximo brach allen Kontakt zu seinem Vater ab.

Und Ophelie, seine Liebe, war tot.

Maximo schaffte es ins Badezimmer, bevor er sich übergab. *So viel Gewalt*, dachte er jetzt. Er musste aus Italien weg, zumindest für eine Weile. Er konnte nicht zum Jahrestag des Mordes an Ophelie hier sein. Es würde ihn umbringen.

Zwei Stunden später wurde er zum Flughafen gefahren. Er starrte gedankenverloren aus dem Fenster. Ophelies Gesicht tauchte immer wieder vor ihm auf, und er schloss die Augen. Er kannte zwei Methoden, um sich abzulenken: Er könnte Luca Saffran helfen, den Verlust seiner Liebe zu verkraften. Maximo nickte leicht. Die andere Methode wäre schwieriger.

Er könnte Ferdie finden, wo auch immer er auf der Welt war, und ihn töten.

Zea Azano hatte es geschafft, Jared den ganzen Tag zu ignorieren, während er im Diner saß und mit einem überlegenen Grinsen mit den Stammgästen falsche Nettigkeiten austauschte. Zu ihrer Zufriedenheit wusste Zea etwas, das Jared nicht wusste. Jeder einzelne Stammgast kannte Jareds Spiel und spielte mit.

Als Flynt vorschlug, einigen der Stammgäste alles zu erzählen, war Zea entsetzt gewesen, aber er hatte sie dazu überreden können.

„Denk darüber nach, Baby. Jared zählt darauf, dass du nicht willst, dass bekannt wird, dass du die Witwe von David Azano bist."

„Genau", sagte sie. Ihr Gesicht wurde heiß, und ihre Brust verengte sich in Panik.

„Siehst du es nicht? Wir können das für uns nutzen. Wenn wir nur ein paar Stammgästen erzählen, was Jared macht und dass du deine Deckung nicht verlieren willst, können wir seine Unwissenheit und Arroganz zu unserem Vorteil nutzen. Er wird versuchen, dich hier zu kriegen. Es ist der am besten zugängliche Ort für ihn. Du wirst von Leuten umgeben und geschützt sein. Wenn wir ihn also reizen und er die Beherrschung verliert, haben wir die Kontrolle."

Zea blickte ihn an. Dann schaute sie zu Teresa und Hannah. „Was denkt ihr?"

„Ich sehe es wie Flynt", sagte Teresa, und Hannah nickte.

„Und denk nur an den Spaß, den wir mit diesem Idioten haben werden, Zea."

Trotzdem fühlte sich Jareds Gegenwart für Zea an, als wartete er darauf, sie anzugreifen und zu vernichten. Sie hatten die ganze Woche daran gearbeitet, Jared zu verwirren. Zea kam und ging zu verschiedenen, seltsamen Zeiten wie etwa 15:03 Uhr oder 6:50 Uhr. Und als Jared versuchte, ihr zu folgen oder ihr den Weg abzuschneiden, wenn sie ging, war jemand da, um ihn zu stoppen, sei es Flynt, Teresa, Hannah oder einer der Stammgäste. Er kam nie in ihre Nähe, und sie konnten sehen, dass es ihm nicht gefiel. Sie reizten ihn, aber er setzte seine Drohung dennoch nicht um.

Flynt wurde ungeduldig. „Wir brauchen etwas Großes, etwas, um ihn über den Rand zu stoßen."

Zea stimmte zu, aber als Flynt mit einem Plan ankam, war sie fassungslos gewesen. Als sie jedoch darüber nachdachte, begann sie zu lachen und willigte ein, bei dem Plan mitzumachen.

Sie sah, dass Flynts Auto vor dem Diner hielt. Als sie sah, wie er durch die Tür kam und seine Freunde begrüßte, begann ihr Herz, ein wenig schneller zu schlagen. Als er sie anlächelte, war sie verloren. Er ignorierte Jared, öffnete die Theke und kam zu ihr. Er küsste sie zärtlich, aber leidenschaftlich und nicht nur, um Jared zu ärgern.

„Bist du bereit, Baby?", sagte er leise, und sie nickte mit geröteten Wangen.

„Natürlich."

Flynt lachte. Beide konnten einem Blick auf den düster vor sich hinstarrenden Jared nicht widerstehen. „Haben Sie etwas zu sagen, Podesta?"

„Es kann warten." Jareds Blick war auf Zea fixiert, und sie fühlte Angst in sich aufsteigen, trotz Flynts Anwesenheit. Flynt grinste Zea an, führte sie nach draußen und öffnete die Beifahrertür für sie.

Als er sich neben sie setzte, sah er sie an. „Okay. Das ist die letzte Chance, deine Meinung zu ändern."

Zea beugte sich vor und küsste ihn. „Ich habe mich entschieden."

Flynt grinste glücklich. „Dann lass es uns machen."

Jared Podesta beobachtete sie mit wachsender Wut. Im nächsten Moment war er verwirrt, als die Leute um ihn herum in Aktion traten. Teresa und Hannah, die Schwester dieses Arschlochs Flynt, brachten tütenweise Dekorationen und begannen, das Diner zu schmücken. Die anderen Gäste schienen eingeweiht zu sein und halfen den Frauen. Jared saß mittendrin, als sie das ganze Lokal mit Bannern und Ballons verzierten, so dass alles weiß und silbern glänzte. Als die beiden Frauen das letzte Banner über der Theke befestigten, begriff Jared schließlich. *Auf keinen Fall. Nein, verdammt.* Er stand auf, und Teresa und Hannah fingen an, über ihn zu lachen.

„Lacht nicht über mich, ihr Schlampen", brüllte er, und alle verstummten. Hannah warf ihm einen unschuldigen Blick zu.

„Willst du nicht mit uns feiern? Willst du dem glücklichen Paar nicht gratulieren?"

Jared fühlte die Wut, die in ihm hochkochte. „Unsinn. Sie werden ganz sicher nicht heiraten. Warum lasst ihr das Theater nicht einfach?"

Hannah sah Teresa an. „Hey, ist das wahr? Sind mein Bruder und Zea nicht zum Rathaus gegangen?"

Teresa genoss den Witz. „Doch, doch ..." Sie sah Jared an. „Das haben sie wirklich gemacht. Wie wäre es, wenn wir uns alle bereit-machen, den Jungvermählten Glück zu wünschen?"

Jared verlor die Fassung. Er stürzte sich auf Hannah, die ihm geschickt auswich und ihm gegen das Knie trat, so dass er hinfiel. Zwei Männer aus dem Diner zerrten ihn hoch und warfen ihn aus der Tür. Sowohl Hannah als auch Teresa kamen an die Tür, als er mühsam aufstand, und als er sich umdrehte, zeigten sie ihm beide den Mittelfinger.

VERDAMMTE SCHLAMPEN. Jared stapfte gedemütigt und wütend zu seinem Auto. Eines wusste er sicher: Zea würde es niemals den Gang zum Altar hinunter oder zum Standesamt schaffen, nicht wenn er etwas dabei zu sagen hatte. Seine Waffe lag in seinem Handschuh-fach, und er zog sie heraus.

Als er fuhr, beruhigte er sich und dachte daran, was alles dazu geführt hatte, dass er an diesen Ort gekommen war.

Er hatte nicht einmal gewusst, dass er einen Bruder hatte, bis sein Vater gestorben war und er in das Büro seines Anwalts gerufen wurde. Er war zu dem Gemälde des alten Plantagenhauses hinge-zogen worden, in dem er aufgewachsen war ...

· · ·

ER BLICKTE *auf das Bild des Hauses und erinnerte sich an das letzte Mal, dass er es je gesehen hatte. Er erinnerte sich daran, wie er weggeschickt worden war Er war nur ein Junge gewesen. Ein Einzelkind. Scheinbar doch nicht. In der Kanzlei dieses Fremden schien das Bild seines Zuhauses, des Hauses, aus dem er verbannt worden war, unangemessen und fehl am Platz zu sein.*

„Mr. Podesta?" Jared wandte sich mit kaltem Gesicht dem Anwalt zu.

„Mr. Podesta, verstehen Sie, was ich Ihnen sage?"

Jared lächelte humorlos. „Mr. Hamilton, was habe ich getan, dass Sie denken, ich sei in irgendeiner Weise begriffsstutzig? Sie haben mich gerade informiert, dass ich einen Bruder habe, dessen Existenz mir bis jetzt verschwiegen worden war. Meine Mutter und mein Vater versteckten den Umstand, dass sie noch einen anderen Sohn hatten, vor mir."

William Hamilton rutschte unbehaglich auf seinem Stuhl herum. „Das ist nicht genau, wie es war ..."

Jared setzte sich so plötzlich ihm gegenüber hin, dass der alte Anwalt erschrak.

„Dann erzählen Sie mir, wie es genau war, Mr. Hamilton." Jared wischte über seine Hose, bevor er seinen harten Blick noch einmal auf den Anwalt richtete. „Nun?"

Hamilton räusperte sich nervös.

„Ihr Bruder wurde gleich nach seiner Geburt adoptiert. Ihre Mutter hat ihn nie gesehen. Aber obwohl es eine geheime Adoption war, fand sie irgendwie heraus, wo er war, und behielt ihn im Auge. Und als sie starb, teilte sie ihr Erbe gleichmäßig zwischen Ihnen beiden auf."

Jared verdaute die Informationen. „Wo ist er?"

„Bitte?"

„Wo ist mein Bruder jetzt? Wie lautet sein Name?"

„Es tut mir leid, ich kann nicht ..."

„Mr. Hamilton, Sie geben mir jetzt die Informationen, die ich will. Meine Familie hat mich im Stich gelassen, und bis jetzt hatte ich keine Ahnung, dass ich einen Bruder habe. Ich möchte meine Familie kennenlernen, Mr. Hamilton. Wo ist er?"

Hamilton sah in die Augen des Mannes vor ihm und erkannte den toten Blick eines Psychopathen.

„Es war der Wunsch Ihrer Mutter ...“

„Zur Hölle mit meiner Mutter, Mr. Hamilton. Ich will die Familie, die mir verwehrt wurde. Wo ist er?“

„Sein Name ist David Azano. Er ist Lehrer an einer Privatschule in der Nähe von Seattle. Er wohnt mit seiner Frau in Auburn.“

„Washington.“

„Ja.“

„Vielen Dank, Mr. Hamilton. Geben Sie mir die vollständige Adresse und alle anderen relevanten Details. Sie werden einen Anwalt in Seattle engagieren, der sich um das Erbe meines Bruders kümmert. Ich werde mich mit ihm treffen und ihm die guten Nachrichten selbst überbringen.“

Hamilton öffnete seinen Mund, um zu widersprechen, aber Jared erhob sich, ohne dem älteren Mann die Hand zu reichen.

„Ich melde mich morgen wieder. Ich hoffe und erwarte, dass Sie mir die Informationen beschaffen, die ich will.“

Aber dann hatte der Anwalt angerufen und gefragt, ob er die Nachrichten gesehen hatte. Sein Bruder war verrückt geworden und hatte bei einem Amoklauf an einem College Lehrer und Studenten erschossen. Jared sah die Nachrichten leidenschaftslos an. Nun, das bedeutete wohl, dass das gesamte Erbe seines Vaters an ihn ging. Der Anwalt war nicht einverstanden. Nein, Davids Geld würde an seine Frau gehen. Das hatte Jared verärgert, aber dann hatte er Zea im Fernsehen gesehen, deren Gesicht voller Trauer und Schuldgefühle war, und ihm stockte der Atem.

Die Antwort war klar. Er würde sie finden und verführen. Dann würde ihm der Preis gehören. Nicht nur das Geld, sondern auch die schöne Frau, die sein Bruder aufgegeben hatte. Sie würde ihm gehören.

UND JETZT WÜRDE er nicht nur Zea verlieren, sondern auch die Kontrolle über sie, wenn sie Flynt Newlan heiratete. Er hat seine Nachforschungen zu Newlan gemacht und wusste, dass er Geld hatte. Wenn er Zea heiratete, dann war jegliche Kontrolle, die Jared über sie hatte, vergangen.

Jared wusste, dass alles in den nächsten Stunden entschieden werden würde, und wenn er Newlan oder Zea oder beide töten musste, dann würde er es tun. Es war Zeit, es zu beenden.

Aber dann kam ihm eine Idee, und er brach fast in Lachen aus. Es war so offensichtlich.

BREE LEHNTE den Kopf gegen das Fenster der Fähren-Lounge. Draußen war das Meer unruhig, und die Fähre schaukelte hin und her. Brees Magen drehte sich fast um, aber sie schluckte die Übelkeit hinunter. Bree seufzte angesichts des Friedens, den der Tag allein ihr gegeben hatte. Sie war vor der Morgendämmerung aufgestanden, hatte auf Kizzies Vorschlag hin das erste Boot in die Stadt genommen und war dann allein in Cafés und Buchläden gegangen. Sie hatte Kizzie einen neuen Cello-Bogen und eine LP von Arvo Pärt gekauft, um sich bei ihr zu bedanken.

Das Wochenende hatte sie mit Kizzie in ihrer Villa auf der Insel verbracht. Kizzie grinste, als Bree ihre Bewunderung ausdrückte. „Ich weiß, es ist unverschämt teuer, aber mein Gott, es ist so friedlich hier. Außerdem störe ich die Nachbarn nicht, wenn ich übe." Sie spielte Cello für Bree, die von der Musik tief bewegt worden und in Tränen ausgebrochen war. Es fühlte sich gut an zu weinen. Sie und Kizzie hatten ununterbrochen über alles gesprochen, und es hatte die Anspannung gelöst, die sie zu überwältigen gedroht hatte.

DANN HATTE KIZZIE ANGEFANGEN, über Jesse zu sprechen. „Er vermisst dich, Bree. So sehr. Schau nicht so, ich weiß, dass du genauso empfindest. Und du kannst ihn nicht meiden, wenn wir Freundinnen sind. Was, wenn er beschließt, Seattle zu verlassen, und du ihn nie wiedersiehst?"

Schmerzen schossen durch Bree, und sie zuckte zusammen. Kizzie hatte es gesehen. „Siehst du? Also, müsst ihr es irgendwie schaffen, wieder ... Freunde zu sein. Freunde, die in einander verliebt sind, aber immer noch ... Freunde. Seelenverwandte, wenn du willst." Sie grinste Bree an, aber ihre Augen waren ernst. Sie nahm ihre Hand und versuchte, ihre Worte weicher klingen zu lassen. „Ich weiß nicht, was passiert, wenn du das nicht schaffst … Ich kann mich für keine Seite entscheiden, Bree. Er ist mein Bruder. Ich brauche euch beide, also ist es Zeit, darüber hinwegzukommen, was passiert ist."

Die Trauer, die Bree bei ihren Worten empfand, war überwältigend.

Kizzie konnte den Zorn und den Schmerz auf dem Gesicht ihrer Freundin sehen. Bree schüttelte den Kopf. „Ich bin von allem, was in letzter Zeit passiert ist, angeschlagen, Kizzie. Der Amoklauf, Emory, meine Mutter und mein Vater …" Tränen fingen an, über ihr Gesicht zu strömen. „Und Jesse … ich hätte ihm eine Chance geben sollen, alles zu erklären. Nichts davon wäre geschehen, wenn ich nicht auf ihn losgegangen wäre. Ich liebe ihn so sehr, Kizzie Ich bin es leid, etwas anderes vorzutäuschen."

Als sie sich ans Fenster setzte, blickte sie zu Jesses Haus hinüber. Es war dunkel, und sie bedeckte ihr Gesicht mit den Händen und schluchzte. „Und ich bin es leid, so zu tun, als sei mein Herz nicht gebrochen. Jedes Mal, wenn ich mir vorstelle, dass er bei dieser Julieta ist, fühlt es sich an, als würde ich sterben."

Kizzies Augen füllten sich mit Tränen, als sie beobachtete, wie ihre Freundin weinte. „Oh Süße …" Sie zog Bree auf die Couch und hielt sie fest. „Du solltest wissen … er ist nicht mit Julieta zusammen. Er unterstützt sie wegen des Babys, aber er liebt dich. Ich weiß es."

Schließlich verstummte Brees Schluchzen, und Kizzie ließ sie los und lächelte sie an.

„Ich habe eine Idee. Du musst alles hinter dir lassen, zumindest einen Tag lang."

Bree wischte sich über die Augen. „Das klingt gut. Wie lautet der Plan?"

Die Fähre schaukelte wilder, und das Wetter draußen verschlechterte sich. Bree schloss die Augen und rieb sich die Stirn. Heute war sie in die Stadt gegangen, um abseits von allen Menschen, die sie kannte, den Kopf freizubekommen. Und es hatte funktioniert. Sie fühlte sich stärker und hatte eine Entscheidung getroffen. Jesse ... der Schmerz, ihn niemals wiederzusehen, überwog alles andere. Alles. Also würde sie versuchen, nur noch eine platonische Freundin zu sein. Bei dem Gedanken zog sich ihr Magen zusammen.

Bree zog ihren Mantel fester um sich. Die Brise vom Ozean fegte herein, als sich die Tür zum Deck hinter ihr öffnete, und sie zitterte. Sie lehnte ihren Kopf auf ihre Hand und schlief fast ein.

Dann fühlte sie, wie sich jemand neben sie setzte und eine Hand sanft in ihre glitt. In der Sekunde, bevor sie ihre Augen öffnete, kam eine Erinnerung zurück. Wilde Haare und ein schiefes Lächeln. Sie kannte diese Haut und die warmen Finger, die sich sanft durch ihre schoben. Sie öffnete ihre Augen.

Jesse sah sie nicht an, und seine Wangen waren gerötet. Seine langen Finger drückten ihre ganz leicht. *Liebe*. Bree stockte der Atem. Jesse drehte den Kopf, und sein Lächeln ließ sie schwach werden. Er schob eine Hand um ihre Taille, zog sie zu sich und lehnte seinen Kopf gegen ihren. Bree seufzte und war unfähig, seiner Berührung zu widerstehen. Ihr ganzer Körper kribbelte. Ihre Arme glitten um seinen vertrauten, soliden, tröstenden Körper. Sie spürte, wie er seine Finger in ihren Haaren vergrub und seine Lippen an ihre Stirn drückte. Sie sah in seine Augen, und ein Gefühl der Ruhe und der Sicherheit überkam sie. *Du bist mein Zuhause.* Jesse lächelte, als er die Liebe auf ihrem Gesicht sah. Sie sagten kein Wort.

Sie blieben so, bis die Fähre auf der Insel angedockt war. Die anderen Passagiere stiegen aus, bevor sie aufstanden und Händchen haltend langsam den Hafen verließen. Jesses Daumen strich rhythmisch über ihren Handrücken und schickte ein warmes Kribbeln durch sie. Am Rande der Hauptstraße zog Jesse sie in einer Gasse in seine Arme. Schweigend standen sie zusammen. Dann ließ er sie los und berührte mit dem Handrücken ihr Gesicht. Seine Augen leuchteten.

„Gute Nacht."

Sie lächelte ihn an, und ihr Gesicht war weich vor Liebe. „Bye." Sie lehnte sich gegen die Ecke des Gebäudes und beobachtete, wie er langsam nach Hause ging. Bevor er ins Haus ging, drehte er sich um und hob die Hand. Sie winkte zurück und grinste. Als er verschwunden war, fing sie an, in Richtung von Kizzies Villa zu gehen, und dachte darüber nach, ein Taxi zurück zu nehmen. Der Abend war kühl, aber es waren nur ein paar Meilen zu Fuß nach Hause.

In der Villa blickte Bree auf Kizzies geschlossene Schlafzimmertür, als sie vorbeiging, und grinste. Kizzie hätte sicher gerne gewusst, was genau passiert war. *Tut mir leid, Kizzie, nur für heute ist es mein Geheimnis.* Sie lächelte vor sich hin und ging ins Bett.

EMORY STÄHLTE sich und nickte Dante und dem Psychiater zu. „Okay.“

Sophia setzte sich neben sie und hielt ihre Hand. Heute wollten sie ihr alles darüber erzählen, wer sie war, woher sie kam und wer sie töten wollte.

Dante und Sophia waren unglaublich freundlich gewesen, und ihr hatte es an nichts gefehlt, seit sie aufgewacht war. Sie kauften ihr Kleidung, gaben ihr Nahrung und arrangierten ihre medizinische Behandlung. Sie hatte mit ihnen gesprochen, also wusste sie ein wenig über sich – ihren Namen, dass sie Lehrerin war, dass sie in irgendein Massaker an ihrer Schule involviert gewesen war. Sie war entsetzt darüber und so aufgebracht gewesen, dass Dante psychiatrische Unterstützung besorgt hatte.

Nun, einen Monat später, war sie bereit. Sie nickte Dante zu, der sie anlächelte. Sie war dem Mann und Sophia, die sich als so etwas wie seine adoptierte Schwester erwies, unglaublich nahegekommen. Sie war sich in letzter Zeit einer Veränderung in der Beziehung von Dante und ihr bewusst geworden. Sie verbrachten lange Abende miteinander, unterhielten sich und lachten. Sie fand ihn intelligent und belesen, und er war definitiv ein attraktiver Mann mit seinen warmen Augen, seiner gebräunten Haut und seinem athletischen Körper. Sie war sich ihrer Anziehungskraft auf ihn bewusst, aber etwas hielt sie zurück.

Sie fragte sich, ob sie jetzt entdecken würde, was das war. Erinnerungsfragmente kehrten immer häufiger zurück, meistens als nicht zusammenhängende Alpträume, aber manchmal glaubte sie, sich an den Kuss eines Liebhabers zu erinnern. Sie war geliebt worden. Sie wusste es in ihrer Seele.

Sie wusste nur nicht, von *wem*. Jetzt, da sie bereit war, wusste sie allerdings eines: Es war nicht der Mann auf dem Foto, das sie vor ihr platziert hatten. Er war schon älter und wirkte arrogant, und ihr Magen zog sich mit einer unterbewussten Angst zusammen.

„Das ist Raymond Grace", sagte Dante sanft. „Das ist der Mann, der dich wohl angeschossen hat. Dein Ex-Mann."

Emory nahm das Foto und starrte auf das Gesicht. Ja. Sie nickte. „Ich kenne dieses Gesicht. Ich war mit ihm verheiratet?" Ihre Stimme war erstaunt, und Sophia musste kichern.

„Wir haben uns *alle* gefragt, wie das passieren konnte."

Emory lachte und plötzlich fühlte sie sich besser. Sie legte das Foto weg und sah erwartungsvoll zu Dante. Beim Nicken des Psychiaters übergab Dante ihr ein anderes Foto. Diesmal zeigte es eine junge Frau, einen Teenager mit kurzen dunklen Haaren und dunklen Augen. Emorys Puls beschleunigte sich. „Ich kenne dieses Mädchen ... ich kenne sie." Als sie das Bild betrachtete, begann sie zu lächeln. „Es fühlt sich so an, als ob ... sie eine Freundin ist. Eine gute Freundin."

„Du hast ihr Leben gerettet", sagte Dante sanft. „Ihr Name ist Bree Saffran."

Emory fühlte einen Ruck, der ihr den Atem raubte. „Bree? Ich kenne sie, Bree, oh mein Gott."

Plötzlich konnte sie nicht mehr atmen. Sie kippte fast um, und dann war Dante da und hielt sie fest. Sie wiegte sich hin und her.

„Ich erinnere mich. Ich erinnere mich an ... die Schule. Das College. David, es war David ... er wollte sie töten, oh mein Gott, oh nein, Gott, er hatte ein Messer ..."

DANTE HIELT SIE, als sie schluchzte und die Erinnerungen zurückkamen. Er nickte Sophia und dem Arzt zu, die beide ruhig das Zimmer verließen. Er hielt Emory fest und ließ sie weinen. Als sie aufhörte, seufzte und sich entschuldigte, nahm er ihr Gesicht in seine Hände. „Hör auf, dich zu entschuldigen. Du bist eine Heldin, Emory." Er streichelte ihr Gesicht mit seinen Daumen. Emory blickte ihn an, und plötzlich änderte sich die Atmosphäre im Raum. Emory holte zitternd Atem. „Dante ..."

Seine Lippen trafen ihre, und er küsste sie sanft, schüchtern und fragend. Emory schloss die Augen, spürte seine Umarmung und sank in sie hinein. Sie legte ihre Finger in sein dunkles Haar, als sie sich küssten, und als sie ihre Augen öffnete, sah sie die Liebe in seinem Blick.

„Emory", sagte er mit leiser Stimme, „ich bin verrückt nach dir. Du bist alles, was ich je gewollt habe. Aber ich will dich nicht zwingen oder dich ausnutzen, weil ich es hassen würde, wenn du deine Erinnerungen wiedergewinnen würdest, nur um herauszufinden, dass es jemand anderen gibt, jemanden, den du zurückgelassen hast."

Emory blickte ihn an, und ihre Hand umfasste seine Wange. „Dante ... ich weiß es einfach nicht. Ich kann mich nicht erinnern. Was ich weiß, ist, dass etwas in meinem Kopf ist, das mich zurückzieht. Etwas, das ich einfach nicht erreichen kann. Du bist ein wundervoller Mann, und ich will nicht dein Herz brechen. Oder meins. Bis ich alles weiß, kann ich diese Entscheidung nicht treffen. Aber du sollst wissen ..." Sie lehnte ihre Stirn gegen seine. „Dieser Moment jetzt gehört uns. Der Rest der Welt existiert nicht."

Dante runzelte die Stirn und begriff nicht. „Emory?"

Sie drückte ihre Lippen gegen seine. „Halte mich fest."

Er zog sie in seine Arme, küsste sie und spürte, wie sich ihre Arme um ihn legten. Gott, er wollte diese Frau so sehr, und sie gab ihm, was er wollte, hier und jetzt. Ohne Erwartungen.

Sie hielten sich eine Zeit lang, dann begleitete Dante sie zurück in ihr Zimmer. „Jetzt, da du dich besser fühlst, kannst du ins Haupthaus kommen und in eines der Gästezimmer ziehen."

Emory sah zögernd aus. „Ich weiß nicht ... Ich finde es besser, wenn wir eine gewisse Distanz wahren, oder? Zumindest vorerst."

Dante lächelte. „Natürlich. Aber ich verspreche, es wäre mir eine Freude, dich dort zu haben." Er hatte nicht gedacht, dass es so schmutzig klingen würde, aber als Emory kicherte, erkannte er es und wurde rot. „Du weißt, was ich meine."

„Ja." Sie setzte sich auf ihr Bett. „Dante, ich weiß nicht, wie ich dir jemals zurückzahlen kann, was du für mich getan hast. Es ist einfach unglaublich. Vielleicht ... ich weiß nicht, vielleicht könnte ich für dich arbeiten?"

Er verdrehte die Augen. „Was weißt du über Konglomerate?" Er grinste, als sie das Gesicht verzog.

„Überhaupt nichts."

„Werde einfach wieder gesund, das ist alles, was ich will. Apropos Arbeit, ich muss zurück. Hast du alles, was du brauchst?"

„Ja. Danke, Dante."

Er lächelte und verließ das Zimmer. Sie ging ihm unter die Haut, und er wusste, dass er in großer Gefahr war, sich in diese schöne Frau zu verlieben. *War das der Grund, warum ich Luca Saffran nicht erwähnt habe?* Er schob den Gedanken beiseite und sagte sich, dass seine Detektive nicht bestätigt hatten, dass Emory in einer romantischen Beziehung mit dem Mann war. *Ja, sicher.* Dante seufzte, verdrängte die Schuldgefühle und ging an die Arbeit.

LUCA BLICKTE AUF, als seine Sekretärin an die Tür klopfte. „Jemand möchte Sie sprechen, Luca."

Luca sah auf die Uhr. Es war kurz vor zehn Uhr abends. Er runzelte die Stirn. „Wirklich?"

Sie nickte, und als sie beiseitetrat, sah Luca die letzte Person, die er erwartet hatte. Er stand auf. „Maximo Neri ... Das ist eine Überraschung."

Maximo schüttelte seine Hand und fixierte ihn mit einem durchdringenden Blick. „Ich bin hier, um meine Hilfe anzubieten, Luca. Als Freund. Als jemand, der einen Menschen verloren hat, den er liebte. Und nicht nur das. Ich glaube, ich kann dir helfen. Ich denke, wir können einander helfen ..."

7

TEIL #7: KIZZIE

D a sie und Jesse beide Nachteulen waren, war es keine
Überraschung für Kizzie, dass sie um 12 Uhr ein leises
Klopfen an ihre Tür hörte. Sie öffnete. „Himmel, du siehst
... glücklich aus."

Ihr Bruder grinste sie an, als sie ihn hereinließ, blieb aber ruhig.
Er ging zu den Sesseln und setzte sich. Kizzie lachte über den seligen
Ausdruck auf seinem Gesicht.

„Ernsthaft, ich habe dich schon ewig nicht mehr lächeln sehen."
Sie sah ihn an. „Ist etwas passiert?" Sie nahm zwei Bierflaschen aus
dem Kühlschrank und gab ihm eine.

Jesses Lächeln war selbstgefällig. „Vielleicht hatte ich einen
Augenblick mit einem besonderen Menschen. Ich musste heute
Nachmittag in die Stadt gehen."

Kizzies Mund war ein perfektes „O". „Du hast Bree getroffen? Sie
hat nichts gesagt."

Er nickte und seufzte glücklich. „Auf dem Rückweg auf der Fähre.
Ist sie hier?"

„Sie schläft im Gästezimmer. Willst du, dass ich sie wecke?"

Jesse schüttelte den Kopf und schenkte ihr ein Lächeln. „Nein,
lass sie sich ausruhen."

„Worüber habt ihr gesprochen?"

Er beugte sich vor und griff nach seinem Bier. „Nichts."

Sie hob die Augenbrauen. „Okay ... gar nichts?"

Er schüttelte den Kopf, aber sie lachte über die Zufriedenheit in seinen Augen. „Nun, ich glaube, ihr zwei braucht keine Worte, hm?" Sie beugte sich vor und stieß ihre Flasche gegen seine. „Was jetzt?"

Jesse schüttelte den Kopf. „Ehrlich gesagt habe ich keine Ahnung."

ZEA SCHAUTE ZU FLYNT, als sie vom Rathaus zurückfuhren. *Mrs. Flynt Newlan. Wow.* Flynt grinste sie an und wusste, was sie dachte. „Verrückt, hm?"

Zea kicherte. „Jetzt bist du meine bessere Hälfte. Gott, ich habe nicht einmal David so genannt. Tut mir leid", fügte sie hinzu, als sie erkannte, wie unsensibel sie war, aber Flynt zuckte gutmütig mit den Achseln.

„Baby, es ist okay, über ihn zu sprechen, weißt du. Wenn es dir hilft, über ihn zu sprechen, dann tu es. Ich werde es vielleicht bereuen, aber ich möchte, dass wir ganz ehrlich miteinander sind."

Zea spürte die Liebe in sich aufsteigen, die sie für diesen Mann empfand. „Danke. Ich denke nur, mein Gott, was für ein Wirbelwind ... Von diesem ersten One-Night-Stand in einer Gasse zu dem hier." Sie lachte laut, und er stimmte mit ein und nahm ihre Hand.

„Zea, ich war wie ein Tier, als ich dich sah. Gott, deine Lippen, deine Augen, deine Kurven ... Verdammt. Ich war arrogant genug zu glauben, dass du ebenso empfunden hast."

Seine Worte erregten sie, und sie beugte sich zu ihm hinüber und küsste sein Ohr. „Mr. Newlan?"

Flynt grinste. „Ja, Mrs. Newlan?"

„Halt an. Irgendwo, wo man uns nicht sehen kann. Wenn du ein Tier willst, werde ich dir ein Tier geben."

„Ja, Ma'am." Flynt lachte, als er in die dunklen Wälder abbog.

In einer Lichtung stieg Zea aus dem Auto. „Wohin gehst du?", fragte Flynt. Zea grinste, und als er zu ihr kam, schob sie ihn zurück auf die Motorhaube.

„Leg dich zurück", befahl sie, als sie sich auszog, und er lächelte und tat, was sie sagte. Sie zog seine Jeans herunter, setzte sich rittlings auf ihn, nahm seinen Schwanz in ihre Hände und streichelte seine seidige Länge, bis er hart wurde. Flynt stöhnte, als sie ihn streichelte und griff dann zwischen ihre Beine, um ihre Klitoris zu massieren. Als sie ihn schließlich in ihre weiche, feuchte Wärme führte, ritt sie ihn erst sanft und bewegte sich dann immer schneller und härter. In der Stille des Waldes hallte ihr Stöhnen wider und als sie beide ihren Orgasmus erreichten, wusste Zea, dass ihre ganze Welt jetzt dieser Mann war. Und das war mehr als genug Glück für ein ganzes Leben.

KIZZIE SCHALTETE DEN FERNSEHER AUS, lag auf ihrer Couch und lauschte der Stille. Jesse war nach Hause gegangen, und Bree schlief noch immer im Gästezimmer. Sie hatte Bree gerne hier. Das andere Mädchen schien ihre Liebe zum Frieden zu teilen. Der Grund, warum Kizzie diese kleine Villa auf Bainbridge ausgewählt hatte, war die Ruhe hier. Sie war immer eine Einzelgängerin gewesen – seltsam, wenn man bedachte, dass sie ein Zwilling war, aber Lexi war genauso gewesen. Kizzie und Lexi hatten sich immer aneinander orientiert und gewusst, wann eine von ihnen Zeit für sich brauchte.

Gott, sie vermisste Lexi ... Ihre Schwester war immer die süßeste von allen drei Geschwistern gewesen. Es war tragisch und doch seltsam unvermeidlich, dass sie diejenige war, die ermordet wurde. Das Auburn College-Massaker mochte aus den Nachrichten verschwunden sein, aber nicht aus der Erinnerung aller Beteiligten und der Einwohner von Washington State. Kizzie hörte in Cafés und Restaurants Leute darüber sprechen, und sie wollte sie anschreien, den Mund zu halten. *Ihr wart nicht da! Ihr habt niemanden verloren!* Aber sie hatte es nicht getan. Denn was wusste sie schon? Sie hatten vielleicht Freunde, Cousins oder Brüder verloren. Oder Schwestern.

Ich kann nicht gut damit umgehen. In den letzten sieben Tagen hatte sie diese Worte immer wieder in Gedanken wiederholt und versucht zu sehen, ob sie die Eiswand durchbrechen konnte, die sich um ihr Herz gebildet hatte. Sie wollte weinen, schreien und zusammenbrechen, denn bis sie es tat, wusste sie nicht, wie sie weitermachen sollte.

Kizzie schob diesen Gedanken weg, wie sie es immer tat, und rollte von der Couch. Sie zog eines der französischen Fenster auf und trat in die Washingtoner Nacht hinaus. Durch den Vollmond war alles gut beleuchtet, als sie über das Gras hinunter zu dem kleinen Strand und ein kleines Stück ins Wasser ging. Das kalte Wasser umgab ihre Knöchel, als sie in den Himmel starrte. Sie hatte kurz zuvor eine kleine Flasche Wodka geleert, und jetzt spürte sie, wie ihr schwindelig war. Gott, sie war müde und erschöpft. Das kalte Wasser fühlte sich angenehm auf ihrer Haut an, also zog sie sich aus, warf ihr Kleid auf den Sand und tauchte in das tiefe Wasser ein. Es strömte um ihren Körper herum und entspannte sie ...

Dann wurde ihr Frieden durch Schreie unterbrochen, als jemand an ihr herumzerrte. *Lass mich in Ruhe, ich schlafe, ich schlafe, ich ...*

Kizzie öffnete die Augen und sah helles, weißes Licht. Die Decke war gefliest, und es roch wie in einem Krankenhaus. Was zum Teufel war passiert?

Sie setzte sich auf und sah ihre Eltern und Jesse direkt vor der Tür stehen. Jesse schaute sie an und lächelte. Sie murmelte: „Was zum Teufel geht hier vor?", und er nickte und kam näher. Ihre Eltern folgten ihm. Kizzie sah sofort die roten Augen ihrer Mutter und die Sorgenfalten auf dem Gesicht ihres Vaters.

Ein Arzt kam herein, bevor sie fragen konnte, was zur Hölle sie hier machte.

Kizzie war schwindelig, und ihr Kopf schmerzte. Jesse drückte ihre Hand. Ihr Vater stand an der Tür und lächelte, wann immer sie zu ihm hinüberschaute. Ihre Mutter wollte sie nicht anschauen, und Kizzie spürte Trauer in ihrer Brust.

Dr. Napier leuchtete mit einer kleinen Lampe in ihre Augen, und sie zuckte zusammen. Dr. Napier lächelte. „Tut mir leid ... Fühlen Sie sich benommen?"

Kizzie nickte. „Ja, etwas." Sie sah zu Jesse an der Seite ihres Bettes hinüber. Er zwinkerte ihr zu, aber sein Gesicht war düster. Er tauschte einen Blick mit dem Arzt. Dr. Napier legte seinen Stift weg und setzte sich neben sie. Er beugte sich vor, und seine Augen suchten ihr Gesicht.

„Kizzie ... ich muss Sie etwas fragen. Warum haben Sie aufgehört, Ihre Antidepressiva zu nehmen?"

Sie starrte ihn an und verstand nicht. „Was?"

Der Arzt griff nach ihrer Krankenakte. „Wir haben Ihr Blut getestet. Sie nehmen sonst", er sah nach, „*Zoloft*?"

Sie nickte. „Dr. Napier, ich habe nicht aufgehört, es zu nehmen. Ich kenne die Risiken, das würde ich nicht machen."

Er sah sie stetig an. „Kizzie, die Bluttests lügen nicht. Sie haben Ihre Medikamente seit mindestens drei Monaten nicht mehr eingenommen. Nicht nur das, wir haben Aspirin in Ihrem Blut gefunden. Sie sind allergisch darauf, richtig?"

Sie nickte. „Ja."

Dann war Bree im Zimmer, und Kizzie empfand Dankbarkeit. „Das war ich. Du hast gesagt, du hast Kopfschmerzen, erinnerst du dich? Es tut mir leid, ich wusste nicht, dass du allergisch bist, Kizzie. Sonst hätte ich nie ..."

„In diesem Fall haben Sie Kizzie einen Gefallen getan", unterbrach sie der Arzt. „Wenn ihre Atemwege sich nicht geschlossen hätten, wäre mehr Wasser in sie eingedrungen." Er sah Kizzie an. „Bree hat Ihr Leben heute Abend zweimal gerettet."

Kizzie war immer noch verwirrt und versuchte, Bree anzulächeln.

Bree lächelte ein wenig schüchtern, und Jesse legte seine Hand auf ihre Schulter. Kizzie schwieg einen Augenblick und sah dann den Arzt wieder an.

„Hören Sie, Doktor", sagte sie und konnte fühlen, dass Panik anfing, in ihrer Brust aufzusteigen, „ich schwöre es Ihnen. Ich habe meine Medikamente letzte Woche bekommen. Es sollten zwanzig Kapseln übrig sein. Holen Sie jemanden, der zu meinem Haus geht ..."

Sie verstummte, als alle drei Männer sich bewegten. Ihr Vater kam an ihre Seite und sah sie an.

„Kizzie, das haben wir getan", sagte er leise. „Ich habe nachgesehen. Die Flasche war voll. Es tut mir leid, aber keine der Tabletten war weg."

Sie schüttelte den Kopf. „Nein, ich erinnere mich, sie genommen zu haben, verdammt nochmal, ich erinnere mich, sie letzte Nacht genommen zu haben. Jesse ... du warst da ..."

„Nicht in deinem Badezimmer." Jesse streichelte ihre Hand, aber sie konnte die Zweifel in seinen Augen sehen.

„Sie haben getrunken", fuhr der Arzt mit mitfühlender Stimme fort. „Sie hatten einen emotionalen Tag. In Anbetracht dessen, was kürzlich Ihrer Familie zugestoßen ist ... Es ist verständlich, dass Sie eine ... Veränderung wollten. Die Tatsache, dass Sie mitten in der Nacht schwimmen gegangen sind, und das bei diesem Wetter ... Kizzie, es ist okay, wir können Ihnen helfen."

Sie war verzweifelt. „Ich glaube nicht, dass das passiert ist ..." Sie hoffte auf Unterstützung von Jesse und von ihrem Vater, aber die Bestürzung, die sie auf ihren Gesichtern sehen konnte, war schwer zu ertragen. „Ich habe nicht versucht, mich umzubringen. Ich habe keine Ahnung, wie ich in das Wasser gekommen bin, und ich weiß, dass ich betrunken war, aber ich bin keine Selbstmörderin ..." Ein Schluchzen erstickte ihre weiteren Worte.

„Ich will nach Hause gehen", flüsterte sie, und ohne ihre Augen zu öffnen, schob sie die Decke zurück und schwang die Beine über den Rand des Bettes. Sie waren bei ihr, bevor sie aufstehen konnte.

„Es tut mir leid", sagte der Arzt, als er und Jesse sie zurückschoben. Sie öffnete die Augen und zerrte ihre Arme aus ihrem Griff.

„Ich bleibe nicht hier." Die Hysterie in ihrer Stimme wurde schriller, Angst überwältigte sie und sie fühlte hilflose Wut. Sie sah hilfesuchend zu Jesse. Er schüttelte den Kopf.

„Du musst es tun, es tut mir leid." Er hielt ihren Kopf an seine Brust, als sie schluchzend aufgab.

Ihr Vater kam, setzte sich auf das Bett und legte seinen Arm um ihre Taille. „Ich bin hier, Schatz, ich bin hier." Die feste Wärme seines Körpers neben ihr ließ sie gegen ihn sinken. Er umarmte sie fest, und Kizzie sah, wie sich die Lippen ihrer Mutter anspannten. „Ich bin hier." Jesse und der Arzt ließen sie beide los, als ihr Kampfeswille erstarb und sie sich von ihrem Vater halten ließ. Sie hörte ihnen zu, als sie Worte wie „psychiatrische Auswertung" und „Beruhigungsmittel" sagten. Die Arme ihres Vaters legten sich fester um sie. Der Arzt seufzte.

„Es tut mir leid, Kizzie. Ich weise Sie für 72 Stunden ein. Der Psychiater wird bald zu Ihnen kommen." Er nickte Jesse und ihrem Vater zu und verließ das Zimmer. Kizzie sah ihre Eltern, Jesse und ihre Freundin Bree an und bemerkte den Schmerz in ihren Augen. „Ich schwöre euch allen", sagte sie mit zittriger Stimme, „dass ich nicht versucht habe, mich umzubringen."

Ihre Mutter schluchzte, und eine Träne lief über Brees Gesicht.

Kizzie schloss ihre Augen wieder, löste sich aus den Armen ihres Vaters und rollte sich auf die Seite. *Niemand glaubt mir.*

In diesem Moment gab sie schließlich die Hoffnung auf.

Emory hatte begonnen, auf dem Anwesen, das wunderschöne Gebäude und viele Hektar Wald und Wiesen bot, Spaziergänge zu machen. Es war himmlisch und gut für ihre Genesung. Dante begleitete sie oft und brachte seine zwei Hunde mit, einen langhaarigen Schäferhund namens Brigadier und einen verrückten dunkelroten Cavalier King Charles Spaniel namens Duke, der sich in Emory verliebt hatte.

„Er hat guten Geschmack", hatte Dante kläglich gesagt, und Emory kicherte, als er die Augen verdrehte, während sie mit den beiden Hunden spielte.

Sie sprachen viel, und Dante erzählte ihr von seiner feurigen italienischen Mutter und seinem stoischen Vater. „Sie wurde immer ganz emotional bei Themen wie Politik und Feminismus, und er hat nur genickt und zugestimmt. Das hat sie verrückt gemacht. Sie wollte Streit, Debatten, Leidenschaft. Es war ziemlich lustig, ihnen dabei zuzuschauen."

„Sie klingen fantastisch."

Dante nickte. „Sie waren es. Ich hatte großes Glück."

„Sie sind nicht mehr bei dir?"

„Krebs. Innerhalb von wenigen Wochen vor fünf Jahren."

Emory war entsetzt und steckte ihre Hand unter seinen Arm. „Es tut mir so leid, Dante."

Er bedeckte ihre Hand mit seiner Hand. „Danke, Em." Sie liebte es, wenn er sie so nannte. Sie lehnte sich gegen ihn, und er lächelte.

„Hast du neue Erinnerungen zurückgewonnen?"

Emory nickte. „Bruchstücke. Ich erinnere mich an Bree, wie viel sie mir bedeutet hat und wie nah wir uns waren. Ich denke, erst war ich ihre Lehrerin und dann ihre Freundin."

„Das denke ich auch. Du hast ihr Leben gerettet. Was ist mit", Dante räusperte sich und sah nervös aus, „ihrer Familie? Erinnerst du dich an sie?"

„Ihre Mutter hatte einen schönen Namen, das ist alles, woran ich mich jetzt erinnere. Ich kann nicht ganz ..."

„Clementine", sagte Dante und zögerte dann wieder. „Und ihr Vater? Luca Saffran?"

Emory fühlte einen Ruck bei dem Namen. Sie hielt inne und schloss die Augen, damit die Erinnerungen zurückkehrten. „Da ist etwas ... ich kann es nicht erreichen." Plötzlich fühlte sie sich müde, und Dante bemerkte es und schlang seine Arme um sie.

„Es tut mir leid, ich sollte dich nicht drängen. Lass uns zurückgehen."

Sie gingen langsam zurück zum Gästehaus. Dante hielt Emorys Hand und war erfreut, dass sie sich nicht wegzog. „Kann ich versuchen, wieder vorzuschlagen, dass du ins Haupthaus ziehst? Es ist nicht für mich, weißt du." Der verspielte Ausdruck auf seinem Gesicht brachte sie zum Lachen. „Es ist nur so, dass Duke und Brigadier darauf beharren und ich einfach nicht weiß, was ich ihnen sagen soll."

Emory kicherte. „Ist das so? Nun", sie wurde rot und musste sich abwenden, um es zu verbergen, „ein Tapetenwechsel ist immer gut."

Dante sah sie verblüfft an, bevor ein begeistertes Lächeln sein Gesicht überzog. „Wow ... wirklich? Du wirst kommen?"

Ihr Gesicht brannte, und sie drehte sich um und sah die Freude auf seinem Gesicht. Ihr Herz hüpfte ein wenig – Gott, er war entzückend und wunderschön. Sie starrte ihn an, und ihre Hand berührte seine Wange. Sie betrachtete seine intensiven grünen Augen, seine wilden schwarzen Locken und den dunklen Schatten seines Bartes. „Ja."

Dante öffnete den Mund, um zu sprechen, aber dann hörten sie beide Sophia nach ihm rufen. Er lächelte Emory bedauernd an. „Wenn du Hilfe mit deinen Sachen brauchst, ruf mich an und ich komme."

Emory liebte es, dass er nicht sagte, dass er jemanden schicken würde, sondern selbst kommen wollte. „Wie wäre es nach dem Abendessen?"

Dante grinste erfreut. „Einverstanden."

Er streichelte ihre Wange mit einem Finger und ging dann zu Sophia. Emory holte zitternd Luft. *Emory Dutta, verliebe dich nicht in diesen Mann.* Emory lächelte vor sich hin. „Dafür ist es schon viel zu spät", flüsterte sie und ging dann packen.

MAXIMO NERIS HERZ SCHLUG SCHWER, aber er hielt sein Gesicht leer und ausdruckslos. Luca hatte vorgeschlagen, dass sie sich mit Clem treffen sollten, nachdem Maximo Luca erzählt hatte, dass er ihm helfen würde. Jetzt fuhren sie zu ihrem Haus, um die Journalistin zu treffen, mit der sie zusammenarbeitete, und Maximo war plötzlich nervös, Clem wiederzusehen.

Um sich abzulenken, schaute er zu Luca hinüber. Der Mann sah dem Zusammenbruch nahe aus. Maximo kannte das Gefühl nur zu gut. Eine Frau zu lieben, und sie dann gewaltsam zu verlieren ...

„Du musst noch entscheiden, was du mit Raymond Grace machst."

Luca nickte. „Ich weiß, und ich kämpfe damit. Ich will ihn am liebsten sofort tot sehen, aber das würde es ihm zu leicht machen. Wohin hast du ihn gebracht?"

Maximo räusperte sich. „Es ist besser, wenn du das nicht weißt."

Luca sah aus, als ob er im Begriff war zu streiten, und schloss dann den Mund. Nach einer Minute sagte er leise: „Du bist ein guter Freund, Maximo."

Maximo lächelte. „Ich weiß das zu schätzen, Luca. Vielleicht können wir mehr Zeit miteinander verbringen, wenn das alles vorbei ist."

„Wir sind fast da", sagte Luca abgelenkt. Maximo holte unauffällig Luft und lenkte das Auto in Clems Auffahrt.

Clem öffnete die Tür und sofort trafen ihre Augen Maximo. Sie lächelte, und er konnte sehen, dass sie so erschrocken war wie er. Sie führte sie in ihr Wohnzimmer, wo eine junge blonde Frau saß. Eine Brille war auf die Oberseite ihres Kopfes geschoben, und sie hielt ein Glas Wein in der Hand. Clem stellte sie als Tatiana Mendelssohn vor, und Max und Luca schüttelten die Hand der Frau. Nachdem Clem ihnen etwas zu trinken gegeben hatte, setzten sie sich alle hin.

„Tatiana und ich haben über Emorys Stiftung gesprochen, und wir denken, dass wir den Fokus auf Gewalt in der Partnerschaft verengen müssen."

„Ich bin einverstanden", sagte Luca und nickte, „es ist die am besten geeignete Botschaft. Wir müssen die Politiker erreichen, um sicherzustellen, dass die Gesetze verschärft werden." Er sprach noch ein paar Minuten, und Max konnte die Anstrengung auf seinem Gesicht sehen.

Als Luca fertig war, sagte Max leise: „Könnten wir es auf familiäre Gewalt ausdehnen?" Er holte tief Luft und erzählte ihnen alles über Ophelies Mord und Ferdies Exil. Er war offen und ehrlich über die ganze Geschichte, und sein Schmerz und seine Leidenschaft waren für alle sichtbar.

CLEM NAHM ihre Augen nicht von Max, als er von seiner verlorenen Liebe erzählte. Ihr Herz schlug schneller, als Max die brutale Art schilderte, auf die sein Bruder Ophelie getötet hatte. Es beantwortete so viele Fragen. Als er fertig war, griff Clem automatisch nach seiner Hand, und Max drückte ihre Hand, bevor er sich zurückzog. Luca beobachtete sie mit weichen Augen. „Es tut mir so leid, Maximo", sagte er leise, „ich hatte keine Ahnung. Kein Wunder, dass du so einfühlsam gewesen bist. Danke. Es muss schreckliche Erinnerungen zurückgebracht haben."

Max nickte. „Das hat es, aber ich möchte diesen Schmerz und diesen Zorn, den wir beide empfinden, nutzen, um einen Unterschied zu machen." Clem lächelte ihn dankbar an und sah zu ihrer Freundin Tatiana.

„Was denkst du, Tat?"

Tatiana lächelte sie alle an. Sie war eine ernst aussehende Engländerin, mit der Clem sofort Freundschaft geschlossen hatte, trotz der Tatsache, dass Tatiana näher an Brees Alter war als an Clems. Ihre Intelligenz und ihr Mitgefühl überraschten Clem, aber Tatiana erzählte ihr, dass der Journalismus nur ihr Weg sei, um zu den Informationen zu gelangen, die sie für ihren Aktivismus brauchte. „Ich bin Feministin", sagte sie Clem bei ihrem ersten Treffen, „und ich weiche nicht zurück, wenn ich mit einer Herausforderung konfrontiert werde. Die Rechte der Frauen werden auf heimtückischste Weise dezimiert. Unauffällig und unter dem Radar, bis wir schließlich wieder in die Steinzeit zurückkehren und es noch nicht einmal kommen sehen."

Jetzt ging sie ihre Pläne für das Buch mit Clem durch, indem sie das Massaker mit Emorys Mord durch ihren Ex-Mann in Verbindung brachte.

„Ich muss euch nicht sagen, dass es eine eindrucksvolle Geschichte ist. Eine schöne junge Lehrerin, die beliebt und inspirierend ist, rettet das Leben eines Teenagers, nur um von ihrem eifersüchtigen Ex-Mann erschossen zu werden."

Sie alle sahen Luca weinen. Tatiana sah mitfühlend aus. „Luca, ich weiß, dass es klingt, als würden wir Emorys Geschichte ausbeuten, und in gewisser Weise werden wir das tun. Aber wir werden es tun, um mehr Frauen – und Männer – zu schützen, die unter der Androhung von Gewalt und Tod leben müssen. Ich kann mir kein besseres Vermächtnis für Emory vorstellen als das."

Luca nickte langsam. „Clem, Max, kann ich für einen Moment mit Tatiana sprechen?"

Clem war überrascht, nickte aber. „Natürlich." Sie sah schüchtern zu Max. „Max, sollen wir in die Küche gehen und etwas zu essen suchen?"

Max stand auf. „Ich folge dir."

Sie gingen schweigend in die große Küche, und Clem nahm mit rotem Gesicht und Herzklopfen diverse Dinge aus dem Kühlschrank und den Küchenschränken. „Wie ist es dir ergangen?", fragte sie verlegen.

„Ich habe dich vermisst", sagte er leise und blieb stehen. Ihr Blick traf seinen, und sie schmolz dahin.

„Ich vermisse dich jeden Moment", flüsterte sie und dann lag sie in seinen Armen und seine Lippen waren gegen ihre gepresst.

„*Bella*, ich hätte nicht weggehen sollen", flüsterte er, als sie sich schließlich voneinander lösten. Clem sah ihn an, und ihre Augen waren voller Verständnis.

„Ich weiß, warum du es getan hast, und du hattest auch recht. Ich war nicht bereit – und Max, ich weiß immer noch nicht, ob ich es bin. Und nach der Sache mit Ophelie bist du vielleicht auch nicht bereit, oder?"

Maximo küsste sie kurz. „Du verstehst mich, Clem. Und um deine Frage zu beantworten, nein. Bis ich Ferdie finde, werde ich wohl nicht bereit sein. Ich muss Ophelie ehren, bevor ich weitergehen kann, aber Clementine, eines sollst du wissen: Ich werde zu dir kommen, wenn das alles vorbei ist."

Clem sah ihn mit erschrockenen Augen an. „Was wirst du tun, wenn du deinen Bruder findest?"

Max' Augen verhärteten sich, und Clem zitterte. „Ich werde sie rächen, Clementine. Ich werde ihn dafür bezahlen lassen, was er getan hat."

Kizzie saß in dem großen, kalten Tagungsraum und fragte sich, ob sie aus einem Fenster entkommen könnte. Gruppentherapie. *Gott.*

Die meisten anderen im Zimmer, die um den großen unpersönlichen Tisch herum saßen, waren älter, von Mitte 30 bis Mitte 50. Nur eine andere Person war in ihrem Alter. Ein großer, schmaler Jugendlicher mit kurzen dunklen Haaren und riesigen schokoladenbraunen

Augen. Er sah so unbehaglich aus, wie sie sich fühlte, aber er spürte ihren Blick und sah sie an. Er grinste und zeigte vollkommen weiße Zähne. Als sein Gesicht sich aufhellte, lächelte sie automatisch zurück. Er sah die anderen Leute im Raum an und verdrehte die Augen, und Kizzie musste ein Lachen unterdrücken.

„Okay, sind alle hier? Gut." Eine gestresst wirkende Psychiaterin eilte in den Raum. Nach einer kurzen Selbstvorstellung – „Ich bin Dr. Wooley, Ph.D. Und MD, aber ihr könnt mich Gwen nennen." – sagte sie ihnen, dass sie sich ebenfalls einzeln vorstellen sollten. „Und vergesst nicht, uns ein wenig über euch zu erzählen."

Kizzie konnte das kollektive Stöhnen förmlich spüren. *Ja*, dachte sie, *tolle Methode, damit wir noch nervöser werden*.

„Fängt jemand an?", sagte Gwen ein wenig schrill, und der Mann neben Kizzie seufzte.

„Hey, ich bin Doug, ich bin 52 und war in einen Autounfall verwickelt."

Nach Doug stellte sich einer nach dem anderen vor. Als der junge Mann an der Reihe war, wurde sein Gesicht scharlachrot.

„Äh, ich bin Ethan Fonseca, und ich wurde beim Auburn-Massaker angeschossen." Er rutschte verlegen auf seinem Stuhl herum. Offenbar war es ihm unangenehm, im Rampenlicht zu stehen.

Kizzie spürte, wie ihr Herz aufhörte zu schlagen, und als sie an der Reihe war, konnte sie nicht umhin, Ethan anzustarren. „Ich bin Lexi ... ich meine, Kizzie ... meine Schwester Lexi ..." Sie verstummte, als sie sah, dass Ethan sich aufsetzte, und sie anstarrte. *Er weiß es ...* Kizzie holte tief Luft. „Mein Name ist Kizzie Kline, und die Ärzte sagen, dass ich versucht habe, mich umzubringen, aber das habe ich nicht getan. Meine Zwillingsschwester Lexi ist in Auburn gestorben."

Sie sah, dass Ethans Kopf sich neigte – ein kleines Nicken – eine Anerkennung der gemeinsamen Geschichte. Plötzlich wollte Kizzie nicht mehr in diesem Raum sein. Sie wollte Ethan packen und irgendwo hingehen, wo sie wirklich reden konnten.

Ethan hatte offensichtlich die gleiche Idee. Als sie später aus dem

Zimmer gingen, wartete er auf sie. „Komm mit", murmelte er in ihr Ohr, packte ihren Oberarm, ging mit ihr in ein Treppenhaus und stieg nach oben. Schließlich führte er sie in ein kleines Zimmer mit Blick auf das Dach. „Ich habe diesen Ort schon als Kind entdeckt. Er ist gut geeignet, um von den Leuten wegzukommen. Auch von den eigenen Eltern."

Es gab keine Möbel, also setzten sie sich einander gegenüber auf den kühlen Boden.

„Also", sagte Kizzie schüchtern und grinste.

„Also. Auburn ... Überlebende. Aber ich erinnere mich nicht an dich."

Kizzie schüttelte den Kopf. „Ich war nicht in Auburn. Lexi war da."

„Wo warst du?"

„Am Peabody Institute."

Ethan pfiff. Sie liebte es, wie wohl sie sich bei ihm fühlte. „Nicht schlecht. Was spielst du?"

„Cello."

„Sehr schön."

„Ich bin rausgeflogen."

„Wofür?"

„Dafür, eine betrunkene Hure zu sein."

Ethan brach in Lachen aus, und es war so ansteckend, das Kizzie ebenfalls lachen musste. Sie sah, wie er zusammenzuckte und sich die Seite hielt. Er bemerkte ihren Blick und hob sein T-Shirt an. Drei zackige Narben verliefen an seiner Seite.

„*Himmel.*"

„Ja. Azano war ein guter Schütze. Hey, tut mir leid ..." Er schlug sich gegen den Kopf. „Tut mir leid wegen Lexi. Sie war ..."

„Wirklich süß, ja, ich weiß." Aber Kizzie lächelte. „Jeder sagt das, und ich werde nie müde, es zu hören. Ich meine es ernst."

Ethan grinste verlegen.

Kizzies Lächeln verblasste. „Ethan, erzählst du mir etwas über den Amoklauf? Wo warst du?"

Ethan sah weg, und geschockt erkannte Kizzie, dass er Tränen in den Augen hatte. „Du musst es nicht tun", sagte sie schnell, aber er winkte ab.

„Nein, ich will es tun. Ich habe noch nie mit jemandem darüber gesprochen, und ich hatte gehofft, es eines Tages jemandem erzählen zu können ... Ich wusste einfach nicht, dass du es sein würdest."

Kizzie spürte, wie ihre Brust sich verengte. „Du hast gesehen, wie er Lexi getötet hat, nicht wahr?"

Nach einem Moment nickte Ethan. „Ja. Es tut mir leid, Kizzie."

Kizzie dachte, sie würde ohnmächtig werden, und eine Sekunde konnte sie nicht atmen. „Erzähle es mir", sagte sie schließlich, „erzähle mir alles."

Ethan kam an ihre Seite. „Wenn ich deine Hand halten kann, während ich es tue. Ich denke, wir könnten es beide brauchen."

Kizzie nahm seine Hand. „Einverstanden."

Ethan schob seine Finger zwischen ihre. „Wir waren in der Bibliothek. Es gab sechs von uns. Lexi, Sandrine, Mr. Shaley, Rich Fuller, Ted Underwood und mich. Er erschoss zuerst Mr. Shaley, dann Richard. Danach war Ted an der Reihe. Ted überlebte auch, aber er ist ein Wrack. Ich sollte vielleicht dazusagen, dass Lexi und ich immer sehr gut mit Mr. Azano ausgekommen waren. Er war ein cooler Kerl, und wir haben ihn immer zum Lachen gebracht. Vielleicht hat er deshalb gezögert. Sandrine ... sie trat vor, um mit ihm zu sprechen, und er hat sie einfach erschossen. Dann sah er Lexi an, als ob es ihm leidtat und hat sie erschossen ... sie ging in die Knie, er schoss ihr in den Bauch. Ich habe versucht ... dann hat er mich dreimal angeschossen, wie du gesehen hast. Lexi starb nicht sofort. Wir haben uns totgestellt, und er hat uns verlassen. Gott, es war so still ... dann bin ich irgendwie zu ihr gekrochen und habe ihr gesagt, dass sie durchhalten soll. Sie packte meine Hand so", er hielt ihre miteinander verbundenen Hände hoch, „und sagte mir, dass ich mutig bin und dass sie nicht atmen kann. Ist das zu viel?"

Tränen überfluteten Kizzies Gesicht, aber sie schüttelte den Kopf. „Ich muss es hören."

„Ich konnte sehen, dass sie immer blasser wurde, und um ehrlich zu sein, dachte ich, ich wäre auch ein toter Mann, also habe ich mich irgendwie um sie herumgewickelt und sie festgehalten und gehofft, dass sie sich geliebt fühlen würde. Ich hoffe, du denkst nicht, das war unangemessen. Ich dachte, sie würde dadurch getröstet werden."

Kizzie wischte ihre Tränen weg. „Ich weiß, dass es so war. Danke, Ethan, danke, ich ..." Sie warf ihre Arme um seinen Hals und schluchzte, und er hielt sie fest.

Er vergrub sein Gesicht in ihrem Haar. „Bitte danke mir nicht, Kizzie. Bitte nicht ... es tut mir leid, es tut mir leid." Seine Stimme brach, und es war ein Unterton von etwas anderem darin, aber Kizzie war es egal. Für sie war nur wichtig, dass ihre geliebte Lexi nicht allein war, als sie starb, sondern dass dieser Junge für sie da gewesen war.

Sie hielten einander lange fest. Ethan sah blass und erschöpft aus. „Komm schon", sagte Kizzie und half ihm auf die Füße. „Wir gehen besser zurück, bevor sie uns vermissen."

Sie gingen langsam hinunter. „Ich soll am Ende der Woche hier rauskommen", sagte Ethan, „und ich kann es kaum erwarten."

Kizzie nickte. „Ich bin hier raus, sobald die 72 Stunden vorbei sind."

Als sie ihr Zimmer erreichten, blieb Ethan stehen, und plötzlich wurde ihr bewusst, wie nah sie einander waren und wie seltsam es war, dass sie sich erst vor ein paar Stunden getroffen hatten. Sie fühlte sich, als wäre sie mit diesem Mann im Krieg gewesen.

„Kiz ... du musst nicht Ja sagen, aber wenn wir beide wieder frei sind, willst du ..."

„Ja", sagte sie mit einem Grinsen. Ethan grinste erleichtert, und seine Lippen strichen über ihre Stirn. „Ich bin in Zimmer 272. Komm mich besuchen."

„Versprochen."

Kizzie beobachtete ihn, wie er davonging. Bevor er die Ecke umrundete, sah er zurück und winkte. Sie gab ihm das Friedenszeichen und hörte ihn lachen, als er verschwand. Sie ging wieder zu ihrem Bett und legte sich hin, während ihre Gedanken sich überschlugen.

Schon bald schlief sie ein und träumte von Ethan Fonseca, von seinem Lächeln und von seinen Lippen auf ihrem Mund.

*S*IE WICH VOR R*AY ZURÜCK, als er vorrückte und mit der Pistole direkt auf sie zielte. Er konnte sie aus dieser Distanz nicht verfehlen ... Emory blickte in Panik hinter sich. Der Rand der Plattform ragte in das dunkle, eiskalte Wasser der Elliott Bay.*

„Es ist alles vorbei, Emory. Es gibt keinen Ausweg."

Emory wandte sich ihrem Mörder zu, dessen Waffe auf ihren Bauch zielte, und sie sah, wie sein Finger am Abzug zuckte. Sie setzte sich auf und traf seinen Blick. „Fick dich, Ray." Sie war froh, dass ihre Stimme nicht zitterte. Wut verzerrte Rays Gesicht, und er drückte den Abzug.

Die Kugel bohrte sich in ihren Bauch, und Emory wölbte sich keuchend und fiel zurück ins Wasser. Er hat gewonnen ... er hat gewonnen ....

Dann waren da Stimmen, die immer wieder ihren Namen riefen. Die Stimme eines Mädchens. Die Stimme eines Mannes. Sie wollte zu ihnen gehen, aber ihr Körper war gefroren, außer dort, wo die Kugel ihren Körper zerrissen hatte. „Du stirbst, Emory." Rays Stimme. „Ich lasse dich nicht lebend in dieser Welt. Ich werde dich immer wieder töten, wenn es sein muss ... Und ich werde jeden töten, der es wagt, dich zu lieben ..."

E*MORY WACHTE* auf und schrie panisch. Sie war schweißnass, rollte aus dem Bett und fing an, zur Tür zu kriechen. Sie hörte jemanden näherkommen, und die Tür wurde aufgerissen.

Oh Gott, nicht Ray, nicht Ray, bitte ...

Aber die Arme, die sich um sie legten waren größer und stärker als die von Ray es jemals gewesen waren. Die Brust, gegen die sie gehalten wurde, war breiter. Anders als Ray mit seinem Geruch von Whisky und saurer Milch, roch dieser Mann nach sauberer Wäsche und frisch geduschter Haut.

„Baby, shhh, es ist okay, es ist okay ..."

Diese warme, tiefe Stimme. „Dante?" Die Panik begann nachzulassen. *Lass mich nicht allein.*

„Ich bin es, Em, ich bin es. Jetzt ist alles in Ordnung ..."

Emory blickte durch ihre Tränen in seine Augen. Gott, sein Gesicht, sein schönes Gesicht. Seine Augen, so beunruhigt, so zärtlich, trafen ihre, und dann trafen sich ihre Lippen, und es war die natürlichste Sache in der Welt.

Dante küsste sie so tief und mit so viel Sehnsucht, dass Emorys Körper ganz unter seiner Kontrolle war. Er hob sie mühelos hoch und trug sie in sein Schlafzimmer, legte sie sanft auf das Bett und bedeckte ihren Körper mit seinem. Emory wickelte ihre Beine um seine Hüften, als sie sich küssten, und keiner von ihnen zweifelte daran, was zwischen ihnen passieren würde.

Sobald er sie berührte, verschwand alle ihre Angst. Es war ein Traum ... aber ihre Gedanken waren jetzt nur bei Dante. Es fühlte sich so richtig an.

Dante zog ihr Unterhemd hoch, küsste ihren Bauch und bewegte sich so, dass er ihre Brustwarzen in den Mund nehmen konnte. Emory streichelte seine Haare, als seine Zunge ihre Brustwarzen reizte, bis sie so empfindlich waren, dass sie bei einem winzigen Orgasmus zitterte, als er sich seinen Weg nach unten bahnte. Er streifte ihre Shorts in einer leichten Bewegung ab, und dann war sein Gesicht an ihrer Leiste. Seine Zunge streichelte ihre Klitoris, schmeckte sie und machte sie wild. Sie fühlte reine, heftige Sehnsucht ebenso wie die Richtigkeit dieses Augenblicks, als Dante sich bewegte, um ihren Mund wieder zu küssen. Jetzt konnte sie ihre Hände unter sein T-Shirt schieben und die harten Muskeln seiner Brust spüren. Er war so breit und groß, dass sie sich winzig in seinen Armen fühlte, verwundbar aber furchtlos.

„Oh Gott, Emory ... ich will dich schon so lange, so lange ..."

Einen Moment später waren sie beide nackt, und Dante zog ihre Beine um seine Taille. Emory keuchte und stöhnte, als sein harter Schwanz sich tief in sie drückte und seien Länge sie ganz füllte, bis ihr vor Verlangen schwindelig wurde. Ihr Körper bewegte sich gegen ihn, als sie sich liebten, und ihre Lippen suchten seinen Mund, bevor sie beide stöhnend kamen. Dante zog sie an sich und küsste immer wieder jeden Zentimeter ihrer Haut. Seine Konzentration war ganz auf sie gerichtet. Sie liebten sich bis spät in die Nacht, und als sie endlich erschöpft und satt waren, schliefen sie eng umschlungen ein und wussten, dass sich ihr Leben unwiderruflich verändert hatte.

Kizzie wurde am nächsten Tag entlassen. Der Arzt stimmte mit ihr und ihren Eltern überein, dass sie keine Gefahr für sich selbst darstellte. „Ich weiß, ich habe es Ihnen gesagt", murmelte sie, aber jetzt hatte sie keine Wut mehr in sich, denn wenn sie nicht hier gewesen wäre, hätte sie Ethan nicht getroffen.

Ethan ... in den drei Tagen, seit sie sich kennengelernt hatten, hatten sie jede Minute zusammen verbracht, damit sie über alles reden konnten. Fast alles, verbesserte Kizzie sich. Sie war sich bewusst, dass Ethan hinter seiner lockeren Art etwas zurückhielt. Sie war jedoch zuversichtlich, dass er es ihr sagen würde, wenn sie es wissen musste, und außerdem hatte sie nicht das Gefühl, dass sie das Recht hatte, ihn zu drängen.

Sie war schon angezogen und hatte gepackt, entschuldigte sich dann aber bei ihren Eltern, um sich von Ethan zu verabschieden und um zum hundertsten Mal zu überprüfen, dass er ihre Kontaktdaten hatte. Sie ging langsam durch die Korridore und wäre am liebsten zu ihm gerannt. Sie hatte sich noch nie so für jemandem empfunden – außer für Lexi, Jesse und Bree natürlich – aber nicht für einen Mann.

Als sie sich seinem Zimmer näherte, hörte sie ihn reden, und als sie die halbgeschlossene Tür erreichte, blieb sie stehen und lauschte.

„Nein. Nein, fick dich, Nick. Es ist Zeit, du musst ... nein. Leute sind gestorben, Nick! Meine Freunde, unsere Lehrer. Leute, die mir etwas bedeutet haben und die ich liebe, wurden verletzt wegen dem, was du getan hast, und ich werde nicht mehr schweigen ... Verdammt, du bist ein Psychopath weißt du das? Tu, was du willst, ich gehe zur Polizei."

Kizzie spürte, wie ihr Blut zu Eis gefror. Sie hatte keinen Zweifel, worüber Ethan sprach. Wer zum Teufel war Nick und was wusste er über den Amoklauf? Sie stand erstarrt da und wollte nicht mehr wissen. Sie schloss die Augen. *Das kann nicht wahr sein.*

Von all den Dingen, die Ethan von ihr versteckt haben könnte, ausgerechnet das ... Plötzlich erinnerte sie sich an seine Worte im Treppenhaus. *Bitte danke mir nicht, Kizzie. Bitte nicht ... es tut mir leid, es tut mir leid.*

Oh Gott. Kizzie wirbelte herum und stolperte wieder den Korridor hinunter. Eine Krankenschwester eilte herbei, um ihr zu helfen, aber Kizzie war untröstlich. Ethan verheimlichte etwas über das Massaker. Vielleicht war er sogar darin involviert gewesen ...

Kizzie tat das Beste, was sie konnte, als der Schmerz sie erfasste.

Sie wurde ohnmächtig.

Emory zog sich ihren Pullover über den Kopf und ging aus dem Badezimmer. Sie fühlte sich, als habe sich etwas tief in ihr verwandelt. Zum Besseren, dachte sie jetzt, definitiv zum Besseren. Als sie in Dantes Armen aufgewacht war, hatte sie sich so sicher und geliebt gefühlt. Sie hatten sich wieder geliebt, langsam und zärtlich, bevor sie zusammen duschen gegangen waren. Sie spürte ein angenehmes Ziehen in ihren Oberschenkeln, aber ihr Bauch war wund, und sie erkannte, dass sie vielleicht unterschätzt hatte, wie schwer ihre Verletzungen gewesen waren. Sie schüttelte den Kopf. *Denk nicht darüber nach. Sie werden noch schneller heilen durch das Glück, das Dante dir bringt.*

Sie ging durch die riesige Villa und dann die Treppe hinunter. Sie fand ihn in der großen Küche. Emory lächelte Dante schüchtern an, der schwach aussehenden Kaffee in eine Tasse goss.

„Ist das für mich?" Sie grinste ihn an. Dante sah besorgt aus und zögerte, bevor er ihr die Tasse übergab.

„Ich weiß nicht, er ist nicht besonders gut."

Sie verdrehte die Augen, nahm die Tasse und nippte daran. Er lachte über ihren Gesichtsausdruck.

„Siehst du? Jetzt denkst du, dass mein Kaffee furchtbar ist."

Emory stellte die Tasse weg und ging um die Theke herum. Sie schob ihre Arme um den dunkelhaarigen Mann und sah ihn an. „Es braucht mehr als miesen Kaffee, um mich wieder loszuwerden."

Er grinste sie an, und seine Wangen waren vor Freude gerötet. „Ich bin froh, das zu hören."

Sie zog sein Gesicht zu sich und küsste ihn. Seine Arme legten sich fester um sie.

Der Kaffee auf der Theke wurde kalt.

Es war ein Monat seit der Hochzeit vergangen, und Zea hatte nichts mehr von Jared gehört. Flynts Privatdetektiv hatte versucht, ihn zu verfolgen, aber nur herausgefunden, was sie bereits wussten. Jared Podesta war der biologische Bruder von David Azano.

„In gewisser Weise hilft es zu wissen, dass es irgendeinen Grund hinter Davids Verhalten gab", sagte sie eines Abends zu Flynt, als sie sich in seinem Wohnzimmer entspannten. „Einen latenten psychologischen Imperativ, das zu tun, was er getan hat. Etwas Vererbtes."

Flynt war nicht überzeugt. „Ich weiß nicht, Zea ... wir haben nichts Schlechtes über die biologischen Eltern herausgefunden."

Zea runzelte die Stirn. „Was ich nicht verstehe ... Warum sollten wohlhabende Leute ihre Kinder aufgeben? Sie hatten alle notwendigen Mittel, um sie gut großzuziehen und auf ein Internat zu schicken. Warum haben sie sie nicht behalten? Nein, etwas stimmt nicht mit den Eltern. Ich bin mir sicher."

Flynt küsste sie. „Hey, Hannah wird auf uns warten." Sie hatten vor, an diesem Abend mit seiner Schwester und Teresa, mit der Hannah in letzter Zeit Freundschaft geschlossen hatte, ins Kino zu gehen.

„Können wir am Diner vorbeifahren und Teresa mitnehmen? Ich habe ganz vergessen, dich zu fragen."

„Kein Problem."

Eine halbe Stunde später waren sie im Diner, und Teresa wurde von Zea in den Wagen gezogen. Als sie wegfuhren, plauderten die beiden Frauen und Flynt schüttelte amüsiert den Kopf. Plötzlich packte Zea seinen Arm. „Halt, Flynt, halt an."

Das Auto kam mit kreischenden Reifen zum Stillstand. „Was ist?"

Zea zeigte auf ein dunkelrotes Auto an der Seite der Straße. „Das ist Jareds Auto."

Flynt fluchte, und Teresa nickte. „Ja. Ich ..."

Sie brach ab, als hinter ihnen das Diner explodierte und wütende Flammen in die kalte Nacht über Portland loderten.

Kizzie musste eine zusätzliche Nacht im Krankenhaus bleiben, nachdem sie sich übergeben hatte. „Nur um sicher zu sein", sagte der Arzt, und sie war zu taub, um sich zu streiten. Sie ging ins Bett und schlief den Großteil des Tages und der Nacht. Sie wurde erst wach, als sie hörte, wie jemand in ihr Zimmer kam.

„Hey, bist du wach?"

Ethan. Sie öffnete die Augen und starrte ihn an. „Ethan."

Ihre Stimme war kalt, und er schien zu erkennen, dass sie sauer war. Nein, nicht sauer. Verletzt.

„Alles okay?" Aber sie konnte aus seinem Gesicht sehen, dass er es wusste. Er wusste, dass sie ihn gehört hatte. Ethan seufzte. „Es ist nicht so, wie du denkst, Kiz, ich schwöre es."

Sie setzte sich im Bett auf. „Du weißt etwas über den Amoklauf."

Ethan setzte sich ans Ende des Bettes und rieb sich die Augen. „Ich kann es dir nicht sagen. Ich kann es niemandem sagen, Kiz, oder noch mehr Leute werden verletzt."

„Wo zum Teufel bist du da hineingeraten?"

Ethan versuchte zu lächeln. „Es war Zufall ... und ich schwöre, Kizzie, das ich nicht wusste, dass ... er es tun würde. Leute töten. Durchdrehen." Er seufzte. „Ich habe schon zu viel gesagt. Aber ich möchte, dass du etwas weißt ... Ich würde dich niemals verletzen. Und auch sonst niemanden. Ich bin nur in etwas hineingezogen worden ..."

„Sag nichts mehr", flüsterte Kizzie und schloss die Augen. „Ich will es nicht wissen. Bitte, Ethan ... bitte geh."

Als sie die Augen wieder öffnete, war er weg.

BREE GING AUF DIE INSEL, um sicherzustellen, dass Kizzies Villa für ihre Rückkehr bereit war. Sie ließ sich mit dem Schlüssel, den Kizzie ihr gegeben hatte, ins Haus und stieß direkt mit Jesse zusammen. Sie starrte ihn an und wusste nicht, was sie sagen sollte ... „Ich vermisse dich." Sie konnte die Worte nicht stoppen. Jesse zog sie in seine

Arme, und sie konnte fühlen, dass er zitterte. Bree legte ihre Arme um ihn und fühlte etwas, das sie seit Wochen nicht gefühlt hatte, vielleicht sogar seit Monaten.

Sie fühlte sich sicher.

Jesses Stimme war leise. „Sag, dass wir daran arbeiten können, Bree. Ich muss das Richtige tun und das Baby unterstützen, aber es gibt keinen Grund, warum wir nicht zusammen sein können. Keinen. Ich liebe dich."

Bree drehte sich in seinen Armen und blickte zu ihm hoch. Sie sah alles, was er sagen wollte, in seinen Augen.

„Ja, Jesse. Wir werden einen Weg finden", flüsterte Bree. „Uns wird schon etwas einfallen."

Er küsste sie wieder, als sein Handy anfing zu klingeln. Er seufzte frustriert und ging ran.

„Ja?" Sein Gesicht wurde ernst. „Was? Himmel, ja, ich komme. Jetzt sofort."

Bree runzelte die Stirn.

„Julieta blutet. Sie denkt, sie verliert ... verdammt." Er rieb sich mit beiden Händen den Kopf, so dass seine Haare abstanden.

„Es tut mir leid."

Jesse zögerte. Er wies auf sein Haus. „Ich muss ..."

„Natürlich, geh. Ich hoffe, alles ist okay. Ich liebe dich."

Er hielt kurz inne, nickte, küsste sie und ging. Sie beobachtete, wie er zu seinem Haus lief. Ein paar Minuten später spähte sie hinaus und sah Jesse mit Julieta im Auto vorbeifahren. Ihre Augen trafen sich. Sie versuchte, ihn anzulächeln, aber der Moment verging, und er war weg.

KIZZIE KAM ein wenig später nach Hause. Sie sah gezeichnet und müde aus. Bree umarmte sie.

„Irgendwelche Neuigkeiten über Julieta?"

Kizzie schüttelte den Kopf. „Nein. Sie blutete ziemlich stark." Sie seufzte. „Ich bin ein schlechter Mensch."

Bree runzelte die Stirn. „Warum?"

Kizzie schaute weg. „Weil meine erste Reaktion nicht ... Entsetzen war. Darüber, dass Julieta das Baby verlieren könnte."

Bree schwieg. Kizzie betrachtete sie und bemerkte ihre geröteten Augen.

„Du bist schockiert."

„Nein." Bree seufzte und setzte sich neben ihre Freundin. Sie sah sich um und drückte die Hand ihrer Freundin. „Wenn du ein schlechter Mensch bist, dann bin ich schlimmer." Sie sah zu Boden.

„Das bist du nicht. Ich verstehe es." Kizzie drückte ihre Hand und runzelte die Stirn, als sie die tiefen Linien um Brees Augen und die kränkliche Blässe ihrer Haut wahrnahm. „Hey, alles okay?"

Kizzies Handy unterbrach sie. Bree zog sich in die Küche zurück. Kizzie ging ran.

„Hey." Es war Jesse.

„Hey. Wie geht es ...?"

„Sie hat das Baby verloren." Jesses Stimme war flach und ohne jegliche Emotionen. Kizzie holte Luft.

„Es tut mir leid."

„Ja." Er seufzte. „Sie wird ein paar Tage hier sein." Er senkte seine Stimme. „Sie hat blaue Flecken auf dem Bauch. Die Ärzte denken, sie könnte hingefallen sein, aber sie sagt nichts."

„Wie geht es ihr?"

„Scheinbar okay. Resigniert. Sie lächelt mich an, als ob sie etwas weiß, was ich nicht weiß. Es ist seltsam." Jesse lachte kurz. „Aber was ist nicht seltsam in letzter Zeit? Bist du bei Bree? Kann ich mit ihr reden?"

Kizzie reichte Bree das Handy und gab ihnen etwas Privatsphäre. Sie ging in ihr Schlafzimmer und legte sich auf das Bett. Warum konnte sie in diesem Augenblick nur an Ethan denken? Nicht zu wissen, was zur Hölle mit ihm los war, machte sie noch verrückt. Sie hatte das Gefühl, dass er in Schwierigkeiten sein könnte. In großen Schwierigkeiten.

Bree, die offensichtlich ihren Anruf mit Jesse beendet hatte, kam leise in den Raum, legte sich neben sie und umarmte sie fest. Kizzie drückte ihre Freundin. „Danke. Für alles."

„Alles in Ordnung?"

Kizzie hatte keine Antwort für sie.

Jesse lief schnell in die gynäkologische Abteilung. Als er an der Schwesternstation vorbeikam, rief eine Krankenschwester nach ihm. „Mr. Kline?"

Er drehte sich um.

„Mr. Kline, der Arzt, würde Sie gern sehen, bevor Sie Ihre Partnerin besuchen. Könnten Sie hier einen Moment warten? Ich werde ihn holen."

Jesse nickte. Er war erleichtert, Julieta nicht sofort sehen zu müssen. Er spähte in ihr Zimmer und stellte fest, dass sie schlief. Der Gynäkologe näherte sich ihm und schüttelte ihm die Hand.

„Mr. Kline, lassen Sie uns in mein Büro gehen. Ich fürchte, ich muss Ihnen etwas mitteilen."

ZEA, Flynt und Teresa beobachteten alles von dem Haus auf der anderen Straßenseite des Diners aus. Die Feuerwehr war schnell aufgetaucht, kämpfte aber immer noch mit den Flammen. Flynts Auto war umgeworfen worden, aber sie hatten keine schweren Verletzungen erlitten. Teresa hatte eine Schnittwunde auf ihrer Stirn, und Flynt war ziemlich sicher, dass er sich einen Finger verstaucht hatte, aber sie hatten Glück gehabt. Sie waren am Leben. Sie hatten bei einem Nachbar, der zugleich ein Stammgast des Diners war, Unterschlupf gefunden, um sich zu erholen.

Teresa nickte abgelenkt und schaute an ihnen vorbei zum Fenster. „Hey, da ist Mike."

„Wer?"

Sie drehte sich um und lächelte. „Ein Ex-Freund von mir. Er ist Feuerwehrmann ... er könnte uns sagen, was passiert ist."

SIE GING ZUR TÜR. Flynt sah erledigt aus, und Zea runzelte die Stirn. „Alles okay, Baby?"

Er lehnte seinen Kopf einen Augenblick an ihre Brust und atmete tief ein. „Ich will nur, dass es vorbei ist. Für dich. Für uns. Ich will endlich unser gemeinsames Leben beginnen."

Sie nickte und streichelte seine Haare, aber sie sagte nichts. Sie zuckten beide zusammen, als Teresas Stimme hinter ihnen erklang. Sie drehten sich um und sahen, wie sie mit einem attraktiven Feuerwehrmann an ihrer Seite in der Tür stand. Sie stellte alle einander vor, und Flynt runzelte die Stirn. „Was hast du gesagt?"

Mike blickte zu Teresa, und seine blauen Augen waren so aufgeregt wie ihre.

„Ich sagte, es ist wohl vorbei." Hinter ihr traten zwei andere Feuerwehrleute ein.

„Sagt ihnen, was ihr gefunden habt."

Die Feuerwehrleiterin, eine dunkelhaarige Frau Anfang 30, sah verwirrt aus. „Nun, ich ..." Sie schaute ihren Partner an. „Ich verstehe das nicht. Warum ist das gut? Warum lächelst du?"

Mike verdrehte die Augen. „Sag es ihnen einfach."

Flynt und Zea sahen einander an, und Hoffnung flackerte in ihnen auf. Die Frau wandte sich ihnen mit einem zögernden Lächeln zu und zuckte mit den Achseln.

„Die Decke des Diners ist eingestürzt. Als wir es geschafft hatten, die Flammen zu kontrollieren, sahen wir, dass die meisten Sachen aus der Wohnung darüber ebenfalls herabgestürzt waren."

Mike bewegte sich ungeduldig.

„Und?" Flynts Ton war angespannt. Zea schloss ihre Augen, als die Hoffnung in ihr wuchs. *Bitte, bitte sag, dass es so ist, wie ich denke. Sag es.*

Der Feuerwehrmann nickte. „In den Trümmern ... haben wir ihn gefunden. Wir haben eine Männerleiche gefunden."

Zea spürte, wie ihr Körper schwach wurde. „Flynt ... das muss Jared sein ..."

Flynt zog sie an sich. „Süße ... ich denke, das könnte sein."

JULIETA ERWACHTE in den frühen Morgenstunden und musste auf die Toilette. Noch halb schlafend stolperte sie ins Badezimmer. Die kalten Fliesen weckten sie, und als sie sich die Hände wusch, zuckte sie zusammen, als sie hörte, wie die Krankenschwester in ihr Zimmer kam. Als sie in den Raum zurückging, blieb sie stehen, als sie sah, wie Jesse gegen die Wand gelehnt dastand. Sein Gesichtsausdruck war unfreundlich und feindselig, und seine Arme waren verschränkt. Sie schaute weg und kletterte wieder ins Bett. Die Krankenschwester überprüfte ihre Vitalwerte.

„Ich habe dich nicht gesehen." Sie zog die Decke über sich.

Jesse starrte sie voller Hass an. Die Krankenschwester verließ mit einem besorgten Blick auf Jesse den Raum.

Mit klopfendem Herzen sah Julieta von der Wut auf Jesses Gesicht weg. *Er weiß es.*

Jesse wurde still. „Ich weiß es, Julieta. Ich weiß, was du getan hast."

Julieta blinzelte ihn an. „Ich ..."

„Halt den Mund. Du hast dir das selbst angetan. Und dem Baby."

Sie schnaubte. „*Das* Baby. Dein Baby, willst du wohl sagen. Und ich weiß nicht, was du meinst."

„Die Ärzte fanden etwas in deinem Blut, Julieta. Die Pille, die du genommen hast. Die Abtreibungspille."

Julieta wurde blass.

„Weißt du was, Julieta, so muss ich wenigstens kein Mitleid mit dir haben. Und ich kann dich mit gutem Gewissen verlassen. Ich hole meine Sachen sobald wie möglich und ziehe wieder auf die Insel. Du kannst allein nach Hause gehen. Du widerst mich an." Er wandte sich der Tür zu.

„Willst du wissen, warum ich das getan habe?" Julieta spuckte die Worte förmlich aus und lachte dann, als er sich umdrehte. „Willst du es wirklich wissen, Jesse? Ich habe es wegen Bree Saffran getan."

Jesse war verwirrt. „Was zum Teufel soll das heißen?"

Julieta knurrte ihn an. „Glaubst du, ich weiß nicht über dich und diese Hure Bescheid, Jesse? Du fickst hinter meinem Rücken herum. Ausgerechnet mir ihr."

Entsetzen schoss durch ihn. „Bree? Das hat mit Bree zu tun?" Er packte sie an den Schultern. „Was zum Teufel hat das mit Bree zu tun?"

Julieta wandte sich von ihm ab. „Geh jetzt, Jesse. Du bist frei. Ich habe dir nichts zu sagen."

Verwirrt und wütend ging Jesse aus dem Zimmer und marschierte zurück zum Büro des Gynäkologen. „Gibt es kein Gesetz gegen die Tötung eines ungeborenen Kindes?"

Der Gynäkologe runzelte die Stirn. „Sie hat die gesetzlichen Fristen eingehalten, Mr. Kline. Es tut mir leid."

Jesse verließ das Krankenhaus. Seine Gefühle waren in Aufruhr. Ja, er war frei ... aber der Gedanke, dass Julieta ihr Kind, *sein* Kind, aus Rachsucht abgetrieben hatte, war unerträglich. Warum? Er hatte Julieta erzählt, dass er sie unterstützen würde, aber sie waren kein Paar gewesen, nicht wirklich. Hatte das sie dazu gebracht?

Jesse stieg wieder in sein Auto und schloss einen Moment die Augen. Die letzten Monate waren furchtbar gewesen. Nur der Gedanke an Bree hatte ihn weitermachen lassen. Er startete den Motor und wollte schnell zu ihr nach Hause gelangen.

Vielleicht würde sie dafür sorgen können, dass er sich besser fühlte. Er hoffte es verzweifelt.

DER BRIEF TRAF ein paar Tage nach dem Feuer ein.

MEINE SCHÖNE ZEA,

EINE EINFACHE NOTIZ scheint nicht genug zu sein, um mein ganzes Bedauern für das auszudrücken, was ich dir angetan habe. Ich gebe zu, ich bin verrückt wegen meiner Liebe für dich. Als ich erkannte, dass du mich niemals lieben können würdest, wie ich dich liebte, war der einzige Weg, um meinen Schmerz zu beenden, dich zu verletzen.

· · ·

MEIN SCHATZ, ich gestehe dir jetzt alles, was ich getan habe. Ich habe dich vergewaltigt. Und ja, ich hatte vor, dich zu töten, damit ich nicht mehr durch den Anblick von dir und Flynt zusammen gequält wurde, wenn er dich berührte und ich es nicht konnte. Ich kann nicht begreifen, was in meinem Kopf vorging, um zu denken, dass dich zu töten die einzige Option war, die ich noch hatte. Nach meinem Verbrechen kehrte mein Zorn zurück, und ich verhielt mich auf eine Art und Weise, die ich selbst widerwärtig finde.

ICH KANN JETZT NUR HOFFEN, dass du Frieden finden wirst, nachdem ich beschlossen habe, das zu tun, was ich schon längst hätte tun sollen, anstatt dich zu verletzen. Ich habe beschlossen, mein Leben zu beenden. Es tut mir leid, dass ich die Wohnung zerstören muss. Davids Hälfte des Erbes wird auf dein Bankkonto überwiesen. Du musst dich nicht schuldig fühlen wegen dieses Geldes, meine Liebe, es gehört rechtmäßig dir.

ICH WERDE dich für immer lieben, meine Zea, auch im Tod.

JARED

ZUR IDENTIFIZIERUNG der Leiche im Feuer hatte Zea der Polizei Davids alte Haarbürste gegeben, damit sie die DNA vergleichen konnten, aber Flynt erzählte ihr, dass das Labor in Seattle keine gute Probe aus der Leiche entnehmen konnte und sie zu einer Spezialabteilung geschickt worden war.

„Es könnte Wochen dauern, Darling."

Sie schnaubte frustriert.

Aber erst als ein Anwalt aus Louisiana sie kontaktierte, glaubte Zea wirklich, dass es vorbei war. Jared hatte vor kurzem sein Testament geändert, um Zea zur alleinigen Begünstigten zu machen. Ein ungläubiger Flynt hatte zugehört, als Zea wiederholte, was der Anwalt gesagt hatte.

„Süße, da stimmt etwas nicht. Er wollte dich töten – das war sein Plan. Warum zum Teufel sollte er dich zur Begünstigten seines Testaments machen?"

Er verstummte, als er sah, wie bleich sie war. „Was? Was ist?"

„Es ist das Geld. Er hat mir sein ganzes Geld hinterlassen. Und Davids Erbe." Sie setzte sich an den Küchentisch und zitterte. Flynt griff nach ihren Händen. Sie schüttelte den Kopf und atmete tief ein. „Flynt .... Es ist viel Geld. Viel. Er hat mir 18 Millionen Dollar hinterlassen."

Flynt starrte sie an. „Was zum Teufel soll das?"

Sie stand auf und ging auf und ab. „Ich wusste, dass seine Familie reich war, aber ich wusste nicht ... Flynt, ich will es nicht. Ich will nichts von ihm, auch wenn die Hälfte davon David gehört hat. Vor allem deshalb. David ist tot, und ich verdiene nichts von ihm. Ich habe ihn im Stich gelassen. Ich hätte die Anzeichen sehen sollen, dass er durchdrehen würde, ich ..."

„Sag das nie wieder!" Sie zuckte zusammen, als Flynt die Beherrschung verlor und sie anbrüllte. Er vergrub sein Gesicht in den Händen, und sie stand auf. Sie war zu schockiert, um etwas zu sagen. Er griff nach ihr, zog sie in seine Arme und ließ sie auf dem Stuhl gegenüber von seinem Platz nehmen. „Es tut mir leid, das wollte ich nicht ... aber bitte, hör mir zu. Du bist nicht schuld daran, was David getan hat und wie er gestorben ist. David ist derjenige, der ... was er dir angetan hat ... Gott, Zea, er hat dein Leben zerstört. Er hat elf Leute umgebracht, Zea. Halbe Kinder. Das ist nicht deine Schuld. Und sein psychotischer Bruder ist auch nicht deine Schuld."

„Ich habe Jared in unser Leben gelassen." Ihre Stimme war leise nach seinem Ausbruch.

„Weil du gerade sehr verletzlich warst. Er war Familie. Jeder hätte das getan." Er lächelte und berührte ihr Gesicht. „Das macht uns zu Menschen." Er beugte sich vor und küsste sie. „Du musst nichts mit dem Geld machen. Gib es weg. Benutze es, um etwas Gutes zu tun, spende es irgendwo in Davids Namen. Aber gib dir niemals die Schuld."

Zea lehnte den Kopf gegen ihren Ehemann. Gott, sie konnte sich nicht daran gewöhnen, Flynt so zu nennen, und doch fühlte es sich so richtig und so natürlich an. „Weißt du was, Mr. Newlan? Wenn ich das nicht durchgemacht hätte, hätte ich dich niemals getroffen."

Flynt grinste. „Nein, aber ich hätte dich gefunden."

Zea lachte. „Weißt du was, Flynt Newlan? Ich glaube, das hättest du wirklich."

KIZZIE HATTE ETHANS TEXTE IGNORIERT, aber jetzt wurde sie immer wütender. „Ändere einfach deine Nummer", hatte Bree ihr geraten, aber Kizzie zögerte. *Warum?*, fragte sie sich und erkannte, dass sie das Gefühl hatte, dass das zwischen ihnen noch nicht vorbei war.

Die Nummer, die jetzt angezeigt wurde, kannte sie aber nicht. „Hallo?"

„Hey, tut mir leid, aber spreche ich mit Kizzie Kline?" Eine Männerstimme. Sie schätzte den Sprecher auf Ende 30, Anfang 40.

„Wer ist da?"

„Tut mir leid, mein Name ist Jake Fonseca. Ich bin Ethans Bruder. Wir haben hier ein Problem. Ethan ist verschwunden."

Kizzies Herz hörte fast auf zu schlagen. „Was?"

„Ich gehe gerade Ethans Handy-Kontakte durch und ..."

„Wie lange wird er schon vermisst?"

Jake Fonseca seufzte schwer. „36 Stunden. Wir rufen alle an, um zu sehen, ob sie irgendwelche Hinweise haben. Er hatte vor ein paar Nächten einen Rückfall und wurde ins Krankenhaus eingewiesen. Er ist aus seinem Zimmer verschwunden, und wir können ihn nicht finden. Er hat sein Handy, sein Portemonnaie und die meisten seiner Kleider zurückgelassen. Bei diesem Wetter ..."

„Ich verstehe, und ich wünschte, ich könnte dir sagen, wo er ist. Habt ihr das ganze Krankenhaus durchsucht? Ich meine, das Dach und alles?"

„Jeden Zentimeter. Also, du weißt nichts?" Jake klang ungeduldig.

Er wollte sicher die nächste Person anrufen, und Kizzie wollte ihn nicht aufhalten. Sie verabschiedete sich und setzte sich dann hin. Ethan wurde vermisst. Hatte sie Schuld daran? War es ein Fehler gewesen, ihn einfach zu ignorieren, ohne ihm die Chance zu geben, alles zu erklären?

„Fuck", sagte sie leise. Sie war wütend auf ihn wegen Lexi, aber Lexi war tot. Nichts konnte ihr mehr wehtun und Ethan ...

Ethan hatte ihre Schwester in den Armen gehalten, als sie starb. Ethan hatte sie getröstet ...

„Verdammt", sagte Kizzie und griff nach ihren Schlüsseln. Sie packte ihren Mantel, als sie aus der Tür ging und zu ihrem Wagen lief. Es war an der Zeit, Ethan zu finden und die ganze Wahrheit aus ihm herauszubekommen.

8

TEIL # 8: ETHAN

Herzschlag. *Eins. Zwei. Drei. Versuche zu atmen. Bleib ruhig.*
Kizzie Kline saß neben Jake Fonseca, als sie in der Notaufnahme des Krankenhauses warteten. Sie warteten auf den Krankenwagen, die Polizei und den Suchtrupp. Jake beugte sich vor, stützte seine Ellbogen auf die Knie und nahm seine Augen nicht von der Tür. Kizzie legte zögernd ihre Hand auf seine Schulter. „Es geht ihm bestimmt bald wieder gut."

Aber sie wusste, dass sie log, und Jake wusste es auch. Fünf Tage. Fünf Tage war Ethan vermisst worden, und nun das. Kizzie schloss die Augen. *Warum habe ich dir nicht zugehört? Warum habe ich deine Anrufe nicht angenommen und dir eine Chance gegeben?*

Sie war Jakes Suchtrupp beigetreten, nachdem er sie angerufen hatte, und hatte Seite an Seite mit Ethans Bruder gearbeitet, um jeden erdenklichen Ort abzusuchen.

Wo bist du?

Aber bis vor einer Stunde hatte es niemand gewusst. Dann kam der Anruf. *Wir haben ihn hinter Müllcontainern im Stadtzentrum gefunden. Es sieht schlecht aus.*

Es sieht schlecht aus. Gott ... Kizzie und Jake wussten nur, dass

Ethan mit Messerwunden ins Krankenhaus gebracht wurde. Wie ernst war es? *Bitte, Ethan, gib nicht auf. Bitte, bitte bleib bei uns.*

JAKE STAND PLÖTZLICH AUF, und Adrenalin überflutete Kizzies Nervensystem. Außerhalb der Doppeltüren sah sie den Krankenwagen, einen Schwarm Sanitäter, dann endlich die Krankenliege. Jake schoss vorwärts, dicht gefolgt von Kizzie. Ethan war ganz blass, seine Augen waren geschlossen und sein Atem war flach. Er war mit Blut bedeckt.

„Oh mein Gott", flüsterte sie, als Jake den Namen seines Bruders schrie. Ein Polizist nahm sie beiseite, als Ethan in den OP gebracht wurde.

„Hier." Er führte sie in ein Wartezimmer und ließ sie Platz nehmen. „Es tut mir leid, aber es sieht so aus, als ob Ethan mit einem Messer attackiert wurde. Wir fanden bei ihm mehrere Wunden an der Brust und den Armen ... wir glauben, dass er vielleicht irgendwann in der Nacht angegriffen worden ist."

Jake schüttelte ungläubig den Kopf. „Aber wo war er die letzten fünf Tage? Das verstehe ich nicht. Und warum hätte jemand versuchen sollen, ihn zu töten? Er hatte nichts bei sich."

„Er hatte ein Foto dabei, aber wir wissen nicht, warum er es hatte."

Er reichte Jake einen versiegelten, transparenten Beweisbeutel. „Kennen Sie diese Frau, Mr. Fonseca?"

Jake sah auf das Foto in der Tasche und schüttelte den Kopf. Kizzies Herz klopfte.

„Darf ich bitte mal schauen?"

Jake reichte ihr den Beutel, und Kizzie blickte mit fürchterlicher Gewissheit auf ein Foto ihrer toten Schwester. „Es ist Lexi", flüsterte sie. „Es ist meine Schwester. Oh Gott ... Officer, ich glaube nicht, dass Ethan angegriffen wurde."

Der Polizist und Jake starrten sie an, als ihre Augen sich mit Tränen füllten. „Was meinen Sie?"

Kizzie begann leise zu weinen. „Ich glaube, er hat es selbst getan.

Ich glaube, Ethan hat versucht, sich zu töten." Sie brach in lautes Schluchzen aus, als Jake und der Polizist einander schockiert ansahen.

ZEA SCHOB ihre Arme um Flynts Taille und küsste ihn. Er erwiderte ihre Küsse, und sie spürte, wie er sich in ihren Armen entspannte. Nachdem das Diner zerstört worden war, hatte Flynt darauf bestanden, dass sie – Zea, Teresa, ihr Chef Amos und er selbst – gemeinsam ein Geschäft starteten. „Ich denke an High-End-Catering." Zea und Teresa waren begeistert, aber Amos lehnte dankend ab. „Ich gehe dorthin, wo die Sonne ist, Flynt. Meine Schwester will schon ewig, dass ich zu ihr nach San Diego ziehe, und wisst ihr was? Ich mache es."

Sie würden ihren netten alten Chef vermissen, aber jetzt planten Zea und Teresa ihre Zukunft. Flynt stellte ihnen das Kapital zur Verfügung und redete sogar über den Bau eines Restaurants. Zea beschwichtigte ihn, wenn er zu ehrgeizig wurde. „Hey, ich bin ausgebildete Köchin, aber ich bin nirgendwo in der Nähe von Sterne-Niveau." Aber Flynt schüttelte den Kopf.

„Sag das nicht. Das Diner war aus gutem Grund eines der beliebtesten Lokale in Portland. Nun, was ist so schlimm an einem qualitativ hochwertigen, aber immer noch familienorientierten Restaurant?"

Am Ende ließen Zea und Teresa Flynts Ehrgeiz freien Lauf und stimmten dem zu, was er vorschlug. Beide waren begeistert über das Potenzial.

Zeas und Flynts neues gemeinsames Leben war sogar noch besser. Frei von der Bedrohung durch Jared Podesta genossen sie das Eheleben und planten ihre Zukunft zusammen.

Eines Abends saßen sie in einem Café in der Stadt und machten Pläne, während es draußen heftig regnete.

Zea kuschelte sich in Flynts Arme. „Was für ein Jahr."

Er seufzte und vergrub sein Gesicht in ihrem Haar.

„Glaubst du es?", murmelte er.

„Dass Jared tot ist? Ich weiß es wirklich nicht. Auch wenn ich es hoffe."

Flynt nickte, blickte auf die Uhr und lächelte. „Sieh dir das an, wir haben es geschafft, einen ganzen Tag zu verschwenden. Komm, ich bringe dich nach Hause."

Sein Handy vibrierte, und er ging ran. „Oh hey, Mike. Ja? Okay, gut, wir sind in der Stadt ... Im *Brunos*, warum? Okay, bis gleich."

„Was war das?" Zea sah ihren Mann neugierig an.

„Mike und Teresa sind auf dem Weg hierher. Sie wissen etwas über den Fall."

EIN PAAR MINUTEN später erschien Mike mit einer aufgeregten Teresa, die praktisch neben ihm hüpfte.

Er hielt Flynt ein Blatt Papier hin. „Es ist nicht 100 Prozent sicher, aber ..."

Als Flynt es las, grinste Teresa Zea zu und legte ihre Arme um Mike. Er errötete und küsste ihre Wange.

Flynt, dessen Gesicht wie betäubt war, hielt das Papier Zea hin. Sie nahm es, verstand aber nicht, was der Fachjargon bedeutete. Sie sah mit geweiteten Augen zu Flynt. Er grinste breit vor Freude.

„Es wurde eine, ich zitiere, *familiäre Ähnlichkeit* festgestellt. Wer auch immer in dem Feuer war, ist biologisch mit David verwandt. Sie müssen weitere Tests machen, um zu sehen, ob sie die genaue Beziehung feststellen können ..."

Zea warf sich in seine Arme und küsste ihn. „Es ist also vorbei?"

Flynt lachte. „Es ist wirklich vorbei, Liebling. Es ist vorbei."

EMORY DUTTA LÄCHELTE, als sie fühlte, wie Dantes Lippen langsam über ihre Wirbelsäule strichen. „Guten Morgen."

Sie hörte, wie er leise lachte, dann bedeckte sein Körper sie. „Das wünsche ich dir auch. Wie wäre es, wenn du mir zeigst, wie gut dieser Morgen wirklich ist?"

Emory kicherte und tat, worum er sie bat. Sie lagen im Sonnenschein auf seinem riesigen Kingsize-Bett, und Emory hatte sich noch nie lebendiger gefühlt als in diesem Augenblick. Die letzten Wochen, in denen sie einander genossen hatten, waren ein Märchen gewesen, soweit es sie betraf. Jeden Tag kamen mehr Erinnerungen zurück, besonders von ihrer miserablen Ehe, und jedes Mal, wenn sie dachte, sie könnte daran zerbrechen, war Dante da, um sie zu halten, mit ihr zu reden und sie zu lieben.

Und ihr Liebesspiel ... Emory wusste, dass sie das niemals aufgeben konnte. Sie waren auf einer so tiefen Ebene miteinander verbunden, und wenn Dante in ihr war, fühlte sie sich zu Hause.

Sie strich seine Locken zurück. Wenn er glücklich war, sah sein dunkles Gesicht fast jungenhaft aus. Wenn sie sich hingegen daran erinnerte, wie Ray Grace sie behandelt hatte, wurde Dantes Gesicht hart, fast bedrohlich. Sie hatte es ihm nicht gesagt, aber es erregte sie, wenn er so war.

Er sah sie jetzt an, und seine grünen Augen waren intensiv. „Woran denkst du?"

Sie lächelte. „Ich dachte, dass ich will, dass dieser Moment mit dir nie endet."

Dante grinste. „Nun, das ist gut zu wissen, weil ich etwas für dich habe ..."

Sie konnte seinen Schwanz bereits hart gegen ihren Oberschenkel gepresst spüren, und sie lachte und wickelte ihre Beine um seine Taille. Dann keuchte sie auf, als er in sie eindrang, und zitterte bei der Kraft seiner Liebe. Sie küsste ihn, als sie sich zusammen bewegten.

„Dante", flüsterte Emory, „fick mich. Fick mich hart."

Sein Gesicht nahm diesen intensiven Blick an, den sie liebte, und er stieß tiefer und härter in sie, so als wollte er sie entzweireißen. Emory schrie seinen Namen und spürte, wie das Begehren durch ihren Körper flutete, bis sie sich nicht mehr zurückhalten konnte und kam. Dante, der sich bei seinem eigenen Orgasmus in sie ergoss, ließ sie nicht zur Ruhe kommen. Seine Hände und sein Mund waren grob an ihren Brüsten, schmeckten und bissen sie, und Emory verlor sich in der Freude, die er ihr gab. Dante zog er ihre Hände über ihren Kopf und fickte sie unermüdlich, bis sie ihn bat, niemals aufzuhören.

Erschöpft und von Liebe überwältigt schlief Emory schließlich in seinen Armen ein. Als sie abdriftete, flüsterte sie: „Ich liebe dich, Dante Harper", aber sie schlief ein, bevor sie seine Antwort hören konnte.

Als sie aufwachte, war das Bett kalt, und Dante stand am Fenster und starrte hinaus. Emory wickelte sich zitternd in die Decke. „Alles in Ordnung, Baby?"

Dante nickte und wandte sich ihr dann zu. Sein Gesichtsausdruck war leer, aber etwas in seinen Augen ließ sie zittern.

„Es ist Zeit", sagte er mit weicher, aber entschlossener Stimme, „es ist Zeit, Emory. Es ist Zeit, dass du die ganze Wahrheit erfährst."

Kizzie setzte sich auf und schwang die Beine über die Seite des Bettes, wo sie sich genussvoll streckte. Jake schlief noch. Sein Kopf lehnte an der Wand, und sie sah sich um, nahm eine Decke und deckte ihn damit zu.

Sie sah nach Ethan. Er hatte die Operation überstanden, lag jetzt aber im Koma. Kizzie streichelte seinen Kopf und war erstaunt, wie kühl seine Haut sich anfühlte.

„Verlass uns nicht, Ethan. Nichts ist so schlimm, dass wir es nicht überwinden können."

Sie lachte leise und erinnerte sich, dass Jesse ihr das Gleiche gesagt hatte, als Lexi starb. Was zum Teufel versteckte Ethan, und wen schützte er? Ein paar Tage zuvor war Jesse ins Krankenhaus gekommen, um sie zu sehen. Er hatte sie gefragt, wer Ethan war und wie sie mit ihm involviert war. Kizzie erzählte ihrem Bruder alles, was sie konnte, und Jesse hatte ihr zugestimmt, dass es seltsam war. „Was auch immer es ist, Kiz, kann warten, bis er sich gut erholt hat."

Sie hatte ihren älteren Bruder angelächelt. „Du bist ein guter Mann, Jesse Kline."

Beim Gedanken an Jesse kam ihr eine Idee. Julieta war nur ein paar Korridore entfernt – und Kizzie wollte sie fragen, warum sie ihr eigenes Kind abgetrieben hatte. Julieta musste gewusst haben, dass es das Einzige war, das Jesse an sie band. Kizzie verstand nicht, warum sie etwas so Selbstzerstörerisches getan hatte. Und sie wollte wissen, warum. Sie schlüpfte in ihren Bademantel und ging durch das verdunkelte Krankenhaus, um zu sehen, ob Julieta wach war.

In der gynäkologischen Abteilung waren keine Krankenschwestern zu sehen. Kizzie spähte in jedes Zimmer. Am fernen Ende des Ganges brannte Licht. Sie ging darauf zu und hörte eine Männerstimme, als sie an die halbgeschlossene Tür des Raumes trat.

„Ich habe dir gesagt, dass wir weggehen, wenn alles erledigt ist."

„Warum nicht jetzt? Jesse hat mich verlassen. Er weiß, dass du mir die Abtreibungspille gegeben hast. Das verdammte Fonseca-Arschloch hat versucht, sich umzubringen. Man sagt, dass er es nicht schaffen wird. Wir sind frei. Niemand weiß, dass wir es waren, niemand weiß, was wir mit Azano gemacht haben ..."

„Halt den Mund. Das ist nicht der richtige Ort dafür."

„Ich sage nur, wenn Ethan aufwacht und uns verrät, haben wir ein Problem."

Kizzie versuchte, durch den Spalt in der Tür zu blicken. Sie sah einen Kerl, den sie nicht kannte, auf Julietas Bett sitzen. Julieta streichelte sein Gesicht.

„Habe ich nicht schon genug für dich getan? Bin ich nicht genug für dich, Nick?"

Nick antwortete nicht. Julieta wurde weinerlich.

„Ich habe unser Baby für dich abgetrieben. Dein Baby, Nick. Ich habe getan, was du wolltest. Ich habe Jesse genug abgelenkt, dass er aufgehört hat, Fragen zu stellen."

Kizzie keuchte auf. Nicks Kopf schoss hoch, und er wandte sich der Tür zu. Kizzie wich zurück, drehte sich um und rannte los. Sie hörte, wie er ihr folgte, und Entsetzen überflutete ihren Körper. Es war niemand da, den sie um Hilfe bitten konnte.

Jake. Er würde ihr helfen. Sie lief durch das Krankenhaus, verlief sich aber und musste umdrehen. Vor sich sah sie Ethans Zimmer und seufzte erleichtert ... aber dann wurde sie von hinten gepackt.

Der Kerl namens Nick presste sie an die Wand. Kizzies Blut erstarrte, als sie das Skalpell in seiner Hand sah. *Oh Gott, nein ...*

„Hey!", rief Jake.

Nick ließ sie los und rannte weg, und Kizzie brach vor Erleichterung zusammen. Jakes Arme umgaben sie. „Alles in Ordnung? Was zur Hölle war das?"

Kizzie war zu erschüttert, um zu sprechen. Jake brachte sie zurück in Ethans Zimmer und hielt ihre Hände, während sie sich beruhigte. Sie erzählte ihm schließlich, was sie gehört hatte, und Jake war entsetzt.

„Wir müssen zur Polizei gehen." Er stand auf, aber sie packte seine Arme.

„Halt. Lass uns warten, bis Ethan aufwacht und uns sagt, was zur Hölle passiert ist. Ich will nicht, dass er aufwacht und für etwas verhaftet wird, das er nicht getan hat. Wir müssen die Wahrheit herausfinden, Jake. Bitte, warte."

Jake sah nicht glücklich aus, aber er nickte kurz. „Okay. Aber du gehst nirgendwo allein hin, verstehst du mich? Ich will nicht, dass der Kerl dich wieder angreift. Wir müssen wenigstens den Krankenschwestern Bescheid sagen, damit er nicht wieder hier rein kann."

ALS JAKE sie in einem Taxi nach Hause geschickt hatte, war Kizzie wütend auf sich selbst, aber noch wütender auf die Situation geworden. Und darauf, was Nick nicht nur ihr, sondern auch Ethan, Julieta und dem College angetan hatte.

Als Jesse sie hereinließ, sah sie entschlossen aus. Er schenkte ihr ein Lächeln.

„Hey, was ist los?"

„Jesse, das Baby war nicht von dir."

Das schockierte ihn, und er ließ sich schwer auf einen Stuhl fallen. Sie berührte sein Gesicht.

„Hätte ich es dir nicht sagen sollen?"

„Doch, natürlich. Und ein Teil von mir ist nicht überrascht, aber verdammt, was für eine Schlampe."

Sie nickte. „Ich bin losgegangen, um mit ihr zu sprechen. Ich weiß ..." Sie verzog das Gesicht bei dem Ausdruck auf Jesses Gesicht. „Aber ich wollte wissen, warum sie es getan hat. Es hat keinen Sinn gemacht. Wenn sie dich behalten wollte, wäre sie nicht das Einzige losgeworden, was dich bei ihr hielt. Ich war außerhalb des Zimmers, als ich seine Stimme hörte. Sie sagte: ‚Ich habe dein Baby abgetrieben, Nick.' Er hat gemerkt, dass ich lauschte, und mich bedroht."

„Nick Petersen?" Jesse stand jetzt auf. „Was hat das Arschloch gesagt?"

„Dass ich meinen Mund halten soll. Was ich offensichtlich nicht machen werde. Außer ... Jesse, ich denke, Ethan ist irgendwie in den Amoklauf involviert. Ich kann nicht glauben, dass er selbst aktiv beteiligt war, also muss es etwas anderes sein. Nick Petersen steht im Mittelpunkt des Ganzen, ich weiß es einfach."

Jesse sah so verwirrt aus, wie sie sich fühlte. „Julieta hat mir gesagt, sie hätte das Baby wegen Bree abgetrieben."

Kizzie schüttelte den Kopf. „Falsch."

„Sieht so aus. Was machen wir jetzt?"

„Wir warten darauf, dass Ethan aufwacht. Er wird uns alles sagen, ich weiß es."

Jesse sah seine Schwester an, und seine Augen waren mitfühlend. „Wird er aufwachen?"

Kizzie schluckte. „Gott, ich hoffe es, Jesse. Ich hoffe es so sehr."

EMORY SCHAUTE auf das Foto eines Mannes, das Dante vor sie legte, und fühlte eine Erinnerung hochsteigen.

„Das ist Luca Saffran. Bevor du erschossen wurdest und ich dich traf, warst du in einer Beziehung mit ihm. Einer romantischen Beziehung."

Sie sah zu Dante auf und konnte die Qual und das Bedauern in seinen Augen sehen. „Mit Brees Vater?"

Dante nickte. Er setzte sich neben sie und nahm ihre Hand. „Ich denke, es ist Zeit, dass wir ihn kontaktieren. Emory ... ich war unfair. Ich hätte nie etwas mit dir anfangen sollen, ohne dich über deine Beziehung mit Saffran zu informieren. Es tut mir leid. Ich bedauere unsere Beziehung nicht, aber wenn wir zusammen sind, will ich nichts vor dir verbergen. Du verdienst die Chance, in dein altes Leben zurückzukehren, wenn es das ist, was du willst."

Emorys Emotionen waren in Aufruhr, und sie stand auf und ging durch den Raum. Dante beobachtete sie angespannt. „Süße, ich verspreche, was auch immer deine Entscheidung ist ... ich werde sie respektieren, auch wenn sie bedeutet ..." Er verstummte und schüttelte den Kopf. Emory ging zu ihm, schob sich in seine Arme und küsste ihn.

„Du", sagte sie und sah ihm in die Augen, „bist alles, was ich jemals wollen werde."

Dante schüttelte den Kopf. „Sag das nicht, Emory. Du liebst ihn, und er hat dich geliebt. Wenn ihr euch trefft, und du dich erinnerst ... Wenn du dein Leben mit ihm verbringen willst ... Ich werde dich nicht daran hindern."

Emory fühlte sich plötzlich den Tränen nahe. „Dante ... ich bin in *dich* verliebt. Ich habe mich aus freiem Willen in dich verliebt."

Dante küsste sie. „Ich zweifle nicht an dir, Em. Mein Herz gehört dir. Für immer."

„Dann lass uns nicht den Status quo ändern", sagte Emory plötzlich panisch. „Lass uns einfach so bleiben, du und ich ..."

„Das können wir nicht. Ich werde nicht zulassen, dass das immer zwischen uns steht. Du hast mich gebeten, ‚ihn' nicht zu finden – du meintest Raymond Grace – und ich habe das Versprechen gehalten. Aber es gibt noch andere Menschen da draußen, Emory, die wissen wollen, dass du am Leben bist. Menschen, die dich lieben und um dich trauern. Wir müssen das Richtige tun."

Emory stand auf und ging zum Fenster. Sie blickte auf Dantes Anwesen. Sie wusste, dass er recht hatte. Aber sie hatte Angst. Angst davor, dass Dante sie aufgeben würde, weil er der anständigste Mann war, den sie jemals getroffen hat. Luca Saffran war ein Fremder für sie. *Aber du bist keine Fremde für ihn. Du bist seine Liebe. Es geht nicht nur um dich.*

Sie kehrte an Dantes Seite zurück und setzte sich zu ihm. „Okay. Alles klar. Lass uns das machen."

Dante sah sie mit traurigen Augen an. „Ich werde es arrangieren." Er stand auf, aber sie packte seine Hand. „Dante ..."

Er zog sie grob in seine Arme und küsste sie so leidenschaftlich, dass ihr schwindelig wurde. „Dante ... ich liebe dich so sehr, bitte lass mich nicht kampflos gehen ..."

Dante vergrub seinen Kopf an ihrem Hals, und sie spürte seine Tränen auf ihrer Haut. „Ich verspreche es", sagte er einfach. „Ich verspreche es."

LUCA SAFFRAN HATTE in seinem Büro von früh morgens bis zehn Uhr abends gearbeitet. Er fühlte sich fast wie sein altes Ich in seinem Unternehmen, aber wenn er nach Hause gehen musste – zum Essen, zum Duschen, zum Schlafen – fühlte er Einsamkeit in sich aufsteigen. Er hatte Angst, dass er alles vergessen würde – sein Glück mit Emory, die Liebe, die sie teilten, den Spaß, den sie zusammen hatten. Sie trieb weiter und weiter weg mit jedem Tag. Er hatte inzwischen akzeptiert, dass sie wahrscheinlich niemals ihre Leiche finden würden. Clem, Bree und sogar Maximo waren seine Anker. Nachdem Maximo die Geschichte seiner eigenen verlorenen Liebe offenbart hatte, waren er und Luca Freunde geworden, und Luca wusste, dass Clem und Maximo verrückt nacheinander waren.

Er seufzte und sah erstaunt auf, als jemand an seine Bürotür klopfte. Er lächelte. Tatiana Mendelssohn grinste ihn an. „Ich wusste, dass Sie noch hier sind."

Luca stand auf, um ihre Hand zu schütteln. „Es ist schön, Sie wiederzusehen. Welchem Umstand verdanke ich das Vergnügen?"

„Ehrlich gesagt hatte ich ein Meeting auf der anderen Straßenseite, das länger gedauert hat. Ich habe noch nicht gegessen, und als ich wegging, sah ich, dass in Ihrem Büro noch Licht brannte. Wollen Sie etwas essen? Da ist ein tolles kleines Lokal in der Nähe."

Luca dachte nach. „Das klingt großartig."

Sie gingen zu der kleinen Taverne an der Ecke und bestellten etwas zu essen. Bei einer köstlichen Paella unterhielten sie sich, und Luca fragte nach Tatianas britischen Wurzeln.

„Mein Vater ist Amerikaner, weshalb ich hier so unkompliziert arbeiten kann, aber ich bin in London aufgewachsen. Meine Mutter war in den 80er Jahren Journalistin. Sie hatte Thatcher, die Abgabensteuer und die IRA. Ich weiß nicht, ob Journalismus wirklich das Richtige für mich ist."

Luca war überrascht. Wirklich?"

Tatiana nickte. „Schreiben ist meine Leidenschaft, aber ich hatte nie die Geduld, einen Roman zu schreiben und dann darauf zu warten, dass er veröffentlicht wird. Ich musste Geld verdienen." Sie lachte. „Ob Sie es glauben oder nicht, J.K. Rowling ist die Ausnahme, nicht die Regel."

Luca nickte. „Also ist Belletristik Ihr Ding?"

Tatiana lächelte. „Ich bevorzuge Biographien. Darum bin ich so interessiert daran, an diesem Projekt mit Clem zu arbeiten. Hoffentlich kommt etwas Gutes dabei raus."

„Ich vertraue darauf, dass Sie den Mord an Emory nicht sensationslüstern ausschlachten. Ich bin nicht naiv, ich weiß, wie diese Dinge funktionieren. Schöne junge Frau fällt dem Mann zum Opfer, der sie am meisten lieben sollte."

„Es ist eine faszinierende Geschichte", gab Tatiana zu, und ihre blauen Augen suchten seine. „Sie vermissen sie."

„Natürlich. Jeden Tag. Ich hoffe nur ..." Er verstummte, und sie neigte den Kopf.

„Was? Was, Luca?"

Luca seufzte. „Ich vergesse so vieles, Tat. Ihre Haare rochen nach Blumen, aber ich kann mich nicht erinnern, nach welcher Blume. Oder ihr Lachen. Oder worüber wir geredet haben ..." Er schaute plötzlich beschämt weg. „Wie konnte ich diese Dinge vergessen, Tat? Diese wichtigen Dinge?"

Tatiana packte seine Hand. „Luca, das ist normal. Sie haben

Angst, dass Sie sie ganz verlieren. Ihr Gehirn sagt Ihnen, dass Sie sie vergessen, aber das tun Sie nicht."

Luca lächelte sie an. „Danke, Tat, ich ..."

Sein Handy vibrierte, und er sah sie entschuldigend an. „Tut mir leid, ich muss rangehen. Es könnte Bree sein."

„Kein Problem, wollen Sie etwas Privatsphäre?"

„Nein, nein, es dauert nur eine Sekunde."

Tatiana nippte an ihrem Getränk, während Luca seine Voicemail abhörte. Als er sein Handy auf den Tisch legte, sah er verwirrt aus. Tatiana betrachtete ihn.

„Wer war es?"

„Dante Harper."

Tatianas Augenbrauen schossen überrascht hoch. „Harper? Natürlich, Sie haben sicher geschäftlich mit ihm zu tun."

Luca schüttelte den Kopf und runzelte die Stirn. „Das ist es nicht. Er sagte, er müsse mich dringend treffen. Wegen Emory."

Das schockierte Tatiana. „Kannten sie einander?"

„Nicht, dass ich wüsste ... ich kann mir nicht vorstellen, worüber er mit mir reden will, aber er hat mich zu sich nach Hause eingeladen."

„Wann?"

Luca starrte sie an. „Am Freitag. Er hat mir gesagt, ich solle Bree mitbringen. Ich ... Was zum Teufel könnte Harper wollen?"

Tatiana schüttelte den Kopf. „Keine Ahnung. Vielleicht will er bei der Suche helfen. Man sagt, er sei ein guter Kerl."

Luca rief die Kellnerin. „Okay, wir bestellen uns noch etwas zu trinken, und Sie erzählen mir alles, was Sie über Dante Harper wissen, Tat. Alles."

KIZZIE DACHTE, wie still Krankenhäuser um Mitternacht waren, als Ethan plötzlich seine Augen öffnete. Er hatte eine Panikattacke. Seine Augen waren wild, und er schnappte nach Luft. Jake sprang auf, um seinem Bruder zu helfen, und Kizzie rannte los, um einen Arzt zu holen.

Eine halbe Stunde später hatten sie Ethan soweit beruhigt, dass sie mit ihm sprechen konnten. Er sah erschöpft, verängstigt und hoffnungslos aus. Jake und Kizzie hielten seine Hände, als der Arzt mit ihm sprach. Schließlich waren sie allein, und Ethan sah sie beide an.

„Ich weiß nicht, was ich sagen soll ... Jake, Kiz, danke, dass ihr hier seid. Ich verdiene eure Liebe nicht, aber danke."

Kizzie fühlte sich den Tränen nahe. Jakes Gesicht hatte sich verhärtet. „Du wirst uns alles erzählen. Und du kannst damit beginnen, warum du das gemacht hast. Die Wahrheit, Ethan."

Ethan wich dem intensiven Blick seines Bruders aus. „Ich kann nicht ... wenn ich es tue, werden noch mehr Leute sterben."

„Nein, das werden sie nicht. Wir wissen, dass Nick Petersen hinter all dem steckt. Sag uns jetzt alles, oder ich gehe direkt zu ihm. Nur Kizzie und ich sind in diesem Raum, Ethan. Wenn du es uns gesagt hast, können wir entscheiden, welche Maßnahmen wir treffen müssen."

Ethan rieb sich mit einer Hand über den Kopf. „Jake ..."

„Tu es."

Ethan seufzte. „Nick weiß, dass ich ihn gesehen habe. Ich sah, wie er David Azano eine Tasse Kaffee mit Badesalzen – Mephedron – gegeben hat. Azano wurde wahnsinnig. Nick lieferte die Drogen und die Waffen. David hat er nur benutzt. Er hatte an diesem Tag keine Chance. Als ich Nick damit konfrontierte – bevor David verrückt wurde und anfing zu schießen – sagte er mir, dass er dich töten würde, Jake, wenn ich es jemandem erzähle. Ich glaubte ihm. Nick Petersen ist ein Psychopath." Ethan stieß einen langen Atemzug aus und sah Kizzie an. „Ich wollte es dir sagen, Kiz, wirklich. Es tut mir leid."

Kizzies ganzer Körper fühlte sich kalt an. Sie drückte Ethans Hand, sagte aber nichts. Jake hielt seinen Kopf in den Händen.

„Gott, Ethan ..."

„Ich weiß. Ich habe mit mir gerungen, bis der Amoklauf begann, und dann war es zu spät. Zu der Zeit wusste ich nicht, ob Nick nur Blödsinn erzählte oder es durchziehen würde. Ich dachte, er sei ein Angeber. Dann hörte ich den ersten Schuss und wusste, dass es zu spät war. Verdammt ... warum hatte ich nicht mehr Mut?"

„Warum hat er das getan?"

Ethan sah ihnen in die Augen. „Für den Kick. Er wollte berühmt sein, hatte aber nicht den Mut, es selbst zu tun. Er wollte einen Lehrer benutzen, der es für ihn tat. Danach gab es Nachrichten darüber, wie Nick die Studenten ‚beschützt' hatte. Mir wird schlecht bei dem Gedanken, dass er als Held gefeiert wurde. Ich habe ihn angerufen und mit seiner Tat konfrontiert. Er sagte, er würde dich töten, Jake ... und er hat mir auch gesagt, dass er weiß, dass ich dir näherkam, Kizzie."

Kizzie fühlte nur Wut. Sie hätte nur zu gern Nick Petersen in die Finger bekommen und schüttelte wütend den Kopf. „Du hättest es uns erzählen sollen. Was hast du dir dabei gedacht, zu verschwinden und dir das", sie deutete auf den Verband auf seiner Brust, „anzutun. Verdammt, Ethan ..."

Ethan war einen Moment still und sagte dann leise: „Ich habe mich für den leichten Weg entschieden und bin einfach abgehauen."

Kizzie stöhnte kummervoll, und Jake sah sie mit betroffenen Augen an. „Das ist nie die Antwort, Ethan."

„Ich weiß."

Jake seufzte. „Wir haben keine andere Option, als jetzt die Polizei zu informieren."

Ethan nickte resigniert. „Ich weiß."

„Kizzie, wirst du eine Weile bei Ethan bleiben?"

„Sicher."

Als Jake das Zimmer verlassen hatte, saßen die beiden lange still da, aber dann holte Kizzie tief Luft. „Also, David Azano war ... nicht unschuldig, aber er war nicht verantwortlich für das, was er tat. Gott, armer David. Arme Zea ... Weißt du, dass sie die Stadt verlassen hat? Ihr Leben wurde auch zerstört, aber sie hat keine Unterstützung und kein Mitleid bekommen."

Ethan nickte. „Ich weiß. Und Lexi ..."

„Rede jetzt bitte nicht von Lexi, Ethan. Ich kann es nicht ertragen."

Ethans Augen waren traurig. „Wirst du mir jemals verzeihen können, dass ..."

Kizzie nahm seine Hand. „Dass du nichts gesagt hast, als du dachtest, dass Jake in Gefahr sein könnte? Natürlich. Dass du dich umbringen wolltest? Nein, unmöglich." Aber sie führte seine Hand an ihre Lippen und küsste sie. „Wir schaffen das, Ethan. Zusammen."

Ethan lächelte zum ersten Mal und streichelte ihre Wange. „Es tut mir leid, Kizzie."

„Mir auch, Ethan. Ich hätte dich alles erklären lassen sollen. Dass du das Gefühl hattest, deine einzige Option sei ... dich zu töten ..." Sie brach ab und begann zu schluchzen.

„Komm her", sagte Ethan leise und streckte seine Arme nach ihr aus. Vorsichtig, um ihn nicht zu verletzen, legte sich Kizzie zu ihm auf das Bett, und sie umarmten sich.

„Wir werden das schaffen, Kiz, ich schwöre es dir."

Und Kizzie glaubte ihm.

Kizzie bat Bree und Jesse, sie in einem Café auf der Insel zu treffen. Sie warteten schon, als sie mit einem alten Freund von Jesse auftauchten. Sein Name war Eric und er war bei der örtlichen Polizei. Jesses Augenbrauen schossen überrascht nach oben.

„Hey Mann, lange nicht gesehen." Er und Eric schüttelten sich die Hände, und er führte ihn zu Bree. Kizzie umarmte ihren Bruder und Bree, und alle setzten sich. Kizzie erzählte ihnen, was Ethan ihr und Jake gesagt hatte. Bree und Jesse waren schockiert. Eric nickte.

„Jake Fonseca ist zur Polizei gegangen, und es gibt jetzt einen Haftbefehl für Nick Petersen. Der ganze Bundesstaat ist alarmiert. Soweit ich weiß, fand man Drogen in Azanos Blut, aber niemand ist der Theorie nachgegangen, dass sie ihm heimlich verabreicht wurden."

Bree stieß den Atem aus. „In gewisser Weise bin ich froh. Ich weiß, das klingt komisch, aber es fiel mir schwer, den Lehrer, den ich kannte, und den Mann, der mich zu töten versuchte, als ein und dieselbe Person zu sehen."

Ihr Körper sank gegen Jesse, und er legte seine Arme um sie. „Was wird mit Ethan passieren?"

Kizzie versuchte zu lächeln. „Die Polizei hat ihn befragt. Jetzt entscheidet der Staatanwalt, ob er Ermittlungen einleitet. Sein Anwalt denkt, wenn er vor Gericht kommt, wird man ihm einen Deal anbieten. Wenn er gegen Nick aussagt, bekommt er nur Bewährung."

„Wen haben wir da?" Die Stimme ließ sie zusammenzucken, und als sie aufblickten, sahen sie Julieta. „Jesse und seine Hure. Breana, musst du ihm auch vorspielen, dass er dich zum Orgasmus bringen kann, so wie ich es gemacht habe?"

„Geh weg, Julieta. Du siehst einfach nur dumm aus." Jesses Stimme war müde.

„Nein, lass uns hören, was diese nutzlose Schlampe zu sagen hat." Bree hatte genug. „Komm schon, Julieta, rede. Oh, jetzt hast du nichts mehr zu sagen? Nun, ich habe dir etwas zu sagen. Du wagst es, mich eine Hure zu nennen? An deiner Stelle wäre ich ganz still. Alle wissen, dass du für jeden die Beine breitmachst."

Bree sah Julieta fest an. Julieta versuchte, ihr Gesicht zu wahren.

„Du kannst den verdammten Verlierer gerne haben. Du nennst dich einen Mann?" Sie spuckte die Worte förmlich in Jesses Gesicht. „Du konntest mich nicht einmal schwängern. Das Baby war nicht von dir, Jesse."

Jesse musterte sie verächtlich. „Das sind keine neuen Informationen."

„Was?"

Er sah sie ruhig an. „Es war das Baby von Nick Petersen."

Julieta starrte ihn ungläubig an. „Dich kümmert nicht einmal, warum ich dir gesagt habe, dass es von dir war?"

Kizzie verdrehte die Augen. „Um Jesse und Bree auseinanderzubringen?"

„Halt die Klappe, du Schlampe."

Kizzie lachte sie aus. Julieta schaute zwischen Jesse und Bree hin und her.

„Sie hat allerdings recht. Jeden Tag hast du ihr nachgetrauert. Ich verstehe es nicht. Was ist an ihr so besonders? Das perfekte Gesicht? Fickt sie in 70 verschiedenen Positionen?"

Bree genoss es, ihre innere Schlampe herauszulassen und grinste. „80." Sie zwinkerte Jesse zu, und er grinste ebenfalls. „Und das ist nur das legale Zeug. Du solltest sehen, was ich sonst noch alles draufhabe."

Jesse schnaubte, und Kizzie weinte vor Lachen. Julieta sah Bree an.

„Ich wollte ihn nie wirklich. Ich wollte nur sehen, ob ich ihn dir wegnehmen kann. Und ich konnte es. Und es war so verdammt leicht." Sie lachte.

Jesse sah weg, und Bree konnte den Schmerz auf seinem Gesicht sehen. Sie ging um den Tisch herum zu ihm, nahm sein Gesicht in ihre Hände und sah ihn an.

„Du bist meine Welt." Sie lehnte ihre Stirn gegen seine und spürte, wie er seufzte und sich entspannte. Sie wandte sich an Julieta und sah sie lange an. Dann schlug Bree ihr hart ins Gesicht.

Jesse starrte sie an, und Kizzie jubelte und klatschte. Julieta fiel zu Boden. Bree packte ihr Gesicht, packte ihr Kinn und sprach mit einer Stimme, die keinen Humor in sich hatte.

„Lass die Finger von meinem Mann, Schlampe."

Jesse sah erstaunt und zugleich erfreut aus, und Bree legte ihre Arme um seine Taille und grinste ihn an. „Das hätte ich vor Wochen machen sollen."

Er lachte und lehnte seinen Kopf gegen ihren.

Kizzie war atemlos vor Lachen. Julieta stand gedemütigt auf.

„Fick dich, Bree. Sie sind alle tot, mein Baby, Kizzie, Emory ... sie sind alle tot." Sie ging zu Bree. Jesse spannte sich an, aber Bree wich nicht zurück. Julieta betrachtete das schöne Gesicht ihrer Feindin und lächelte. „Und du bist als Nächste dran. Er kommt zu dir, Bree." Sie sah Jesse an. „Er wird beenden, was David Azano angefangen hat, Jesse, und du kannst nichts dagegen tun."

Jetzt war es an Eric, wütend zu werden. Er packte Julieta und legte ihr Handschellen an.

„Julieta Connor, ich verhafte Sie wegen des Verdachts auf Teilnahme an einer kriminellen Verschwörung mit dem Ziel, einen Mord zu begehen. Sie haben das Recht zu schweigen. Alles, was Sie sagen, kann und wird vor Gericht gegen Sie verwendet werden. Sie haben das Recht auf einen Anwalt. Wenn Sie sich keinen Anwalt leisten können, wird ihnen einer zur Verfügung gestellt. Verstehst du die Rechte, die ich dir erklärt habe, du Stück Scheiße? Willst du mir erzählen, was Petersen dir alles gesagt hat? Nein? Das dachte ich mir." Er reizte sie bewusst, und sie fing an zu schreien und nach ihm zu treten, aber er war zu stark. Alle im Café beobachteten die Szene mit offenem Mund, und Bree fühlte sich plötzlich stärker. Die Personen, die für all diese schrecklichen Ereignisse verantwortlich waren, bekamen endlich ihre gerechte Strafe. Und Julieta war die Erste.

Sie beobachteten, wie Eric Julieta zu seinem Streifenwagen zerrte. Jesse folgte ihnen und sprach mit Eric, bevor der Polizist losfuhr, während Julieta immer noch auf dem Rücksitz herumbrüllte. Bree und Kizzie standen schockiert da. Als Jesse wieder in das Café kam, war sein Gesicht voller Zorn. Er drehte sich um und schloss die Tür. Als er auf sie zukam, dachte Bree, dass er niemals schöner ausgesehen hatte. Er nahm sie in seine Arme und umarmte sie fest. Sie schob ihre Arme um seine Taille und drückte ihr Gesicht an seine Brust. Kizzie sah ihren Bruder voller Bewunderung an.

„Wow." Es war alles, was sie sagte, aber Jesse nickte ihr dankbar zu.

„Eric weiß nicht, wie lange er sie im Gefängnis festhalten kann, aber es sollten mindestens ein paar Stunden sein."

Kizzie grinste, ging an die Theke und gab ihnen Privatsphäre. Schließlich sah Jesse zu Bree hinunter.

„Ich werde niemals zulassen, dass er dich verletzt." Sie lächelte ihn an.

„Ich weiß. Ich vertraue dir."

„Darling?"

„Ja, Baby?"

„Ich glaube, wir sollten nach Hause gehen. Jetzt sofort. Und dann erzählst du mir mehr über diese 80 Positionen ..."

Sie grinste ihn an. „Dein Wunsch ist mir Befehl."

. . .

FLYNT LEHNTE seine Stirn gegen das kalte Fenster und beobachtete, wie der Sturm wütete. Seine Augen suchten die Straße und die Wälder am Rande seines Grundstücks nach Bewegungen ab. Er war so an den engen Knoten der Anspannung in seiner Brust gewöhnt, dass die subtile Entspannung ihn nervös machte und ihm das Gefühl gab, dass etwas fehlte. Er spürte, dass Zea ihre Arme um seine Taille schlang.

„Hallo Mister."

„Hey, Kleines." Er zog sie näher und küsste die Oberseite ihres Kopfes. Sie sah ihn an.

„Alles okay?"

Er nickte, aber sie war nicht überzeugt. Sie zog ihre Arme um ihn und folgte seinem Blick auf die regennassen Bäume.

„Niemand ist hier, Schatz. Nur du und ich. Und rate, was wir jetzt machen können?" Sie lächelte ihn an, und er grinste zurück.

„Was?"

Sie hielt sein Gesicht in den Händen und küsste ihn sanft auf den Mund. „Leben."

Er lachte. „Darauf kannst du deinen hübschen Hintern verwetten."

Sie zog ihn vom Fenster weg. „Lass uns aufhören, nach ihm zu suchen. Lass uns in die Stadt gehen, in schäbigen Bars herumhängen, Pool spielen und Junk-Food essen."

„Ich bin dabei. Apropos ..." Er nahm ihre linke Hand. „Wir können einen Ring für diese Hand besorgen. Was sagst du dazu?"

„Klingt gut." Zea lächelte ihn an. „Ich möchte, dass alle wissen, dass ich meinen Mann liebe. Und ich will es feiern."

Flynt küsste sie und nahm sie dann in seine Arme. „Dann lass mich dir zeigen, wie wir anfangen können ... die Stadt kann warten."

Zea kicherte, als er sie zu ihrem Bett trug. Als er ihren Körper mit seinem bedeckte, sah sie ihn an. „Ich kann nicht glauben, dass wir uns endlich sicher fühlen können."

Flynt lächelte. „Ich auch nicht, meine Schöne, aber es ist wahr ...
Jetzt lege deine langen Beine um mich und lass uns feiern."

TERESA BLICKTE AUF, als Mike ins Restaurant kam. Seit Flynt es
gekauft hatte, war Teresa gern dort, um den Umbau zu überwachen.
Sie genoss es zu organisieren und zu sehen, wie ihre Idee langsam
Realität wurde. Sie lächelte Mike an.

„Hey, wie geht's?" Er nickte, abgelenkt, und sie runzelte die Stirn.
Sie bestellte ihm einen Drink und setzte sich zu ihm.

„Was ist?"

„Ich bin nicht sicher. Das Labor hat sich gemeldet. Die Leiche hat
tatsächlich DNA mit David gemeinsam – aber sie denken, dass väter-
liche und nicht brüderliche Ähnlichkeiten vorliegen."

„Und das heißt ...?"

„Sie denken, die Leiche im Feuer war nicht Davids Bruder. Sie
war sein Vater."

Teresa war verwirrt. „Was?"

Mike schüttelte den Kopf. „Ich weiß es nicht, Teresa, wirklich
nicht. Wir müssen den Anwalt in Louisiana, den Podesta in seinem
Testament erwähnt hat, kontaktieren. Wir werden der Sache auf den
Grund gehen. Die Frage ist nur ... glaubst du, ich sollte Zea und Flynt
davon erzählen?"

Teresa seufzte. „Nicht, bis wir mehr wissen. Sie sind im Moment
so glücklich, und Zea hat genug Ängste und Sorgen für ein ganzes
Leben. Lass uns warten."

Mike stimmte zu. „Okay." Er strich sich mit der Hand durch die
Haare und sah sich um. „Es geht voran hier, hm."

Teresa grinste. „Ja. Ich bin ziemlich aufgeregt deswegen."

Mike grinste. „Gut. Ich mag dein Lächeln, Terry."

„Hör auf, mit mir zu flirten, Michael, wir haben uns aus gutem
Grund getrennt." Aber sie grinste. Mike tat so, als würde er sich am
Kopf kratzen.

„Im Moment kann ich mich nicht erinnern, was dieser Grund
war."

Teresa war sehr dankbar dafür, dass um sie herum Arbeiter standen, sonst hätte sie Mike an Ort und Stelle geküsst.

Kizzie war nach einem Tag bei Ethan vom Krankenhaus nach Hause gekommen, und ihre Gedanken waren in Aufruhr. Ethans Wunden heilten, und sein ganzes Verhalten hatte sich verbessert, so sehr, dass sie den lustigen Jungen in ihm erkennen konnte, den sie am ersten Tag in der Selbsthilfegruppe für Überlebende getroffen hatte. Sein Sinn für Humor war zurückgekehrt, und sie sah, dass ein unglaubliches Gewicht von seinen Schultern genommen worden war, als er endlich die Wahrheit gesagt hatte.

Er war nicht einmal besorgt, dass der Staatsanwalt ihn anklagen könnte. „Wenn er das tut, werde ich meine Zeit absitzen. Ich sollte dafür verantwortlich gemacht werden, dass ich nichts gesagt habe, obwohl ich über Nick Bescheid wusste. Menschen sind gestorben. Lexi ist gestorben. Ich muss meine Strafe annehmen, Kiz."

Sie berührte sein Gesicht. „Ich werde dich jeden Tag besuchen, wenn du im Knast bist, und einen Kuchen mit einer Feile darin backen."

Ethan lachte, nahm ihre Hand und drückte seine Lippen an ihre Finger. „Ich glaube, das würdest du wirklich tun."

Heute hatten sie Karten gespielt, als Ethan sich vorgebeugt und ihre Lippen mit seinem Mund berührt hatte. Sie konnte immer noch das Kribbeln fühlen. Er hatte sie nicht gedrängt, sondern nur seine Stirn gegen ihre gelehnt. Sie hatten keine Worte gebraucht.

Jetzt, als sie ihre Wohnung betrat, lächelte sie und sah ihn nicht, bis er sich auf sie warf.

Nick Petersen packte Kizzies Haare und schleuderte sie gegen die Wand. Sie schrie auf und brauchte eine Sekunde, um zu begreifen, was geschah. Als Nick sie zu Boden zerrte und seine Hände um ihre Kehle schlang, begann sie zu kämpfen, zu treten und zu kratzen, um sich zu befreien.

„Ich werde dich töten, Kizzie Kline ... zuerst dich, dann Bree Saffran und deinen Bruder. Und wenn ihr alle tot und begraben seid, werde ich deinen feigen Freund Fonseca töten. Ihr seid alle so gut wie tot."

Kizzie schaffte es trotz ihres Entsetzens, ihre Daumen tief in Nicks Augen zu drücken, und mit einem Schrei wich er zurück, so dass der Druck auf ihren Hals verschwand und sie sich von ihm wegrollen konnte. Sie stand auf und rannte zur Küche. Dort griff sie nach ihrem Handy und dem größten Küchenmesser, das sie finden konnte.

Nick erschien in dem Moment in der Tür, als der Mitarbeiter der Notrufzentrale abhob und Kizzie es schaffte, ihre Adresse zu schreien und zu sagen, dass sie angegriffen wurde. Nick stürzte sich auf sie. Sie attackierte ihn mit dem Messer und erwischte seine Wange. Der Schmerz ließ ihn innehalten. Er umfasste seine blutige Wange und brüllte sie an, aber Kizzie holte wieder mit dem Messer aus. Nick drehte sich um und rannte zur Haustür. Sobald er verschwunden war, verriegelte Kizzie die Tür und sicherte die ganze Villa. Der Mitarbeiter der Notrufzentrale war immer noch am Telefon und sagte ihr, dass eine Einheit auf dem Weg sei.

Erst als sie wusste, dass sie in Sicherheit war, brach Kizzie zusammen. Ein paar Minuten atmete sie schwer und versuchte, ihr Entsetzen in Schach zu halten. Es war die brutale Gewalt, die ihr am meisten zu schaffen machte.

Verärgert zog sie ihr Handy aus der Tasche und wählte die Nummer ihres Bruders.

„Hey, kleine Schwester."

„Wenn du dieses Arschloch nicht töten willst, mache ich es."

Jesse fluchte. „Was ist passiert?"

„Er hat gerade wieder versucht, mich einzuschüchtern. Es hat aber nicht funktioniert."

„Alles in Ordnung?" Jesse klang panisch, aber Kizzie beruhigte ihn.

„Die Polizei ist auf dem Weg."

„Verdammt", zischte Jesse und konnte seine Wut kaum beherrschen. „Bree und ich kommen zu dir. Ich will nicht, dass du allein bist."

Kizzie fühlte Erleichterung. „Ich bin dafür. Wie geht es Bree?"

„Sie ist sauer." Jesse lachte. „Mehr als das. Sie ist wütend. Und entschlossen. Sie will sich diesen Bastard holen."

„Jesse?"

„Ja."

Kizzie zögerte. „Er hat sie bedroht. Und dich auch. Er sagte, er würde uns alle umbringen. Auch Ethan. Ich glaube ihm. Und ich glaube, er könnte es schaffen."

„Warum bist du dir so sicher?"

„Weil er vorsichtig ist. Weil er psychotisch ist. Und weil er das schon einmal gemacht hat."

Sie konnte den schweren, wütenden Atem ihres Bruders hören. „Ja."

Hoffnungslosigkeit legte sich über sie. „Oh Gott, Jesse ... wie zum Teufel sollen wir ihn aufhalten?"

Es war still. „Ich weiß es nicht. Aber ich weiß, dass er nicht wieder in deine Nähe kommt. Er wird dich nicht anrühren, oder Bree, keinen von uns – auch wenn es bedeutet, dass wir ihn töten müssen. Er hat unsere Schwester getötet, Kiz. Ich werde den Rest meines Lebens glücklich im Gefängnis verbringen, wenn dieser Abschaum dafür tot ist."

„Okay. Jesse?"

„Ja?"

„Sei vorsichtig."

„Ich glaube nicht, dass irgendjemand von uns in Sicherheit ist, während Petersen frei herumläuft. Kannst du vielleicht wieder in die Stadt zurückkehren und bei Ethan im Krankenhaus bleiben? Oder Jake anrufen? Ich muss wissen, dass du nicht allein bist."

„Ja. Ich meine, ich komme schon klar, aber okay, ich bleibe bei Ethan."

Sie hörte eine Stimme im Hintergrund. „Ist das Bree?"

„Ja, warte kurz." Sie hörte, wie er das Handy weiterreichte.

„Hey."

„Hey Bree, alles okay?"

„Ja, mir geht es gut. Ich wollte dir nur sagen, dass du dir keine Sorgen machen sollst. Wenn er dich oder Jesse oder sonst irgendjemanden anrührt, werde ich ihm das Gehirn wegblasen. Bis dann."

Sie kicherte, und Kizzie lachte geschockt und erstaunt. Sie hörte Jesse lachen, als er ans Telefon zurückkam.

„Nun?", fragte er.

Kizzie nickte. „Alles okay." Und sie lachte.

ES WAR DONNERSTAGNACHT. Am nächsten Tag sollten Luca und Bree Saffran auf das Harper-Anwesen kommen, und Emory fühlte sich nervös. Nein, nervös war das falsche Wort. Panisch. Was auch immer morgen passierte, es würde sich alles ändern und ihre sichere kleine Idylle mit Dante würde zerbrechen.

Sie stand im Dunkeln am Fenster ihres Schlafzimmers und blickte in die Dämmerung hinaus. Eine Traurigkeit machte sich in ihrer Brust breit, aber sie fühlte sich schuldig deswegen. Wenn Dante recht hatte, dann gab es Menschen, die sie vermissten und um sie trauerten. Wenn sie alle egoistischen Gründe beiseiteließ, wusste sie, dass sie das Richtige tat. Je länger sie auf das Foto von Luca Saffran starrte, desto mehr erinnerte sie sich, und sie konnte Zuneigung für ihn fühlen. So als ob sie ihn kannte, aber eine Blockade zwischen ihnen war ...

Sie fühlte, wie Dantes Arme um ihre Taille glitten und lehnte sich zurück in seine Arme.

„Hallo, meine Schöne." Seine Lippen waren an ihrem Hals, und sie seufzte. Wie konnte sie das aufgeben? Sie drehte sich in seinen Armen um und drückte ihre Lippen an seine.

„Dante", flüsterte sie, „heute Nacht gehört uns. Nur du und ich und sonst nichts."

„Du hast meine Gedanken gelesen." Seine Finger glitten unter die Träger ihres Kleides, und er zog sie über ihre Arme. Er zog ihr Kleid zu ihrer Taille hinab, befreite ihre Brüste von ihrem BH und nahm beide Brustwarzen in den Mund, bis sie hart und empfindlich waren.

Emory öffnete sein Hemd langsam und ließ ihre Fingerspitzen über seine Brust streichen, als ob sie jeden Teil seiner Haut in Erinnerung behalten wollte. Als sie beide nackt waren, streichelte sie seinen Schwanz und sah ihn an.

„Ich will dich in mir", flüsterte sie, „bitte, Dante, warte nicht."

Er legte sie auf das Bett, schob ihre Beine auseinander und stieß seinen harten Schwanz tief in sie. Ihre Augen trafen sich, und seine Hände drückten ihre Hände auf die Decke. Sein großer Körper beherrschte sie und gab ihr das Gefühl, geliebt und geschützt zu sein. Als sie sich liebten, wurden mit jedem Stoß das Vergnügen und die Sehnsucht intensiver, und als Emory zum Orgasmus kam, schrie sie den Schmerz, den sie so lange in sich begraben hatte, heraus und schluchzte in seinen Armen. Sie wusste, dass sie lieber sterben würde, als ihn aufzugeben, auch wenn es bedeutete, Luca Saffran das Herz zu brechen.

„MRS. AZANO?"

Zea runzelte die Stirn. Sie erkannte die Stimme am anderen Ende der Leitung nicht. „Ich heiße jetzt Mrs. Newlan ... Wer spricht da?

„Ich bin Detective Lindstrom von der Mordkommission in Auburn, Mrs. ... Newlan. Es tut mir leid, dass ich in Ihr neues Leben eindringe, aber ich habe wichtige Informationen für Sie über Ihren Ehemann – ich meine natürlich Ihren früheren Ehemann, tut mir leid."

Zea wurde kalt. Was konnte es sein? „Okay." Sie setzte sich hin. Flynt, der Gemüse an der Küchentheke hackte, sah sie neugierig an, und sie zuckte verwirrt mit den Achseln.

„Mrs. Newlan, neue Informationen sind in dem Fall ans Licht gekommen. Ich glaube, Sie wissen von den Toxikologie-Ergebnissen von Mr. Azanos Obduktion? Wir fanden eine signifikante Menge von Drogen, die auf der Straße als ‚Badesalze' bekannt sind."

„Ja." Ihr Mund fühlte sich trocken an. Sie fand es schwer zu glauben, dass David harte Drogen genommen hatte. Es gab einfach keine Anzeichen dafür. „Detective, bitte sagen Sie mir, was los ist."

Der Detective seufzte. „Okay. Es scheint so, als ob die Drogen Ihrem Mann verabreicht wurden, ohne dass er sich dessen bewusst war. Er wurde betrogen, Mrs. Newlan. Jemand – ein Schüler – hatte ihn anvisiert und die Drogen und die Waffen besorgt. Er sagte ihm, wen er töten sollte. Anscheinend hegte dieser Schüler einen Groll gegen die Familie Kline und die Saffrans. Er hatte offenbar romantische Gefühle für Mrs. Grace. Als er Mrs. Grace davon erzählte, erstattete sie dem Schulleiter Meldung, wie es die Institutsordnung vorsieht."

Zea wurde wieder vom Horror des Amoklaufs erfasst. Sie spürte, wie das Blut aus ihrem Gesicht floss. „Hören Sie auf, ihn als Schüler zu bezeichnen. Die Schüler in Auburn sind alt genug, um als Erwachsene angeklagt zu werden. Sagen Sie mir seinen Namen."

„Nicolas Petersen."

Oh Gott. Sie kannte Nick ... er arbeitete als Mechaniker in der Werkstatt seines Vaters. Sowohl Petersen Senior als auch Junior waren unheimlich. Sie hatte sie nie gemocht. „Warum hat er David ausgesucht?"

„Wir wissen es nicht. Mrs. Newlan. Sie müssen nach Auburn zurückzukehren, nur für eine gewisse Zeit. Ist das etwas, das Sie tun können?"

„Ja." Ihre Stimme war kaum mehr als ein Flüstern. „Okay."

Detective Lindstrom klang erleichtert. „Danke, Ma'am. Ich melde mich wieder."

„Auf Wiederhören, Detective."

Sie beendete den Anruf und blickte zu Flynt. Ihr ganzer Körper schmerzte. Sie berichtete ihm leise, was der Detective ihr gesagt hatte.

Flynt runzelte die Stirn.

„Es tut mir so leid, Zea."

Zea starrte einen langen Moment auf ihr Handy, dann stand sie auf und warf es gegen die Wand. Es zerbrach, und Glas und Metall flogen durch den Raum. Flynt zuckte zusammen und griff nach ihr, aber bevor er sie erreichte, ging sie zitternd hinüber, um eine der Glasscherben aufzuheben, die auf dem Teppich glitzerte. Sie umschloss sie mit ihrer Hand und stieß einen Schrei voller Schmerz und Wut aus, als das Glas in ihre Haut schnitt.

„Woah, woah!" Flynt nahm sie in seine Arme und trug sie auf die

Couch. Sie schluchzte und zitterte, und Flynt wiegte sie, als wäre sie ein Kind.

„Shh, shh, Kleines, ich bin hier. Ich kümmere mich um dich."

Ihr Schluchzen kam schließlich zum Stillstand, und sie löste sich aus seinen Armen.

„Es tut mir leid, Flynt. Ich habe nur ... Gott, armer David ... er hat nie etwas getan, um jemanden zu verletzen, und jetzt wird er für immer als Mörder bekannt sein. Wegen dieses psychopathischen Studenten." Sie sah ihn mit tränenerfüllten Augen an. „Ich kann es nicht ertragen."

Er strich ihre Haare aus ihrem Gesicht. „Ich werde dir ein Schmerzmittel holen. Ich glaube, du solltest ins Bett gehen. Wir werden am Morgen weiterreden."

Sie nickte zum Dank, und er war schnell wieder mit einem Glas Wasser und zwei kleinen weißen Pillen zurück. Sie schluckte sie, während er anfing, die Schnittwunde an ihrer Hand zu versorgen. Der Geruch des Blutes füllte ihre Nase. Sie öffnete den Mund, um zu sprechen, aber die Verwirrung, die sie empfand ließ sie keine Worte finden.

„Baby ... alles okay?" Flynts Stimme schien weit entfernt und kaum hörbar zu sein. Schwarze Flecken tanzten vor ihren Augen, und schließlich wurde sie ohnmächtig. Das Blut aus ihrer Hand tropfte langsam auf den Teppich.

TATIANA BEGRÜSSTE sie gegen sein Auto gelehnt, und Luca lächelte. Er hatte Tatiana eingeladen, mit ihm und Bree zu Dante Harpers Haus zu fahren. Tatiana war eine gute Freundin geworden, jemand, mit dem er reden konnte. Letzte Nacht, bei einem weiteren Abendessen, hatte sie ihn gefragt, ob er bereit wäre zu erfahren, was Dante Harper ihm erzählen wollte.

„Ich weiß es nicht", gab er zu, und seine Finger legten sich um den Stil seines Weinglases. „Ich kann immer noch nicht glauben, dass Emory tot ist, und vielleicht hat Dante Informationen darüber, wo ihre Leiche ist. Ich brauche einen Abschluss, bevor ich in die Zukunft schauen kann."

„Ich verstehe. Luca, was wenn ... was ist, wenn Emory lebt und Dante weiß, wo sie ist?"

Luca atmete tief ein. „Dann hoffe ich, dass er mir sagt, wo sie ist."

„Was ist, wenn sie nicht gefunden werden will?"

Luca sah schockiert aus. „Warum in aller Welt ...?"

„Luca, denk nach. Was ist, wenn Emory denkt, dass Ray immer noch da draußen ist, lebendig und frei? Was, wenn sie denkt, dass Bree in Sicherheit ist, solange er glaubt, dass sie tot ist?"

Luca seufzte. „Es wäre typisch für Emory, so zu denken. Vielleicht hätte ich Maximo mit Ray Grace kurzen Prozess machen lassen, die Polizei seinen Körper finden lassen und alles aus der Presse halten sollen. Ray Grace' Tod wäre eine Genugtuung."

Tatiana blinzelte. Er hielt die Hände hoch.

„Tut mir leid, Tat, manchmal überwältigt mich meine Wut."

„Es ist wirklich okay. Es ist nur seltsam, das von dir zu hören."

Luca lachte leise. „Du glaubst, dass ich den Bastard nicht in Stücke reißen will?"

„Doch, aber ..."

Luca betrachtete sie. Tatiana war ein wenig älter als Emory, und körperlich hätten sie nicht unterschiedlicher sein können. Emory war klein, dunkel und kurvenreich, während Tatiana fast so groß wie Luca und sehr schlank war. Trotz ihrer Unterschiede gab es eine Sache, die sie gemeinsam hatten: Beide hatten dunkle Augen, die vor Wärme und Liebe leuchteten. Verglich er gerade wirklich eine Freundin mit seiner toten Geliebten?

Er wich Tatianas Blick aus. „Bist du sicher, dass es dir nichts ausmacht, morgen mitzukommen?"

„Es macht mir nichts aus."

Jetzt waren sie in seinem Mercedes. Bree saß auf dem Rücksitz, und er raste in Richtung von Dante Harpers Anwesen. Nach einer Weile sprach keiner von ihnen mehr, weil alle in ihre Gedanken versunken waren. Schließlich fuhr Luca zu den Toren eines großen Anwesens hinauf. Tatiana sah ihn an und dann Bree.

„Seid ihr sicher, dass ihr bereit dafür seid? Ich frage zum letzten Mal, versprochen."

Lucas Augen trafen Brees Augen im Rückspiegel, und er sah seine Tochter nicken. „Wir sind bereit. Lass uns gehen."

Jesse hielt in der Stadt an, um Lebensmittel zu kaufen. Seit er und Bree bei Kizzie eingezogen waren, hatten sie es geschafft, ihren ganzen Kühlschrank leerzuessen. Er musste zugeben, dass er es genoss, mit den beiden Mädchen zusammenzuwohnen – in der Situation, in der sie sich befanden, stützten sie sich gegenseitig.

Er warf eine Tüte mit Lebensmitteln in den Kofferraum und wollte gerade einsteigen, als er innehielt und zu der Werkstatt von Nick Petersens Vater hinübersah. Seit Nick per Haftbefehl gesucht wurde, hatte Gary Petersen den Laden geschlossen und die wütenden Eltern und die Presse gemieden.

Aus dem Augenwinkel hatte ein Lichtblitz Jesses Aufmerksamkeit erregt. In Nicks verlassener Werkstatt war es dunkel, aber er hätte schwören können ... Eine Taschenlampe huschte durch das Innere des Gebäudes. Jesse, der sich umschaute, um zu sehen, ob jemand anderes es bemerkt hatte, war beunruhigt. Er überquerte die Straße und spähte in eines der Fenster. Auf der Rückseite der Werkstatt stand eine Tür offen. Jesse wusste, dass es die Tür war, die nach oben in die Wohnung führte. Gary hatte sie immer abgeschlossen. Jesse wusste nicht, ob die Polizei sie offengelassen hatte, als sie die Werkstatt durchsucht hatte, aber er hielt seine Hände über die Augen und versuchte, jede Bewegung zu sehen. Ein weiterer Lichtblitz, diesmal von der Treppe.

Jesse kaute auf seiner Unterlippe. Er ging zur Treppe, die zu der Wohnung führte, und stieg hinauf. Die Wohnung war dunkel, aber er spähte in die Fenster. Nichts. Er stieß den Atem aus. Die Ereignisse der letzten Wochen hatten die ganze Insel gelähmt. Er war, wie viele andere auch, auf der Suche nach dem Bastard Petersen, seitdem Ethan die Wahrheit gesagt hatte. Er schüttelte den Kopf und trat zurück. Hinter ihm öffnete sich knarrend die Tür. Jesse drehte sich mit klopfendem Herzen um. Sein Körper spannte sich an, und er schob die Tür weiter auf.

„Petersen? Es ist sinnlos, dich zu verstecken. Die ganze Insel sucht dich."

„Ach ja?"

Jesse wirbelte herum, als Nick Petersen hinter ihm auftauchte. Er verlor sein Gleichgewicht, als Petersen ihn mit beiden Händen heftig zurückstieß. Jesse spürte, wie sich das Balkongeländer in seinen Rücken bohrte, bevor er darüber stürzte. Kurz bevor er unten aufschlug, sah er ein helles Licht und hörte einen Schrei. Dann wurde alles schwarz.

Kizzie blickte auf, als eine dunkelhaarige, hübsche junge Frau sich ihr näherte. Sie wartete draußen vor Ethans Zimmer, während die Krankenschwestern seine Verbände wechselten, und las gerade ein Buch, als die Frau sprach.

„Kizzie Kline?"

Kizzie nickte, stand auf und nahm die Hand der Frau. „Ja."

„Ich bin Zea Newlan ... ich *war* Zea Azano."

Kizzie war geschockt. Die Frau vor ihr konnte nicht viel älter sein als sie selbst. Sie sah nervös und zittrig aus, und Kizzie fühlte Mitleid mit ihr. Zea Azano hatte von niemandem etwas zu befürchten.

Sie nahm die Hand der Frau noch einmal. „Ethan hat sich darauf gefreut, dich zu sehen und alles zu erklären. Vielen Dank, dass du gekommen bist."

Zea lächelte sie an. „Du bist süß. Ich kannte Lexi ein wenig. Sie war sehr schön. Mein Beileid."

„Danke." Verdammt nochmal, warum kamen ihr immer die Tränen, wenn Lexis Name erwähnt wurde? Plötzlich umarmte Zea sie.

„Ich hätte schon früher kommen sollen. Ich bin weggerannt. Es tut mir so leid", murmelte sie in Kizzies Ohr. Kizzie umarmte sie.

„Es ist okay ... es ist okay ... du bist jetzt hier. Das ist alles, was zählt."

Luca, Bree und Tatiana wurden in den großen Salon der Harper-Villa geführt. Ein großer, attraktiver Mann, dessen Gesicht angespannt wirkte, kam in das Zimmer. Er schüttelte Bree und Tatiana die Hand, bevor er sich Luca zuwandte.

Die beiden Männer schienen sich gegenseitig abzuschätzen und sich als ebenbürtig einzustufen.

„Mr. Saffran, ich war schon immer ein Bewunderer", sagte Dante Harper und schüttelte Lucas Hand. „Darf ich Ihnen allen einen Drink anbieten?"

Nachdem sie getrunken hatten, saß Dante ihnen scheinbar nervös gegenüber. Tatiana, die neben Luca saß, spürte, dass große Anspannung von ihm ausging. Sie drückte ihre Hand gegen die Außenseite seines Oberschenkels und hoffte, dass es ihn trösten würde. Luca sah sie an und lächelte

„Mr. Harper, danke, dass Sie uns hierher eingeladen haben. Ich muss unbedingt wissen, was Sie mir über Emorys Verschwinden erzählen können. Bitte, erlösen Sie mich von meinem Elend."

Dante öffnete den Mund, um zu sprechen, dann wurde seine Aufmerksamkeit auf die offene Tür hinter ihnen gezogen.

„Ich dachte, du wolltest, dass ich sie darauf vorbereite", sagte er leise und zärtlich. Alle drei Besucher drehten sich um, und Tatianas Puls beschleunigte sich, als eine kleine, dunkelhaarige schöne Frau mit erschrockenen Augen in den Raum trat. Sie musste nicht vorgestellt werden. Bree schrie, und Luca stand auf. Seine Augen waren fest auf die Frau gerichtet. Sie kam näher zu ihm, und ihr Blick wanderte zu allen Anwesenden, bevor sie Dante verängstigt ansah.

„Es ist okay, Liebling", sagte er. Seine Stimme brach, und Tatiana sah es: Die Liebe in seinen Augen. *Oh, lieber Gott, was für ein Durcheinander.* Sie blickte zu Luca zurück, der erstarrt war.

Emory Dutta holte tief Luft und sprach schließlich. „Hallo, Bree ... Hallo, Luca ..."

9

TEIL #9: EMORY

D *amals ...*

NICK PETERSEN, blond, groß und laut eigener Aussage ein guter
Junge, langweilte sich. Seine Eltern hatten all ihr Geld zusammenge-
kratzt, damit er Auburn besuchen konnte, aber er wusste, dass er
nicht hierher passte. Er fuhr in seinem umgebauten Toyota auf den
College-Parkplatz und war umgeben von Bentleys, Porsches und
Jaguars. Er hasste die meisten reichen Studenten.

Es gab nur wenige, die er mochte. Julieta war heiß und immer
bereit für die Chance, mit ihm herumzuhängen. Greg, Justin ...
reich und dumm und leicht zu manipulieren. Er mochte sogar
Ethan Fonseca, aber es war fast unmöglich, Ethan nicht zu mögen.
Ethan war locker und lustig und verbrachte Zeit mit jedem, der Zeit
mit ihm verbringen wollte. Wenn er ehrlich war, musste Nick zugeben, dass er Ethan heimlich beeindrucken und ihn überraschen
wollte.

Deshalb vertraute er ihm seinen Plan an. Ethan hörte zu und

verdrehte die Augen. „Ja, klar, Alter, wie du meinst." Nick war frustriert.

„Du denkst nicht, dass ich es tun werde?"

Ethan seufzte. „Warum solltest du das tun? Vermutlich um Aufmerksamkeit für dich zu bekommen – sieh dir nur Klebold und Harris an. Mach noch nicht einmal Witze darüber, Mann, das ist krank."

Nick war beleidigt gewesen, hatte sich aber zurückgehalten. Es war okay, dass Ethan ihm jetzt nicht glaubte ... das würde es nur noch spannender machen, wenn er seinen Plan tatsächlich ausführte.

Er hatte bereits alles geplant ... er musste nur noch den Abzug drücken. Julieta, seine Vertraute, hatte es mit ihm durchgesprochen und war so aufgeregt wie er. Sie waren einen ganzen Abend in einem Café gesessen und hatten alles geplant. Sie hatten darauf geachtet, dass der Mann, der hinter ihnen saß, alles hören konnte, und als Nick das Café spät in dieser Nacht verlassen hatte, war der Mann ihm gefolgt und hatte ihm das Angebot gemacht, von dem er geträumt hatte.

Seine Augen wanderten durch die Schulcafeteria, wo Mr. Azano mit Mrs. Grace sprach. Nicks Augen verweilten auf der hübschen jungen Lehrerin. Sie war nicht viel älter als er. Seit anderthalb Jahren dachte Nick nachts, wenn er sich einen runterholte, an die schöne Emory Grace, aber als er ihr seine Gefühle gestanden hatte, hatte sie dem Dekan davon erzählt. *Schlampe.* Er hatte schon beschlossen, dass sie sterben musste. Er sah Mr. Azano an und lächelte. Der Lehrer war attraktiv, aber weich und leicht formbar. Er liebte seine Schüler, und Nick hatte den Mann immer gemocht. Aber Azano wäre perfekt. So gutgläubig, so naiv. Er saß jetzt neben Emory, aber bald würde er sie dank Nick töten.

Nicht mehr lange, dachte Nick Petersen, als er sein Tablett wegbrachte. *Nicht mehr lange, bevor ich meinen Plan ausführe.*

Ich kann es kaum erwarten ...

HEUTE ...

· · ·

LUCA SPÜRTE, wie sein Herz einen Schlag aussetzte. „Emory?" Er konnte kaum glauben, dass sie vor ihm stand. Ihr dunkles Haar war noch länger, als er sich erinnerte, und ihre Augen waren geweitet und nervös, aber sie sah schöner denn je aus. „Emory, mein Gott ..." Er sprang auf, lief zu ihr und legte seine Arme um sie. Sie fühlte sich so gut in seinen Armen an. Erst nach einer Sekunde erkannte er, dass sie die Umarmung nicht erwiderte und wie erstarrt war. Er ließ sie los und starrte sie an. „Em?"

Emory sah ihn und dann Dante Harper an und öffnete den Mund, um zu sprechen. Sie schüttelte den Kopf und trat von Luca weg.

„Emory hat Amnesie, Luca. Wir sollten uns hinsetzen. Dann erzählen wir euch alles, was passiert ist."

Luca setzte sich neben eine stille Bree und eine neugierige Tatiana, dann stellte er ihr Dante und Emory vor.

„Du bist Journalistin?", sagte Emory schließlich. Ihre Stimme war weich und ohne Anschuldigung.

Tatiana schenkte ihr ein freundliches Lächeln. „Ich bin heute nicht im Dienst, Emory, ich verspreche es. Ich bin hier als Freundin."

Emory setzte sich neben Dante – sehr nah neben Dante, wie Luca bemerkte. Sie nickte und lächelte, dann wanderten ihre Augen zu Bree.

„Hey, Bree."

Bree nickte. Tränen glänzten in ihren Augen, aber sie blieb still. Dante sah Emory an, die ihm zunickte. „In der Nacht, als Emory am Hafen von Ray Grace angegriffen wurde, segelte ich auf meinem Boot zurück von den San Juan Inseln. Wir näherten uns unserem Andock-platz, als ich sie sah. Emory trieb im Wasser, und ich zog sie heraus. Es war offensichtlich, dass ihr jemand einmal aus kurzer Reichweite in den Bauch geschossen hatte."

Bree schrie erstickt auf, und Luca schloss die Augen. Oh Gott. Alles, was er sich ausgemalt hatte, war wahr.

Dante holte Atem. „Emory war eiskalt, aber als wir sie in eine

Decke wickelten und die Polizei rufen wollten, gewann sie ihr Bewusstsein wieder. Emorys genaue Worte waren: *Bitte rufen Sie nicht die Polizei. Er wird mich finden, er wird sie wieder verletzen, wenn er weiß, dass ich am Leben bin.*" Dante sah zu Emory. Seine Stimme war erstickt. „Ich sagte dir, dass du angeschossen worden warst, aber du hast mich angebettelt, es niemandem zu erzählen. *Niemandem.*" Er sah Luca und Bree mitfühlend an. „Ich habe nur das getan, worum Emory mich gebeten hat. Ich habe einen Chirurgen, den ich kenne, angerufen. Er hat mir einen Gefallen getan, die Kugel entfernt und sie gerettet. Aber durch den Blutverlust und eine Infektion, die sie sich im Wasser geholt haben muss, ist sie ins Koma gefallen. Wochenlang war nicht klar, ob sie überleben würde. Als Emory endlich erwachte, waren wir hier alle erleichtert."

Luca nickte und blickte Emory an. „Und du erinnerst dich an gar nichts?"

Emory, deren zierlicher Körper angespannt war, räusperte sich. „Ich erinnere mich an manche Dinge. Ich erinnere mich daran, wie ich angeschossen wurde. Und an Ray. Ich erkenne dich, Bree." Sie lächelte zögernd die jüngere Frau an, die aufstand und zu ihr ging. Sie legte ihre Arme um sie.

„Ich habe dich so sehr vermisst", flüsterte Bree, „und ich habe dir so viel zu erzählen."

Emory legte ihre Arme fester um sie. „Ich weiß, ich dir auch." Sie ließ sie los und sah Luca an. „Ich erinnere mich auch an dich, Luca. Ich erinnere mich nur nicht an unsere ... um ..."

„Beziehung." Luca begriff es plötzlich, und Schmerz schoss durch ihn. *Sie erinnert sich nicht ... sie erinnert sich nicht daran, wie sehr wir uns liebten, was wir hatten, was wir hätten sein können. Oh, verdammt nochmal, verdammt nochmal.*

Er blickte zu Dante zurück. „Danke, dass du sie gerettet hast, Dante. Ich kann nicht in Worte fassen, wie dankbar ich bin."

Dante nickte kurz. „Em ... ich denke, du hast bessere Chancen, dich an alles zu erinnern, wenn du etwas Zeit mit Luca und Bree verbringst." Seine Stimme hatte einen seltsamen Unterton, und Luca beobachtete, wie Emory Dante geschockt ansah.

„Was?“

Dante hielt Emorys Blick. „Du solltest es versuchen“, sagte er leise. „Damit du es sicher weißt.“

Emory sah verwirrt und erschrocken aus, und Bree legte ihre Arme wieder um sie. „Es ist okay, Em, wir ...“

„DU SCHICKST MICH WEG?“ Emory sah Dante panisch und verletzt an, und zum zweiten Mal war Luca alles klar. Emory war in Dante Harper verliebt, und er war in sie verliebt. Jesus ... er hatte sich so viele Szenarien vorgestellt, aber daran hatte er nicht gedacht. Luca spürte, wie er sich emotional distanzierte, als sein Selbstschutzinstinkt einsetzte. *Brich mir nicht das Herz. Ich darf dich nicht zu nah an mich heranlassen.*

Was für ein verdammtes Durcheinander ...

ZEA AZANO NEWLAN war bei Kizzie Kline, als der Anruf kam. Ihr Bruder Jesse war bei einer Explosion in einer Autowerkstatt auf der Insel verletzt worden. Kizzie fuhr Zea sofort dorthin. Ihr Blick war starr und entschlossen.

„Es ist Petersen, ich weiß es“, schrie sie. „Wie viele Menschen wird er noch verletzen?“

Zea schwieg. Wer auch immer dieser Nick Petersen war, er musste endlich ins Gefängnis. Als sie ankamen, sah Zea ein Gebäude in Flammen stehen und jede Menge Feuerwehrleute.

„Oh mein Gott“, keuchte Kizzie, hielt an, stieg raus und rannte zu einem Krankenwagen. Zea folgte Kizzie und sah, wie sie sich auf einen jungen Mann stürzte, der auf den hinteren Stufen des Fahrzeugs saß.

„Jesse, oh Gott ... Geht es dir gut?“

Jesse grinste sie an und zuckte zusammen, als Kizzie ihn fester umarmte. „Ich höre nicht allzu gut im Moment wegen der Explosion, aber es geht mir gut. Das Arschloch hat mich vor der Explosion über den Balkon gestoßen. Ich habe mir zu seinem Pech aber nichts gebrochen."

„War es Nick?"

„Ja. Sie haben ihn gerade ins Krankenhaus gebracht. Es hat ihn ziemlich übel erwischt."

„Gut." Kizzies Adrenalinspiegel senkte sich wieder, und sie setzte sich atemlos neben Jesse, der Zea angrinste.

„Da meine Schwester vergessen hat, uns vorzustellen ... Ich bin Jesse Kline."

Zea lächelte ihn an. „Hi. Ich bin Zea Azano Newlan."

Etwas dämmerte in seinen Augen. „Oh Gott, ja, natürlich, Mrs. Azano."

Sie schüttelten sich die Hände. „Einfach Zea", sagte sie, „und ich bin jetzt wieder verheiratet. Aber ich bin zurückgekommen, um herauszufinden, was zur Hölle in Auburn passiert ist."

„Wir waren gerade dabei, mit Ethan zu sprechen, als der Anruf kam", erklärte Kizzie, „aber wir haben Zeit. Gott sei Dank geht es dir gut, großer Bruder."

Jesse nickte. „Hey, hast du gehört? Einer der Polizisten hat es mir gerade gesagt. Emory Grace ... ich meine, Emory Dutta, wurde lebend gefunden. Anscheinend hat sich ein Milliardär um sie gekümmert, während sie sich von dem Schuss erholte."

„Das wusste ich nicht." Zea fühlte tiefe Erleichterung. „Das ist eine gute Nachricht."

Jesse nickte. „Vielleicht wird jetzt alles wieder normal."

Zea seufzte plötzlich müde. „Ich hoffe es. Soll ich euch beide ins Krankenhaus fahren? Du kannst dich untersuchen lassen, Jesse, und dann können wir mit Ethan reden. Ich will, dass es endlich vorbei ist."

Kizzie nickte mitfühlend. „Sicher."

„Lasst uns gehen."

DAMALS ...

. . .

Es war wirklich einfach. Er musste nur heimlich die doppelte Dosis
der Droge in David Azanos Kaffee geben – der erste Schluck machte
ihn manipulierbar, der zweite raubte ihm den Verstand. Sogar Nick
hatte nicht vorhersagen können, wie Azano auf die Droge reagiert
hatte. Er hatte die Waffen in das College geschmuggelt, seine Finger-
abdrücke entfernt und sie in Azanos Schreibtisch gelegt.

Er hörte den ersten Schuss, als er auf der Toilette war, und
grinste. Er war froh, dass er aus der Schusslinie war, während David
Azano im Killermodus war.

Schreie, Entsetzen, Panik. Schüsse. Nick setzte sich an die Tür,
lauschte und öffnete sie einen Spaltbreit. Emory Grace hielt Lee
Shawn und schluchzte leise. Überall war Blut. Dann hörten sie beide
einen Schrei. Emory Grace rannte los, und Nick schlüpfte aus der
Toilette und folgte ihr mit Abstand. Er hörte sie etwas wie „Bree,
lauf!" schreien. Und dann, als Bree Saffran aus dem Zimmer stolperte
und wegrannte, schlich Nick an die Tür. Er beobachtete, wie David
Azano Emory Grace immer wieder in den Bauch stach, bis die junge
Lehrerin mit geschlossenen Augen wie in Zeitlupe zu Boden sank.
David Azano sah auf und visierte Nick an. Er lächelte und kam auf
ihn zu, während von seinem Messer immer noch Emorys Blut
tropfte. *Scheiße.* Nick wich zurück und fing an zu laufen, als ein
SWAT-Team der Polizei in die Korridore stürmte. Es herrschte Chaos.
Nick schrie: „Er hat sie getötet, er hat sie getötet …" Ein Polizist riss
ihn zu Boden. „Bleib unten!"

Er hörte Schreie und Schüsse, dann folgte Stille. Jemand zog ihn
auf die Beine.

„Bist du verletzt, Junge?"

Nick schüttelte den Kopf und sah sich um. „Ich habe versucht, sie
zu retten …" Er stolperte zurück in den Raum, wo Azano gewesen
war, bevor die Polizei ihn gestoppt hatte. David Azano, dessen halber
Kopf fehlte, lag gekrümmt vor der Tür. Nick konnte sehen, wie die
Polizisten sich um Emory Grace kümmerten, deren graues T-Shirt
voller Blut war. Die Sanitäter prüften ihre Vitalzeichen. Dann, als
Nick weggeführt wurde, hörte er einen von ihnen sprechen.

„Sie lebt …"

. . .

NICK WURDE mit seinen Eltern außerhalb der Mauern des College-Geländes wiedervereint. Um ihn herum standen schluchzende Menschen, und Tragen mit Verletzten wurden gebracht. Emory Grace war die erste Überlebende. Bree Saffran war fast hysterisch, und ihr Vater sprang in den Krankenwagen, um mit der bewusstlosen Frau zu sprechen. Zwei andere Studenten, ein Junge und ein Mädchen ... dann Ethan Fonseca. Sein T-Shirt war geschwärzt von Blut und wies drei Einschusslöcher auf. Er war benommen, aber als er Nick sah, weiteten sich seine Augen.

In diesem Augenblick erkannte Nick Petersen die Ungeheuerlichkeit dessen, was er erreicht hatte. Er sah die Angst und das bloße Elend, das er verursacht hatte, für das er aber nicht den Preis zahlen würde.

Ethan Fonseca hörte nicht auf, Nick anzustarren, als er in den Krankenwagen geladen wurde, und Nick tat das Einzige, was er konnte.

Er lächelte und zwinkerte ihm zu.

„SCHATZ?"

Emory drehte sich um und sah Luca in der Tür ihres Schlafzimmers stehen. Sie waren in der Wohnung, in der sie vor dem Amoklauf gelebt hatte. Dante hatte es ernst gemeint, als er ihr gesagt hatte, dass sie mit Luca mitgehen musste, und obwohl sie ihnen erklärte, dass sie nicht bereit dazu war, war Dante beharrlich. „Sophia hat deine Sachen gepackt, Emory. Wenn du in ein paar Tagen das Gefühl hast, eine fundierte Entscheidung treffen zu können, dann können wir reden."

Sie stimmte schließlich zu, als sie sah, wie sehr Bree und Luca es brauchten, sagte aber: „Morgen. Bitte, ich brauche eine Nacht ..." Sie hoffte, dass sie glauben würden, dass es zum Nachdenken war, aber sie sah Lucas Augen zu Dante wandern und wusste, dass er sehen konnte, was wirklich los war.

Sie fühlte sich schuldig, aber sie brauchte diese letzte Nacht mit Dante. Nachdem Luca und Bree mit der Journalistin gegangen waren, hatte sie Dantes Hand genommen und ihn nach oben geführt. Als er auf dem Bett saß, nahm sie sein Gesicht in ihre Hände. „Warum tust du das?", flüsterte sie. „Warum schickst du mich weg?"

„Weil du es wissen musst, Emory. Du musst wissen, wie dein Leben von nun an sein soll. Und ich muss wissen, dass das, was wir haben, echt ist und nicht nur ein Märchen, das wir geträumt haben."

Sie küsste ihn heftig. „Sag mir, dass du mich liebst", flüsterte sie, „sag es mir, und ich werde es wissen."

Dantes Lippen waren fest auf ihre gepresst. „Ich kann nicht ... noch nicht. Bitte, Emory, du weißt, dass ich es nicht sagen kann. Ich muss wissen, dass wir eine Zukunft haben. Mein Herz kann es sonst nicht ertragen."

Sie wickelte ihre Arme um ihn, und er zog sie mit sich auf das Bett und zog ihre Kleider aus und dann seine, bis sie nackt waren.

„Warte nicht", sagte sie, schlang ihre Beine um ihn und griff nach seinem riesigen Schwanz. „Bitte, ich brauche dich jetzt."

Sie liebten sich den ganzen Nachmittag und fielen in einen tiefen, unruhigen Schlaf. Emory wollte nichts anderes tun, als ihn festzuhalten.

JETZT, als sie in der Wohnung eines anderen Mannes war, fühlte sie, wie ein Schauder durch sie hindurchging. Was zum Teufel war aus ihrem Leben geworden? Sie stand zwischen beiden Männern ... hatte sie die Kontrolle verloren?

Ja.

Der Gedanke war wie ein Schlag in die Magengrube, und Tränen fingen an, über ihr Gesicht zu tropfen. Luca, der sie beobachtet hatte, kam zu ihr.

„Hey, hey ... es ist nicht wirklich so schlimm, wieder hier zu sein, oder?"

Sie schüttelte den Kopf und konnte nicht sprechen. Luca war nichts als freundlich zu ihr gewesen, aber sie spürte den Erwartungsdruck auf ihren Schultern. Luca legte seinen Arm um sie, und sie konnte nicht umhin, sich in seine Wärme zu lehnen.

„Sag mir, wie wir waren", sagte sie. „Ich muss wirklich mehr wissen, Luca."

Er lächelte sie an. *Er ist ein wunderschöner Mann*, dachte sie, *mit seinem rabenschwarzen Haar und seinen schwarzen Augen*. Plötzlich fiel ihr etwas ein. „Du hast asiatische Wurzeln", sagte sie und blinzelte. „Ich habe mich daran erinnert."

Lucas Lächeln war hell. „Ja. Du hast damals gesagt, es sei etwas, was wir gemeinsam haben. Dein Vater stammte aus dem Punjab."

Sie erinnerte sich. „Ja." Sie schloss die Augen. „Wir haben geredet ..."

„Komm ins Wohnzimmer, und wir setzen uns hin und versuchen, noch mehr von deinen Erinnerungen zurückzubekommen." Er streckte seine Hand aus, und sie ergriff sie zögernd.

Sie saßen auf gegenüberliegenden Seiten der Couch. Luca hatte ihnen beiden Scotch eingegossen. „Wir sind hier oft gesessen und haben geredet", sagte er sanft, „und gelacht. Wir haben so viel gelacht. Du hast versucht, mich zu überzeugen, dass dein Mädchenname Emory Flannery war, und du hast es auch fast geschafft. Du bist gut darin, ein ernstes Gesicht zu machen."

Eine Erinnerung blitzte einen Sekundenbruchteil lang auf, aber sie konnte sie nicht festhalten. Sie schüttelte den Kopf. „Luca, es tut mir leid, ich versuche es."

„Ich weiß. Es ist okay. Du hast in so kurzer Zeit so viel Schlimmes durchgemacht. Ich habe recherchiert, während du geschlafen hast. Diese Art von Amnesie ... Deine Erinnerungen können nicht dadurch zurückgebracht werden, dass wir dir erzählen, was passiert ist. Falls sie zurückkommen, wird es spontan sein. Wir können nur versuchen, den Schock zu verringern."

Emory lächelte ihn an. „Du bist ein freundlicher Mann, Luca Saffran. Ich kann mich vielleicht nicht an *uns* erinnern, aber ich kann verstehen, warum ich mich zu dir hingezogen fühle."

Luca versuchte zu lächeln. „Es war die Hölle ... Nicht zu wissen, ob du lebst oder tot bist. Ich habe mir versprochen, dass ich versuchen würde, es zu akzeptieren. Emory ... wie auch immer deine Entscheidung über unsere Beziehung ausfällt ... Ich möchte, dass du weißt, dass es mir die Welt bedeutet, dass du in Sicherheit und gesund bist. Ray ist weg. Er kann dich nie wieder verletzen. Niemand wird dich jemals wieder verletzen."

MAXIMO NERI SCHAUTE aus den riesigen Penthouse-Fenstern des Hotels. *Seattle ist schön*, dachte er, *die Berge am Horizont, die Bucht in der tiefstehenden Wintersonne* ... Die Kälte gefiel ihm weniger, aber er mochte die entspannte, freundliche Atmosphäre dieser Stadt.

Sein Assistent Salvatore kam in den Raum. „Max, Sie haben eine Besucherin."

„Wer ist es?"

Sal grinste seinen Chef an. Maximo war ein informeller, fairer Arbeitgeber, und Sal war seit dem College bei ihm. „Clementine Saffran. Sie sagt, sie will mit Ihnen sprechen."

Maximo entspannte sich. „Danke, Sal. Bitte führen Sie sie herein. Sie können sich den Rest des Abends freinehmen."

Sal grinste, und Maximo lachte. Sal konnte ihn wie ein Buch lesen. Er hörte seinen Assistenten mit jemandem im Vorzimmer sprechen.

„Bitte, Mrs. Saffran, Maximo freut sich darauf, Sie zu treffen."

Clem kam ins Zimmer. Sie trug ein dunkles, olivgrünes Wickelkleid. Ihr rotes Haar lag über einer Schulter, und ihr Make-up war minimal. Sie sah einen Augenblick nervös aus, aber dann lächelte sie ihn an.

„Max, ich hoffe, ich komme nicht unpassend."

Er küsste ihre Wange und legte seine Hände um ihre Taille. „Nein, es ist wunderbar, dich zu sehen. Bitte setzte sich. Kann ich dir etwas zu trinken anbieten?"

„Rotwein wäre wunderbar."

Er schenkte ihnen zwei Gläser ein und setzte sich neben sie auf die Couch. „Ich dachte gerade, wie schön diese Stadt in der Nacht ist.

Wäre es kitschig, wenn ich dir sagen würde, dass du noch schöner geworden bist?"

Clem lachte über seinen schelmischen Gesichtsausdruck. „Sehr kitschig, Mr. Neri. Ich wollte fragen, wie die Suche nach Ferdinand läuft."

Maximos Lächeln verblasste. „Frustrierend langsam. Mein lieber Bruder scheint verschwunden zu sein."

„Er könnte tot sein."

Maximo neigte den Kopf. „Könnte sein. Das würde mir das Vergnügen nehmen, ihn zu töten." Er seufzte und lächelte sie an. „Clementine, ich will dich. Ich will bei dir sein, aber jetzt kann ich es nicht riskieren."

„Shhh." Clem kam näher zu ihm und streichelte sein Gesicht mit ihren Fingern. „Ich weiß. Ich weiß, Max, und ich warte, solange du Zeit brauchst. Ich will dir nur helfen, das ist alles. Ich sehe überall unglückliche Menschen. Sieh dir Luca an. Er konnte ohne Emory kaum funktionieren, und jetzt sagt Bree, dass es noch ein Hindernis gibt. Emory wurde von einem Mann namens Dante Harper gerettet. Kennst du ihn?"

Maximo nickte. „Ich habe ihn ein paar Mal getroffen. Er scheint ein guter Mann zu sein."

„Nun, anscheinend sind er und Emory eine Beziehung eingegangen, während sie sich erholt hat, und jetzt ist Emory verwirrt, weil sie nicht mehr weiß, was sie braucht."

Maximo beugte sich plötzlich vor und strich mit seinen Lippen über ihren Mund. „Ich bin nicht verwirrt, Clem. Ich will dich. Ich habe nur Angst, dich wie einst Ophelie zu verlieren. Solange Ferdie noch lebt, kann ich meine Liebe für dich nicht der Welt zeigen, ohne zu riskieren, dich in Gefahr zu bringen."

Clem war sehr still geworden. „Du liebst mich?" Es war kaum ein Flüstern.

Maximo nickte. „Ja. Und deswegen muss ich dich auf Abstand halten und ..."

„Nein", sagte sie leise, „nein, Maximo. Das musst du nicht. Wir werden zusammen stärker sein, ich schwöre es. Du und ich werden

Ferdinand suchen, ihn finden und sicherstellen, dass er uns nichts tun kann. Aber ich bin es leid, Zeit zu verschwenden. Ich möchte bei dir sein, Maximo Neri, in jeder Hinsicht."

Er küsste sie, und sie klammerte sich an ihn, als er sie hochhob und in sein Schlafzimmer trug. Als er sie auf das riesige Kingsize-Bett legte, öffnete er ihr Wickelkleid, drückte seine Lippen auf ihre Kehle und bewegte sich über ihren Körper, während er ihre Haut küsste. Clem streichelte seine dunklen Locken, als er ihre Brüste von den Spitzen-Cups ihres BHs befreite und ihre Brustwarzen in den Mund nahm. Seine Zunge strich über die harten Knospen, bis Clem keuchte. Max' Hand driftete zwischen ihre Beine, um ihr Geschlecht durch ihr dünnes Höschen zu massieren.

Max' Lippen waren auf Clems Bauch, als er ihr das Höschen auszog. Dann vergrub er sein Gesicht an ihrem Geschlecht, und seine Zunge liebkoste ihre Klitoris, so dass feurige Impulse des Verlangens durch sie strömten. Clems Atem war ein scharfes Keuchen, als sie sich Maximos Verführungskünsten hingab. Seine Zähne reizten ihre empfindliche Knospe, und sie schrie voller Lust und hörte sein tiefes Lachen.

„Du gehörst jetzt mir, Clementine, verstehst du das?"

„Oh ja ..." Er brachte sie zu einem zitternden Höhepunkt und zog dann schnell ihren Körper hoch, um ihren Mund wieder in Besitz zu nehmen. Sie fühlte sich so verwundbar und so geliebt. Maximo war noch vollständig bekleidet, aber sie konnte die starre Länge seines Schafts spüren, die gegen seine Hose stieß, und sie streichelte sie, während Maximo an ihrem Hals knabberte. „Lass mich dich schmecken, Maximo ..."

Sie öffnete seine Hose, befreite seinen Schwanz und legte ihre Lippen um die Spitze, während ihre Finger seine samtige Länge streichelten. Maximo stöhnte, und sie schmeckte salzige Lusttropfen, während er unter ihrer Berührung zitterte. Sie fing an, ihn tiefer in ihren Mund zu nehmen, und wollte ihn ganz schmecken. Als er kam, nahm sie gierig alles von ihm in sich auf.

Maximo rollte sie auf den Rücken und drückte ihre Beine an ihre Brust. „Süße Clementine", sagte er, bevor er seinen Schwanz in sie stieß. Clem schnappte vor Vergnügen nach Luft, als er sie ausfüllte, und seine Hüften hart gegen ihre gebeugten Beine rammten. Seine Augen waren auf ihr Gesicht fixiert, als er sie fickte.

Clem hatte sich in ihm verloren, als er sie unaufhaltsam zum Orgasmus führte, während ihre Hände über seine muskulöse Brust und seine breiten, starken Schultern wanderten. „Maximo Neri, ich liebe dich so sehr", flüsterte sie. Dann schrie sie auf und ihr Rücken wölbte sich, als sie kam und spürte, wie er sich tief in sie ergoss und seine Stimme ihren Namen immer wieder rief ...

MAXIMO RIEF den Zimmerservice für sie an – es war spät, aber das Hotel war nur zu gern bereit, seine reichen Gäste zu verwöhnen – und er und Clem aßen kurz nach Mitternacht gegrillte Steaks mit einem pfeffrigen grünen Salat und frischen Früchten. Clem grinste ihn an. „Das ist ein perfekter Abend. Danke, Maximo."

Sie griff nach seiner Hand. „Hör zu, ich habe gedacht ... Tatiana und ich haben vereinbart, die Arbeit an meinem Buch auszusetzen, bis Emory bereit ist, davon zu hören, und uns ihren Segen gegeben hat. Ich kann nicht in Seattle Charity-Auktionen organisieren, wenn ich weiß, dass du auf der Suche nach Ferdinand bist. Lass mich dir helfen."

Maximo sah erschrocken aus. „Auf keinen Fall. Es Ich werde dich definitiv nicht in dieselbe Hemisphäre wie Ferdie bringen, geschweige denn dieselbe Stadt. Nein, *Bella*, bitte. Lass mich das beenden."

„Was, wenn du ihn niemals findest, Maximo?" Sie sagte die Worte ohne Vorwurf, aber mit echtem Gefühl. „Verschwende nicht dein Leben wegen der Vergangenheit. Ophelie würde das nicht wollen. Schau dir Emory und Luca an – Ray Grace hatte geschworen, sie zu töten, wenn sie ihn je verlässt, aber es kümmert sie nicht, denn sie lieben sich."

„Und Emory hat eine Kugel in den Bauch und eine Amnesie bekommen." Maximo sah fast amüsiert aus. Clem zuckte mit den Schultern. „Aber sie sind wieder zusammen ... irgendwie. Okay, schlechtes Beispiel. Aber trotzdem. Lebe nicht länger in der Warte-schleife. Wir sind stärker zusammen, Baby."

Maximo beugte sich vor und berührte ihre Wange. „Das Einzige, was mich auf dieser Welt erschreckt, ist der Gedanken, dass dir etwas passiert."

„Mir wird nichts passieren", sagte sie mit fester Stimme und lächelte. „Ich bin es leid zu warten, Maximo. Ich will bei dir sein. Hier, in Rom, überall. Stoße mich nicht weg."

Er nahm sie in seine Arme und küsste sie. „Okay, wir werden es versuchen. Aber bei der geringsten Gefahr ..."

„Wir werden wissen, wie wir reagieren sollen, mein Lieber, ich schwöre es." Sie küsste ihn, und sie machten dort weiter, wo sie aufgehört hatten.

Dante Harper, du verwandelst dich in ein großes Klischee, dachte er, als er aus seinem Fenster in den Regen blickte. Vor drei Tagen hatte er Emory zurück zu Luca geschickt, und er fühlte sich furchtbar. Sie rief ihn jeden Abend an, wenn sie zu Bett ging – allein. Er konnte nicht umhin, sich erleichtert zu fühlen. In dem Moment, als er ihre süße Stimme auf seinem Handy hörte, wurde sein ganzer Körper warm, aber sein Herz tat nur noch mehr weh. Er vermisste ihr Lächeln, ihren Duft und die Art, wie sie ihren Körper an ihn schmiegte.

„Du hast das Richtige getan."

Er drehte sich um und sah, wie Sophia ihn beobachtete. „Wenn Emory ihre Erinnerungen zurückerlangt, und ich weiß, dass sie das tun wird, kann sie eine Entscheidung treffen."

„Ich weiß." Dante versuchte, seine älteste Freundin anzulächeln. Er und Sophia waren zusammen aufgewachsen – Sophias Mutter war die Köchin seines Vaters gewesen, aber als sie beide gestorben waren, hatte Dante Sophia gesagt, dass sie keine Angestellte in seinem Haus war, sondern Familie. „Du bist meine Schwester", hatte er gesagt, und sah es heute noch so. Er betrachtete sie jetzt mit trau-rigen Augen.

„Ich habe nie die Worte zu ihr gesagt, Sophia. Ich habe nie gesagt *Ich liebe dich*. Mein Herz hätte es nicht ertragen, wenn ich es gesagt hätte und sie sich für Luca Saffran entscheidet. Aber Gott", er ließ den Kopf in seine Hände fallen, „ich wünschte, ich hätte es gesagt. Ich hätte ihr sagen sollen, dass sie meine Welt ist."

Sophia hatte Tränen in den Augen. „Dante, Worte sind genau das. Worte. Sie weiß, dass du sie liebst. Sie spürt es in ihrem Herzen."

Dante war verzweifelt. „Verdammt, Sophia ... ich hoffe, es ist genug. Ich hoffe wirklich, dass es genug ist."

Raymond Grace, der in seinem zugegebenermaßen luxuriösen Gefängnis festsaß, las gerade, als Zeke, der freundlichste und am leichtesten manipulierbare Wächter, zu ihm kam. „Es gibt Neuigkeiten, Boss."

Er setzte sich auf den Rand von Rays Koje. „Sieht aus, als ob deine Frau es geschafft hat. Die anderen sagten, dass ich es dir nicht erzählen soll, aber ich finde es nur fair. Emory ist wieder bei den Saffrans."

Ray ballte seine Fäuste und stieß langsam den Atem aus. „Verdammt. Was braucht es, um diese Schlampe zu töten? Ich habe ihr direkt in den Bauch geschossen, Zeke. Sie hätte sofort verbluten sollen."

„Vielleicht bist du kein so guter Schütze, wie du denkst", sagte Zeke. Als er die Wut auf Rays Gesicht sah, fügte er hinzu: „Hey Mann, es tut mir leid."

Ray schwieg einen Augenblick, dann sah er den jüngeren Mann aufmerksam an. „Zeke, du musst mir helfen, hier rauszukommen."

Zeke stand erschrocken auf. „Hey, ich weiß nicht ..."

Ray zeigte sein charmantes Lächeln. „Zeke ... ich habe Geld. Eine Menge Geld. Es gehört dir. Alles, was ich will, ist die Chance, es zu beenden. Emory gehört mir, verstehst du das? Sie gehört mir, und ich brauche die Chance, ..."

„... sie zu töten."

„Ja."

Zeke sah ihn angewidert an, aber etwas auf seinem Gesicht gab Ray Hoffnung. „Wieviel Geld?"

„400 Millionen."

Zeke starrte ihn an. „Was?"

„Ich habe dir gesagt, dass ich ein sehr reicher Mann bin."
Verdammt, wie dumm manche Menschen waren.

Zeke blickte zu ihm auf. „Warum sollte ich dir das glauben?"

Ray lächelte. „Mein lieber Zeke ... weil ich dort, wo ich hingehe,
kein Geld brauche. Sobald ich Emory und alle, die sie lieben, getötet
habe, habe ich vor, mich selbst zu töten. Also ... das Geld gehört dir.
Was sagst du?"

Raymond Grace kannte Zekes Antwort, als er in die Augen des
Mannes sah, und er lächelte.

„Du siehst erschöpft aus."

Zea nickte. „Es waren ein paar seltsame Wochen." Sie lehnte sich
auf ihrem Stuhl zurück. „Ich bin immer so müde. Mehr als sonst,
obwohl ich sechs oder sieben Stunden schlafe."

Flynt runzelte die Stirn. „Ist es eine Depression?"

Sie schüttelte den Kopf. „Ich denke nicht. Es gab ja nicht nur
Schlechtes, sondern auch", sie schenkte ihm ein schüchternes
Lächeln, „ziemlich viel Gutes."

Er griff über den Tisch und umfasste ihre Finger. Sie waren nach
ein paar Tagen mit den Klines nach Portland zurückgekehrt, und Zea
war glücklich, wieder mit Teresa und Mike und ihren Freunden
zusammen zu sein. „Wir müssen nicht sofort entscheiden, ob wir
hierbleiben oder nach Seattle oder Auburn gehen. Wir haben alle
Zeit der Welt. Doch", fügte er hinzu, als sie ihren Mund öffnete, um
zu widersprechen. „Ich werde meine Geschäfte von hier aus machen,
also mach dir keine Sorgen. Aber ich will mit dir richtige Flitterwo-
chen erleben. Du musst dich erholen. Du hast genug durchgemacht.
Wie wäre es, wenn du dich hinlegst und ein wenig schläfst?"

Sie gähnte sofort, und er lachte. „Es geht mir gut."

„Das glaube ich dir nicht. Komm schon."

Er zog sie von ihrem Stuhl hoch und hob sie in seine Arme, was
sie kichern ließ. „Du wirst es niemals die Treppe hoch schaffen, wenn
du mich trägst."

„Vertrau mir."

Sie erreichten gerade die unterste Treppenstufe, als das Telefon klingelte.

Flynt stürzte mit Zea zu Boden, und als sie fielen, packte er die Seite des riesigen antiken Spiegels, der an der Wand lehnte.

„Whoa!" Zea griff nach dem Spiegel und hielt ihn fest, als er wackelte, indem sie ihr ganzes Körpergewicht benutzte. „Verdammt, dieses Ding ist schwer. Du solltest es wirklich loswerden. Was hast du dir nur dabei gedacht, es zu kaufen?"

Flynt half ihr. „Ich muss ihn wirklich an der Wand befestigen. Wir brauchen nicht sieben Jahre Pech. Ich kann es für dich tun. Ich kann wie ein Handwerker aus einem Porno sein, und du bist die verführerische Hausfrau." Er grinste.

Zea verdrehte die Augen und lachte. „Toller Plan." Flynt sah selbstgefällig aus. Sie griff nach dem Handy.

„Hallo?"

„Zea, hier ist Mike."

Sie setzte sich auf. Flynt streckte sich auf dem Boden aus und grinste sie an.

„Hallo Mike, wie geht es dir?"

Flynt hörte auf zu lächeln, fiel zurück auf den Boden und seufzte. Er setzte sich ein paar Augenblicke später auf, als Zeas Gesicht blass wurde, während sie zuhörte, was Mike ihr zu sagen hatte. „Was? Was ist?"

Sie schüttelte den Kopf und dankte Mike, bevor sie auflegte. „Jared Podesta war nicht die Leiche bei dem Brand im Diner. Es war Davids Vater. Jareds Vater. Jared hat seine Leiche von einem Friedhof in Louisiana gestohlen. Mein Gott ..."

Flynt starrte sie entsetzt an, als sie anfing zu weinen. „Es ist nicht vorbei, Flynt, es ist überhaupt nicht vorbei ..."

BREE SAFFRAN STARRTE AN DIE DECKE. Es war nach Mitternacht, und sie lag in Jesses Armen und hörte ihn atmen, während er schlief. Sie konnte seit mehreren Nächten nicht mehr schlafen, genauer gesagt seit sie Emory wiedergesehen hatte. Die kurze Freude, die sie empfunden hatte, war von der wachsenden Angst überschattet worden, dass Emory, ihre Freundin und Retterin, nicht dieselbe Person war, die sie gekannt hatte.

Und warum sollte sie es auch sein? Die schreckliche Gewalt, der Emory ausgesetzt war, hatte sie sicher für immer verändert. Und dieser Mann ... Dante. Er hatte sie gerettet und war nun eindeutig in sie verliebt. Brees Herz hatte für ihren Vater geschmerzt, als sie Emory und Dante zusammen gesehen hatte. *Bin ich egoistisch, weil ich Dad und Emory zusammen sehen will?*

„Du machst es schon wieder", murmelte Jesse gegen ihre Haare. Er öffnete die Augen und sah sie an. „Es kommt, wie es kommt. Du kannst nicht kontrollieren, was mit deinem Vater und Emory passiert."

„Sie hat sich verändert."

„Natürlich hat sie das. Luca sich auch. Und du dich auch. Wir sind dieses Jahr alle durch die Hölle gegangen."

Bree legte sich auf die Seite und streichelte mit einem Finger Jesses Wange. „Nicht alles war schlecht." Sie beugte den Kopf und küsste seine Schulter, die immer noch von seinem Unfall gequetscht war. „Gott sei Dank geht es dir gut, Jesse."

„Es geht mir gut, solange du da bist. Zumindest ist das mit Petersen jetzt vorbei."

„Wie geht es Ethan?"

„Besser. Unser Vater hat ihm eine Wohnung auf der Insel angeboten, damit er in der Nähe von Kizzie und uns sein kann, während er sich erholt. Sein Bruder ist so oft weg, dass die Ärzte gezögert haben, Ethan aus dem Krankenhaus zu entlassen. Er wird dort noch verrückt."

Bree kicherte leise. „Das überrascht mich nicht. Er ist seit fast einem Jahr dort. Warum zieht er nicht zu Kizzie?"

„Beide denken, dass es zu früh ist. Kizzie hat Angst, dass sie sich in etwas hineinstürzen, für das sie nicht bereit sind, und sie ihn als Freund verlieren könnte."

„Das verstehe ich."

„Ich denke, dass sie ohnehin ständig in seiner Wohnung sein wird."

Bree lachte. „Solange sie glücklich sind."

„Die beiden machen das schon." Er lächelte, rollte sie auf den Rücken und küsste ihren Hals. „Es wird alles gut werden, ich verspreche es, Bree."

„Ich hoffe es."

Und für den Rest der Nacht versuchte er, sie davon zu überzeugen.

Kizzie griff nach oben und nahm den Schlüssel von dem Türbogen herunter. Sie lächelte bei Ethans amüsiertem Blick.

„Ich weiß. Es ist nicht wirklich sicher, aber ich vergesse ständig meine Schlüssel und es gibt wirklich nicht viel zu stehlen." Sie öffnete die Tür und schaltete das Licht an. „Ich kann ein paar Sachen aus dem Haus herüberbringen, um es mehr zu einem Heim zu machen."

Sie zeigte ihm die Wohnung. Das Wohnzimmer war groß und führte in eine kleine Küche. Sie grinste ihn an.

„Es ist ganz funktionell. Nur nicht allzu gut designt. Der Vorrats-schrank ist fast so groß wie die Küche." Sie öffnete die Schranktür für ihn.

„Das Schlafzimmer ist hier drüben." Er folgte ihr.

„Hast du jemals hier gelebt?"

„Nur kurz. Bevor ich nach Peabody gegangen bin, hat Dad uns Kinder am Wochenende hier übernachten und so tun lassen, als wären wir erwachsen. Das ist das Badezimmer."

Sie beugte sich in den Raum und schaltete das Licht ein.

Ethan warf nur einen flüchtigen Blick hinein. „Ich nehme es." Er lächelte sie an. „Du hast deine Berufung als Maklerin verpasst."

Kizzie lachte. „Ich freue mich, dass es dir gefällt. Fühle dich wie zu Hause. Limonade?" Sie nahmen zwei gekühlte Dosen aus dem Kühlschrank, gingen wieder ins Wohnzimmer und setzten sich.

„Der Nachbar ist ziemlich ruhig, aber manchmal macht er tagsüber etwas Lärm. Er bleibt gern für sich." Kizzie öffnete ihre Dose.

„Wer ist er?"

Sie schüttelte den Kopf. „Keine Ahnung. Dad hat ihm die Wohnung vor ein paar Monaten vermietet. Gefällt es dir hier?"

Ethan nickte und sah sich um. „Ja, es ist cool hier." Er lächelte sie schüchtern an. „Und es ist in deiner Nähe. Das ist alles, was mich interessiert."

Kizzie errötete und lächelte. „Mich auch."

Ethan nahm ihre Hand und legte seine Finger um ihre. Lange Zeit saßen sie einfach so da. Ethan stellte seine Dose weg und zog sie sanft zu sich hinüber.

„Achte auf deine Nähte", sagte sie, aber er grinste nur.

„Lass mich dich halten, Kiz. Ich möchte dich nur halten."

Sie schmiegte sich an seine Seite und legte ihren Kopf an seine Schulter. Seine Arme hielten sie fest umschlungen. Kizzie spürte, wie ihr Herz so heftig schlug, dass sie sicher war, dass er es auch fühlen konnte. Seine Lippen waren auf ihrem Haar.

„Als ich hinter diesen Müllcontainern lag und darauf wartete zu sterben, gab es nur eines, woran ich denken konnte ... dass ich dein Gesicht niemals wiedersehen würde. Es ist keine Übertreibung, wenn ich sage, dass ich glaube, dass das der Grund ist, warum ich nicht gestorben bin. Etwas in mir ließ mich durchhalten, und ich glaube, das warst du, Kiz. Dein Lachen – ich konnte es hören. Und obwohl ich an dem dunkelsten Punkt meines Lebens war, dachte ich, dass es auf dieser Welt Gutes geben muss, wenn dieses Lachen darin existiert. Ist das peinlich?"

Kizzies Tränen flossen über ihre Wangen. „Ethan, ich bin so traurig, dass ich dir nicht zugehört habe und nicht da war, als du jemanden gebraucht hast. Versprich mir, dass du das nie wieder tun wirst."

Ethan drückte seine Lippen auf ihre und küsste sie, bis sie atemlos waren. „Ich verspreche es, meine schöne Kizzie. Was auch immer passiert, ich verspreche es."

Kizzie wurde daran erinnert, dass Ethan vielleicht angeklagt werden würde. Es schien nicht richtig zu sein, dass er so viel gelitten hatte und auch noch ins Gefängnis kommen könnte. Sie rieb ihre Nase gegen seine. „Wenn es passiert ... Ich meinte das, was ich über diese Feile gesagt habe, ernst."

Ethan lachte. „Baby, wenn ich ins Gefängnis muss, dann sei es so. Du und ich wissen jetzt beide, dass es nicht das Schlimmste ist, was einem Menschen passieren kann."

„Ich werde immer für dich da sein", sagte sie jetzt einfach.

„Danke, Kizzie, dass du mir das Gefühl gibst, willkommen zu sein in deinem Leben." Ethan bewegte sich, und Kizzie setzte sich auf.

„Hast du Schmerzen?"

„Ein wenig", gab er zu und sah plötzlich erschöpft aus. Kizzie streichelte seine Brust und spürte das Muster der Wunden unter seinem T-Shirt. Traurigkeit erfasste sie.

„Komm, du musst dich ausruhen. Das Bett ist wirklich bequem."

Ethan grinste, und sie kicherte. „Dass du mir hier nicht auf Ideen kommst, Mister. Deine Verletzungen sind noch nicht genug verheilt *dafür.*"

Grummelnd folgte er ihr ins Schlafzimmer und begann, sich auszuziehen. Kizzie versuchte, nicht zu starren, als er sich sein T-Shirt über den Kopf zog, aber als sie die zackigen Narben sah, konnte sie das Stöhnen nicht unterdrücken, das ihren Lippen entkam.

„Oh Gott, Ethan", flüsterte sie, „wie konntest du das tun?"

„Hey, hey, hey ..." Er nahm sie in seine Arme, als sie begann zu weinen. „Es geht mir gut, Kiz, ich schwöre es. Es sind nur Narben."

Kizzie nickte und versuchte, sich zusammenzureißen. Ohne darüber nachzudenken, drückte sie ihre Lippen auf jede Narbe. Ethan räusperte sich leise, und sie erkannte, dass sie ihn erregte. Sein Schwanz presste sich hart gegen seine Unterwäsche, und sie konnte nicht umhin, die heiße Länge zu streicheln.

„Kiz ..."

Sie sah zu ihm auf, und Begehren durchflutete sie. „Leg dich hin, Ethan ... ich will dir helfen, dich zu entspannen."

Seine Augen weiteten sich. „Kiz ..."

„Shh."

Er tat, was sie sagte, und Kizzie befreite sanft seinen harten Schwanz aus seiner Unterwäsche und nahm ihn in den Mund. Ihre Zunge strich sanft auf und ab über die samtige Haut, dann umkreiste sie die Spitze, bis sie Ethan Luft holen hörte. Er schmeckte nach Seife und Salz, und Kizzie spürte, wie sie feucht wurde, als sie ihn liebkoste und seinem Stöhnen lauschte. Sie brachte ihn zu einem zitternden Höhepunkt. Ethan lächelte sie atemlos an. „Kizzie ...“

„Sprich nicht“, flüsterte sie und küsste seinen Mund.

„Leg dich neben mich“, sagte er sanft, und sie gehorchte und streckte ihren Körper neben ihm aus. Seine Hand streichelte sie und schlüpfte nach kurzem Zögern unter ihr Kleid, um ihr Geschlecht durch ihr Höschen zu streicheln, bevor seine Finger unter das Gummiband rutschten und ihre Klitoris fanden. Kizzie stöhnte leise, als er anfing, sie zu massieren, und Ethan küsste sie sanft. Seine Augen verließen nie ihr Gesicht, während er sie streichelte. Kizzie ergab sich dem Gefühl hilflosen Verlangens, als er sie zum Orgasmus brachte.

Danach lagen sie einander in den Armen. Kizzie streichelte sein Gesicht. „Ethan, schlaf jetzt. Ich habe Jesse und Bree versprochen, dass ich ihnen ein Update über dich gebe. Wenn ich also gegangen bin, wenn du aufwachst, dann mach dir keine Sorgen. Ich komme heute Abend wieder – wenn du willst.“

Ethan, der jetzt sehr müde war, lächelte schläfrig. „Das werde ich immer wollen.“

Kizzie lachte. „Ich auch, Baby, ich auch.“

Bree sah zu, wie Kizzie aus Ethans Wohnung kam, die sich gegenüber des Cafés befand. Bree begann zu lächeln und lenkte den Blick ihrer Freundin auf sich. Kizzie hob ihre Augenbrauen, als sie in das Café kam und Bree wissend grinste.

„Hör auf zu grinsen, Saffran.“ Kizzie verengte ihre Augen.

Bree hielt die Hände hoch. „Ich weiß nicht, was du meinst. Oh übrigens ... ich habe es dir gleich gesagt.“

Kizzie verdrehte die Augen. „Sei nicht so selbstgefällig. Nur weil mein Freund heißer ist als deiner." Sie grinste, als Brees Augenbrauen wieder hochschossen. „Wie geht es dir? Wie geht es deiner Familie?"

Sie sah Schmerz in den Augen ihrer Freundin, bevor Bree ihren Mund zu einem Lächeln verzog. „Gut."

„Ist Emorys Erinnerungsvermögen zurückgekommen?"

Bree erzählte ihr, dass Emory begonnen hatte, einen Hypnotiseur aufzusuchen, um herauszufinden, ob sie ihre Erinnerungen zurückbekommen konnte. „Es hat funktioniert. Sie erinnert sich praktisch an alles – sogar an die Zeit, die sie zusammen mit meinem Vater verbracht hat. Aber sie erinnert sich nicht daran, in ihn verliebt zu sein, und das bringt ihn um."

Kizzie kaute auf ihrer Unterlippe, während sie zuhörte. Als Bree fertig war, saßen sie eine Weile schweigend da.

Schließlich drückte Kizzie Brees Hand. „Vielleicht ... hat es nichts mit Erinnerungen zu tun. Vielleicht war es, was es war, und jetzt ist es vorbei. Für Emory zumindest. Ich will nicht hart klingen, aber vielleicht ... Dinge ändern sich. Menschen entlieben sich aus vielen Gründen."

„Das weiß ich." Bree seufzte und sah aufgebracht aus. „Können wir über etwas anderes reden?"

Kizzie lächelte. „Warum sagst du mir nicht, wie es ist, mit meinem Bruder zusammenzuleben?"

Bree lachte, und ihr ganzer Körper schien sich zu entspannen. „Himmlisch. Ich fühle mich endlich zu Hause."

Kizzie umarmte sie.

„Ich freue mich so für dich."

„Danke. Für alles. Ich weiß nicht, wie ich die letzten paar Monate ohne dich durchgestanden hätte."

Kizzie grinste und schob sie dann weg. „Ich nehme an, dass ihr beide jetzt schrecklich verliebt seid, komplett mit Liebesbriefen und geheimnisvollen Lächeln."

„Ganz genau."

Kizzie verdrehte ihre Augen, aber Bree konnte sehen, dass sie sich freute. „Wo ist denn mein herrlicher Bruder?"

Brees Lächeln erstarb. „Er ist bei der Polizei. Sie wollten mehr über die Explosion wissen. Darüber, was sie verursacht hat. Nicht, dass Jesse es weiß, aber sie sind gründlich."

„Was ist mit Nick Petersen?"

„Er wird des zwölffachen Mordes angeklagt. Wenn er überlebt. Er ist immer noch bewusstlos."

„Ist Zea Azano nach Portland zurückgekehrt?"

Kizzie nickte. „Im Moment habe ich den Eindruck, dass sie in ihrem Leben andere Themen hat und dass es genug für sie ist zu wissen, dass David nicht bei Verstand war und es nicht seine Schuld war. Nick Petersen ist ein Mörder, David war nur seine Marionette."

Bree schüttelte den Kopf. „Ich will nur wissen, warum. Warum hat er so etwas Schreckliches getan?"

„Ich hoffe, wir finden es heraus. Ich muss jetzt wieder zurück – willst du zu Ethan mitkommen, während wir auf Jesse warten?"

Bree schüttelte den Kopf. „Danke, aber ich denke, ich werde Emory treffen, damit sie eine Pause vom Gedächtnistraining machen kann."

„Grüße sie und deinen Vater von mir."

„Danke, das werde ich."

Luca war zur Arbeit gegangen. Nach einer produktiven Sitzung mit dem Hypnotherapeuten war Luca von Emorys Fortschritten ermutigt, aber sie fühlte sich taub in ihrem Inneren. Während der privaten Sitzung hatte sie eine Erkenntnis gehabt, die sie mit dem Therapeuten teilte. „Ich glaube, ich will mich gar nicht daran erinnern, Luca geliebt zu haben. Ich liebe Dante, und Luca auch zu lieben ... es ist zu viel."

Sie spürte Tränen in ihren Augen. „Ich möchte nicht dafür verantwortlich sein, einen dieser außergewöhnlichen Männer zu verletzen. Beide sind ... fantastisch, und ich habe unglaubliches Glück, von beiden geliebt zu werden, aber..."

„Emory", sagte der Hypnotherapeut sanft, „das sind außergewöhnliche Umstände. Es ist nicht so, als würden Sie Luca oder Dante absichtlich verletzen."

„Ich weiß, aber ich werde es tun, nicht wahr?"

„Solange Sie sich nicht erlauben zu spüren, was Sie mit Luca hatten, können Sie in Ihrem Leben nicht vorankommen. Das wäre beiden gegenüber nicht fair."

Emory legte den Kopf in ihre Hände. „Vielleicht muss ich einfach eine Weile allein sein und nachdenken."

Der Mann lächelte sie an. „Ich denke, das ist eine ausgezeichnete Idee."

Sie hatte das Thema noch nicht mit Luca besprochen, aber als sie länger darüber nachdachte, schien es der beste Weg nach vorn zu sein. Sie wusste, dass Luca frustriert war, aber er hatte es nie an ihr abreagiert. Sie hatten nächtelang miteinander geredet und gelacht, und Emory konnte eine Verbindung spüren.

Aber sie vermisste Dante und bei ihren langen Mitternachtsanrufen bettelte sie ihn an, sie zu ihm kommen zu lassen.

Aber er wies sie sanft zurück. „Du musst sicher sein," war alles, was er ihr sagte. Es schmerzte tief in ihrer Seele, aber sie wusste, dass er recht hatte.

Sie fuhr zum Strand. Es war kalt, aber das war ihr egal. Sie wollte, dass die kühle Luft ihre Lungen füllte und ihr den Kopf freimachte. Zwei glorreiche Männer liebten sie, und ihr ging es schlecht deswegen. Sie brauchte definitiv Zeit für sich allein. Sie hatte ihr Bankkonto überprüft. Es war genug Geld darauf, um sich für ein paar Monate eine eigene Wohnung zu mieten, und sie hoffte, nach den Winterferien wieder in Auburn unterrichten zu können. Stephen Harris, der Dekan, den Emory sehr mochte, hatte sie kontaktiert, als er hörte, dass sie in Sicherheit war. „Wir haben dich sehr vermisst, meine Liebe."

Auburn war seit ein paar Monaten wieder geöffnet. Ein Denkmal für diejenigen, die gestorben waren, war auf dem Schulgelände errichtet worden, und Stephen sagte Emory, dass auch sie geehrt werden sollte. „Wir müssen eine Zeremonie abhalten, wenn du zurückkommst."

„Ich fühle mich wirklich geehrt, aber bitte kein Aufwand." Emory war entsetzt bei dem Gedanken, und Stephen lachte.

„Ich kenne dich, Emory, du würdest dich nicht wohl fühlen. Aber wir schulden dir etwas."

Emory fand ein großes Stück Treibholz und lehnte sich dagegen. Ein neuer Ort, ein neues Leben, Zeit zum Nachdenken. Unabhängigkeit. Seit sie mit Ray verheiratet war, hatte sie vergessen, wie das war.

Gott, Ray. Sie schloss die Augen und schluckte bei dem Gefühl des Entsetzens, das in ihrer Kehle aufstieg. *Er kann dir nichts anhaben. Er ist weg.* Luca hatte ihr Maximo Neri vorgestellt, den attraktiven italienischen Geschäftsmann, in den Clem verliebt war, und Maximo versicherte ihnen, dass Ray nie wieder freikommen würde. „Entweder in einem deiner Gefängnisse, in meiner Einrichtung oder ..." Er brach ab und sah Luca an.

„Es ist deine Entscheidung, was mit ihm passiert", hatte Luca ihr gesagt und es gut gemeint, aber es war eine unglaublich schwierige Entscheidung.

Ja, sie brauchte Zeit für sich. Sie würde mit Luca darüber reden, wenn sie in sein Apartment zurückkam. *Ich brauche Zeit.*

Ich muss nachdenken.

ER TRAT von der Baumgrenze zurück. Sie saß wieder bei dem Treibholz. Der Strand war verlassen. Er lächelte vor sich hin. Wie einfach es wäre, sie gegen dieses Treibholz zu drücken und sie zu töten, so dass die Flut ihre Leiche und ihr Blut verschwinden lassen würde. Luca Saffran und diesen anderen Mann, Dante Harper, würde ihr Verschwinden zutiefst quälen. Er zitterte, und Lust vermischte sich mit Aufregung. Nicht heute. Er hatte zu viel geplant. Es gab zu viele gute Dinge, die er für sie bereithielt. Es wäre eine Verschwendung, alles hier zu beenden. Er wollte sie noch nicht ängstigen, das würde später kommen. Es gab ihm Zeit, ihr zu folgen und sie von den Bäumen aus zu beobachten.

Es war letztendlich einfach gewesen, Maximo Neris Männern zu entkommen. Zeke hatte geholfen und Ray bis zu dem Zeitpunkt vertraut, als Ray ein Messer durch sein Auge in sein Gehirn steckte. *Der verdammte Idiot.* Ray hatte kein Mitleid mit dem naiven jungen Mann. *400 Millionen Dollar.* Ha. Er hatte leidenschaftslos beobachtet, wie Zekes Körper zuckte und sich verkrampfte, als er sich über den Sterbenden beugte. „Welcher College-Professor verdient schon Millionen, du dummes Stück Scheiße?"

Nun war er frei, und Emory war in seinem Visier. Gott, er hatte vergessen, wie schön sie war, und jetzt schien sie traurig zu sein. Ihr schönes Gesicht wirkte nachdenklich und gequält.

Und es wird nur noch schlimmer kommen, meine Liebe. Er würde es genießen, sie zu töten. Diesmal würde sie seine Brutalität nicht überleben. Und nicht nur das. Die Menschen, die sie liebte und die sie liebten ... er würde sie sich auch holen. Manche würde er töten, andere würde er zum Zusehen zwingen, während er Emory tötete. Er stellte sich vor, wie er sie auf ein Bett fesselte und fickte, während er Luca Saffran und dieses andere Arschloch zum Zusehen zwang, um sie dann vor ihren Augen abzuschlachten.

Raymond Grace lächelte vor sich hin, als er die kalte Klinge des Messers spürte, das er immer in der Innentasche seiner Jacke hatte. *Wie einfach es wäre ... Aber nicht heute, meine geliebte Emory. Heute lebst du. Heute erlaube ich dir zu leben ...*

Mach das Beste aus der Zeit, die du noch hast.

JARED PODESTA TAUCHTE drei Wochen nach Zeas und Flynts Rückkehr aus Portland wieder auf. Jared ließ sich von niemandem außer Zea sehen ... er wartete auf Momente, in denen sie allein war. Selbst dann kam er nicht näher. Er stand auf der Straße vor dem neuen Restaurant, das noch gebaut wurde, und starrte sie durch die großen Fenster an. Sobald sie um Hilfe rief, war er weg. Er war wie eine Spinne, die in einer dunklen Ecke lauerte, und Zea fühlte sich gefangen. Flynt bestand darauf, zur Polizei zu gehen, und er heuerte Sicherheitsteams an, aber Jared war klug. Er fand sogar ihren Heimweg heraus, stellte sich auf eine der Überführungen und starrte auf die Straße hinab.

Zea war ein Nervenbündel und dachte, sie wäre krank. Sie war erschöpft, ausgelaugt und vermied es dennoch, zu ihrem Arzt zu gehen. Irgendwann machte Flynt den Termin für sie aus.

Er wartete im Wartezimmer auf sie. Zea musste lächeln als die Patientinnen dort sie und Flynt bewundernd ansahen.

Mein Ehemann. Sie lächelte immer noch, als sie ins Sprechzimmer des Arztes ging, aber eine halbe Stunde später kam sie bleich und zitternd wieder heraus. Flynt warf einen Blick auf ihr Gesicht und stand auf. „Was? Was ist los?"

Sie schüttelte den Kopf. „Nicht hier." Sie gingen schnell zu einem Diner an der Ecke des Blocks und Flynt bestellte starken Kaffee.

„Baby, sag mir, es ist nicht das, was ich denke ...“

„Ich bin nicht krank, Flynt."

Erleichterung erfüllte ihn. „Gott sei Dank. Du hast mir Angst gemacht. Also, was ist los?"

Zea sah Flynt an, den Mann, den sie aus ganzem Herzen liebte, und es tat einfach nur weh. Nicht jetzt. Bitte nicht, bevor die Bedrohung durch Jared vorbei war. „Oh, Flynt." Sie begann zu weinen. „Es ist der schlechteste Zeitpunkt dafür, aber ich bin schwanger."

KIZZIE BLICKTE ZU ETHAN AUF, als er durch die Tür kam. „Was ist? Du warst vorhin gut gelaunt."

Ethans Gesicht hellte sich auf, als er sich auf seine Freundin konzentrierte. „Mir ist eine Kakerlake begegnet." Er grinste, und sie lachte.

„War diese Kakerlake etwa 1,78 Meter groß und höllisch unheimlich ...?" Sie zwinkerte ihm zu, und er war wieder erstaunt über ihre Fähigkeit, über Nick zu scherzen. Ethan war schon morgens für eine Untersuchung im Krankenhaus gewesen, und er hatte Kizzie angerufen und ihr erzählt, dass er im selben Teil des Krankenhauses wie Nick Petersen war. „Er ist anscheinend wach und kann reden."

„Bleib weg von ihm."

„Das werde ich."

Jetzt lächelte Ethan müde. Er schob seine Arme um ihre Taille und küsste sie. „Hey, Darling."

Sie drückte sich gegen ihn. „Hey." Sie ignorierte die wenigen Kunden, die sie angrinsten, und küsste ihn wieder.

„Heute bei *Doogies Diner*: Kaffee, Cupcakes und eine Live-Sex-Show!", verkündete Bree, als sie grinsend hereinkam. Ethan und Kizzie lösten sich voneinander und lachten mit den anderen Kunden. Jesse folgte Bree und umarmte Kizzie.

Als sie sich hingesetzt hatten, fragte Jesse Ethan, wie es ihm ging. Ethan nickte. „Okay. Danke, Mann. In ein paar Wochen sollte ich meine Energie zurückerlangen."

Er und Kizzie sahen sich an und lächelten. Keiner von ihnen konnte es erwarten, bis sie endlich zusammen sein konnten. Er nahm ihre Hand. „Danke an die beste Krankenschwester der Welt." Er küsste ihre Hand, und sie kicherte.

„Wie kitschig", beschwerte sich Bree, und sie lachten. Ethan grinste.

„Und ich habe noch mehr Neuigkeiten. Jake hat mich im Krankenhaus angerufen."

Kizzie sah überrascht aus. „Oh?"

Ethan zögerte und platzte dann heraus: „Der Staatsanwalt erhebt keine Anklage gegen mich."

Kizzies Mund öffnete sich, dann brach sie in lautes Schluchzen aus. Ethan, Jesse und Bree lachten, als sie ihre Arme um Ethan warf, der sie fest umarmte und grinste.

„Das ist fantastisch." Jesse nickte ihm zu. „Die richtige Entscheidung."

Bree wurde selbst fast sentimental. „Endlich einmal gute Nachrichten."

Ethan nickte zustimmend. „Hey, Missy, alles okay?"

Kizzies Schluchzen hatte nachgelassen. „Alles in Ordnung … Ich bin nur so erleichtert, Baby."

Er umarmte sie fest. „Bist du erleichtert, dass du keinen Kuchen backen musst?"

Sie kicherte, als Jesse und Bree sich verwirrt ansahen. „Du solltest erleichtert sein", sagte Kizzie und zog die Nase hoch. „Ich bin eine schreckliche Köchin."

Ethan lachte. „Wollen wir zu viert feiern gehen? Ich will ausgehen mit meinen Freunden."

„Wir sind dabei."

Jesse stieß Bree an. „Lass uns noch ein paar Drinks besorgen. Dann besprechen wir, wohin wir gehen."

„Cool."

Als sie allein waren, umfasste Ethan Kizzies Kinn und küsste sanft ihre Lippen. „Alles gut?"

Sie lächelte, und ihre Wangen waren rot vom Weinen. „Ja, alles gut."

Sie küssten sich, ohne sich darum zu kümmern, wer sie sah, und als Jesse und Bree zu ihnen zurückkamen, vergrub Ethan plötzlich sein Gesicht in Kizzies Haar, brachte seinen Mund zu ihrem Ohr und flüsterte. „Ich liebe dich."

Kizzies Herz schlug schneller in ihrer Brust, und sie strahlte ihn an. Ihre Augen füllten sich mit Freudentränen. „Ich liebe dich auch", flüsterte sie Ethan zu.

„Gut", sagte er, „jetzt lass uns feiern."

EMORY ERZÄHLTE Luca beim Abendessen von ihrem Plan. Sie hatten Pizza bestellt und aßen sie aus der Schachtel, während sie mit kalten Bieren vor sich auf der Couch saßen. Luca hatte vorsichtig zugehört und nickte. „Ich denke, das ist eine gute Idee."

Emory war überrascht. „Wirklich?"

„Ja, wirklich." Luca trank einen Schluck seines Biers. „Em, ich will nicht, dass du jemals das Gefühl hast, jemandem etwas zu schulden, nicht mir, nicht Bree, nicht Dante Harper. Du bist eine unabhängige Frau, und jetzt bist du frei von diesem widerlichen Grace und solltest deine Flügel ausbreiten."

Emory lächelte ihn an. „Danke, Luca."

„Kann ich helfen?"

Emory zögerte. „Ist es in Ordnung, dass ich das selbst tun möchte?"

„Natürlich ... Kann ich dich wenigstens finanziell unterstützen?"

Emory war entsetzt. „Nein", sagte sie fest und lächelte dann, um ihre harsche Antwort abzumildern. „Luca, es ist nicht so, dass ich nicht dankbar bin."

„Ich weiß", sagte er beruhigend und lächelte. Er nahm ein weiteres Stück Pizza und kaute nachdenklich. „Wie wäre es mit Möbeln?"

Emory begann zu lachen. „Kannst du aufhören, mir irgendwelche Dinge kaufen zu wollen?"

„Niemals."

Sie brach in Lachen aus, und er schloss sich ihr an und legte das Stück Pizza zurück in die Schachtel. „Ich weiß nicht, warum ich noch esse. Ich bin schon lange satt."

Emory nickte weise. „Das ist, weil alle Menschen einen zusätzlichen Pizzamagen haben."

Luca grinste. „Ist das so?"

Emory nickte. „Wissenschaft, mein Freund." Sie nahm sein Stück Pizza und schob es sich in den Mund. Luca grinste sie an.

„Hat dir schon einmal jemand gesagt, dass du verrückt bist?"

„Kann sein", sagte sie mit vollem Mund. „Ich habe mich vielleicht bei diesem Stück überschätzt."

Er lachte über sie, während sie sich bemühte, das große Stück Teig zu kauen, dann applaudierte er, als sie schließlich schluckte und ihre Arme triumphierend hob.

„Die Menschen werden noch lange über diesen Moment sprechen", sagte Emory und fühlte sich mehr wie sie selbst als seit Monaten.

„Denkmäler werden erbaut werden", stimmte Luca ihr zu und trank wieder von seinem Bier. „Das ist nett."

Emory nickte und wischte sich die Hände an einer Serviette ab. „Das ist es wirklich."

Luca betrachtete sie. „Weißt du ... als ich dich damals im Krankenhaus getroffen habe, war alles, woran ich denken konnte, dein Lächeln. Es war ... wie kann ich es beschreiben? Echt. Du warst die schönste Frau, die ich je gesehen hatte. Innerlich und äußerlich schön."

„Äußere Schönheit ist sowieso immer subjektiv." Emory zuckte mit den Achseln. „Ich hoffe, du siehst mehr, wenn du mich anschaust."

„Ich sehe deine Güte", sagte Luca und berührte ihr Gesicht, „und deine Wärme."

Er war zufrieden, als Emory sich ihm nicht entzog. „Luca, ich wünschte, ich könnte mich an uns erinnern", sagte sie sanft. Luca nickte, dann lehnte er sich zu ihr und strich mit seinen Lippen über ihre.

„Emory ..." Der Kuss vertiefte sich, und er fühlte, wie sie sich erst entspannte und dann versteifte, bevor sie zurückwich. Er seufzte und erwartete, dass sie sich von ihm abwandte. Stattdessen starrte sie ihn an, als hätte sie einen Geist gesehen.

„Luca ..."

Er war alarmiert. „Was ist?"

„Ich denke ..." Emory drückte ihre Lippen gegen seine. Vorsichtig. Abwartend. „Luca, ich ..."

Er konnte es nicht mehr aushalten und stand auf, hob sie hoch und trug sie zu seinem Bett. Er legte sie sanft hin und bedeckte ihren Körper mit seinem. „Sag mir, dass ich aufhören soll, Emory, und ich werde es tun."

Emory sah ihn fest an und schüttelten den Kopf. „Nein ... hör nicht auf ... Luca, ich erinnere mich ... ich erinnere mich ..."

Freude ließ Lucas Herz höherschlagen, und als er sie wieder küsste, entstand die Hoffnung in ihm, dass vielleicht alles wieder in Ordnung kommen würde.

Er hätte sich nicht mehr täuschen können ...

10

TEIL #10: AUBURN

D*amals ...*

D<small>IE</small> J<small>UNGEN</small> in seiner Klasse hatten schon lange über ihn gesprochen, als es David Azano schließlich auffiel. Sie hatten bemerkt, dass ihr Lehrer seinen Tagträumen nachhing, und begonnen, darüber zu kichern. Sie waren es gewohnt, dass er mit seinen Gedanken abschweifte. Es bedeutete in der Regel, dass er einen neuen schrecklichen, aber lustigen Test für sie plante.

Aber nicht dieses Mal.

Er konnte einen Traum nicht abschütteln, einen furchtbaren Traum. Seine geliebte Frau Zea wurde darin ermordet. Der Gedanke, dass Zea ihr Leben auf so grauenhafte Art verlieren könnte, hatte ihn in Panik versetzt. Nachdem er aufgewacht war, hatte er auf ihren schlafenden Körper neben sich geschaut und festgestellt, dass sie sogar im Schlaf gestresst und erschöpft aussah. Er war auf ihre Seite gerollt und hatte beobachtet, wie die Angst langsam von ihrem

Gesicht verschwunden war, und als sie heute Morgen erwacht war, hatte sie ihn angelächelt und ihr Gesicht war voller Liebe gewesen.

Blut.

So viel Blut

Er spürte, wie Übelkeit in seiner Kehle aufstieg. Es war nicht nur der Traum – seit einer Weile hatte er das schreckliche, eindringliche Gefühl, dass etwas passieren würde. Etwas Schlimmes ...

HEUTE ...

HÖR AUF DAMIT.

Aber sie erwiderte seinen Kuss und spürte, wie er ihre Beine um sich zog. *Halt.* Aber Emory konnte nicht umhin, ihre Arme um seinen Hals zu legen. Sie schloss die Augen. *Dante ...* Aber es war nicht Dante, es war Luca, und sie erinnerte sich daran, wie sie sich geliebt hatten, erinnerte sich an den Duft seiner Haut, als er sie so zärtlich küsste.

Hör auf.

„Luca ...“

Luca hielt inne und blickte sie an. Emory konnte die Worte nicht herausbringen. *Ich kann nicht. Ich liebe Dante, ich liebe ihn so sehr.* Sie versuchte zu sprechen, aber es kamen keine Worte. Lucas Gesichtsausdruck änderte sich. Er wirkte verletzt. Aber auch verständnisvoll. *Es tut mir leid, Luca, es tut mir leid.*

Sein Handy klingelte.

Luca blinzelte und bewegte sich langsam aus dem Bett. „Ich muss rangehen“, sagte er leise. „Bree könnte mich brauchen.“

„Natürlich.“ Ihre Stimme war rau. Luca nahm sein Handy und ging langsam aus dem Schlafzimmer. Emory setzte sich auf und arrangierte ihre Kleider. Was hatte sie sich dabei nur gedacht? *Mein Gott ...*

Sie schlüpfte schweigend aus Lucas Schlafzimmer, ging in ihr Zimmer und schloss die Tür hinter sich. Sie fühlte sich ... wütend.

Wütend auf sich selbst und noch wütender auf Dante. Hatte er sie testen wollen? Ihre Liebe und ihre Treue? *Du hast mich dazu gebracht.* Sie schüttelte den Kopf. Sie wusste, dass es nicht fair war, aber verdammt nochmal, sie war wütend. Sie griff nach ihrem Handy und schickte ihm eine Nachricht.

Ich muss dich sehen. Heute Abend. Es ist mein Ernst. Hole mich ab, oder ich werde ein Taxi nehmen. Deine Entscheidung.

Die Antwort kam sofort. *Schatz, geht es dir gut? Was sagt Luca?*

Sie knirschte mit den Zähnen. *Luca ist nicht mein Besitzer. Ich muss dich sehen, Dante.*

Ich werde in einer Stunde da sein. Versuche, ruhig zu bleiben.

„Ich soll ruhig bleiben?", knurrte Emory und legte das Handy weg. Sie hörte ein sanftes Klopfen an ihrer Tür. „Herein."

Luca kam herein, aber bevor er sprechen konnte, stand sie auf. „Luca, Dante kommt mich in einer Stunde abholen. Ich muss mit ihm reden."

Zu ihrer Überraschung nickte Luca. „Das ist wohl eine gute Idee. Emory, ich weiß nicht, wie ich es dir sagen soll, also sage ich es dir direkt. Das war Maximo. Ray ist entkommen. Er ist auf der Flucht."

Emory starrte ihn einen langen Moment entsetzt an. „Er will mich, nicht wahr?"

Luca nickte, und seine Augen waren voller Liebe und Trauer. „Ja. Und wir werden für ihn bereit sein."

Zea Azano Newlan saß an ihrem Schminktisch und bürstete ihre Haare. Ihr war gar nicht aufgefallen, wie lang sie geworden waren. Die dunkelbraunen Wellen fielen ihr weit über die Schultern. Übelkeit stieg in ihr auf, und sie schloss ihre Augen.

Schwanger. Vor ein paar Wochen wäre sie begeistert und überglücklich gewesen – genauso wie Flynt es jetzt war. Als sie ihm die Nachricht überbracht hatte, breitete sich ein Grinsen über seinem

Gesicht aus, und er sprang auf und umarmte sie. Sie hatte ihn sanft weggeschoben.

„Es ist der falsche Zeitpunkt, Flynt. Wir können es nicht behalten. Was wenn ... Jared ...“

„Wir lassen nicht zu, dass er Einfluss auf unser Leben nimmt. Das ist unser Baby.“ Er sah ehrfürchtig aus, und sie konnte nichts dagegen tun, trotz ihrer Bedenken ein wenig aufgeregt zu sein. Flynts Sohn oder Tochter. Sie strich mit der Hand über ihren Bauch. Sie konnte einen leichten Stoß spüren – nur ganz schwach. Kein Wunder, dass sie nichts gemerkt hatte.

„Hey, meine Schöne.“

Sie drehte sich um und lächelte ihren Mann an, der sich gegen die Schlafzimmertür lehnte und sie beobachtete. Sie streckte ihre Hand nach ihm aus. „Hey.“

Er nahm ihre Hand, zog sie in seine Arme und drückte seine Lippen gegen ihre. „Liebling, darf ich sagen, dass du noch nie schöner ausgesehen hast?“

Zea grinste. „Du klingst wie Cary Grant.“

Flynt lachte. „Nun, meine Liebe“, sagte er in seiner besten Grant-Imitation: „Heißt das, dass wir eine kleine Reise nach Bedfordshire machen?“

Er wirbelte sie herum – was wenig hilfreich gegen ihre Übelkeit war – aber Zea ließ sich von seiner guten Stimmung anstecken. Flynt tanzte mit ihr zum Bett und legte sie darauf. Er strich mit seinen Händen über ihren Körper, der von einem seidenen lavendelfarbenen Nachthemd umhüllt wurde. Flynt zog es ihr aus und küsste jeden Zentimeter ihrer Haut, bis sie vor Verlangen zitterte. Grinsend drückte er seine Lippen auf ihre. „Willst du mich, Baby?“

Zea nickte, und ihr ganzer Körper vibrierte vor Sehnsucht. Flynt grinste sie an. Sie konnte die Spitze seines harten, dicken Schafts spüren, die gegen ihr Zentrum stieß, und stöhnte vor Vorfreude. Flynt schob sich in sie – nur einen Zentimeter, dann zog er sich wieder zurück. Sie schrie frustriert auf, und er lachte. „Baby, ich will hören, wie du darum bettelst. Sag es, meine Schöne ...“

„Fick mich, Flynt“, keuchte Zea und krallte sich verzweifelt an seinem Rücken fest. Flynt reizte sie noch mehr, und sie schrie: „Fick mich jetzt, verdammt nochmal!"

Flynt stieß mit einem triumphierenden Lächeln seinen Schwanz in sie, und sie stöhnte lange und hart, als er sie fickte, bis sie Sterne sehen konnte und sie einmal und dann ein zweites Mal kam, als er sich tief in sie ergoss. Sie legte ihren Mund auf seinen, legte ihre Hände um seinen Kopf und küsste ihn tief und gründlich, während er immer noch in ihr war. Er wurde schnell wieder hart, und sie liebten sich noch einmal ...

JARED PODESTA SAß in einem Mietwagen in der Nähe von Flynts Apartmentgebäude. Er hatte sich in den letzten Wochen sorgfältig Notizen über das Paar gemacht. In den letzten Tagen hatten sie ihre Sicherheitsmaßnahmen erhöht. Sie mussten wissen, dass er nicht tot war. Und wenn schon. Er war nicht davon ausgegangen, dass seine Täuschung ewig anhalten würde, aber er hatte so viele Informationen gesammelt, dass es nicht wichtig war. Jedes Sicherheitssystem hatte Mängel – vor allem, wenn er keine Vorbehalte hatte, jemanden zu töten, um Zea zu bekommen. Wen auch immer.

Er schlief oft im Auto – es war einfacher als sich zu verkleiden, um in Motels einzuchecken. Solange er unter dem Radar der Polizei blieb ... Er war paranoid, wenn es darum ging, das Auto in Top-Zustand zu halten. Er durfte nicht riskieren, dass er wegen eines defekten Bremslichts von einem Streifenwagen angehalten wurde. Er würde unmöglich das Waffenarsenal erklären können, das er ange-sammelt hatte. Rache war eine süße, aber heikle Angelegenheit, und er kultivierte sorgfältig seine Pläne.

Schon bald würde er seinem Hass auf die Jungvermählten freien Lauf lassen und ihren Elfenbeinturm in einen Schlachthof verwandeln.

. . .

In dem Moment, als sie Dante sah, wollte sie in seine Arme laufen und sie niemals wieder verlassen. Stattdessen stand Emory auf und wartete darauf, dass Luca ihn ins Zimmer führte.

„Ich gebe euch beiden etwas Raum, aber vorher, Dante, muss ich dir sagen, was wir eben erfahren haben."

Dante konnte seine Augen kaum von Emory wegreißen, und ihr Herz klopfte voller Sehnsucht und Liebe. Sie hatte ihren Zorn von vorhin schon vergessen. Es war nicht so wichtig.

Luca räusperte sich, und Emory sah ihn an und bemerkte die Trauer in seinen Augen. „Es tut mir leid, Luca", sagte sie leise. „Was hast du gesagt?"

Luca traf ihren Blick und nickte. Er wusste, dass sie sich nicht nur dafür entschuldigte, dass sie ihm nicht zugehört hatte. Dante war die Anspannung im Raum offenbar auch bewusst. „Luca, bitte sprich weiter. Wir hören zu."

Wir. Emorys Herz schlug ein wenig schneller. *Ich liebe dich. Ich liebe dich.* Aber sie setzte sich Dante gegenüber, als Luca zu sprechen begann. „Maximo Neri hat mich vorhin angerufen. Raymond Grace hat einen seiner Wächter getötet und ist entkommen. Neri hat mit seinem Sicherheitsteam gesprochen – es scheint, dass der Wächter, der getötet wurde, sich rühmte, dass er bald ein sehr reicher Mann sein würde und dass die ‚Schlampe' – tut mir leid, Em – die Ray verraten hat, bald sterben würde."

„Er will sie sich holen." Dantes Stimme war flach, tot, hoffnungslos. Er stand auf und ging zu ihr. „Ich lasse nicht zu, dass dir etwas passiert. Ich ... wir ..." Er blickte zu Luca auf, der nickte. „Wir werden alles tun, um ihn zu finden, und dieses Mal wird er nicht entkommen können. Wir beschützen dich, Baby, ich schwöre es."

„Ja. Dante, ist es bei dir sicher? Ray kennt offensichtlich dieses Gebäude – er hat Bree von hier entführt."

Emory stöhnte und nahm ihren Kopf in ihre Hände, als Dante die Stirn runzelte. „Dass Emory auf meinem Anwesen war, wurde in der Presse berichtet. Allerdings habe ich ein Haus, das niemand kennt, in der Nähe von Portland. Wir sollten dich dort hinbringen, wenn du das willst."

„Was ist mit Bree?", fragte sie. „Er verfolgt sie vielleicht, um an mich heranzukommen. Und ihr beide ... bitte, ich könnte es nicht ertragen, wenn er jemanden verletzt. Es wäre mir lieber, wenn er mich tö..."

„Beende diesen Satz nicht", knurrte Dante. Seine Stimme war voller Schmerz. Luca sah ebenfalls wütend aus.

„Bree ist auf Bainbridge Island. Soweit ich weiß, wird sie bald wieder nach Auburn fahren. Sie und Jesse werden in Sicherheit sein, versprochen. Ich werde dafür sorgen. Clem ist mit Maximo in Italien. Dante, ich glaube, Portland ist eine gute Idee. Du solltest hier übernachten, und wir können Emory morgen früh dort hinbringen."

„Einverstanden." Dante sah zwischen ihnen hin und her. „Luca ..."

„Schon gut", sagte Luca leise und schenkte Emory ein kleines Lächeln. „Ich wünsche euch beiden Glück. Wirklich. Du bist ein guter Mann. Emory hat ihre Wahl getroffen. Ich würde euch beide gern als meine Freunde betrachten – wenn euch das nicht unangenehm ist."

Emory stand verblüfft auf und schlang ihre Arme um ihn. Er umarmte sie fest, und Emory legte ihre Lippen an sein Ohr. „Danke, Luca. Für alles."

Luca hielt sie fest. „Sei glücklich. Das ist alles, was ich will." Er gab sie frei, und reichte seine Hand einem ebenso verblüfften Dante. „Ich weiß, dass du sie gut behandeln wirst."

„Danke, Luca."

Luca nickte lächelnd. „Wie ich schon sagte, ihr solltet heute Nacht hierbleiben. Emorys Zimmer hat ein Kingsize-Bett. Gute Nacht."

Er verließ das Zimmer und schloss die Tür hinter sich. Emory und Dante starrten sich lange an. Dante betrachtete jeden Zentimeter ihres schönen Gesichts und sagte dann einfach: „Ich liebe dich."

Sie ging in seine Arme, und er küsste sie tief und leidenschaftlich. Heiße Tränen flossen über ihr Gesicht. „Ich liebe dich so sehr, Dante

Harper. Ich bin wütend auf dich, weil du mich hierhergeschickt hast, aber ich verstehe, warum du es getan hast. Danke, dass du gekommen bist."

Sie standen lange da und küssten sich, bevor Emory ihn in ihr Schlafzimmer führte. Sie sah schüchtern den Gang hinunter zu Lucas geschlossener Tür. Als sie in ihrem Zimmer waren, küssten sie und Dante sich wieder und dann liebten sie sich nicht auf dem Bett, sondern auf dem Boden. Emory schlief in Dantes Armen ein und wusste, dass sie den schönsten Mann liebte, den sie je gekannt hatte, und von ihm geliebt wurde.

Und das war genug.

Jesse kratzte sich mit beiden Händen müde den Kopf und versuchte aufzuwachen. Ethan zahlte für ihren Kaffee, und Jesse grinste ihn an, als er die beiden Tassen und zwei frische Kuchenstücke vorsichtig an den Tisch brachte.

„Autsch. Verdammt", grummelte Ethan, als er das heiße Getränk verschüttete. Jesse lachte.

„Danke, Kumpel." Er nippte an seinem Kaffee. „Ah. Worüber wolltest du mit mir reden?" Er probierte seinen Kuchen.

Ethan nippte an seiner Latte. „Kizzie. Jetzt, wo all dieser Mist mit Petersen vorbei ist ..."

„Fast vorbei", unterbrach ihn Jesse. „Wir müssen noch als Zeugen aussagen."

Ethan nickte. „Okay, ja, fast vorbei. Ich denke, Kizzie sollte darüber nachdenken, was sie als Nächstes tut."

Jesse sah amüsiert aus. „Was ist mit dem, was du als Nächstes tust?"

„Ich gehe zurück zum College", sagte Ethan und zuckte mit den Achseln. „Sobald die Ärzte mich lassen, gehe ich zurück nach Auburn."

Jesse war überrascht. „Wirklich?"

Ethan lächelte. „Auf jeden Fall. Ich weiß, dass manche Leute mir die Schuld dafür geben könnten, dass ich nichts über Petersen gesagt habe, aber ich muss zeigen, dass ich an mein College glaube. Ich liebe es. Das ist der beste Weg, Buße zu tun. Und ich habe eine Idee, die sowohl der Schule als auch Kiz zugutekommen könnte. Ich denke, sie sollte ein Wohltätigkeitskonzert in Lexis Andenken geben."

„Das ist eine tolle Idee." Jesse spürte Adrenalin durch seinen Körper fließen und hatte neuen Respekt für Ethan.

„Kizzie hat ihr Cello seit Wochen nicht angerührt, und ich denke, sie braucht Motivation. Es wäre eine Schande, ihr Talent zu verschwenden – nicht, dass ich sie je spielen gehört habe. Ich würde es aber gern."

Jesse lächelte ihn an. „Alter ... du bist wirklich in sie verliebt, hm?"

Ethan errötete ein wenig, grinste dann aber. „Ja. Sie ist meine Welt." Er trank einen Schluck Kaffee, um seine Verlegenheit zu verbergen. „Was ist mit Bree? Wie geht es euch beiden?"

Jesses Lächeln verblasste etwas. „Sie hat Angst davor, dass ihre Zeugenaussage die Erinnerungen zurückbringt. Sie wird es tun, aber ich wünschte, ich könnte ihr den Schmerz ersparen."

Ethan sah eine Sekunde weg, und Jesse konnte die Schuldgefühle auf seinem Gesicht sehen. „Hey, hör auf damit," sagte Jesse. „Jeder in deiner Position ... gut, wir alle reagieren anders. Ich denke nicht, dass ich geglaubt hätte, dass Petersen das tun würde. Oder dass sein Plan überhaupt funktionieren würde. Himmel."

„Ja", seufzte Ethan. „Ich kann es nicht erwarten, dass alles vorbei ist."

Jesse nickte. „Bald. Ich weiß, dass alles wieder besser wird."

„MAN SIEHT den Berg heute."

Luca zeigte auf den ätherischen Anblick des Mount Rainier, der vor dem Horizont aufstieg und genauso atemberaubend wie tödlich war. Dante nickte, und Emory fragte sich, ob er wirklich zuhörte oder in den Erinnerungen an ihr Liebesspiel schwelgte. Heute Morgen waren sie früh wach geworden, und ohne zu sprechen hatten sie begonnen, sich zu lieben, ohne je die Augen voneinander zu nehmen. Er bemerkte, dass sie ihn ansah, und zwinkerte ihr zu.

Als sie aus der Stadt fuhren, sah Emory die Uferpromenade mit Touristen und Kindern, die auf dem Weg zur Schule waren. Der Sonnenschein spiegelte sich auf den Autos ab, die die Straßen von Seattle verstopften, und der Geruch von Meeresfrüchten aus den Restaurants am Ufer füllte die Luft.

Luca verließ Seattle nach Süden in Richtung von Tacoma. Er lenkte sein Auto auf die Interstate und grinste bei dem verärgerten Laut, den Emory auf dem Rücksitz machte. Sie verabscheute die Interstate. Er sah sich um, und sie streckte ihm die Zunge heraus. Sie hatte darauf bestanden, dass Dante den Beifahrersitz nahm. Sie wusste, dass sie lange vor ihrer Ankunft am Ziel einschlafen würde – Autofahrten waren immer schrecklich ermüdend für sie – und Dante würde Luca besser Gesellschaft leisten. Bald ließen die rhythmischen Geräusche des Motos ließ abdriften. Sie war schon fast eingeschlafen, als sie Dante sprechen hörte.

„Es ist so ruhig da hinten."

Sie hörte Luca lachen. „Wenn eine Autofahrt länger als zehn Minuten dauert, schläft sie ein. Auch wenn sie selbst fährt, ist es ein schmaler Grat."

Dante grinste. „Manche Dinge über sie weiß ich noch gar nicht."

„Das ist so bei Em", sagte Luca ohne Bitterkeit. „Es gibt immer etwas Neues an ihr zu entdecken."

„Ich kann es nicht erwarten."

Als Emory in einen tiefen Schlaf abdriftete, hörte sie Lucas leises Lachen. „Ich werde nicht einmal so tun, als würde ich dich nicht beneiden, Dante. Versprich mir, dass du immer gut zu ihr sein wirst."

„Ich verspreche es, Luca. Bei meinem Leben."

DACHTEN SIE WIRKLICH, dass das funktionieren würde? Arrogante Idioten. Als er den Mietwagen zwei Fahrzeuge hinter Lucas Mercedes lenkte, entdeckte Ray ein, zwei ... nein, drei, schwarze SUVs um sie herum, die ihnen in diskreter Distanz folgten. Nicht dezent genug. Er grinste vor sich hin. Sie hatten keine Ahnung, dass er hier war. Er hatte sich den Kopf ganz rasiert, sich einen Bart wachsen lassen und er hatte in seiner Zelle stundenlang trainiert, da er nichts Besseres zu tun gehabt hatte. Selbst wenn sie ihn sehen könnten, würden sie nicht erraten, dass er der Raymond Grace von früher war. Er würde ihnen nur lange genug folgen, um zu wissen, wo sie Emory hinbrachten, und dann verschwinden, bevor sie Verdacht schöpften.

Dann würde er sich Zeit nehmen, seine entgültige Tat zu planen.

CLEMENTINE SAFFRAN saß neben Maximo im Auto und beobachtete sein Gesicht ängstlich. Neapel. Die Stadt, in der Ophelie ermordet worden war. Maximo war niemals in die Stadt zurückgekehrt, nachdem sie gestorben war, und nun konnte Clem sehen, wie die Reise ihn tief erschütterte. Sie hielt seine Hand und fühlte ihn zittern. Sein Gesicht war eine Maske der Trauer, aber er beherrschte sich, als sie zusammen im Taxi unterwegs waren.

Sie fuhren zu der Wohnung. Maximo hatte gesagt, er müsse dorthin zurückkehren, um seinen Verlust zu verarbeiten. Bisher waren sie nach Zürich, Paris und Rom gereist. Sogar in Lima waren sie auf der Suche nach Ferdie gewesen, aber niemand wusste, wo er war.

„Ich kann nicht glauben, dass er vom Erdboden verschluckt wurde", hatte Maximo eines nachts gewütet, als Clem versuchte, ihn zu beruhigen.

„Schatz ... irgendwo muss jemand etwas wissen."

Maximo hatte durch den Raum gestarrt, bevor er sich ihr zuwandte. „Du hast recht. Wir haben alles falsch gemacht. Wir müssen zurück zum Anfang."

Maximo war so sicher gewesen, dass dies der richtige Weg war ... Aber jetzt, als sie sich dem Gebäude näherten, wo der Mord stattgefunden hatte, konnte Clem die Anspannung auf seinem Gesicht sehen.

„Ich bin hier. Ich liebe dich", flüsterte sie ihm jetzt zu, und er lehnte sich dankbar an sie.

„*Grazie mia cara*", sagte er mit leiser Stimme voller Gefühl.

· · ·

Im Gebäude angekommen, gingen sie langsam in die Wohnung. Vor der Tür zögerte Maximo und sah Clem an. „Ich war nicht mehr hier seit dem Tag, an dem sie gestorben ist ... Und auch sonst niemand, seit die Polizei gegangen ist. Ich würde es nicht zulassen. Ihre Sachen sind hier. Ihr ...“

Clem legte ihre Hand auf sein Gesicht. „Lass uns einfach reingehen, Baby.“

Maximo nickte und öffnete die Tür. Ein Luftzug fuhr durch den Raum, und Staubpartikel schwebten durch die Luft. Stille. Die Wohnung war wunderschön mit ihren klassisch hohen Decken. Maximo, der Clems Hand hielt, ging langsam umher. Clem schluckte die Tränen herunter, die zu fallen drohten.

In der kleinen Küche waren Teller neben dem Spülbecken gestapelt. Sie waren verfärbt von der Sonne, die durch das Fenster drang. Sie konnte nicht aufhören, sie anzustarren. Maximo ließ ihre Hand los, ging ins Wohnzimmer und starrte auf die verbarrikadierten Fenster. Sie trat einen Augenblick später neben ihn, und mit einem Blick schlossen sie eine unausgesprochene Vereinbarung. Sie rissen die Bretter ab, die von einem Jahrzehnt Regen verwittert waren und sich leicht lösen ließen.

Maximo nahm ihre Hand, als sie auf den Balkon traten.

„Sie ist hier gestorben.“

Clem nickte. Alte, dunkle Blutflecke waren auf dem Steinboden sichtbar. „Ich ließ sie nicht entfernen“, sagte Maximo mit gequälten Augen. „Ferdie warf Ophelie durch das Fenster und erstach sie dann mit einem Glassplitter.“

„Gott.“ Clem hatte das Gefühl zu ersticken.

„Ich habe alles beobachtet.“ Maximos Stimme war weit entfernt, als er sich daran erinnerte. Er schaute zurück in den Raum. „Er hatte mich geschlagen, und meine Beine waren unter mir eingeknickt. Ich konnte erst zu ihm gelangen, als er es getan hatte ... Ich kroch zu ihr und versuchte, sie zu retten, aber es war zu spät.“

„Oh, Maximo.“ Clems Tränen flossen. Maximos eigene Augen waren voller Tränen, aber er versuchte zu lächeln. „Du hättest sie gemocht. Sie war so zart und anmutig wie du, und sie hatte einen wunderbaren Sinn für Humor."

Er trat näher zu ihr und hob ihr Gesicht zu seinem. „Ich werde Ophelie immer lieben, Clementine, aber mein Herz gehört jetzt dir. Für immer. Denke nie, dass ich in meiner Vergangenheit lebe, so dass ich unsere Zukunft nicht sehen kann."

Er küsste sie sanft und schnell, aber Clems Herz platzte fast vor Liebe für diesen gebrochenen Mann. „Für Ophelie", sagte sie, „werde ich dich mit all meinem Herzen lieben."

Sie hielten sich gegenseitig fest und atmeten die schwüle Luft von Neapel ein. Von unten stieg gedämpft der Lärm der Stadt herauf, und der Blick auf den Vesuv war atemberaubend. Clem lächelte. „Was ist?"

Sie sah ihn an. „Wir haben uns in Seattle getroffen, wo die Skyline ebenfalls von einem Vulkan dominiert wird."

Maximo lachte leise. „Ja, das ist wahr."

„Maximo?"

Die Stimme hinter ihnen erschreckte sie, und beide drehten sich um. Sie sahen eine schöne Frau, die etwas älter als Maximo war und ihn anstarrte. Er starrte zurück.

„Perdita?"

Perdita kam in den Raum und blickte erstaunt auf ihren Halbbruder und Clem. „Maximo ..."

Einen Augenblick waren sie alle wie gelähmt, dann brach Perdita in Tränen aus und warf sich in Maximos Arme. Clem hielt sich zurück, um die Geschwister ihr Wiedersehen genießen zu lassen, und Maximo lächelte sie über den dunklen Kopf von Perdita an.

Nachdem seine Schwester sich beruhigt hatte, stellte er ihr Clem vor. Die beiden Frauen schüttelten sich die Hände.

„Ich hätte nie gedacht, dass ich dich wiedersehen würde", sagte Perdita zu ihrem Bruder in gebrochenem Englisch, „nicht nach all dieser Zeit."

„Warum bist du hier, Dita?", fragte Maximo verwirrt.

„Ich komme jede Woche, um Blumen für Ophelie niederzulegen. Ich wusste, dass sie das mögen würde, und ich dachte, da du nicht hierherkommen würdest, sollte ich dich vertreten. Maximo ... Ich war wegen Ferdinand nie einer Meinung mit Papa. Ich habe geredet und geredet, aber sie wollten mir nicht zuhören ... am Ende ging ich selbst zur Polizei, aber die Beamten standen so sehr unter Papas Einfluss, dass sie mir auch nicht zuhören wollten. Warum bist du jetzt gekommen?"

„Weil ich Ferdinand finden muss. Es war ... ein Plan. Ein Ausgangspunkt."

Perdita sah ihren Bruder mitfühlend an. „Maximo ... Ferdinand ist in Neapel."

Maximos Augen weiteten sich, und er teilte einen Blick mit Clem. „Was?"

Perdita seufzte. „Er kam bald inkognito zurück, nachdem du gegangen warst. Er wusste, dass die Polizei ihn nicht stören würde und dass Papa schwach war. Ich hörte von Marco Politani, dass Ferdie ein Trinker war, und eines Abends geriet er in einer Bar in einen Kampf mit einigen anderen Männern. Er gab damit an, dass er eine schöne Frau ermordet habe, weil er sie zu sehr liebte."

Clem zuckte zusammen, aber Maximo war alarmiert. Er packte seine Schwester an den Schultern. „Dita ... weißt du, wo er ist? Kannst du mich zu ihm bringen?"

„Max ..."

Er unterbrach sie. „Perdita, bitte, ich muss ihn sehen."

Perdita sah Clem an, die nickte. „Ich unterstütze Maximo, was auch immer er tun muss."

Perdita seufzte. „Okay, aber bitte ... sei vorbereitet."

Sie sagte nicht mehr, und sie folgten ihr zu ihrem wartenden Taxi und stiegen ein.

Luca blieb nicht bei ihnen in Portland und wollte nach Seattle zurückkehren. Dantes Versteck war an der Küste. Es war umgeben von dichten Pinienwäldern und völlig abgelegen. Das Haus hatte weiße Wände und war wie ein typisches Strandhaus eingerichtet.

Emory liebte es. „Es ist so anders als die Villa auf deinem Anwesen“, sagte sie und lachte. Dante zuckte mit den Achseln.

„Das ist eher dein Stil, nicht wahr?“

Sie nickte, ließ sich auf eines der großen weißen Sofas fallen und lächelte ihn an. „Ja. Komm zu mir.“

Sie schmiegte sich an ihn, als er sich setzte und seinen Arm um sie legte. „Wenn nur der Rest der Welt verschwinden würde ...“

„Ich weiß. Aber wir müssen uns den Tatsachen stellen, Baby. Ray ist gefährlich Und so übermenschlich du auch bist, ein weiterer Angriff ... das nächste Mal hast du vielleicht nicht so viel Glück. Ich werde das nicht zulassen.“

Emory nickte mit dem Kopf an seiner Brust. „Luca geht jetzt zur Polizei.“

„Und wir bleiben hier, bis Ray gefunden wird.“ Dante wies aus dem Fenster: „Da draußen ist eine Armee. Er wird nicht einmal in deine Nähe kommen.“

Emory sagte nichts. Sie machte sich mehr Sorgen darüber, dass Ray sich denen nähern könnte, die sie liebte, aber Dante und Luca sagten ihr, dass sie Vorkehrungen für den Schutz aller getroffen hatten, die Ray anvisieren könnte. „Wir werden ihn kriegen“, versprach Luca, bevor er ging.

Luca ... Gott. Er war ein so liebevoller Mann, und sie fühlte sich elend, weil sie ihm wehgetan hatte, aber sie konnte nichts gegen ihre Gefühle tun. Der Mann neben ihr ... er war ihre Welt, und sie wäre lieber tot gewesen als ohne ihn zu sein. Sie hoffte, dass Luca eines Tages eine solche Liebe finden würde.

„Hey.“ Jesse nahm ihre Hand in seine. „Du siehst jetzt wieder mehr wie du selbst aus und weniger wie Slowpoke Rodriguez ... Oh komm schon“, fügte er hinzu, als sie ihn bei dem Namen verwirrt ansah. „Slowpoke Rodriguez? Der Cousin von Speedy Gonzalez?“

Bree starrte ihn verständnislos an. Die Leichtigkeit, mit der sie in ihre entspannte, lustige Beziehung zurückgefunden hatten, war spürbar. Sie berührten sich oft und hielten sich an den Händen. Jesse strich ihr die Haare aus dem Nacken und berührte mit seinen Lippen zärtlich ihre

Wange. Ein Lächeln, ein Blick. Bree fühlte eine tröstende Wärme in sich aufsteigen, zusammen mit einem seltsamen neuen Gefühl. Glück. Sie war schockiert, wie fremd sich diese Emotion anfühlte. Sie saßen gerade an einem der kleinen Tische des Cafés, das fast leer war. Bree und Jesse verbrachten so viel Zeit hier, dass sie oft hinter der Theke für Doogie, die geniale Besitzerin, die ein Neugeborenes zu Hause hatte, aushalfen.

Jesse seufzte und grinste. „Okay, ich werde es anders formulieren. Jetzt siehst du aus, als hättest du in diesem Jahrhundert schon geschlafen. Vielleicht sollten wir darüber reden, was als Nächstes passiert."

„Als Nächstes?"

Jesse wurde scharlachrot, und Bree starrte ihn an. „Lieber Gott, Jesse Kline, bitte sag mir nicht, dass du mir einen Heiratsantrag machen willst."

„Verdammt, nein", rief er und erkannte, dass er zu emotional reagiert hatte, als sie in Gelächter ausbrach. „Tut mir leid. Ich meinte, wir sollten darüber nachdenken ..."

„Hey, da ist mein Dad", unterbrach ihn Bree und ging zur Tür. Jesse stand auf, als Luca den Raum betrat. Bree umarmte ihn und betrachtete ihn dann. „Was ist?"

Luca seufzte. Er war erschöpft von der Rückfahrt aus Portland. „Setzt euch. Ich fürchte, dass ich schlechte Nachrichten habe."

MAXIMO FOLGTE seiner Schwester in einen kleinen Raum in einem Kloster. Um sie herum ertönten die Geräusche eines Beatmungsgeräts und diverser anderer Maschinen. Ferdinand Neri starrte blind aus dem Fenster. Sein Kopf war darauf gerichtet, und ein Schlauch war an seinem Hals befestigt.

Maximo starrte den Mann an, der einst sein Bruder gewesen war.

„Papa wollte ihn nicht in Frieden sterben lassen", sagte Perdita mit ruhiger Stimme. „Er sagte, er müsse seine Strafe bekommen. Papa wollte es am Ende wiedergutmachen."

Clem nahm Maximos Hand. „Was ist passiert, Perdita?"

Perdita sah Ferdinand an. „Er hat versucht, sich umzubringen. Er sagte, er könne nicht damit leben, was er getan hat. Er sprang vom Dach von Certosa di San Martino, aber wie ihr seht, ist er nicht gestorben. Es gibt nur eine minimale Hirnfunktion. Er wird niemals wieder erwachen."

„Leidet er?", fragte Clem, weil Maximo eisern schwieg.

Perdita zuckte mit den Achseln. „Wer kann das schon sagen?" Sie sah Maximo an. „Siehst du, Maximo? Er hat seine Strafe bekommen."

Maximo sah sie beide nicht an. Er beugte sich über den Körper seines Halbbruders. „Ich würde dir sagen, dass du in der Hölle brennen sollst, Bruder, aber ich sehe, dass du schon da bist." Er stand auf und nickte Perdita zu. „Papa ist schon lange gestorben ... Warum hältst du Ferdie immer noch am Leben?"

Perdita lächelte ein wenig. „Ich hoffte, eines Tages könnte ich dir das hier zeigen."

Maximos Körper entspannte sich ein wenig. „Danke, Perdita. Du kannst ihn jetzt gehen lassen."

„Wirklich?", fragte Perdita. Maximo lächelte sie an.

„Wirklich. Es ist vollbracht. Es ist vorbei."

IN DIESER NACHT bat Maximo Neri Clementine Saffran auf der Dachterrasse ihres Hotels, seine Frau zu werden, und sie antwortete mit einem einfachen „Ja".

Sie waren zwei Tage später verheiratet.

WOCHEN VERGINGEN. In Portland hatten Flynt, Zea und Teresa ihr Restaurant eröffnet. Es hatte hervorragende Bewertungen und war immer ausgebucht. Zea bildete Teresa zur Chefköchin aus, damit sie sie vertreten konnte, wenn Zea im Mutterschutz war, und Teresa, die sich über die Herausforderung freute, erwies sich als gute Schülerin. Als Zea im dritten Monat ihrer Schwangerschaft oft übel wurde, sagte Teresa Flynt, dass er sich keine Sorgen machen solle und dass sie alles bewältigen könne. Zea bedankte sich bei ihrer Freundin. „Terry, ich weiß nicht, wie ich vor dir existiert habe."

Teresa kicherte. „Das hast du schön gesagt."

„Hör zu ... Kommt Mike dich später abholen?"

Teresa zögerte. „Mike ist im Dienst heute Abend, also ..."

Zea war erschrocken. „Dann nimm ein Taxi ... nein, Flynt wird kommen und dich nach Hause fahren."

„Das ist wirklich nicht nötig", versicherte Teresa ihr, aber Zea akzeptierte kein Nein.

„Wir wissen nicht, wo Jared ist und was er tun könnte. Es wird nach Mitternacht sein – Flynt kommt."

Flynt stimmte zu, aber auch er war vorsichtig. „Ich mag es nicht, dich allein zu lassen."

„Es ist nur eine Stunde, Baby. Und wir haben die neueste Security. Mir passiert nichts."

JETZT WAR sie allein und lag im Bett. Zea konnte nicht schlafen und hörte jedes Knarren der Wohnung. Sie war nervös und wusste nicht, warum. Etwas fühlte sich seltsam an. Sie fühlte sich ... was war das Wort ... beobachtet. Sie zog die Vorhänge zu, aber das Gefühl verschwand nicht. Die Nachbarn in dem Wohnblock waren zurückhaltend, was sie schätzte, aber heute Nacht bereute sie es, sie nicht kennengelernt zu haben. Sie wünschte, sie hätte außer dem Wachmann im Foyer jemanden zum Anrufen und Reden gehabt.

Das sind nur die Schwangerschaftshormone, dachte sie sich, als sie aufstand und in die Küche ging, um etwas zu essen. Sie erblickte sich in dem riesigen antiken Spiegel im Flur. Sie sah immer noch nicht schwanger für die meisten Leute aus, aber sie selbst konnte die Veränderung spüren. „Ich werde fett", murmelte sie grinsend, als sie in die Küche ging.

Die Hand, die sich über ihr Gesicht legte, kam völlig überraschend und versetzte sie in Panik. Sie wusste sofort, was geschehen war, kämpfte sich von ihrem Angreifer frei, stand auf und rannte über den kühlen Fliesenboden. Er war sofort wieder bei ihr, und seine Hände drückten ihre Kehle zu, bis sie schwarze Flecken vor Augen hatte. *Niemand kann mir helfen, niemand kann mich hören,* dachte sie verzweifelt ... Dann streckte sie den Fuß nach dem Spiegel aus. Sie schaffte es mit letzter Kraft, ihn umzuwerfen. Der Spiegel stürzte über sie beide und zerbrach. Ihr Angreifer – Jared – stöhnte und rollte sich von ihr weg, und dann hämmerte jemand an die Tür. „Mrs. Newlan! Mrs. Newlan!"

„Hilfe ..." Aber ihre Stimme brach, und ihre Kehle schmerzte.

Jared griff wieder nach ihr, aber sie rollte sich weg, ergriff einen Glassplitter des Spiegels, und als er sie packen wollte, holte sie damit aus.

Die Tür wurde eingetreten und jemand schrie ... Zea wurde schwindelig. Sie sah Jared aus dem Fenster springen – *Wie zur Hölle ist er da hochgekommen?* – und verschwinden, bevor sie zusammenbrach.

KEVIN, der Bodyguard, beugte sich über die Frau, die kaum bei Bewusstsein war. „Der Spiegel ist umgefallen ..." Ihre Stimme war so leise, dass er sich näher zu ihr beugen musste, um sie zu hören. „Ich ... bin hingefallen."

Der Leibwächter schwieg. Er glaubte ihre Geschichte nicht eine Sekunde. Zum einen, weil sie rot geworden war und ihm nicht in die Augen schauen konnte, aber hauptsächlich wegen der vielen Prellungen an ihrem Hals – Prellungen, die von anderen Händen stammten. Er runzelte verwirrt die Stirn. Sie sah ihn endlich an, und ihm entging nicht die Verzweiflung in ihren Augen.

„Mrs. Newlan, ich ..."

„Bitte ... nicht", flüsterte sie. Er seufzte.

„Okay, okay", sagte er leise. „Sie müssen in die Notaufnahme."

Er trug sie ins Wohnzimmer und legte sie sanft auf die Couch. Kevin hielt einen Arm um sie gelegt, als hätte er Angst, dass sie wie ein Kartenhaus zerbrechen könnte, wenn er sie losließ. Er strich ihre Haare von ihren blutigen Wangen zurück.

„Nein, nein", protestierte sie und versuchte, sich von ihm zu lösen. Sie stand zu schnell auf und verlor das Bewusstsein. Kevin fing sie auf. Angst und Sorge standen auf seinem Gesicht. Ihre Kopfwunde blutete wieder. Er legte sie zurück auf die Couch und wählte 9-1-1.

Nachdem er den Notruf gemacht hatte, ging er in die Küche und erstarrte. Blut, Anzeichen eines Kampfes. Zorn wuchs in ihm. Er griff nach seinem Handy und wählte. Flynt ging sofort ran.

„Ich glaube wirklich, dass Sie ... Mrs. Newlan ..." Er hielt inne und erinnerte sich an ihr Gesicht, als sie ihn angelogen hatte. Er holte tief und zitternd Atem. „Zea hatte einen Unfall. Ich sorge dafür, dass sie in die Notaufnahme kommt. Flynt ... es geht ihr ziemlich schlecht. Kommen Sie, sobald Sie können."

NACHDEM SIE DEN Abend mit einem verstörten Flynt im Krankenhaus verbracht hatte, war Teresa erschüttert. Nicht schon wieder, dachte sie. Nicht noch mehr Gewalt. Teresa legte sich auf die Couch und schloss die Augen. Sie konnte nicht schlafen, und der Schmerz in ihrer Brust war überwältigend. Teresa weinte selten, aber heute Nacht ließ sie die Tränen kommen und schluchzte leise in das Kissen, bis sie erschöpft war. Sie stand auf, ging in ihre kleine Küche und spritzte Wasser auf ihr Gesicht. Sie blickte aus dem Fenster zu dem Polizeirevier. Sie wusste, dass Mike heute Abend arbeitete. Teresa nahm ihr Telefon und tippte eine Textnachricht. Sekunden später vibrierte ihr Handy. *„Komm rüber."* Sie lächelte, zog einen Pullover über ihren Pyjama und lief die Treppe hinunter. Als sie die Tür zum Polizeirevier aufschob, konnte sie spüren, dass die Tränen wieder zu fließen begonnen hatten.

Mike sah ihr Gesicht und streckte die Arme aus.

KIZZIE FÜHLTE SICH ERSCHÖPFT. Seitdem die Idee für das Konzert aufgekommen war, hatte sie Alpträume. Blutige, heftige, scheußliche Alpträume. Es half nicht, dass Ethan so begeistert von der Idee war. Sie hasste sich, aber im Moment war sie gereizt ihm gegenüber. Oh, sie liebte ihn, aber er musste sich in dieser Sache zurückhalten.

Sie spürte seinen Kuss auf ihrem Nacken. Er hatte letzte Nacht bei ihr übernachtet, und jetzt war Jesse auf dem Weg, ihn zu treffen. Die beiden Männer gingen für ein wichtiges Basketballspiel in die Stadt.

„Guten Morgen, meine Schöne."

„Hey", sagte sie und gab ihm eine Tasse Kaffee, ohne ihn anzusehen.

„Was ist los?"

Sie schüttelte den Kopf.

„Komm schon, Kizz, raus damit."

Sie seufzte. „Im Ernst, es ist nichts, Babe."

Es klopfte an der Hintertür. Ethan öffnete und begrüßte den Bruder von Kizzie. „Hey, Alter." Jesses Ankunft in der Küche brach die Anspannung. Er klopfte Ethan auf den Rücken, küsste Kizzies Wange und griff nach einer Kaffeetasse.

„Was habt ihr heute vor?", fragte Kizzie, als sie sich hinsetzten.

„Wir treffen uns mittags mit dem Dekan von Auburn", sagte Jesse.

Ethan grinste. „Er wird uns über das Konzert Bescheid sagen und uns wissen lassen, was wir tun müssen. Dann gehen wir in die Stadt und sehen uns das große Spiel an."

„Was?", unterbrach Kizzie ihn. Ethan verstummte und bemerkte den schockierten Ausdruck auf ihrem Gesicht. Er runzelte die Stirn.

„Was?"

„Ihr sprecht mit dem Dekan von Auburn? Ich habe noch nicht einmal gesagt, dass ich das Konzert spielen werde. Denkt ihr nicht, dass wir das besprechen sollten?"

Ethan lachte kurz und ungläubig.

„Was gibt es da zu besprechen?"

Kizzie starrte ihn an und sah dann zu Jesse.

„Jesse, würde es dir etwas ausmachen, uns einen Augenblick allein zu lassen – ich muss mit Ethan privat reden." Ihre Stimme war kühl.

„Natürlich." Jesse verließ das Zimmer bereitwillig, um der Anspannung zu entkommen. „Ich bin draußen."

Ethan sah sie mit offenem Mund an.

„Was zum Teufel soll das?", begann er, aber sie hielt ihre Hand hoch, und er verstummte.

„Ja, was zum Teufel soll das? Wir sollten diese Dinge besprechen, Ethan. Wir sind Partner, nicht wahr? Und Gott, ich weiß nicht ..."

„Süße, ich dachte, du wolltest das machen? Für Lexi."

„Ziehe meine Schwester nicht da rein. Verdammt, Ethan, du kannst nicht einfach fundamentale Entscheidungen über unser Leben allein treffen!"

Sie brach ab, als ihre Stimme zitterte. Jesse griff nach ihr, aber sie entzog sich ihm.

„Nein, nein. Ich bin wütend, Jesse ... War es deine Idee?"

„Was? Kizzie, hör zu, es tut mir leid, aber warum ist das so eine große Sache? Du willst das doch sicher tun, oder?"

Kizzie weinte jetzt. „Ist dir nicht der Gedanke gekommen, dass ich vielleicht nicht an den Ort gehen will, wo meine Schwester ermordet wurde?!"

Stille.

„Weißt du was, das ist lächerlich." Ethan nahm seine Baseball-mütze und zog sie über seinen Kopf. Seine Bewegungen waren wütend und frustriert. Er zog die Küchentür auf. „Wir sehen uns später."

Er zögerte, aber sie war wie Stein. Er seufzte frustriert und küsste flüchtig ihre Wange.

„Schönen Tag." Und er war weg.

Kizzie stand wie erstarrt da und hörte das Echo der zuschlagenden Tür in dem leeren Haus.

GLÜCKLICHERWEISE WAR Zea nicht so schwer verletzt, wie sie gedacht hatten, aber der Arzt bestand darauf, dass sie über Nacht im Kran-kenhaus blieb. „Sie und das Baby müssen sich ausruhen."

Zea legte ihre Hand auf ihren Bauch. „Danke, Doktor."

Flynt saß neben ihrem Bett, und als sie allein waren, bückte er sich, um sie zu küssen. „Ich hatte solche Angst."

„Ich auch, Liebling. Nun, zumindest kennen wir jetzt seine Absichten."

Flynt küsste ihre Hand. „Darling, das endet jetzt. Wir durchsuchen die ganze Stadt. Jared Podesta wird sich wünschen, nie geboren worden zu sein. Ich habe sechs Männer vor deiner Tür positioniert. Niemand kommt hier herein, also ist es der sicherste Ort für dich."

Zea sah die Entschlossenheit in seinen Augen. „Was wirst du tun, Baby?"

Flynts Gesicht war entschlossen. „Was ich schon lange hätte tun sollen. Schon sehr lange."

Jesse sah zu Ethan hinüber, als sie in Auburn ankamen. Sie bemerkten die neuen Sicherheitsvorkehrungen an der Schule. „Hey, alles okay?"

Ethan war blass, und Jesse erinnerte sich, dass er zum ersten Mal wieder hier war, seit er angeschossen worden war. „Hey, du machst das großartig, Kumpel."

Ethan lächelte ihn an. „Danke, Mann."

Seine Züge wurden nachdenklich. „Verdammt nochmal", seufzte er.

Jesse lächelte. „Es ist nur ein Streit, Jesse, du wirst darüber hinwegkommen."

Ethan zögerte einen Augenblick. „Es ist nur ... unser erster Streit. Wir haben noch nie gestritten. Ich weiß, wie das klingt ... aber wirklich, normalerweise machen wir nur Blödsinn miteinander, weißt du?"

Er sah aufgebracht aus. Sie umrundeten die Ecke und kamen zum Büro des Dekans. Eine Rezeptionistin begrüßte sie und bat sie zu warten, während sie ihn über ihre Ankunft informierte.

Die beiden Männer standen an der Rezeption. Ethan war tief in Gedanken, und Jesse beobachtete ihn.

„Willst du direkt nach Hause gehen?", fragte Jesse. Ethan dachte einen Moment nach und schüttelte den Kopf.

„Nein. Nein, ich werde sie anrufen, nachdem wir hier fertig sind und ... ich werde mich darum kümmern."

Die Rezeptionistin kam zurück und führte sie in das Büro.

AM NÄCHSTEN MORGEN ignorierte Ethan das Klopfen an der Tür. Er lag mit dem Gesicht nach unten auf dem Kissen, und sein Kopf pochte vor Schmerz. Himmel, wie viel hatte er getrunken? Er öffnete ein Auge. *Autsch.* Nein, keine gute Idee.

Das Klopfen an der Tür ging weiter. „Hau ab", murmelte er in das Kissen und stöhnte dann, als er hörte, wie Jesse nach ihm rief.

„Ethan? Ethan! Wach auf, Kumpel."

Ethan rollte sich auf den Rücken, und wie durch ein Wunder gelang es ihm, sich in eine sitzende Position zu bringen. Er blieb einen Augenblick sitzen, bis die Benommenheit nachließ. Dann holte er tief Luft und stand auf.

„Ethan."

„Ja, ja, ich komme."

Er riss die Tür auf. Jesse stand vor ihm. Er wirkte wie immer und hatte anscheinend keinen Kater.

Jesse lächelte. „Alles okay, Kumpel?"

Ethan verdrehte die Augen und bedauerte es sofort.

„Ich fühle mich schrecklich. Wie viel haben wir getrunken?" Er winkte Jesse herein und ging zurück in das Zimmer.

„Und warum siehst du so gut aus – hast du einen Magen aus Stahl?"

Jesse lachte. „Es ist alles Fassade. Mein Kopf bringt mich noch um. Ich dachte, ich wecke dich besser. Du solltest wohl bald nach Hause gehen."

Ethan ging ins Badezimmer und fing an, sich seine Zähne zu putzen. „Wie spät ist es?", fragte er durch einen Mund voller Schaum.

„Viertel vor vier."

Ethan streckte den Kopf aus dem Bad. „Im Ernst? Ah, verdammt, Kizzie wird sauer sein." Er spuckte die Zahnpasta in das Becken und spülte sich den Mund aus. Dann packte er seine Jacke und fing an, nach seinem Handy zu suchen. Jesse nahm es vom Tisch und reichte es ihm.

„Ich habe vorhin versucht, sie zu Hause anzurufen", sagte Ethan schuldbewusst, „aber sie ging nicht ran."

Jesse grinste. „Ich warte unten. Lass dir Zeit."

Kizzie ging nach dem ersten Klingeln ran. „Hey."

„Hey, Baby. Tut mir leid, dass es so spät ist. Ich habe letzte Nacht zu viel getrunken, und Kiz ... das mit dem Konzert tut mir auch leid. Ich hätte nachdenken sollen."

„Nein, das ist in Ordnung. Es tut mir auch leid ... natürlich werde ich spielen. Ich war einfach ... ich werde es machen."

Ethan seufzte. „Du musst das nicht tun. Ich hätte nicht versuchen sollen, dich mit Schuldgefühlen zu bedrängen."

„Das hast du nicht getan. Ethan?"

„Ja, Baby?"

„Ich liebe dich. Komm nach Hause zu mir."

Ethan lächelte. „Ich bin schon auf dem Weg. Bis gleich."

JARED PODESTA WAR SCHLAMPIG GEWORDEN. In jedem Sinne des Wortes. Der Rücksitz seines Mietwagens war voll von Drive-Through-Burger-Verpackungen, was bedeutete, dass er viel Zeit in Drive-Throughs verbrachte hatte – die alle kameraüberwacht waren. Die Aufnahmen konnten zum richtigen Preis gescannt und nach den Verhaltensmustern einer Person analysiert werden.

Als Jared in dieser Nacht zum Drive-Through von Burger King fuhr, warteten sie deshalb schon auf ihn.

Die Überwachungskameras waren in dieser Nacht ausgeschaltet – auch das hatte seinen Preis gehabt.

JARED KÄMPFTE GEGEN DIE MÄNNER AN, als sie ihn durch das verlassene Lagerhaus zerrten, aber verstummte, als er sah, wie Flynt Newlan auf ihn wartete. Flynt richtete eine Waffe auf seine Stirn. Jared spuckte ihm vor die Füße.

„Du hättest tot bleiben sollen", sagte Flynt in einer tiefen, bedrohlichen Stimme. „Ich habe keine Geduld mehr."

„Fick dich", fauchte Jared. „Wenn ich sie das nächste Mal erwische, ist sie tot."

„Oh", sagte Flynt, „und ich hatte gehofft, dass es netter ablaufen würde."

Er schoss Jared in die Schulter, und der Mann schrie, als sein Schlüsselbein zerschmettert wurde. „Arschloch."

Flynt, dessen Augen gefährlich und amüsiert zugleich waren, sah die beiden Männer neben sich an. „Ah, was rede ich da? Ich wusste, dass es so ablaufen würde." Er richtete die Waffe wieder auf Jareds Kopf. „Irgendwelche letzten Worte, Arschloch?"

Jared, der wusste, dass sein Ende gekommen war, lachte ihn an. „Bist du sicher, dass das Baby von dir ist? Oder vielleicht ist es von dem Polizisten, der ständig herumschnüffelt, hm? Egal ... es wird nie geboren werden, wenn seine Mutter tot ist ..."

Flynt schoss ihm in den Kopf, und Jared fiel zu Boden. Die drei Männer standen alle leicht schockiert da.

„Boss? Alles okay?"

Flynt legte seine Waffe auf den Boden und trat beiseite. Er hatte das Leben eines Menschen beendet – auch wenn Jared ein Psychopath gewesen war. Er hätte nie gedacht, dass er einmal mit dieser Entscheidung konfrontiert sein würde, aber er konnte nicht zulassen, dass jemand Zea und sein Baby bedrohte.

„Eine Sekunde." Er holte tief Luft. *Sie sind jetzt in Sicherheit. Für immer.*

Er drehte sich um und nickte den beiden Männern zu. Bill und Pete. Sie waren schon seit Jahren bei ihm. Pete war der beste Freund seines Vaters. Er trat jetzt vor. „Geh nach Hause, mein Junge. Wir werden uns darum kümmern." Er nickte in Richtung von Jareds Leiche. „Geh nach Hause zu deiner Frau."

Flynt schüttelte den Kopf. „Nein, das ist meine Verantwortung."

„Nein", sagte Bill fest. „Niemand wird diesen Idioten vermissen. Und nur wir drei werden jemals davon wissen. Wir können hier alles saubermachen und sicherstellen, dass er nie gefunden wird."

Flynt nickte und lachte dann leise. „Es ist ironisch ... Seit Jahren nehmen die Leute an, dass ich das mit den Feinden meines Vaters mache. Die Wahrheit ist ... ich hatte noch nie eine Pistole abgefeuert."

„Es war Selbstverteidigung", sagte Pete achselzuckend. „Geh jetzt."

Emory erwachte steif und kalt. Das kleine Kätzchen, das Dante ihr zur Gesellschaft mitgebracht hatte, ruhte über ihrem Kopf. Der Nachmittag war zu einem düsteren Abend geworden, als sie darauf wartete, dass Dante zurückkehrte. Er war nach Seattle gefahren, um mit der Polizei zu sprechen und den aktuellen Stand der Suche nach Ray herauszufinden. Denn es war ganz ruhig um ihn geworden. Niemand wusste, wo oder wann er wieder auftauchen würde.

„Ich bin hier sicher", wiederholte sie leise, aber sie war immer, wenn sie allein war, schrecklich nervös und ganz anders als sonst. Sie war immer gut darin gewesen, allein zu sein, aber jetzt ... Dante war der helle Stern in ihrer Welt. Wenn sie ihn sah, war alles andere unwichtig. Sie wollte so verzweifelt ihre Liebe genießen und Pläne machen, aber selbst an diesem idyllischen Ort fühlte sie sich gefangen. Bis Ray gefunden oder getötet wurde, würde sie in einem Gefängnis der Angst leben. Sie fühlte noch mehr Tränen in sich aufsteigen. Sie verfluchte sich dafür, so schwach zu sein, und in ihrem Herzen wusste sie, dass sie zusammenbrach.

Sie lag auf dem Rücken und versuchte, das Gewicht der Depression, das auf ihr lastete, wegzuschieben. Sie wollte unter einen Felsen kriechen und erst wieder auftauchen, wenn das alles vorbei war. Aber es würde nicht vorbei sein, bis entweder Ray tot war oder ... sie. Im Moment schien das Letztere keine schlechte Idee zu sein. Es war besser, Ray würde sie töten, als irgendjemand anderen anzurühren, aber ... es wäre bestenfalls ein Pyrrhus-Sieg gewesen. War das das Beste, auf das sie hoffen konnte? Es schien so in diesem Moment, und sie wusste plötzlich, wie sich Hoffnungslosigkeit anfühlte.

Die Fantasie, ihn zu töten, lauerte in ihrem Kopf, und sie lächelte grimmig. War es eine Option? Wenn es keinen anderen Ausweg gab, könnte sie einen anderen Menschen töten? Sie schnaubte. Sie wusste ohne Zweifel, dass sie es tun könnte, wenn Ray versuchen sollte, Dante oder Bree zu verletzen. Sie würde es tun, ohne eine Sekunde nachzudenken. Aber um ihr eigenes Leben zu retten? Vielleicht.

Sie bewegte sich, und die Katze sprang vom Bett. Emory stand auf und ging ins Badezimmer. Nachdem sie ihre Hände gewaschen hatte, sah sie in den Spiegel über dem Waschbecken und schaute schnell wieder weg. Sie hasste den verängstigten Ausdruck in ihren Augen. Sie beschloss, ein Feuer zu machen. Die Wärme würde sie vielleicht trösten. Dann ließ sie sich auf einem Sessel in der Nähe des Fensters nieder und nippte an einem Getränk.

Komm bald nach Hause, Dante, meine Liebe ...

ER SCHALTETE den Motor des Schlauchboots ein paar Meter vor dem Ufer ab. Er lächelte grimmig vor sich hin – Geld kaufte einem alles, auch Schweigen. Die Flut brachte ihn immer näher. Er fühlte das befriedigende Knirschen von Sand, als das Schlauchboot am Strand ankam.

So nah. So nah.

So nah war der Tod.

LUCA SORGTE DAFÜR, dass Bree sicher zu ihrem Auto kam, und kehrte dann wieder ins Haus zurück. Er war so lange in seinem Stadtapartment gewesen, dass er vergessen hatte, wie das Leben auf seinem Anwesen war. Tatiana war gekommen, um sich ihm und Bree zum Abendessen anzuschließen. Sie verbrachte immer mehr Zeit hier, und Luca wurde von ihrer Anwesenheit, ihrem Humor und ihrer Fähigkeit, ihn das Positive sehen zu lassen, getröstet. Ihre Freundschaft hatte seinem verwundeten Herzen geholfen, und jetzt machte Bree, die bedauerte, dass es mit Emory nichts geworden war, einige subtile Bemerkungen darüber, dass Tatiana die Richtige für ihn sei. Luca hätte nichts dagegen gehabt – Tatiana war intelligent, freundlich und schön.

Luca lächelte vor sich hin, als er wieder ins Wohnzimmer ging. Er hörte lautes Knallen und einen gedämpften Schrei. Er sah auf, als Tatiana aus dem Wohnzimmer wankte und sich ihre Hand über ihren Bauch hielt, während ihr Gesicht totenbleich war.

Eine Sekunde konnte er nicht erkennen, was an diesem Bild falsch war.

„Luca ..." sagte sie mit schwacher Stimme, dann brachen ihre Beine unter ihr zusammen. Als Luca nach vorn stürzte, sah er sie.

Zwei Einschusslöcher. Blut. Luca schüttelte entsetzt und verwirrt den Kopf. Sie war angeschossen worden. Wie ...?

„Guten Abend, Luca."

Ray Grace kam hinter Tatiana aus dem Wohnzimmer. Sie schnappte nach Luft, während aus den Wunden auf ihrem Bauch Blut sprudelte. „Es tut mir leid, dass ich Ihre hübsche Freundin töten musste, aber sie war einfach zur falschen Zeit am falschen Ort. Wenigstens werden Sie nicht allein sterben."

Luca starrte ihn an. „Warum?"

Tatiana stöhnte, und Ray richtete gnadenlos die Waffe auf sie und schoss wieder. Die Kugel traf ihre Brust. Luca brüllte: „Nein!", als Tatianas Körper in seinen Armen schlaff wurde. „Gott, bitte, nein ..."

Ray lachte. „Das ist dafür, dass Sie meine Emory angerührt haben, Saffran." Er beugte sich vor und flüsterte in Lucas Ohr. „Als Nächste ist Ihre Tochter dran."

LUCA LEGTE Tatianas Leiche auf den Boden und stürzte sich auf Ray, der ihm einmal auf kurze Distanz in die Brust schoss. Luca taumelte auf ihn zu und packte seine Jacke, aber die Kugel hatte sein Herz entzweigerissen, und Luca Saffran sank auf die Knie.

Ray lachte. „Sie haben Ihre neue Freundin sterben sehen. Harper wird sehen, wie Emory stirbt, und dann wird er meine letzte Kugel bekommen. Sie hätten meine Frau niemals anrühren sollen."

Lucas letzter Gedanke seines Lebens galt Bree. Egal was er jetzt tat, er konnte sie nicht retten ...

Die Nachricht verbreitete sich am nächsten Tag. *Luca Saffran und Journalistin Tatiana Mendelsohn niedergeschossen.*

Clem schrie, als sie die Nachricht hörte, und brach zusammen. Maximo versuchte, sie zu trösten. Sie sah zu ihm auf und sagte einfach: „Bree." Maximo hatte innerhalb einer Stunde einen Flug nach Seattle arrangiert.

Bree war die Erste, die es erfuhr. Die Polizei war zu ihrem Haus gekommen. Sie war erst vor weniger als einer Stunde aus dem Haus ihres Vaters zurückgekehrt, und konnte es zunächst nicht glauben. Jesse, der am Gesicht des Polizeibeamten sehen konnte, dass es kein Scherz war, legte seine Arme um sie. Sie sah den Ausdruck in seinen Augen und schrie. Es war ein Schrei voller Verzweiflung und Trauer, den Jesse und die Polizeibeamten niemals vergessen würden.

„Wir müssen Sie zu Ihrem Schutz in Gewahrsam nehmen ... Sie beide."

Einen halben Tag später kam Clementine an und wurde zu ihrer Tochter gebracht. „Wir nehmen dich und Jesse nach Italien mit. Hier ist es nicht sicher."

Jesse stimmte zu, aber Bree schüttelte den Kopf. „Mom ... ich will nicht, dass Dad allein ist."

Clem küsste die Stirn ihrer Tochter. „Breana, dein Vater ist nicht mehr hier. Es ist nur sein Körper, und sie werden ihn für uns aufbewahren, bis du in Sicherheit bist. Wir werden ihn ehren, ich verspreche es dir, meine Liebe, aber jetzt müssen wir für deine Sicherheit sorgen. Das würde er auch so wollen."

Die Polizei von Seattle stimmte zu, und Bree, Jesse, Clem und Maximo flogen mit einem Privatjet zurück nach Rom. Als Bree beobachtete, wie Seattle unter ihr verschwand, dachte sie an Emory und fragte sich, wie sie wohl reagierte. Sie fragte sich, ob Dante Harper sein Wort an Luca halten und sie beschützen würde. Sie berührte das flache Fenster und betete für ihre Freundin. Was für Schrecken ihr Vater und Tatiana auch erlebt hatten, bevor sie starben ... Sie wusste, dass sie nichts waren im Vergleich zu dem, was Ray für Emory geplant hatte.

„Sei vorsichtig", flüsterte sie.

· · ·

EMORY FÜHLTE SICH WIE BETÄUBT. Dante saß bei ihr und hielt ihre Hände, bis er schließlich sanft sagte: „Schatz?"

Sie sah ihn mit schmerzerfüllten Augen an. „Es ist nicht wahr."

Aber sie wusste, dass es das war. Luca war tot. Niemand hatte Zweifel daran, wer ihn umgebracht hatte: Ray. *Oh Gott.*

Sie stand auf und ging zum Fenster. „Dante ... du solltest mich jetzt verlassen. Geh und finde einen sicheren Ort. Ich werde nicht zulassen, dass er noch mehr Menschen verletzt."

Dante sagte nichts. Er wusste, dass sie aufgebracht war und sich beruhigen musste, aber Emory drehte sich um. „Bitte."

„Das wird nicht passieren."

Sie zuckte zusammen. „Er wird vor nichts haltmachen."

„Ich weiß."

Sie sah zu ihm hoch. „Er wird dich töten, Dante."

„Möglicherweise."

„Nein", stöhnte sie, „nein, nein, nein ... das muss enden." Sie zog ihre Knie an ihre Brust und umarmte sie. Dante glättete ihre Haare.

„Em? Wir müssen einen Plan mit der Polizei machen, um ihn aus seinem Versteck zu locken. Ich weiß, dass du vorschlagen willst, dass wir dich als Köder benutzen. Das ist keine Option."

„Er muss nicht gestoppt werden", sagte sie mit stumpfer Stimme, „er muss getötet werden. Ich werde es selbst tun. Schließe uns beide in ein Zimmer ein. Einer gegen einen. Ich werde ihn töten."

Dante schenkte ihr ein halbes Lächeln. „Auch das", sagte er sanft, „ist keine Option."

Emory machte ein angewidertes Geräusch. Trauer trieb ihre Wut an. „Wo zum Teufel war Lucas Schutz? Er hatte Security. Was zum Teufel war da los?"

„Ray hat sie auch getötet. Er drang von der Wasserseite aus in das Anwesen ein."

Emory stand auf, ging zu den Balkontüren und blickte auf den kleinen Strand am Rande ihres Grundstücks. „Hm."

Dante runzelte die Stirn. „Was?"

„Warte, ich denke nach."

Er wartete und beobachtete, wie sie auf das Wasser starrte. Dann drehte sie sich um und setzte sich neben ihn. „Wir sind arrogante Milliardäre und denken, man könne uns nichts anhaben."

Dante blinzelte. „Bitte?"

Emory lächelte halb. „Das ist, was Ray denkt. Alles, was er je gewollt hat, ist berühmt sein. Er konnte das als Professor oder als ‚liebender' Ehemann einer sogenannten Heldin nicht bekommen."

„Nicht *sogenannt*. Du hast Studenten das Leben gerettet, erinnerst du dich?", sagte Dante und hielt seine Hände hoch, als sie seufzte.

„Er hat sich entschieden, als Serienmörder unterzugehen. Warum geben wir ihm nicht, was er will?"

Dante war verwirrt. „Und das wäre?"

„Berühmtheit. Aber nicht in der Art, wie er sich das denkt. Wir werden ins Fernsehen gehen und der Welt erzählen, dass er erbärmlich ist. Wir werden sagen, dass er kein Killer ist, sondern nur ein trauriger alter Mann, der seine Frau nicht halten konnte."

„Das verstehe ich nicht." Dante sah sie verständnislos an, und Emory lachte dunkel.

„Wir demütigen ihn. Wir verspotten ihn. Du vergisst, dass ich fünf Jahre mit dem Mann verheiratet war. Er hasst es, blamiert und ausgelacht zu werden. Jetzt können wir dieses Wissen gegen ihn verwenden."

Dante war immer noch zögerlich. „Wie soll das gehen?"

„Er wird wütend werden, sehr wütend." Emory erwärmte sich für ihren Plan. „Er wird verzweifelt zeigen wollen, dass er ein großer Mann und ein gerissener Killer ist. Wir führen ihn direkt zu mir und spekulieren auf seine Überzeugung, dass er uns alle überlisten kann."

Dante nickte langsam. „Es könnte funktionieren."

Emory drehte sich um und zeigte mit dem Finger auf das Fenster und das Wasser dahinter. „Wenn er nicht schon weiß, dass wir hier sind, stellen wir sicher, dass er es tut ... dann lassen wir das dort", sie grinste wieder, „offen für ihn. Ein frühes Weihnachtsgeschenk. Weil wir ‚arrogante Milliardäre' sind, die denken, dass niemand ihnen etwas anhaben kann."

Dante grinste plötzlich. „Es ist einen Versuch wert, Baby."

„Unter einer Bedingung."

„Und die wäre?"

Emory wandte sich ihm zu. „Ich möchte nicht, dass die Polizei involviert ist."

Dante stand auf. „Bist du verrückt? Warum zur Hölle nicht?"

Emory ging zu ihm und küsste ihn sanft. „Weil ich eines Tages Breana Saffran in die Augen schauen und ihr erzählen will, dass ich den Mann getötet habe, der ihren Vater ermordet hat."

DAS ERSTE INTERVIEW mit der lokalen Nachrichtenstation fand statt. Dantes Geld stellte sicher, dass das Interview wiederholt und an so viele Fernsehstationen wie möglich gesendet wurde. Emory spielte ihre Rolle perfekt und verspottete Ray in jeder Hinsicht, die sie sich vorstellen konnte. Sie schaffte es sogar, einige seiner Ex-Kollegen dazu zu bewegen, sich ihr anzuschließen – sie waren nur zu froh, den guten Ruf des Professors der Realität anzupassen. Sie setzten die Worte, die sie benutzten, bewusst ein – Standard, gewöhnlich, unauffällig. Emorys Beschreibung ihres Mannes lautete einfallslos, schwach und impotent (Dantes persönlicher Favorit) und war genauso vernichtend.

Die Polizei rief sie an und fragte sie, was zur Hölle sie da taten. Wieder stellte Emory fest, dass Dantes Geld alles kaufen konnte.

Sie mussten nur noch warten.

Unterdessen sagte Emory Dante, dass sie zurückgehen wollte, um in Auburn zu unterrichten, und vorher das Wohltätigkeitskonzert besuchen würde, das Kizzie Kline spielte. Er war zuerst nervös, aber als sie ihm erlaubte, mit dem Dekan in Kontakt zu treten und für Security zu sorgen, gab er nach.

AM ABEND des Konzerts war sie sich der Gegenwart der beiden riesigen Bodyguards an ihrer Seite sehr bewusst, als sie Stephen Harris und ihre Kollegen, die den Horror überlebt hatten, umarmte. Wieder im Gebäude zu sein war seltsam. Das Büro, in dem David sie angegriffen und die Polizei ihn getötet hatte, war renoviert worden und ein ruhiger Lesesaal geworden. Dante kam zu ihr und unterhielt sich mit ihrer Security.

Jeder Ort, an dem jemand gestorben war, war auf eine diskrete, aber schöne Art und Weise gekennzeichnet worden. Nirgendwo war Davids Name, und auch Nick Petersen wurde nirgendwo erwähnt. Emory fand es ironisch – sie versuchte schon so lange, Rays Namen auszulöschen. Hier konnte man sehen, dass es funktionierte. Die Schule war wieder geöffnet. Die Lehrer und Studenten ließen sich nicht einschüchtern. *Und ich mich auch nicht*, dachte sie grimmig.

„Hey, Ms. ... ähm ...“ Sie drehte sich um und sah, wie Ethan Fonseca sie anlächelte.

„Ethan, ich glaube, du kannst mich nach allem, was wir durchgemacht haben, Emory nennen.“ Sie umarmte ihn. „Ich habe gehört, dass du das alles arrangiert hast.“

„Irgendwie schon“, sagte er schüchtern. „Kizzie und ich ... Wir stehen uns nahe.“ Emory grinste ihn an.

„Ich verstehe.“

Ethan lachte. „Sie macht sich gerade fertig, sonst würde ich sie dir vorstellen. Wir werden bald anfangen.“

„Hey, bevor du gehst ... Hat Kizzie von Jesse gehört? Und Bree?“

Ethans Lächeln verblasste, und er nickte. „Bree ist ein Nervenbündel, aber sie sind zumindest in Sicherheit. Alles was ich weiß ist, dass sie in ...“

„Nein. Sag es mir nicht“, unterbrach ihn Emory. „Je weniger Leute das wissen, desto besser. Wenn du mit ihnen sprichst, sag ihnen, dass ich sie liebe.“

„Das werde ich. Danke, Ms. ... Emory.“

ALS DIE MUSIK BEGANN, vergaß Emory fast alles andere. Kizzie Kline war eine emotionale Cellistin, und die Musik, die aus ihrem Instrument drang, war voller süßer Höhen und sinnlicher Tiefen. Emory lehnte sich gegen Dante zurück, und er legte seine Arme um sie.

Das ganze Zimmer war mit ihr verzaubert, und sie bemerkte es kaum, als Dante erzählte, dass er wieder mit der Security sprechen würde.

Emory war so verloren in der Musik, dass sie erst bemerkte, dass jemand sie anrief, als ihr Handy gegen ihre Hüfte vibrierte. Sie nahm es aus der Tasche und blickte auf den Bildschirm.

Sofort begann ihr Herz schneller zu schlagen. Ray. Sie ging aus dem Konzertsaal in den Korridor und ging ran.

„*Schlampe.*"

Sie lachte humorlos. „Hallo, du mörderisches Stück Scheiße."

„Für wen zum Teufel hältst du dich?"

Dieses Mal lachte Emory laut auf und erschreckte einige Leute am anderen Ende des Flurs. „Für wen *ich* mich halte? Du verdammtes Monster hast Luca und Tatiana getötet. Du hast mich angeschossen, und du fragst, für wen ich mich halte?"

Sie konnte seinen schweren, wütenden Atem hören. Gut, er war dabei, die Selbstkontrolle zu verlieren.

„Lass uns das beenden, Ray. Du und ich."

„Ja, lass es uns beenden. Willst du deinen Freund wiedersehen?"

Nein. Sie schob den Gedanken daran, dass Dante bei Ray war, weg. Er war in Sicherheit. Er war bei ihren Wachleuten ... aber jetzt konnte sie sie am anderen Ende der Halle sehen und Dante war nicht bei ihnen.

Ray lachte. „Siehst du? Halte mich nicht zum Narren, du dummes Mädchen. Erinnerst du dich daran, wie du das erste Mal im Krankenhaus warst? Nachdem du mich verlassen hast? Ich habe deinen Schlüssel für das Cottage, in dem du gewohnt hast, genommen und Kopien anfertigen lassen, Emory. Es war ein sehr angenehmer Aufenthalt hier. Sehr diskret und versteckt. Die College-Security sollte sich schämen. Man könnte meinen, sie hätten ihre Lektion gelernt, aber nein. Sie haben hier nicht einmal gesucht."

Emory fühlte Entsetzen in sich aufsteigen. Nein, bitte ... „Anscheinend war dein Dante Harper gründlicher. Er ist erst vor ein paar Minuten selbst gekommen, um alles zu überprüfen."

Blankes Entsetzen breitete sich in ihr aus. „Wenn du ihn anrührst, werde ich ..."

„Was, Emory? Du weißt, wie man das beendet. Komm her. Jetzt. Werde deine Bodyguards los, und ich lasse ihn gehen. Einer von euch wird heute Abend sterben, Em. Es liegt bei dir."

Emory zögerte nicht. Ihre Wachleute waren fast bei ihr. „Ich werde auf die Toilette gehen, nur eine Sekunde."

Sie zählte darauf, dass sie nicht wussten, in welchem Raum sich die Toilette befand. Sie schlüpfte in das Klassenzimmer, wo all ihre Kollegen gestorben waren, und schob das Fenster auf. Im letzten Augenblick hatte sie eine Idee und tippte eine Nachricht in ihr Handy, um sie dann unversandt auf dem Display stehenzulassen. Emory ließ ihr Handy zurück, stieg aus dem Fenster und ließ sich auf das Gras weiter unten fallen. Alles, woran sie denken konnte, war, Dante zu retten. Es kümmerte sie nicht, ob sie leben oder sterben würde.

Sie eilte über den Schulhof und lief durch die Dunkelheit über das Gelände zu dem kleinen Cottage. Warum hatte sie nicht daran gedacht? Jetzt war es so offensichtlich, aber *Gott* ... Ihr Atem war ein panisches Keuchen.

Bitte halte durch, Dante, ich komme ...

IN DER SCHULE begann ihr Sicherheitsteam, unruhig zu werden. Einer von ihnen war im Begriff, in das Zimmer zu gehen, in dem sie war, als jemand seinen Namen rief. Er drehte sich um – und Dante Harper, sein Boss, sprach mit ihm.

„Wo ist Emory?"

Die beiden Wachleute sahen ihn an. „Auf der Toilette, Boss." Einer von ihnen zeigte den Korridor hinab. Dante sah erschrocken aus.

„Die Toiletten sind da hinten." Er rannte zu dem Raum und als er dort ankam, sah er, dass das Fenster offenstand und Emorys Handy auf dem Schreibtisch lag. Er nahm es und sah die Nachricht:

Das Cottage.

Dante wusste sofort, dass es soweit war. Ray war hier.

Und Emory lief direkt in seine tödliche Falle.

· · ·

ETWAS IN IHR WUSSTE ES. Wenn sie durch diese Tür ging, würde Dante nicht dort sein, und jetzt, als sie in das kleine Cottage ging und sich mit ihrem Möchtegern-Mörder traf, erkannte sie, dass sie es nie geglaubt, sondern nur als Ausrede benutzt hatte. Sie wollte diesem Abschaum ins Gesicht sehen.

„Ich nehme an, du denkst, dass dieses Interview lustig war?"

Ray trat in ihre Sichtlinie, und sie erkannte plötzlich, wie minderwertig er ihr erschien. Klein. Rattenartig. Widerlich. Sie war auch überrascht, dass er keine Pistole hatte. Er sah ihre Augen zu seiner Hand wandern und grinste. „Du scheinst unempfindlich gegen Schüsse zu sein. Außerdem will ich dein Blut auf meinen Händen spüren." Er zog ein Messer aus seiner Tasche und holte damit nach ihr aus.

„Glaubst du, ich werde das einfach wie ein gutes Mädchen ertragen? Das Messer wird heute Nacht nicht in mir stecken, Raymond."

Er lachte, aber sie gab nicht nach. Er starrte sie an. „Glaubst du das wirklich?"

Sie zog den Saum ihres T-Shirts hoch und entblößte ihren Bauch. „Siehst du diese Narben? Überleben. Dafür stehen sie. Und ich werde überleben, Ray, weil du ein schwacher, erbärmlicher Mann bist. Ein Kleinkind, der seine Fäuste in die Luft reckt, wenn es nicht bekommt, was es will."

Ray starrte auf ihre nackte Haut und hatte Blutlust in den Augen. „Ich werde noch mehr Narben hinzufügen, Emory."

Sie ließ ihr Shirt fallen, als er vorrückte, wich aber nicht zurück. „Versuch es, Arschloch, und finde heraus, was du bekommst."

Ray packte sie, als sie ihre Handfläche nach oben brachte. Sie schmetterte sie mit all ihrer Kraft gegen seine Nase, als das Messer ihre Haut berührte. Ray stolperte zurück und brüllte, als Blut aus seiner Nase strömte, aber Emory war noch nicht fertig. Sie zog ihr Bein zurück und trat mit ihrem Fuß in seine Leiste.

„Im Ernst? Du lässt dich von einem Mädchen schlagen?" Sie riss das Messer aus seiner Hand und hielt es ihm unter sein Kinn, als

Dante und die Wachleute in den Raum stürmten. Emory, die halb verrückt vor Wut war, ließ das Messer nicht los. Ray wimmerte.

Dante kam nach vorn. „Baby?"

„Dante, halte dich da raus."

Er tat, was sie sagte, während Ray den Kopf schüttelte. Emory sah Ray fest in die Augen. „Das ist für Luca." Und sie rammte das Messer in seinen Hals.

Emory stand auf, als Ray sein letztes Gurgeln ausstieß, sein Blut aus ihm strömte und er seine Hände hilflos an seinen zerrissenen Hals legte. Sie atmete tief ein und wandte sich an Dante. Sie bemerkte mit Genugtuung den Blick in den Augen der Wächter – Bewunderung.

„Sie haben Mut", sagte einer von ihnen, und sie lachte.

Dante sah aus, als wäre er schockiert. Emory drückte ihre Lippen gegen seine. „Ich liebe dich. Das ist alles, was jetzt zählt."

Und sie nahm seine Hand und führte ihn aus dem Zimmer.

Vier Monate später ...

EMORY SAH DEN RICHTER AN, als er in den Gerichtssaal kam, und fühlte sich nervös. Die Jury wartete bereits. Dante griff nach ihrer Hand, und sie lächelte ihn an. Er strich mit dem Daumen über den Ehering aus Platin an ihrem Ringfinger, und sie konnte die Liebe in seinen Augen sehen. Auf ihrer anderen Seite warteten Zea Azano-Newlan und ihr Ehemann darauf, das Urteil zu hören.

„Würde die Vorsitzende der Jury bitte das Urteil verkünden?"

Emory hatte das Gefühl, dass der ganze Saal den Atem anhielt, als die Vorsitzende aufstand. Sie schaute dort hinüber, wo Nick Petersen stand, dann über den Gang, wo Bree, Jesse, Kizzie und Ethan saßen. Bree lächelte sie an, und Emory grinste zurück.

„Wir, die Jury im Fall Washington gegen Nicolas Petersen, befinden den Angeklagten für schuldig in allen Punkten."

Chaos brach aus. Die Menschen jubelten, als Nick Petersen abgeführt wurde. Dante hielt Emory in seinen Armen und küsste sie leidenschaftlich, ohne sich darum zu kümmern, dass sie in einem Gerichtssaal waren. Emory sah ihn mit glänzenden Augen an.

„Dante Harper ... es ist endlich vorbei."

„Darauf kannst du deinen hübschen Hintern verwetten, Mrs. Harper", sagte er, und sie lachte mit ihm. Zea tippte auf ihre Schulter und ihr wachsender Bauch stieß gegen Emorys Hüfte. Emory lachte, als Zea die Augen verdrehte.

„Wir werden alle in eine Bar gehen und feiern. Na ja, ich leider nicht, aber wenigstens hast du dadurch eine nüchterne Freundin, die dich nach Hause bringt. Kommst du?"

Emory seufzte glücklich. „Wir haben es geschafft ..."

Und als sie aus dem Gerichtssaal ging, wusste Emory, dass sie endlich frei war.

ENDE

 Erstellt mit Vellum

CPSIA information can be obtained
at www.ICGtesting.com
Printed in the USA
BVHW041411050321
601819BV00007B/315